중국 요사산문 작가 10인

중국 오사산문 작가 10인

주진순 지음 ┃ 최은정 옮김

어문학사

차 례 ◆

역자 서문 6

1부 '5·4' 산문의 발전 상황 및 성과 11

2부 작가론

1장 루쉰의 산문   35

2장 류반농의 산문   60

3장 린위탕의 산문   75

4장 저우쭤런의 산문   91

5장 위핑보의 산문   116

6장 예사오쥔의 산문   133

7장 주즈칭의 산문   151

8장 빙신의 산문   176

9장 쉬즈모의 산문   200

10장 량위춘의 산문   225

중국 오사산문 작가 10인

주진순 지음 | 최은정 옮김

어문학사

차 례 ◆

역자 서문 6

1부 '5 · 4' 산문의 발전 상황 및 성과 11

2부 작가론

1장 루쉰의 산문　　　　　　35

2장 류반농의 산문　　　　　　60

3장 린위탕의 산문　　　　　　75

4장 저우쭤런의 산문　　　　　91

5장 위핑보의 산문　　　　　　116

6장 예사오쥔의 산문　　　　　133

7장 주즈칭의 산문　　　　　　151

8장 빙신의 산문　　　　　　　176

9장 쉬즈모의 산문　　　　　　200

10장 량위춘의 산문　　　　　225

3부 작품론

1장 따뜻하고 아름다운 기억, 날카로운 투창—루쉰〈저승사자〉론 249

2장〈뇌봉탑이 무너진 것을 논함〉에 대해 261

3장 주즈칭 산문 읽기 267

4장 빙신의〈어린 독자에게 · 통신10〉 283

5장 위다푸의〈서당과 학교〉 294

6장〈고도의 가을〉에 대하여 305

저자 후기   321

찾아보기   323

역자 서문 ◆

이 책은 주진순朱金顺 교수의 《五四散文十家》(中国百花文艺出版社, 1990)를 번역한 것이다. 저자가 후기에서 밝히고 있듯, 이 책은 1920년대 중국의 대표적인 산문작가 열 명에 대한 작가론과 이들의 작품론으로 구성되어 있다. 원텍스트에서 작품론은 9편이다. 하지만 이 책에서는 역자의 동의를 얻어 6편만 수록하였다.

중국어 지명, 인명 등 고유명사는 중국어 발음을 한글로 표기한 후 중국어를 병기하였다. 출판사 등 기관 명칭은 한글 독음으로 표기하고 중국어를 병기하였다. 중국문학작품의 제목 등은 한국어로 의미를 알 수 있도록 번역하는 것을 원칙으로 하고, 중국어를 병기하였다. 중국어로 번역된 외국작품과 외국작가는 우리말로 통용되는 경우가 있을 경우 그에 따랐다. 다만, 1920년대 중국에서 통용하던 외국작가 이름이 오늘날 중국에서 통용하는 이름과 반드시 일치하지 않는 경우도 있어서, 원래 이름을 찾기 어려운 경우도 있었다. 이러한 작가들은 당시 중국어로 번역된 그대로 표기하였다. 중국어의 한글표기 시에는 처음 나온 경우 중국어를 병기하였고, 이후에는 한글로만 표기하였다. 이때 중국어 발음표기는 국립국어원의 '외래어표기법'을 따랐다.

원텍스트에서 각주로 표기한 것은 *로 표기하였고, 원텍스트에는 없지만 내용 이해를 돕기 위해 역자가 붙인 주는 미주로 표기하였다. 미주의 내용은 대부분 바이두(Baidu百科)에서 검색하여 찾은 것들이다. 하지만, '白话老虎报' 같은 일부 내용은 바이두에서도 찾을 수가 없었다. 이러한 것들은 주선생님께 질문해서 설명을 듣고 미주에 그 내용을 적었다. 또, 작품을 읽은 후에도 그 제목을 우리말로 적합하게 번역해내기 어렵거나 확신이 들지 않는 것들도 선생님과 상의한 후 우리말로 제목을 풀었다. 이 책에 들어간 작가 사진의 출처는 모두 바이두이다.

"작가작품연구는 거시적인 연구와 미시적인 연구가 있고, 이 두 가지 모두 중요하다. 하지만 미시적인 연구를 떠나서 거시적인 연구는 세워질 수 없다."이는 주진순 교수가 작가작품 연구에서 일관되게 주장하는 것이다. 이 책에는 그의 이러한 주장이 잘 녹아 있다. 때문에 작가의 작품특색을 설명하기 위한 작품인용이 많고, 작품이 창작되던 당시의 시대적 배경 및 작가가 처한 환경 등에 대한 설명 등이 비교적 상세한 편이다. 또한, 해당 작가 작품에 대한 동시대 다른 작가나 평론가들의 평을 주로 인용하여 논술의 근거로 삼고 있다. 이 책이 중국현대산문 작가와 작품을 감상, 연구하고자 하는 독자들에게 좋은 안내서가 되기를 바라 마지않는다.

끝으로, 건강이 좋지 않으신 중에도 눈치 없는 제자의 끝없는 질문에 진지하게 설명해주신 주선생님께 진심으로 감사를 드린다. 선생님께서는 고이 보관해두신 작가들의 초판본 작품집을 꺼내어 책에 인용한 작품들을 한편한편 짚어가며 확인하고 풀어주셨다. 어사파와 현대평론파의 논쟁과 관련해서는 문학사 어디에도 나와 있지 않는 내용들을 상세하게 설명해주셨다. 사모님께서는 선생님의 건강을 염려하시면서도 멀리서 온 제자를 잘 대접하지 못한다고 선생님을 질책하시고 역자에게 미안해하시며 책을 번역하는 것에 대해 고마워하셨다. 점심때까지 이어진 이야기가 끝날 기미가 보이지 않자, 사모님께서는 당신이 드셔야 할 점심을 기꺼이 역자에게 내어주셨다. "恭敬不如从命"이라고, 어쨌든 사모님이 챙겨주신 밥을 먹긴 했지만, 정작 사모님께서는 나중에 혼자 만두로 점심을 대신한 것을 알고는 얼마나 마음이 아렸는지 모른다. 선생님 댁을 나오면서, 나는 예나 지금이나 똑같은 선생님 서재에서 마지막 수업을 듣고 나온 것 같았다. 이 번역본이 부디 두 분께 누가 되지 않기만을 간절히 바랄 뿐이다.

1부 ◆

猿公　水釣明朝歸去事　舍曼倩詠諧取　長師宇房愍空
容見買若卽溪
陳长吉诗为
頌棣先生雅屬　魯正

'5 · 4' 산문 발전 상황 및 성과

一. 산문이라는 장르

소위 현대 산문, 또는 그 일부로서 '5 · 4' 산문은 신문학 이후의 새로운 산문을 일컫는다. 주지하다시피, 이는 서양문학에서 가장 보편적인 분류방식인 소설, 시, 희극, 산문이라는 네 가지 분류에 따른 것이다.

산문이라는 이 장르는 고대부터 이미 있었겠으나, 당시의 문장 분류로 볼 때, 반드시 산문이라고 칭할 필요가 없었다. 《소명문선昭明文选》, 《고문사류찬古文辞类纂》은 물론 비교적 최근의 《고문관지古文观止》, 《고문석의古文释义》 등등에 어디 산문이라 불리는 장르의 글이 실려 있는가. 이와 관련하여 위다푸郁达夫는 〈중국신문학대계 산문2집 · 서언〉에서 아주 명쾌하게 설명하고 있다.

> 육경에서 《시경》을 제외하고는 전부 산문 계열이다. 《역경》, 《서경》과 《춘추》에 압운한 어구가 있긴 하지만, 어쩌다 무심코 드러난 것이지 작가의 본래 의도가 아니다. 여기에서 자고 이래 중국의 문장은 줄곧 산문을 주요한 문체로 삼아왔고, 운문은 감정이 벅찰 때 가끔씩 나타나는 것으로 흔히 얻기 어려우며 강요할 수 없는 것이라는 사실을 알 수 있다.
>
> 문장이라 함은 곧 산문을 지칭하는 것이기 때문에, 중국은 '산문'이라는 이 단어가 없었던 것이다. 만약 나의 추측이 정확하다면, 지금 우리가 사용하는 '산문'이라는 두 글자는 서방문화가 동쪽으로 흘러들어온 후의 상품이거나, 아니면 그야말로 번역된 것일 수 있다.

위다푸의 고찰은 정확한 것이다. 그는 또 당송 이래로 사람들은 산문체나 산문을 변려체나 변려문과 대칭적인 것으로 설명했다고 분석한다. 즉, 옛 선인들은 대칭할 때 "두보의 시와 한유의 글"[1], "망계 선생의 글과 완정 선생의 시"[2] 같은 표현들을 사용하였는데, 모두 지극히 불명확하다는 것이다. 때문에 위다푸는 "현대에 와서 산문이라고 할 때 우리는 그것을 외국어의 번역어라고 보고, 운문과 대립적인 것으로 사용하는 게 단순하고 적합하다"고 했다.

현대산문을 문학의 사대 체제 중 하나로 보고, 시, 소설, 희극과 병칭되는 문학양식이라고 한다면, 그것의 개념은 어떻게 되는가? 이는 한마디로 명확하게 설명할 수 없는 문제이다. 바꿔 말하면, 그것은 소설이나 시처럼 쉽사리 정의를 내릴 수 없고, 더더욱 희극처럼 다른 문학과 그렇게 쉽게 구별되지도 않는다는 뜻이다. 특히 현대소설과 비교해볼 때, 두 가지는 서로 맞닿는 부분이 상당히 많아서, 심지어 작가와 이론가들조차도 명확하게 설명하지 못한다.

전해지는 말에 의하면, 당시 일본의 이론가인 고이즈미 야쿠모小泉八雲는 근 만 자에 이르는 글에서도 단지 "붓 가는 대로 쓴 짧은 문장"이라는 말로만 산문을 정의했다고 한다. 구리야가와 하쿠손厨川白村도 유사한 말을 했다. 빙신冰心은 "만약에 산문이 무엇인지를 묻는다면 설명하기 어렵다"고 하면서, 이렇게 설명했다. "나는 산문이 무엇이 아니라고는 말할 수 있다. 예를 들어, 그것은 시와 사가 아니고, 소설이 아니며 가곡도 아니고 희극도 아니다. 또한 수만 자에 이르는 방대한 보고문학도 아니다."(《산문에 관하여关于散文》) 빙신은 배제하는 방식으로 그것이 무엇이 아니라고 설명했다. 그렇다면, 배제하고 남는 것이 산문인 것이다. 이로 볼 때, 산문이 무엇인지를 설명해내는 것이 얼마나 어려운지를 알 수 있다.

그렇다고는 하지만, 현대산문은 작품도 많고 성과도 뛰어나다. 위다푸의 말을 빌리자면, "산문의 내용은 이미 각양각색이어서 더 이상 더할 게 없다". 중요한 것은 "산문의 정신"을 찾아야 한다는 데 있다. 중국식으로 설명하자면 "작품의 본의"인데, 외국에서는 "주제" 또는 "요지"라고 일컫는다. 그는 산문의 형식이 일체의 인위적인 제한과 규약을 받지 않는다고 여겼다. "그저 글이 뜻을 전달할 수 있고 말이 되는 문장이면 된다". 동시에, 산문에는 상응하는 자연적인 음률이 있는데, 위다푸는 "운치 또는 정서 같은 말로 표현한다면 비교적 적합하다. 특히 서정적이거나 경치를 묘사한 산문에서 특히 많이 나타난다"고 했다.《중국신문학대계 산문2집·서언》 참고)

연구의 편리함을 위해 어떤 문장을 산문으로 분류하는 것도 다소 어려움이 있다. 산문에 관해서는 시, 소설 희극처럼 그렇게 일치하는 인식이 없기 때문이다. 1924년 2월 22일과 3월 1일자《신보부간·문학순간晨報副刊·文学旬刊》에 왕퉁자오王统照가 〈산문의 분류散文的分类〉라는 글을 발표했는데, 이 글에서 그는 서구문학의 분류법을 바탕으로 하되 자신의 이해를 덧붙여 다음과 같이 산문을 분류하였다. 첫째, 역사류 산문이다. 이는 서술적 산문이라고도 하는데, 역사가와 전기 작가의 작품이 여기에 속한다. 둘째, 묘사성 산문이다. 이러한 산문은 상상적인 요소가 있어야 하며, 풍경 및 이상적인 것을 묘사해야 한다. 셋째, 연설류 산문이다. 격동성 산문이라고도 한다. 왕퉁자오는 이런 부류에 속하는 산문이 외국에서는 매우 많이 창작되고 있지만 중국에는 지금까지 창작된 적이 없었다고 보았다. 네 번째, 교훈적 산문이다. 설리적인 산문이라고도 불린다. 다섯 번째, 시대적 산문이다. 이는 그때그때 잡지와 신문 등에 발표된 문학적인 맛이 있는 문장을 가리킨다. 이런 종류의 산문은 잡산문雜散文[3]이라고도 한다. 왕퉁자오의 분류방식은 우리에게 많은 시사점을 제공하는 바, 비록 오늘날의 분류방식과는 다소 거리가 있지만, 그 착안점은 상당히 참고할 만하다.

산문에 대한 근래 학자들의 분류방식으로는 린페이林非의 분류방식이 대표적이다. 그는《중국현대산문사고中國現代散文史稿》(중국사회과학출판사中国社会科学出版社, 1981년 4월)에서 이렇게 설명한다.

> 절대다수의 산문작품 속에는 당연히 서사, 서정과 의론이라는 이 세 가지 요소가 들어가게 된다. 이것들은 보통 한데에 융합되어 있긴 하지만, 아무래도 보다 더 편중되는 요소가 있기 마련이다. 의론성 요소가 강한 산문은 현대문학사에서 '잡문'이라고 부르는 것이다. 서사와 서정이 함께 녹아있는 산문은 '소품' 또는 '산문'이라고 불리는데, 광의적인 의미의 산문에 비해 협의적인 의미의 산문이다. 어떤 이들은 이를 아예 '산문소품'이라고도 칭한다. 서정성에 치중한 산문은 기본적으로 서사적인 요소가 약하기 때문에 매우 간결하고 정련되어 있으며 시의가 풍부하다. 이것이 바로 '산문시'이다. 서사성에 치중한 산문은 1930년대 이후 본격적으로 흥기하기 시작한 '보고문학'이다.

린페이의 산문사고는 바로 이런 분류법에 따라 서술했다. 나는 그의 분류방식이 대체로 타당하며, 어렵지 않게 사람들의 동의를 얻을 수 있다고 생각한다. 그러나 나는 이를 다음과 같이 약간 바꾸고자 한다. 이것이 산문분류에 대한 나의 생각이며, 이 책에 실린 작가작품론의 기본적인 바탕이다.

1) 의론성 산문은 잡문이라고 칭한다.《신청년新靑年》의 '수감록隨感录' 및 루쉰魯迅이 '단평短评'과 '잡감杂感'이라고 부른 문장들이 모두 여기에 속한다.

2) 서사, 묘사, 서정이 주가 되는 산문은 산문이라고 칭한다. 이는 협의적인 의미에서의 산문이다. 회고문, 서정문, 여행기 등이 여기에 속한다. 산문시는《들풀野草》이나《산에 내리는 비空山灵雨》처럼 시와 산문 사이의 형식인데, 산문으로 분류한다면 여기에 속할 것이다.

3) 어떤 사건을 서술하면서도 이 사건에 대해 분석과 평을 함께 진행하는 기법을 사용하는 산문을 수필식 산문이라고 칭한다. 묘사, 서사, 서정, 의론-분석과 비평을 한데 섞어 마음대로 자유롭게 이야기하는 그런 글이다. 소품이라고 해도 무방할 것이다. 1930년대 이와 관련된 토론에서 어떤 이들은 이것을 한적闲适소품이라 부르고, 전투적인 소품을 잡문이라고 부르기도 했다. 사실상 이를 명확하게 나누기는 쉽지 않다. 이들이 바로 최근 '학자산문' 또는 '제3종 산문'이라고 불리는 것이다.

4) 사건의 기록과 보도를 중심으로 하는 산문은 통신과 보고문학이다. 1920년대에 통신 형식의 작품이 나타났는데, 이것은 문학성을 갖추고 있어서 순수한 신문기사와는 구별되는 것이었다. 1930년대에 이르러 보고문학의 흥성으로 이런 종류의 문장이 풍부해졌다. 기실 통신과 보고문학도 구분하기는 어렵다.

어떤 문학이든 유형을 구분하기 마련이지만, 완벽하게 과학적으로 구분하기는 쉽지 않다. 분류의 목적은 연구의 편리함 및 작품의 특징을 잘 잡아내기 위함이다. 상술한 내용들은 산문에 대한 필자의 이해인 바, 참고할 수 있도록 정리한 것이다. 사실상 분류하는 것은 중요하지 않다. 중요한 것은 문장의 특징과 작가의 풍격을 파악하는 일일 것이다.

二. 현대산문의 탄생과 발전

루쉰은 '5·4' 시기 산문의 성과가 소설이나 희곡, 시보다 더 높다고 언급한 바 있다. "이후의 길은 원래 더 분명한 몸부림과 투쟁이다. 이는 원래 '문학혁명'에서 '사상혁명'에 이르는 데에서 탄생한 것이기 때문이다."(《소품문의 위기小品文的危机》) '5·4'의 산문소품이 문학혁명에서 탄생했다는 지적은 매우 정확하다. 신문학이 나타나면서 문학혁명을 고취하는 장편의 글들이 탄생했다. 동시에, 《신청년》은 '수감록'이라는 특별란을 만들었는데, 여기에 짤막한 시사성 글들을 실음으로써 거대 담론에 보조를 맞추었다. 천두슈陈独秀, 루쉰, 첸쉬안퉁钱玄同, 류반농刘半农 등은 수감록의 적극적인 투고자였다. 이로부터 다른 간행물에도 '수감록'과 유사한 전문란이 생겨났고, 사회비평과 문화비평을 주로 하는 잡문이 순식간에 새로운 산문의 주요한 내용으로 자리 잡았다.

문학혁명과 사상혁명에서 움튼 잡문은 신문화운동을 알리는 도구이자 봉건주의에 반대하는 비수와 투창이었다. 사람들은 아직 그것의 예술성을 고려할 겨를은 없었다. 때문에 잡문은 그저 사상적인 예리함으로 현실을 즉각적으로 반영하는 것에서 성공을 거두었다. 그럼에도 불구하고, 잡문은 현대문학사와 사상사에서 아주 중요한 위치를 차지한다.

1921년 6월 8일, 저우쭤런周作人은 《신보부간》에 즈옌子严이라는 필명으로 〈미문美文〉이라는 글을 발표했는데, 여기에서 그는 기술적이고 예술적인 미문을 쓸 것을 주장하면서, 신문학 작가들이 "권토중래하여 신문학에 새로운 바탕을 열어줘야 한다"고 호소했다. 이는 시기적절한 것이다. 이런 미문은 중국의 전통적인 산문과 형식적으로 상당히 유사하여 본보기로 삼을 만한 부분이 적지 않기 때문이다. 신문학 작가들이 미문의 형식으로 생동감 있게 현실을 반영하는 것은 얼마나 간단한 것인가! 저우쭤런 자신도 이런 산문을 대량으로 쓰기 시작했다. 비평적인 것도 있고 서술적인 것도 있었는데, 수필식의 글이 가장 많았다.

이를 전후로 하여 중국의 대형 신문잡지도 적지 않은 산문작품들을 실었다. 《소설월보小说月报》, 《동방잡지东方杂志》, 《신보》, 《어사语丝》, 《시사신보·학등时事新报·学灯》 등이 모두 우수한 산문작품들을 기재한 것은 문학사상 홀시할 수 없는 현상이다. 베이징의 《신보》가 제7판부터 '부간'으로 바꾸고, 다른 대형 신문들이 이를 모방한 것도 산문소품이 발표되는 데 길을 열어주었다.

1922년 3월, 후스胡适가 《신보申報》에 〈50년 동안의 중국문학五十年来中国之文学〉을 발표했는데, 여기에서 그는 산문의 발전에 대해 다음과 같이 설명했다. "근 몇 년간, 산문에서 가장 주목할 만한 발전은 저우쭤런 등이 주장한 소품산문이다. 이런 종류의 소품문은 평범한 내용 속에 깊은 뜻이 숨겨져 있다. 때때로 매우 서툰 것 같지만 기실은 오히려 익살맞은 것이다. 이런 작품의 성공은 백화로는 그런 미문을 쓸 수 없다는 맹신을 완전히 깨뜨리는 것이다." 이는 '5·4' 전기 백화산문의 성과에 대한 정확한 평가이자 당시 산문 발전에 대한 합당한 정리이다.

문학연구회는 인생을 위한 문학을 창작하는 데 노력한 유파이다. 이 유파에는 소설가들이 비교적 많으나 산문작가도 적지 않다. 빙신, 주즈칭朱自清, 예성타오叶圣陶, 위핑보俞平伯, 왕퉁자오, 정전둬郑振铎, 마오둔茅盾,

쉬디산許地山, 루인庐隐 등등이 모두 연이어 우수한 산문작품을 써냈다. 그 중 몇몇 작가들은 산문을 일생 동안의 글쓰기 양식으로 삼고 더더욱 뛰어난 성과를 보여주었다. '5·4' 중기, 그들이 산문에서 보여준 성과는 더욱 눈부셨다. 반제반봉건이라는 커다란 투쟁 속에서, 산문도 그들의 날카로운 무기가 되어주었다. 예컨대, '5·30' 참안[4]이 발발한 후 발표된 예성타오의 〈5월31일의 소나기 속에서五月三十一日急雨中〉, 정전둬의 〈거리의 피가 씻겨나간 후街血洗去后〉 등의 작품에는 모두 제국주의자의 대학살에 대한 작가의 분노가 담겨져 있다. '3·18' 참안[5] 후 주즈칭은 〈정부의 대학살기執政府大屠杀记〉를 통해 반제반봉건을 지지하는 작가의 애국적인 열정을 표현하였다.

1925년을 전후로 하여 민족 간 계급 간의 갈등이 첨예해졌다. 베이징에서는 베이징여자사범대학 학생운동과 '3·18' 참안이 일어났고, '5·30' 사건이 보여준 애국적인 열정은 청년들의 마음을 움직였다. 이 시기의 베이징 문화계에서는 전국을 경악게 하는 필전이 벌어지고 있었다. 《맹진猛进》, 《망원莽原》을 포함하여 《어사》를 중심으로 하는 지식인들과 《현대평론现代评论》을 위시로 한 세력들이 논쟁을 전개한 것이다. 양측에서는 모두 잡문의 방식을 사용했는데, 천위안陈源의 쓸데없이 장황하기만 한 "시잉한담西莹闲谈"과 쉬즈모徐志摩 등의 통신이 양인위杨荫榆, 장스자오章士钊편에 서서 논쟁을 부추겼다. 반면, 《어사》사의 루쉰, 저우쭤런, 린위탕林语堂, 류반농, 촨다오川岛 등등이 어용문인들의 민낯을 들추어내면서 학생들을 대신해 정의를 외치고 봉건군벌들의 폭행을 폭로하며 이들을 비판했다. 잡문은 양측 문인들이 서로 싸우는 무기로, 비수와 투창이 되었다. 이 때문에 중국현대산문사에 있어서 우수한 작품들이 많이 나타나게 된 것이다. 바로 취추바이瞿秋白가 〈《루쉰잡감선집》서언《鲁迅杂感选集》序言〉에서 다음과 같이 평가한 것과 같다.

최근 20여 년의 상황을 생각해본다면, 이런 문제가 발생한 원인을 바로 이해할 수 있을 것이다. 긴박하고 격렬한 사회투쟁으로 인해, 작가들은 자신의 생각과 감정을 침착하게 창작 속으로 제련해 넣고 구체적인 형상과 전형을 표현하게 놓아둘 수가 없었다. 동시에, 잔혹하고 포악한 압력으로 인해 작가들은 의견을 표현하는 데 있어서 일반적인 형식을 취할 수 없었다. 유머에 관한 작가의 재능은 그가 예술적인 형식으로 정치적인 입장, 사회에 대한 깊이 있는 관찰 및 민중들의 투쟁에 대한 뜨거운 동정을 표현하도록 했다.

잡문은 이렇게 탄생한 것이다. '5 · 4' 전기도 이러했고, '5 · 4' 중기도 이러하였다. 진보적인 작가들은 잡문을 전투의 무기로 삼았으며, 심지어 예술을 위한 문학을 표방했던 우익작가들도 잡문을 무기로 삼았다. 이는 당시 문학사상 매우 두드러지는 현상이다. 다른 형식의 산문은 '5 · 4' 중 · 후기에 발전하면서 장족의 진보를 이루었다.

덧붙이고자 하는 것은 통신과 보도문 같은 산문이다. '5 · 4' 시기, 유학생이 증가하고 서구 및 일본과의 교류가 빈번해지면서 중국신문사들도 기자들을 파견하기 시작했다. 이로부터 통신 형식의 글이 많아졌다. 취추바이의《신러시아여행기新俄国游记》및 그가《신보》에 발표했던 통신들, 저우언라이周恩来가 유럽에서 고학하면서《익세보益世报》에 발표한 '서유럽통신', 천쉐자오陈学昭가《대공보大公报》에 발표한 통신 등이 다 여기에 속한다. 이 외에도, 취추바이가 모스크바에서 쓴《적도심사赤都心史》, 쑨푸시孙福熙가 프랑스에 유학할 당시 쓴《대서양의 해변大西洋之滨》,《산야철습山野撷拾》 등은 비록 통신은 아니었지만 작품 속 이국적인 정취는 중국독자들에게 다른 세상을 알려주는 역할을 했다. '5·4'시기 이런 작품들은 그다지 많지는 않았는데, '5·4'시기가 이런 작품들의 맹아기라 할 수 있다. 산문사상 보고문학의 탄생은 1930년대 중기에 이루어진다.

'5·4'시기 산문의 내용에 대해, 위다푸는 〈중국신문학대계 산문2집·서언〉에서 전체적으로 개괄을 했는데, 참고할 만한 가치가 있다. 그는 다음과 같이 네 가지로 현대산문의 특징을 정리했다. "현대산문의 가장 큰 특징은 작가별 작품 하나하나에서 나타나는 개성이 이전의 어떤 산문보다 강하다는 것이다. 두 번째 특징은 그것의 범위가 확대되었다는 것이며 세 번째 특징은 인성, 사회성과 자연의 조화로움이다. 마지막으로 언급하고자 하는 것은 최근 강해지기 시작한 유머러스한 맛이다. 이 또한 현대산문의 특징 중 하나이자 매우 중요한 부분이다." 위다푸의 정리는 내용적인 측면과 전체적인 파악에 많은 중점을 두고 있는 것으로 보인다. 만약 우리가 작가와 작품을 연관시켜 이해한다면 '5·4' 산문의 특징을 보다 더 분명하게 이해할 수 있을 것이다.

三. '5·4' 산문의 성과

'5·4'시기 문학에서 산문의 성과는 상당히 두드러진다. 이는 '5·4'시기 평론가들이 이미 지적한 것이다. 예컨대, 후스는 앞에서 언급했던 〈50년 동안의 중국문학〉(1922년 3월)에서 백화문학의 성과를 논하면서, "백화산문은 많이 발전했다. 특히 장문의 논설문이 보여준 진전은 설명할 필요도 없이 매우 명백하다. 요 몇 년간 산문영역에서 가장 주목할 만한 성과는 저우쭤런 등이 제기한 '소품산문'이라고 할 수 있다"고 주장했다. 주즈칭은 1928년 〈현대 중국의 소품문을 논함论现代中国的小品文〉이라는 글에서 산문의 성과를 매우 높이 평가했다. "가장 발전한 것으로는 소품산문을 꼽아야 할 것이다. 3-4년간 급속히 생겨난 각종 간행물들은 의식적이건 무의식적이건 수많은 산문을 실었다. 최근 1년간 이런 간행물들은 더 많아졌다. 각 서점에서 출간한 산문집도 적지 않다. (중략) 그래서 소품산문이 극히 흥성하고 있다." 주즈칭은 근 몇 년간의 문학성과에 대해 첫 번째는 소품문이고 두 번째는 단편소설이며 세 번째는 시라고 정리한 증박曾朴의 말을 인용했다. 그는 "이 관찰은 대체적으로 옳다"고 하면서, "산문으로 산문을 논하자면 요 3-4년간의 진전은 확실히 매우 눈부시다"고 평가했다.

'5·4' 산문의 역사적인 성과에 대해 루쉰 또한 매우 타당한 평가를 내놓았다. "5·4운동 시기에 이르러 또 다시 전개가 펼쳐졌는데, 산문소품이 이룬 성과가 대체로 다 소설, 희곡, 시보다 높다. 이 안에는 물론 몸부림과 전투가 내포되어 있다. 하지만, 종종 영국 수필인 에세이를 본으로 삼았기에 유머러스하고 온화하며 점잖은 느낌도 지닌다. 이는 구문학에 대한 시위로, 구문학이 특색으로 삼는 것을 백화문학도 할 수 있다는 것을 보여주기 위함이다."(〈소품문의 위기〉) 산문소품에 대한 루쉰의 평가는 상당히 높다. 비록 "대체로 다"라는 표현을 사용하긴 했지만, 산문이 대단한 성과를 이루었다는 것을 설명하기에는 충분하다.

'5·4' 시기에 산문이 이러한 뚜렷한 성과를 거둠으로써 중국현대문학사상 중요한 위치를 차지하게 된 것은 결코 우연이 아니다. 여기에는 중대한 역사적인 이유와 현실적인 요소가 작용하고 있다. 이 문제에 대해서는 여기에서 더 이상 논하지 않겠다. 이제 산문의 성과에 대해 구체적으로 서술하기로 한다.

첫째, 동서 문화교류의 산물이다.

'5·4' 시기 산문의 발달은 서구와 중국 간 문화교류의 결과이며, 두 문화가 융합되어 나온 큰 성과이다. 이는 당시의 상황을 보면 바로 알 수 있다.

신문화운동의 시작은 후스와 천두슈 등의 논문 몇 편에서 비롯된 것이다. 때문에 장문의 논설문이 발달하기 시작했다. 1921년 6월 8일, 저우쭤런은 《신보》에 〈미문〉을 발표하여, 신문학 작가들에게 이러한 '미문'을 창작할 것을 호소하였다.

> 외국문학 안에 이른바 논문이라 불리는 것은 두 가지 종류가 있다. 하나는 비평적인 것으로 학술성이 강하다. 다른 하나는 기술적인 것으로 예술성이 강한데, 미문이라고도 불린다. 이 미문은 다시 또 서사와 서정으로 나눌 수 있지만 두 가지가 섞여 있는 경우가 많다. 이런 미문은 영어권 국민들 사이에서 가장 발달한 것으로 보인다. 예를 들면, 중국인들이 익히 알고 있는 아이디성爱迪生, 란무阗姆, 어우원欧文, 훠쌍霍桑 등, 이들은 모두 매우 훌륭한 미문을 창작했다. 가오얼쓰웨이시高尔斯威西, 지신吉欣, 치스터우둔契斯透顿 등도 미문 창작의 대가이다.[6] 잘 읽히는 논문은 마치 산문시를 읽는 것 같다. 실제로 그것은 시와 산문 사이의 교량이기 때문이다. 중국 고문의 서序, 기记와 설说 등도 미문의 일종이라고 할 수 있으나 현대 백화문학에서는 아직까지는 이런 종류의 문장을 보지 못했다. 신문학 작가들은 왜 한 번 써보지 않는 것인가? 나는 문장의 외형과 내용은 관계가 있다고 생각한

다. 수많은 생각들 중에 소설로 쓸 수도 없고 시로 표현하기에도 적합하지 않다면, …… 논문식으로 그것을 표현할 수 있다. 모든 문학작품과 마찬가지로 진실하고 간단명료하기만 하면 된다.

저우쭤런이 제창한 미문이라는 이 형식을 신문학 작가들이 수용함으로써, 10년 동안 "확실히 매우 눈부신" 진전을 이루었다. 이는 작가들의 노력과 맞물려 있으며, 저우쭤런의 적극적인 제창과도 관련이 있다. 그러나 더 중요한 것은, 그것이 외국의 형식을 배우고 모방하였다 하더라도, 중국의 산문전통과 불가분의 관계에 있다는 점이다. '5·4' 이래 형성된 새로운 산문은 확실히 중국과 서방의 문화교류로 인한 성과이다.

루쉰은 소품산문이 "종종 영국의 수필을 본받았다"고 했다. 주즈칭 또한 이 문제에 대해 매우 정확한 분석을 내놓은 바 있다. "우리는 중국문학이 대체로 산문을 정통으로 삼아왔음을 안다. 산문의 발달은 바로 그러한 상황에 따른 것이다. 소품산문의 형식은 바로 이런 중국고전산문에 다 있다. 다만 그 취지에 큰 차이가 있을 뿐이다"라고 했다. 그는 또 다음과 같이 말했다. "중국 역대 산문 가운데 명대의 명사파名士派[7] 문장이 오늘날 현대산문과 상당히 비슷하다. 그러나 현대산문에 직접적인 영향을 끼친 것은 외국산문이라는 것을 알아야 한다. (중략) 역사적인 배경은 단지 우리들에게 어떤 추세만을 가리켜줄 뿐이다. 상세한 목록은 원래 각 개인이 알아서 정해야 한다. 그래서 외국의 영향을 받았다고 해서 역사적인 배경이 이 때문에 지워지는 것은 아니다."(〈현대중국의 소품문을 논함〉)

중국의 전통적인 산문과 외국문학이 현대산문에 끼친 영향에 대해서는 대체로 인정을 하고 있으나 정도의 차이가 좀 있다. 저우쭤런은 〈도암몽억 서언陶庵梦忆序〉에서 "신문학 가운데 현대산문이 외국문학의 영향을 가장 적게 받았다. 비록 문학이 발전하는 데 있어서 부흥과 혁명은 마찬가지로 진전이지만, 현대산문은 문학혁명의 산물이라기보다는 문예부흥의 산물이라고 보는 게 더 낫다"고 했다. 저우쭤런의 이러한 관점에 대해 동의하지 않는 이들은 그가 현대산문에 끼친 외래문학의 영향을 충분히 고려하지 않았다고 본다. 기실, 저우쭤런은 현대산문에 대한 외국문학의 영향을 결코 부정하지 않았다. 그는 이 글에서 신문학의 여러 체재에 대한 외국문학의 영향을 비교한 것이었다. 다시 말해, 영향력의 크고 적음의 문제는 견해의 차이라는 것에 동의해야 한다는 것이다. 사실상, 외국문학이 신문학에 끼친 영향 문제는 작가별로도 차이가 있으니, 사람에 따라 그 견해가 다 다를 수밖에 없다. 어쨌든, 현대산문은 중국과 서양의 문화가 융합되어 만들어진 결정체로, 완강한 생명력을 보여주면서 '5·4' 신문학의 여타 체재 가운데 중요한 자리를 차지하였다.

둘째, 산문의 표현양식은 문학의 지평을 확장하였다.

'5·4' 시기의 산문은 그 표현양식이 풍부하고 다양하다. 그야말로 전례 없는 그런 발전을 이루었다고 할 수 있다. 그것은 중국의 전통적인 서문과 발문 및 서술문의 범주로는 포괄할 수가 없는 바, 산문형식의 지평을 확장함으로써 이후 현대산문이 발전해 나가는 데 기준을 만들었다.

의론성 잡문은《신청년》의 '수감록'이라는 특별란에서 가장 먼저 등장하였다. 후에 일부 신문 잡지들도 이러한 특별란을 만들어서, '잡감雜感', '평란评坛', '마음대로 이야기함乱谈', '촌철寸铁' 등이라고 이름을 붙였다. 여기에 실린 글들은 사회비판과 문화비판에 치중하여 제국주의와 봉건제도에 대한 거부를 표현하였는데, 이를 통해 신문화운동 중 장편의 논문들이 진행했던 선전과 투쟁활동에 호흡을 맞춰 나갔다. 이런 수감록들은 편폭이 짧고 그 붓끝은 구체적인 사물을 향하고 있었기에, 작은 것으로부터 큰 것을 보는 것이라 할 수 있는데, 비수와 투창처럼 그 살상력이 매우 강했다. 루쉰은 이런 종류의 글을 많이 썼는데, 이를 잡감 또는 단평이라고 일컬었다. 의론성의 소품문은 독특한 형식으로 발전하여 잡감문이라고 불렸고, 취추바이는 문예성의 사회논문이라고 칭했다. 이후 산문의 한 커다란 줄기로 발전하여, 중국현대문학사에서 중요한 지위를 차지하게 되었다. 뿐만 아니라, 창작이나 종류에서도 다양한 색채를 드러냈다.

인물과 사건을 묘사한 서정산문, 기행문도 '5 · 4' 산문에서 성과가 매우 뛰어나다. 이런 글들은 중국고대산문에서도 비교적 발달한 바, 산수기행문, 개인의 생평을 기록한 글, 제문 등 전통적인 산문에서도 수많은 명문들이 나왔다. '5 · 4' 이래 작가들이 백화문으로 글을 쓰면서 서정산문이 발달하였다. 작가들은 전통적인 산문에서 장점을 취하면서 아주 뛰어난 작품들을 창작하였다. 주즈칭의 〈노 젓는 소리와 등불 그림자 속의 친화이강桨声灯影里的秦淮河〉는 "백화미술문의 모범"이라는 찬사를 받기도 했다. 이런 종류의 기행문 가운데 명문이 상당히 많다. 〈뒷모습背影〉(주즈칭), 〈후지노 선생藤野先生〉(루쉰), 〈지난 일往事〉(빙신) 등과 같이 인물과 사건을 묘사한 산문도 이후에 등장한 이런 형식의 산문에 모델이 되었다. 그 밖에, 궈모뤄郭沫若의《소품 여섯 장小品六章》, 쉬디산의《산에 내리는 비》가운데 여러 편들은 글의 형식과 내용이 모두 훌륭하다. 이들은 모두 산문시 형식의 작품들인데, 작품의 개성이 뚜렷하게 드러난다.

수필식의 소품문은 당시에도 매우 발전하였는데, 산문의 중요한 양식 중 하나이다. 저우쭤런이 주창한 미문이 대부분 여기에 속하는데, 서술과 의론의 방식으로 묘사와 서사 및 서정을 하나로 융합하되, 형식에 얽매임 없이 마음 가는 데로 쓴다. 여기에는 지식도 있고 재미도 있는데, 어휘나 자료의 선택이 매우 적절하다. 당시 저우쭤런의 영향 하에서 이런 산문은 적지 않게 나왔는데, 위핑보, 중징원钟敬文 등이 모두 이런 수필식의 산문을 창작하는 데 뛰어났다.

1981년 홍콩에서 중국현대문학학회가 열렸는데, 학회가 끝난 후 탕타오唐弢 교수가 다음과 같이 말했다. "학회에서 량지아뭐梁佳梦 박사가 량스치우梁实秋의 《아사소품雅舍小品》, 왕리王力의 《용충병조재[8]의 자잘한 이야기龙虫并雕斋琐语》와 첸중수钱钟书의 《삶의 곁가에서写在人生边上》를 예로 들면서, 이들을 학자산문이라고 했다. 나는 이 문제가 매우 흥미롭다고 생각한다. 그 범위를 좀 더 확대하자면 영국의 수필식 산문까지 넓힐 수 있다고 생각한다. 이런 종류의 산문을 창작한 대표적인 작가로는 당연히 저우쭤런을 꼽아야 할 것이다. (중략) 이후에는 전투성의 잡문이나 가벼운 서정문, 여행기, 회고록 등의 창작이 장려되었고 유행하였다. 그래서 수필식의 산문은 쓰는 사람이 매우 드물어졌다."(〈중국현대문학의 연구에 관한 문제关于中国现代文学研究问题〉) 탕타오 교수의 설명대로, 당대에 와서는 이런 수필식의 산문을 쓰는 사람이 많지 않다. 이는 현재 중국의 산문 양식이 그다지 다양하지 않음을 설명한다. 오히려 '5·4' 시기에 이런 산문을 많이 써서, 학자산문도 성과가 높았고 종류도 다양했다. 한가하니 소일하는 것이든, 쓰면서 감상하고 즐기는 것이든, 이런 수필은 산문에서 하나의 장르라고 할 만하다.

통신이라는 표현 양식도 '5·4' 시기에 등장하여 산문의 한 종류가 되었다. 보고문학은 1930년대의 산물로, 1920년대에는 아직 등장하지 않았다. 하지만 문학성을 띤 인물이나 사건 통신은 통신 또는 보고문학의 전신으로, 보고문학과 밀접한 관련이 있다고 하겠다. 신문의 발전에 따라, '5·4' 시기 통신이라는 이 형식이 광범위하게 사용되어 신문의 중요한 문체가 되었는데, 그중에서 문학성이 비교적 강한 것들이 산문의 한 장르가 된 것이다. 《신보》의 모스크바 주재원이었던 취추바이, 《대공보》의 유럽 주재원이었던 천쉐자오 등이 많은 통신을 발표했고, 이 가운데에는 우수한 산문작품도 적지 않다. 빙신의 《어린 독자에게壽小读者》도 바로 통신의 형식으로 《신보》에 연속적으로 게재한 것이다. 통신의 특징을 갖춘 것은 아니지만 '통신'으로 발표한 것이다. 결론적으로, 맹아 상태였던 통신이라는 이 산문 양식이 이 시기 이미 등장하여, 이후의 통신 내지 보고문학의 발전에 견인차 역할을 했다고 하겠다.

셋째, 일군의 저명한 산문작가들이 등장하였다.

'5·4' 시기는 중국현대문학의 첫 번째 10년이다. 이 기간에 발표된 산문작품은 매우 많다. 이때 일군의 저명한 작가들이 한꺼번에 등장했는데, 그들은 중국현대문학사에서 매우 중요한 위치를 차지하고 있다.

자오자비赵家璧가 주편한 《중국신문학대계》 안에 산문집은 두 권으로, 전체 20퍼센트를 차지하는데, 그 분량은 단편소설 다음으로 많다. 두 권의 산문집에는 33명에 이르는 작가들의 작품이 실려 있다. 이 중에는 중국의 유명한 산문작가들이 적지 않다. 저우쭤런이 편집한 1집에는 쉬즈모, 위다푸, 위핑보, 류반농 등 저명한 산문작가들의 작품과 량위춘梁遇春, 쑨푸시 등 개성이 강한 작가들의 작품 및 궈모뤄 등의 작품이 실려 있다. 궈모뤄는 시인으로 유명하지만 뛰어난 산문도 많이 남겼다. 위다푸가 편집한 2집에는 중국현대문학사상 가장 걸출한 산문작가라 할 수 있는 루쉰과 저우쭤런의 작품 외에도, 빙신, 주즈칭, 쉬디산, 예사오쥔 등 유명한 산문작가의 작품들이 실려 있다. 린위탕, 펑즈카이丰子恺, 중징원 등도 적지 않은 명문을 창작했는데 이들의 작품들도 포함되어 있다. 또한, 산문창작이 특기라고는 할 수 없지만, 역시 뛰어난 산문작품을 남긴 마오둔과 정전둬의 작품도 찾아볼 수 있다.

《중국신문학대계》는 첫 번째 10년 동안 창작된 작품만 선별한 것이라 그 전모를 다 볼 수는 없지만, 일부만 보고도 전체적인 면모를 대략 짐작할 수 있다. 저우쭤런은 산문1집의 머리말에서 아래와 같이 밝혔다. "최근 10년간 작가들이 숲을 이루어서, 전부 다 알 수는 없기에 자연 놓치는 부분이 많으니 그 과실을 어찌 피하겠는가. 그러나 절대 일부러 지우지는 않았으니, 스스로 심사를 통해 죄가 없다고 할 뿐이다." 당시 산문작가들은 확실히 적지 않았으니, '숲을 이루었다'는 저우쭤런의 표현은 정확하다. 그는 작가 17명의 작품 71편을 대표작으로 골랐는데, 이는 선택한 사람의 안목을 보여주는 것이다. 위다푸는 산문2집에 16명의 작가 작품을 선별하여 실었다. 그는 머리말에 다음과 같이 썼다. "여기에 실린 작품들은 모두 내가 존경하는 작가들의 작품이다. 그들의 작품 또한 당연히 내가 좋아하는 것들이다." 위다푸가 작품을 선별한 기준은 확실히 남달랐다. 열여섯 명의 작가 작품을 실었지만, 대부분이 루쉰과 저우쭤런의 작품이다. 위다푸는 "중국현대산문에서 루쉰과 저우쭤런 두 작가의 작품이 가장 풍부하고 위대하다. 평소 나는 이 두 작가의 산문을 가장 편애해왔다. 작가를 고르려고 보니, 마치 알라딘의 보물창고에 몰래 들어간 것처럼 사방을 둘러보다 선별의 기준을 잃어버리고 말았다. 사랑하는 것을 모질게 잘라내고 애석해하면서 줄였다. 그랬는데도 결과적으로는 그들 두 사람의 작품이 이 작품집의 중심이 되었다. 분량으로 볼 때, 그들의 산문이 전체 작품의 60-70퍼센트를 차지하지 않을까 생각한다"고 했다. 위다푸의 이 언급은 매우 흥미롭다. 어찌되었든, 이들 두 작가의 작품이 두드러지게 되었고, 이는 또한 중국현대산문사에서 이들 두 작가의 위치를 설명하는 것이기도 하다.

《중국신문학대계》의 사료 색인집에 이 10년간의 '창작편찬목록'이 수록되어 있는데, 산문 분야에는 총 마흔 두 권이 들어있다. 그 가운데 루쉰의 《열풍热风》, 《화개집华盖集》, 《화개집속편华盖集续编》, 저우쭤런의 《비 오는 날의 책雨天的书》, 취추바이의 《적도심사》, 《신러시아여행기》, 쉬디산의 《산에 내리는 비》, 빙신의 《어린 독자에게》, 중징원의 《여지소품荔技小品》 등이 비교적 유명하다. 이 목록은 물론 불완전한 것이다. 주즈칭의 《뒷모습》, 저우쭤런의 《택사집泽泻集》, 위핑보의 《연지초燕知草》, 쉬즈모의 《자기분석自剖》와 《파리의 편린巴黎的鳞爪》 등등은 다 누락되어 있다.

결론적으로, 이런 개략적인 묘사는 당연히 매우 불완전한 것이다. 하지만, 이 10년 동안 산문작가들이 무수히 쏟아져 나와서 산문 창작의 번영을 이끈 것은 분명하다.

넷째, 산문 영역에서 다양한 풍격의 유파를 형성하였다.

우리는 작품을 보면 작가를 알 수 있다는 말을 자주 쓴다. 산문이라는 이 형식은 가장 직접적으로 작가의 풍격을 드러내는 양식이다. 때문에 개인의 기질이 산문에서 가장 선명하고 두드러지게 나타날 수밖에 없다. '5ㆍ4' 시기 산문의 발달에 따라 작가의 풍격도 점점 형성되기 시작했다. 주즈칭은 산문의 발전에 대해 이렇게 설명한 바 있다. "갖가지 양식과 갖가지 유파가 인생의 여러 측면을 표현하고 비판하고 해부하고 있는데, 이것이 널리 퍼져나가고 나날이 변화하고 있다. 사상적으로 보자면, 중국적인 명사풍도 있고 외국적인 신사풍도 있으며, 은자도 있고 혁명가도 있다. 표현적인 측면에서 보면, 묘사적이거나 풍자적이거나 완곡하거나 세밀하거나 강건하거나 산뜻하고 아름답거나 세련되거나 유동적이거나 함축적이다."(《중국현대소품문에 대해 논함》) 주즈칭은 어떤 작가가 어느 유파에 속하는지 풍격은 어떤지에 대해서 더 상세하게 설명하지는 않았다. 그러나 우리는 바로 찾아낼 수 있다. 예컨대, 류반농은 중국적인 명사풍이며 린위탕은 외국적인 신사풍이다. 저우쭤런은 《택사집》의 머리말에서 은자와 혁명가에 대해 언급했는데, 그는 "나의 취미적인 문장 속에도 혁명가가 살아있기를 바란다"고 했다. 표현적인 측면에서 보자면, 주즈칭이 묘사의 대가이다. 루쉰은 풍자의 고수이고, 저우쭤런의 글은 세련되어 있으며, 빙신의 글은 유동적이고, 쉬즈모의 글은 산뜻하고 아름답다. 주즈칭은 청신하다. 이러한 특징들을 우리는 산문을 읽으면서 느낄 수 있다. '5·4' 시기 산문작가들의 개개인의 풍격이 선명하다는 것은 예술적으로 뛰어난 성과를 거두었음을 설명한다.

산문의 유파는 당연히 존재하는 것인데, 이에 대한 연구는 많지 않다. 예를 들어, 어사사는 산문작가들의 단체로, "거리낌 없이 마음 가는 대로 쓴다"는 것이 어사사의 공통적인 특색이다. 하지만 세밀하게 구분하면 많이 다르다. 저우쭤런은 《연지초》발문《燕知草》跋》에서 위핑보를 "근래 나타난 세 번째 유파의 새로운 산문의 대표"라고 하면서, 그의 산문을 "문학적인 맛이 가장 강한 산문"이라고 했다. 저우쭤런은 이러한 산문의 특징을 다음과 같이 설명했다. "설리적이지도 서사적이지도 않고 서정적인 요소가 주를 이루는, 어떤 이는 '수다 떠는 것'이라고 부르기도 했던 그런 종류의 산문에서는 떫고 단순한 맛이 있어야 독자가 인내력 있게 읽을 수 있다고 생각한다. 그래서 그의 글은 아직 좀 더 변해야 한다. 구어를 기본으로 하면서 서구식 중국어, 고문, 방언 등의 요소를 조화롭게 섞어서 적절하게 또는 인색하게 배열하고 지식과 재미라는 이 두 가지 요소의 통제를 받을 때, 비로소 품위 있는 대중적인 문장을 만들어낼 수 있다." 저우쭤런은 위핑보가 이러한 산문 유파의 대표라고 했지만, 실상은 그 자신 역시 바로 이런 유파에 속한다. 린페이는 "위핑보의 산문은 저우쭤런 식 산문 유파의 한 지류에 불과하다"(《현대산문60인現代散文六十家》)고 지적했는데 이는 일리가 있다. 저우쭤런은 또 〈즈모를 기념하며志摩紀念〉에서 다음과 같이 썼다. "즈모는 빙신여사와 같은 유파에 속한다고 할 수 있다. 야리鴨梨[9]처럼 거침없이 매끈하고 상큼하다. 백화문의 기초 위에 고문과 방언 및 서구식 중국어 등등의 요소들이 더해져서 서민들의 말을 표현력이 강한 그런 문장으로 발전시켰다." 어떤 이들은 쉬즈모의 산문이 빙신의 산문과 같은 유파라는 데 동의하지 않는다. 그러나 쉬즈모의 산문을 야리에 비유한 것은 정말 생동적이다. 그가 특정한 한 산문 유파의 특색을 야리로 개괄하고, 평론가들은 이에 동의하여 이들을 '야리파'라고 불렀다. 야리파에 어떤 작가들이 또 있는지는 진일보한 연구가 필요하다. 산문의 유파 문제는 상당히 흥미로운 문제로, 연구자들이 더 깊이 있게 고찰할 필요가 있다. 어찌 되었든, '5·4' 산문 속에는 서로 다른 유파들이 존재하며, 이러한 유파들의 형성은 곧 산문 창작이 얼마나 번성하였는지를 설명하는 것이라 할 수 있다.

---

1) 만당 시인인 두목杜牧이 지은 〈讀韓杜集〉에 나오는 구절이다. 원문은 다음과 같다: 杜诗韩笔愁来读, 似倩麻姑痒处搔. 天外凤凰谁得髓？无人解合续弦胶.

2) 청대 원매袁枚가 지은 〈仿元遺山论诗(四十二首选一)〉에 나오는 구절이다. 원문은 다음과 같다: 不相菲薄不相师, 公道持论我最知; 一代正宗才力薄, 望溪文集阮亭诗. 여기에서 망계는 청대 동성파의 시조인 방포方苞의 호이고, 완정은 청대 대표적인 시인인 왕사정王士禎의 호이다.

3) '잡산문'은 이후 '잡문'으로 분류되는 글을 일컫는 것이다. '잡문'는 루쉰의 '잡문'을 가리키면서 비로소 통용되었고, 왕퉁자오가 이 글을 쓸 때에는 아직 '잡문'이라고 명확하게 분류되지 않았다.

4) 五卅惨案. 1925년 5월 30일에 발발하여 '5·30 참안'이라고 부른다. 5월 14일 상하이에 있는 일본인 방직공장의 노동자들이 아무 이유 없이 노동자를 해고한 것에 저항하여 파업을 벌였다. 이 과정에서 공산당원이던 노동자가 총에 맞아 숨졌고 10여 명이 다쳤다. 이는 상하이의 노동자들, 시민들과 학생들의 분노를 불러일으켰고, 5월 30일 상하이의 학생들 2,000여 명이 조계지로 들어와 이 사건을 알리는 전단을 뿌리고 제국주의에 반대하는 시위를 벌였다. 이에 영국경찰은 학생들을 무자비하게 체포하였다. 이날 오후, 만여 명의 시민들이 상하이 난징로에 모여 학생들의 석방을 요구하면서 제국주의를 타도하자는 시위를 벌였다. 영국경찰은 시위하는 시민들에게 총을 쏨으로써, 수십여 명의 시민들이 목숨을 잃거나 중상을 입었다. 또한 백여 명의 시민들이 그 자리에서 체포되었다. 이 사건을 가리켜 '5·30 참안'이라고 한다. 이는 제국주의에 저항한 애국운동인 "5·30 운동"의 도화선이 되었다.(Baidu 百科 '五卅惨案' 참고)

5) 1926년 3월 12일 평위샹冯玉祥의 국민군과 봉계奉系 군벌이 전쟁을 벌이고 있을 때, 일본군함이 다구커우大沽口에 들어와 국민군을 공격하여 수십 명의 사상자를 냈다. 국민군은 일본군함을 몰아내기 위해 진력을 다했다. 그런데 일본군은 미국, 영국 등 8개 연합국과 연합하여 중국정부에 다구커우의 중국군과 국방시설을 철수시키라는 통첩을 한다. 이에, 3월 18일 베이징 천안문광장에 5,000여 명이 집결하여, 일본군의 요구를 거부하라는 항의시위를 벌였다. 그런데 돤치뤼段祺瑞정부는 오히려 시위 군중들에게 총을 발포하였고, 그 결과, 47명이 사망하고 200여 명이 중상을 입었다. 이를 '3·18참안'이라고 부른다.(Baidu百科 '三·一八惨案惨案' 참고)

6) 이들 외국 작가는 저우쭤런이 일본어 이름을 보고 중국어로 옮긴 것이다. 그래서 그 이름이 오늘날 통용하는 표기법과 일치하지 않아서 정확하게 누구인지 판단할 수 없다. 그나마 오늘날 중국어 표기법과 같은 작가로 '어우원'과 '휘쌍'이 있는데, '어우원'은 조지 오웰이고, '휘쌍'은 나다니엘 호손일 것이라 추측한다.

7) 지식인들 중에서 얽매임 없이 자유분방한 태도를 보이는 사람들을 지칭한다. 또한 이런 부류의 사람들이 창작한 글의 풍격을 의미하기도 한다. (Baidu百科 '名士派' 참고)

8) 왕리 교수가 서재에 붙인 이름.

9) 야리는 배의 한 품종이다. 집오리의 알처럼 생겨서 야리라고 부른다.

2부 ◆ 작가론

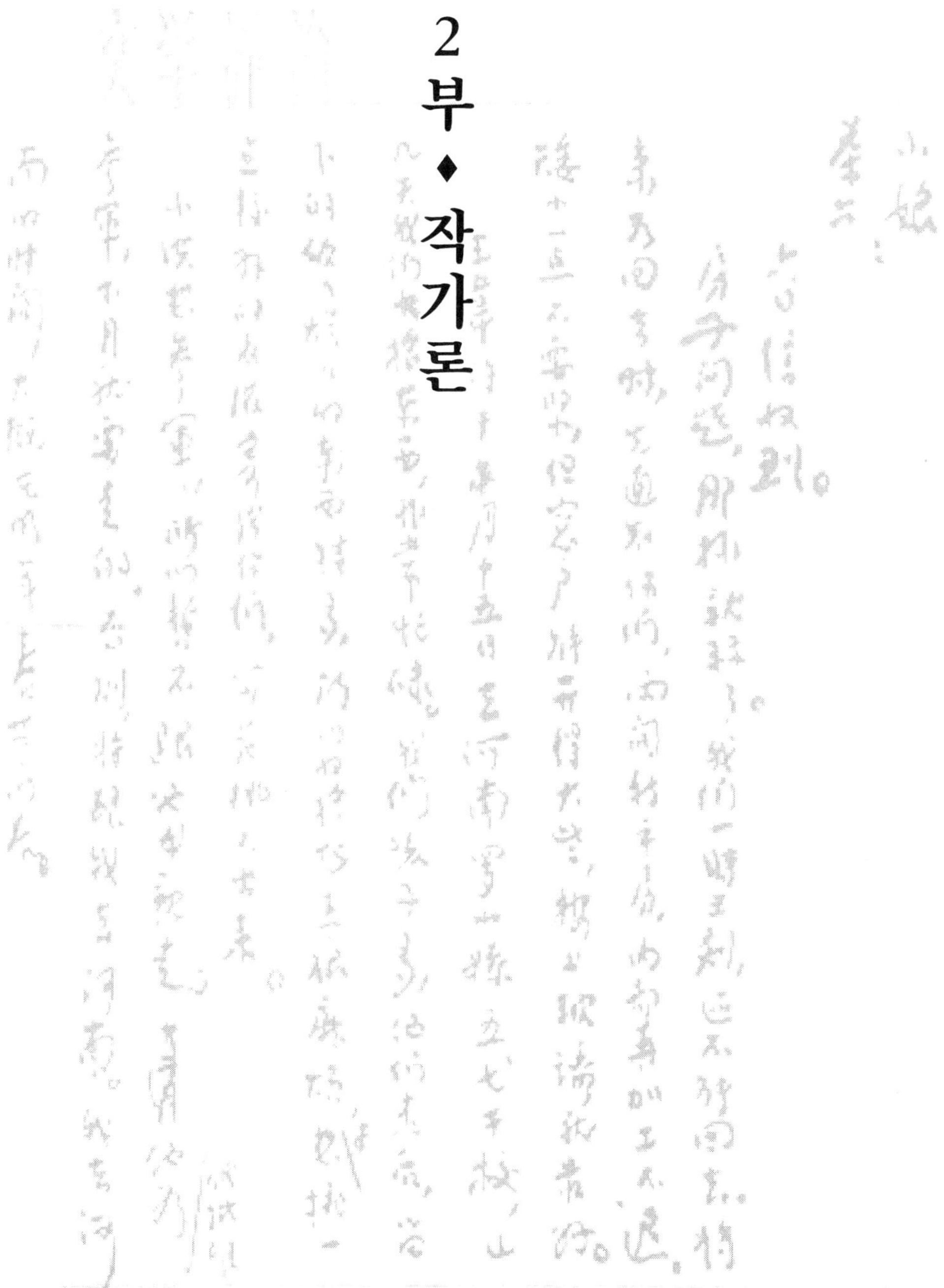

루쉰魯迅의 산문

루쉰은 저장성 사오싱 출생으로, 본명은 저우수런周樹人이고, 자는 위차이豫才이다. 1881년에 태어나 1936년에 서거하였다. 중국현대문학사상 가장 위대한 문학가이자 사상가이다.

一. 사상과 창작의 분기

취추바이는 《《루쉰잡감선집》서언〉에서 다음과 같이 설명했다. "진화론에서 계급론까지, 자본주의 계급의 반역자에서 무산계급과 노동자들의 친구부터 전사가 되기까지, 그는 신해혁명 전부터 오늘날의 사분의 일 세기에 해당하는 기간 동안 전투를 겪었다. 고통스러운 경험과 깊이 있는 관찰 속에서 소중한 혁명 전통의 경험을 갖고 새로운 진영으로 왔다." 이는 취추바이가 1933년에 쓴 글로, 루쉰 사상의 노정을 요약한 것이다. 나는 그의 분석이 타당하며, 결코 시대에 뒤떨어지지 않는다고 생각한다. 진화론과 계급론을 가르는 분기점은 1927년 '4·12'[1] 전후이다.

루쉰은 원래 계급론자가 아니라 혁명적이고 급진적인 소자산계급의 지식인이었다. 그러나 '5·4' 신문화운동의 전사로서, '5·4' 시기에 그는 대량의 소설과 전투성이 강한 잡문을 창작했다. 사상적인 발전의 측면에서 보자면, 이 기간 동안 일어난 일련의 큰 사건은 그에게 많은 영향을 끼쳤다.

먼저 '5·4' 신문화운동과 '5·4' 운동이다. 신문화운동의 발생에 있어서 루쉰은 첫 번째로 등장한 계몽자 그룹에 속하지 않는다. 쳰쉬안퉁이 그에게 원고를 부탁했을 때, 쳰쉬안퉁이 "희망을 말하는데 말살할 수는 없는 것이다"라고 여겼기 때문에 글을 쓰겠다고 약속했고, 〈광인일기狂人日记〉를 쓰기 시작하면서는 일단 작품을 발표하기 시작하니 거두어들일 수가 없었던 것이다. 그가 발표한 작품들은 '혁명문학의 실적'을 보여주는 그런 소설들이었다. 후에, 《신청년》의 '수감록'에 많은 단평을 발표했는데, 이들 모두 사회와 문화에 대한 비평적인 글들이었다. 루쉰은 "나는 도리어 주변의 공기가 매우 차갑다고 느꼈다. 내가 스스로 내 이야기를 하고는 거꾸로 이를 《열풍》이라고 일컫는다"(《《열풍》 머리말《热风》题记〉)고 했다. '5·4' 운동과 10월혁명은 루쉰에게 많은 영향을 끼쳤다. 그는 여기에서 새로운 시대의 서광을 보았다. 그러나 훗날 《신청년》이 해체되고, 루쉰은 다음과 같이 당시의 심정을 밝힌다. "어떤 사람은 높이 올라갔고, 어떤 사람은 모습을 감추었고, 어떤 사람은 앞으로 나아갔다. 같은 전선에 있던 동료들이 이렇게 변할 수 있다는 것을 나는 또다시 경험했다."(《《자선집》자서《自选集》自序》)

1925년 '5·30' 참안이 일어났고, 이 사건을 계기로 하여 전국적으로 제국주의에 저항하는 운동이 발생했다. 이듬해 '3·18' 참안이 또 일어났다. 이 사건은 백양군벌인 돤치뤼段祺瑞가 일본과 손을 잡고 청년학생들의 시위를 진압한 사건이다. 학생들의 청원에 대해 루쉰은 찬성하지 않았지만, 제국주의에 저항하는 애국운동은 열렬히 지지했다. 당시, 현대평론파의 어용문인들이 '한담'의 형식으로 군벌통치자들을 지지하는 글을 발표하였는데, 이는 루쉰을 비롯한 어사파 작가들의 비판을 받았다. 루쉰은 많은 잡문을 통해 제국주의와 군벌정부의 악행 및 어용문인들의 민낯을 드러냈다. 《화개집》과 《화개집속편》에 이런 종류의 문장이 다수 실려 있는데, 〈리우허전군을 기념하며紀念刘和珍君〉, 〈공허한 이야기空谈〉, 〈사지死地〉, 〈자그마한 비유一点比喻〉 등이 그 대표작이라 할 수 있다.

1925년에서 1926년에는 베이징여자사범대학 시위 사건이 발생했다. 베이징여자사범대학 교장인 양인위가 민주주의를 억압하면서 봉건적인 교육을 시행하였고, 이에 진보적인 학생들이 반발하면서 양인위 퇴진운동이 일어났다. 이는 곧 오랜 기간 지속된 학내 시위로 이어졌다. 루쉰을 포함한 진보적인 성향의 교수들은 학생들을 지지하는 선언을 공개적으로 발표했고, 결국 학생 측의 승리로 시위는 막을 내렸다. 이 민주화운동의 과정에서 루쉰은 적지 않은 잡문을 발표했는데, 이들은 모두 《화개집》과 《화개집속편》에 실려 있다.

이러한 일련의 큰 사건들 후에, 루쉰은 자기가 "베이징에서 도망쳐 나와 샤먼厦门에 피해 있으면서, 그저 빌딩 안에서 《고사신편故事新编》안의 몇 편과 《아침꽃 저녁에 줍다朝花夕拾》에 들어 있는 작품 열편만 썼다"(《자선집》자서)고 했다. 반년이 지난 후, 샤먼에서 광저우广州로 간 그는 중산대학中山大学에서 교무부장을 역임했다. 거기에서 그는 또 '4·12'사건을 맞이하게 되는데, 공산당원들을 무차별하게 죽이는 모습을 목도하면서 진화론사상을 버리게 된다. 루쉰은 《삼한집》서언《三閑集》序言〉에서 다음과 같이 밝히고 있다. "나는 진화론을 믿어온 사람이다. 미래가 반드시 과거보다 낫고, 청년이 노인보다 나을 것이라고 여겼다. 청년들에 대해 나는 존중해 마지않았다. 그들이 나에게 열 개의 칼날을 던져도 나는 그저 화살 한 개로만 갚았을 뿐이었다. (중략) 광저우에서 나는 같은 청년들이 두 진영으로 나뉘어져 혹자는 밀고하고 혹자는 정부가 사람을 잡아가는 것을 도와주는 현실을 목도했다! 이로 인해 나의 사고는 무너져버리고 말았다."

1927년 10월 초에 상하이에 온 그는 '좌련' 작가로서의 삶을 시작하게 된다.

루쉰의 창작은 세 단계로 나누어볼 수 있다.

첫째, 초기단계이다.

1917년 이전으로, 이 시기 작품들은 모두 문언문이다. 〈아우들과 이별하고別诸弟〉, 〈연밥莲蓬人〉, 〈꽃을 아까워하며 율시 4수惜花四律〉 등과 같은 시가와 〈인간의 역사人之历史〉, 〈악마파시의 역량을 논함摩罗诗力说〉, 〈문화편향론文化偏至论〉 등과 같은 논문을 비롯해 〈달 세계 일주月界旅行〉, 〈지저여행地底旅行〉 등의 번역물 및 소설인 〈옛날을 그리워하며怀旧〉 등이 있다. 그밖에 학술저서로는 《중국광산지中国矿产志》, 《회계군고서잡집会稽郡故书杂集》, 《고소설구침古小说钩沉》 등을 꼽을 수 있다.

두 번째로는 전기단계이다.

1918년 〈광인일기〉을 창작하면서부터 루쉰은 '5·4' 신문학의 개척자로서 수많은 문학작품을 창작했다. 소설로 창작활동을 시작한 그는 《외침呐喊》과 《방황彷徨》을 출간했다. 단평과 잡감도 많이 썼는데, 《열풍》, 《화개집》과 《화개집 속편》에 수록되어 있다. 《이이집而已集》에도 이 시기 발표한 잡감이 몇 편 실려 있다. 이 시기에 발표한 논문들은 《무덤坟》에 수록되어 있고, 이 시기에 창작했지만 잡문집에 실리지 않았던 작품들은 《집외집集外集》과 《집외집습유集外集拾遗》에 실려 있다. 편수는 많지 않지만, 신시를 창작하기도 했는데, 이들도 《집외집》에 실려 있다. 산문으로는 산문집인 《아침꽃 저녁에 줍다》와 산문시집인 《들풀》을 들 수 있으며, 《고사신편》에 역사소설 몇 편이 수록되어 있다. 학술서인 《중국소설사략中国小说史略》은 획기적인 저서라 할 수 있으며, 그 외 《당송전기집唐宋传奇集》, 《한문학사강요汉文学史纲要》, 《혜강집嵇康集》 등도 모두 중요한 성과물들이다. 번역도 많이 했는데, 《고민의 상징苦闷的象征》, 《상아탑을 나서며出了象牙之塔》, 《연분홍 구름桃色的云》, 《한 청년의 꿈一个青年的梦》, 《노동자 세빌로프工人绥惠略夫》, 《작은 요하네스小约翰》 등이 있다.

셋째, 후기단계이다.

1928년부터 1936년까지는 루쉰 창작의 후기단계이다. 이 시기에 루쉰은 주로 잡문 창작에 치중하였다. 《이이집》, 《삼한집》, 《이심집二心集》, 《거짓자유서伪自由书》, 《남강북조집南腔北调集》, 《풍월이야기准风月谈》, 《꽃테문학花边文学》, 《차개정잡문且介亭杂文》, 《차개정잡문2집且介亭杂文二集》, 《차개정잡문말편且介亭杂文末编》 등을 연달아 출간하였다. 좌익문단의 맹주로서, 루쉰은 잡문을 무기로 하여 반대세력 및 사회 부조리한 세력들에 대해 투쟁했다.

이 시기에도 번역은 여전히 루쉰 글쓰기의 주요한 부분이었다. 이론서로 《근대미술사조론近代美术史潮论》, 《예술론艺术论》, 《문예비평文艺批评》, 《문예정책文艺政策》 등이 있고, 문예작품으로는 《어린 피터小彼得》, 《시계表》,

《러시아동화俄罗斯的童话》,《시월十月》,《나쁜 아이와 기타 이상한 이야기
坏孩子和别的奇闻》,《하프竖琴》,《하루의 일一天的工作》,《훼멸毁灭》과《죽은
영혼死魂灵》등이 있다.

二. 단평과 잡감

'5 · 4' 시기 루쉰의 산문에서 잡문은 중요한 부분을 차지한다. 루쉰은
자신이 쓴 잡문을 단평, 잡감 및 그가 논문이라고 부르는 몇 편의 글로 분
류했다. 이들 작품은 대부분《신청년》,《신보》,《망원》,《어사》등의 간행
물을 통해 발표했는데, '5 · 4' 시기 사회문화비판에 큰 역할을 했다. 루쉰
의 잡문은 다음과 같은 몇 가지 특징으로 설명할 수 있다.

첫째, 냉정한 관찰과 예리한 사고이다.

"왜" 소설을 쓰는가라는 문제에 대해, 루쉰은 "나는 여전히 10여년 전의
'계몽주의' 사상을 품고 있다. '인생을 표현하기 위해서' 뿐만 아니라 이
인생을 개선하기 위해서 쓴다고 생각한다"고 설명했다.(《나는 왜 소설을 쓰는
가我怎么做起小说来》) 기실, 루쉰이 의학공부를 포기하고 문학창작을 하게 된 목
적이 바로 여기에 있다. 인생을 개선하고, 중국의 국민성을 개조하는 것이
그가 굳게 믿었던 목표였다. 그에게 있어 예리한 붓끝으로 사회문화를 직
접적으로 비판하는 것은 더더욱 '계몽주의'를 위한 것이었다.

현실에 대한 냉정한 관찰과 사회에 대한 예리한 인식은 그의 단평과 잡
감에서 아주 두드러지게 드러난다. 취추바이는 루쉰의 잡문이 탄생한 원인
을 분석하면서 특별히 다음과 같이 지적했다. "유머적인 면에서 작가가 갖
고 있는 재능은 그가 예술적인 형식으로 그의 정치적인 입장, 사회에 대한

그의 깊이 있는 관찰 및 대중의 투쟁에 대한 그의 뜨거운 동정심을 밝히는 데 도움이 된다."(《《루쉰잡감선집》서언》) 루쉰의 그러한 냉정하고 깊이 있는 관찰은 그의 잡문에서 쉽게 읽어낼 수 있는 바, 위대한 사상가로서 그의 특징을 잘 보여준다.

루쉰은 단평에서 백화문을 반대하는 사람들에 대해 다음과 같이 비판했다. "명명백백히 현대인이고 현대의 공기를 마시고 있으면서도, 한사코 진부한 전통적인 봉건예교와 생명력을 상실한 언어를 강요하여 현재를 여과 없이 모욕한다. 이 모두가 '현재의 도살자'이다. '현재'를 죽이는 것은 '미래'를 죽이는 것이다. 그런데 미래는 후손의 시대이다."(《열풍·57 현재의 도살자热风·五十七现在的屠杀者》) 그는 깊이 있고 치밀한 관찰로 정곡을 찔러 본질을 짚어냈다. 또 다른 단평에서 루쉰은 "온 것은 칼과 불이다", "시호 하나를 바쳐서 '성무' [2]라고 한다"고 지적했다. 그는 또, "다른 국가를 보면 '온다'에 저항하는 사람들은 바로 주의를 가진 국민들이다. 그들은 그들이 믿는 주의 때문에 다른 모든 것을 희생했다. 뼈와 살로 칼날을 무디게 했고, 피로 연기와 불꽃을 소멸시켰다. 서슬과 화염이 쇠미한 가운데 희미한 하늘빛을 볼 수 있으니 이게 바로 새 시대의 서광이다.(《열풍·59 성무热风·五十九"圣武"》)" 여기에서 그는 러시아의 10월 혁명을 칭송했고 그것에 대한 추구와 바람을 드러냈다. 또한, 사회현실에 대한 루쉰의 또렷한 인식과 문제에 대한 깊이 있는 이해가 나타난다.

《무덤》에는 루쉰의 논문 몇 편이 실려 있다. 〈노라는 집을 나간 후 어떻게 되었나"娜拉"走后怎么样〉, 〈천재가 없다고 하기 전未有天才之前〉, 〈늦봄의 한담春末闲谈〉, 〈등하만필灯下漫笔〉, 〈"페어플레이"는 아직 이르다论"费厄泼赖"应该缓行〉 등, 여기에 실린 논문들은 모두 사회 문제에 대한 루쉰의 투철한 인식을 보여준다. 노라의 가출에 대해 그는 이렇게 분석했다. "사리적으로 추측해보건대, 어쩌면 노라는 정말 타락하거나 돌아오는 두 갈래 길밖에 없었을지도 모른다.", "오늘날 사회에서 경제권이 가장 중요한 것으로 보인다. 첫째, 가정에서는 남녀가 균등하게 나누어야 한다. 둘째, 사회에서는 남녀가 동등한 세력을 얻어야 한다." 루쉰은 경제적인 독립이 없다면 노라는 출로가 없고 자유를 얻을 수 없다고 했다. "자유는 돈으로 살 수 있는 것은 아니지만, 돈 때문에 팔아치울 수는 있다."(《무덤 · 노라는 집을 나간 후 어떻게 되었나》) 루쉰의 분석은 정곡을 찌르는 것이다. 〈등하만필〉에서 그는 한층 더 정확하게 중국봉건시대의 역사를 귀납했다.

> 겉치레를 좋아하는 학자들이 어찌어찌 포장하여 역사를 편찬할 때 무슨 "한족이 흥기한 시대"니 "한족이 발달한 시대"니 "한족이 중흥한 시대"니라는 등의 그럴듯한 제목을 내세우는데, 호의는 실로 감동할 만하다. 그러나 지나치게 에둘러 표현하였다. 보다 더 솔직하게 표현하자면 다음과 같을 것이다.
> 첫째, 노예가 되고 싶어도 되지 못한 시대
> 둘째, 잠시 안전하게 노예가 된 시대

과거 중국의 '한번 다스려지면 한번 어지러워졌다—治—亂'[3]는, 즉, 봉건사회의 왕조가 바뀌는 것에 대해 루쉰은 매우 통찰력이 있었다고 본다. 이두 문장은 봉건시대의 역사를 충분히 설명하고 있다.

'5 · 4' 시기 루쉰은 계급론자가 아니었다. 그러나 냉정한 관찰과 투철한 이해 및 예리한 느낌으로 사회와 인생에 대해 깊이 있게 탐색했다. 그는 잡문에서 반제반봉건에 대한 확고한 입장을 바탕으로 하여 암울한 현실에 대한 폭로와 비판을 진행함으로써 탁월한 성과를 거두었고, 이로부터 '5·4' 운동의 전사와 기수가 되었다.

둘째, 유형을 취하는 전형화 기법이다.

잡문은 기타 문학양식과 달리, 현실에 대한 작가의 인식과 이해를 구체적인 형상과 전형 안에서 여유 있게 만들어낼 수가 없다. 대신 비교적 빠르고 직접적인 방식으로 표현해낸다. 때문에 다른 방식으로 삶에 대한 전형과 개괄을 진행할 수밖에 없다.

루쉰은 일찍이 "나의 단점은 시사를 논할 때 체면을 세워주지 않고, 오래된 병폐를 풍자할 때는 유형을 취한다는 것이다. 후자는 더더욱 시대착오적이다. 유형을 취하는 것의 단점은 바로 병리학상의 그림과 같다. 예컨대 악성종기라면 악성종기 그림은 모든 악성종기의 표본이어서 갑의 악성종기와 좀 닮았기도 하고 을의 종창과 좀 비슷하기도 하다"(《거짓자유서 · 서언僞自由书 · 前言》)고 했다. 여기에서 의미하는 "유형을 취한다"는 것이 바로 그의 잡문 속 전형화 기법이다. 그는 구체적인 어떤 사람과 어떤 사건을 쓰고 있지만, 이것은 오히려 어떤 부류를 대표한다. 즉, 작가는 유형으로 묘사하고 규탄하는 것이다. 예를 들어, 1925년부터 1926년까지 루쉰은 '현대평론파'와 투쟁을 벌이면서 〈자그마한 비유〉, 〈여름벌레 셋夏三虫〉, 〈공허한 이야기〉, 〈사지〉, 〈갑자기 떠오른 것忽然想到〉 등을 연달아 발표하였는데, 이를 통해 반동파의 흉악함을 드러내고 어용문인들이 만들어낸 소문과 앞잡이들의 본질을 비판하였다. 작가가 쓴 것은 구체적인 사람과 사건이었지만 유형에서 취한 것으로, 개인 간의 사적인 일이 아니었다. 이런 전형화의 기법을 소설에서는 많이 쓰지 않았지만 잡문에서는 자주 사용했다.

이와 관련하여 취추바이는 아주 통찰력 있는 분석을 내놓았다. "독자들은 《화개집》 본편과 속편의 잡감이 그저 개인을 공격하는 문장에 불과하다고 여기거나, 어떤 청년들은 이미 천시잉陈西灣 등과 같은 사람들의 내력을 알지 못하기에 그렇게 크게 재미가 있다고 여기지 않는다. 기실, 천시잉뿐만 아니라 장스자오 같은 사람들의 이름도 루쉰의 잡감 안에서는 그저 보통명사로 읽을 수 있다. 즉, 사회의 어떤 전형으로 인식하는 것이다. 그들 개인의 내력은 더 깊이 생각할 필요가 없다."(《《루쉰잡감선집》서언》) 루쉰이 "유형을 취한다"고 말한 것은 취추바이가 설명한 "사회의 어떤 전형"과 그 의미가 같다. 루쉰은 이러한 방식으로 삶을 개괄하여 전형화의 목적에 도달하였다. 삶에 대한 인식의 깊이와 개괄의 강도는 전형화의 정도를 결정한다. 루쉰의 잡문이 영구히 전해 내려올 수 있는 것은 바로 유형을 취하여 전형화한 정도가 매우 높기 때문이다.

"유형을 취하는" 잡문의 전형화 기법은 대부분의 소설과 다르고 일반적인 논문과도 다르다. 루쉰은 이러한 기법을 매우 잘 활용함으로써, 작품들은 정론적인 성격을 띠면서도 형상성을 구비하여 일종의 독특한 사회논문이 되었다.

셋째, 풍자와 과장이다.

풍자는 잡문에서 빠질 수 없는 예술적 기법이다. 특히 루쉰의 잡문에서 풍자는 매우 광범위하고 성공적으로 운용되었다.

프리드리히 실러Friedrich Schiller는 〈소박문학과 감상문학에 관하여〉라는 글에서 풍자를 두 가지로 나누었다. 그는 "엄숙하고 열정적인 방식으로 묘사하거나 익살스럽고 유쾌한 방식으로 묘사할 수 있다. 전자는 징벌적인 또는 처참한 풍자라 하고, 후자는 해학적 풍자라고 한다"고 했다. 이에 덧붙여 그는 "처참한 풍자는 어느 시기든 모두 이상이 깊이 배어들어있는 내면에서 나온다"고 설명했다.

루쉰의 잡문에는 해학식 풍자는 많지 않고 처참한 형식의 풍자가 비교적 많은데, 이는 냉소라고 불리는 것의 일종이다. 그렇지만 구체적인 기법은 매우 다양하여, 우스개든 비난이든 모든 감정이 다 고스란히 글이 되었다. 이에 대한 이해를 돕기 위해 예를 들어보기로 한다.

〈리우허전 군을 기념하며〉에서 루쉰은 "문명인이 발명한 총탄의 집중적인 사격 속에서 여자 세 명이 침착하게 몸을 뒤척이고 있으니, 이 얼마나 놀라운 위대함인가! 중국 군인들이 여자와 아이들을 도살한 업적과 여덟 개 나라의 연합군이 학생들을 처벌한 무공이 안타깝게도 이 핏자국에 의해 지워져버리고 말았다"고 썼다. 여기에는 "위대함", "업적", "무공" 등과 같은 반어를 많이 사용했는데, 반어를 사용함으로써 풍자의 예술적인 효과를 얻은 것이다.

〈《학형》에 대한 어림짐작估《学衡》〉(《열풍》)에서 루쉰은 《학형》 잡지에 실린 글들 중에서 말이 통하지 않는 여러 문자들을 열거한 후, "이 때문에 제군들의 논리는 지적하여 바로잡을 필요가 없는 것이다. 문맥도 통하지 않는데 어떻게 이치가 타당하겠는가. 산간벽지 중학생의 성적도 이 지경은 아닐 것이다"라고 조롱했다. 이어서 그는 "안타까운 것은 봉건시대 학문에는 해결책이 없어서 주장도 어울리지 않는다는 사실이다. 글도 제대로 못 쓰는 사람이 국수国粹의 지기라고 한다면 국수는 처참하기 짝이 없다!"고 했다. 이 글에서 루쉰은 완전히 조롱하는 어투로 동난대학东南大学의 학형파들을 풍자했다.

〈'난관에 부딪힌' 후"碰壁"之后〉(《화개집》)에서는 양윈위가 태평호호텔에서 진행한 연회에 대해 이렇게 썼다. "나는 새하얀 식탁보가 이미 간장으로 얼룩진 것을, 수많은 남녀들이 테이블을 에워싸고서 아이스크림을 핥아먹고 있지만, 역대 중국의 대다수 며느리들이 어려움 속에서도 절개를 지킨 시어머니의 발에 짓밟힌 것처럼, 수많은 며느리들은 모두 암담한 운명이 결정된 것을 본 것 같다. 나는 담배 두개피를 태웠다. 눈앞이 밝아지기 시작했고, 호텔 전등의 밝은 불빛이 환상처럼 떠올랐다. 그 사이로 교육자들이 건배하면서 학생들을 해치고 있는 모습이 보였고, 살인자들이 미소를 지은 후 백성들을 살육하는 것이 보였으며, 시체들이 똥구덩이 속에서 춤추고 있는 모습이 보였고, 오물이 금 도처에 뿌려지는 것이 보였다." 루쉰은 빈정대고 조롱하는 어휘로 양인위와 그녀의 동료들을 풍자했는데, 그 풍자의 힘은 매우 강했다.

풍자는 왕왕 과장하는 어휘들과 뗄 수 없다. 이에 대해 루쉰은 "풍자의 생명은 진실함에 있다"고 했다. 과장이 필요하지만 지나쳐서는 안 된다. 본질적으로 풍자는 날조될 수 없으며 진실함이 그것의 생명이다. 그래서 루쉰은 과장을 '확대'라고 변경했다. 오해를 만들 소지를 피하고자 하는 뜻이었다. 예를 들어, 〈열풍 · 수감록39 热风 · 随感录三十九〉에서 작가는 다음과 같이 썼다. "'지금까지 그래온 것'이라면 무조건 보배이다. 설령 이유 없이 중독이 되었어도 만약 중국인에게 발생했다면 '빨갛게 부은 자리가 마치 복숭아꽃처럼 곱고, 짓무른 곳은 치즈같이 예쁘다'고 한다. 국수가 있는 데라면 절묘하기 그지없다." 문장 속에는 과장의 어투가 적지 않으나 그 목적은 풍자에 있다. 과장이 풍자의 효과를 더 선명하게 해주고 있는 것이다.

넷째, 예리한 언어와 풍격이다.

루쉰의 잡문은 비수나 투창처럼 예리하기 그지없어서 몇 마디 말로 무너 뜨리고 적의 핵심을 찌른다. 이는 루쉰의 예리한 사상 외에, 그가 사용하는 언어와 문체의 풍격과 밀접한 관련이 있다.

위다푸는 루쉰 잡문의 이러한 특징에 대해 다음과 같이 설명했다. "루쉰 의 문체는 비수처럼 간결해서 짧은 말로 급소를 찌른다. 중요한 점을 잡아 낸 후 두세 마디 말로 주제를 잘라 이야기한다. 이것이 루쉰 글쓰기의 비 결이다. 《먼 곳에서 온 편지兩地书》에 실려 있는 〈학교당국에 보내는 반박 驳覆校中当局〉을 상세히 살펴보라. 그 다음으로 중요한 점 혹은 마찬가지로 중요하지만 상대방의 치명상이 되지 못하는 것은 일률적으로 가볍게 넘겨 버린다. 이로부터 그것은 버리고 더 추궁하지 않는 것이다." 위다푸의 설 명이 바로 루쉰 산문의 풍격이며, 특히 잡문의 풍격이다. 글이 바로 그 사 람이라고, 문장의 풍격은 개인의 경력, 수양, 인생관 등이 종합적으로 반 영된 것이다. 루쉰 작품의 풍격은 바로 그의 인격의 표현이다. 위다푸는 바 로 인격으로부터 루쉰을 평가했다. 그는 루쉰이 "과학을 신봉하고 진화론 을 믿으며, 인류를 사랑하고 사회를 개혁하려는 의지가 있다"고 하면서, "루쉰은 줄곧 급진적이었던 바, 정의를 위해 깨끗이 죽을 것이다"고 평가 했다. 또 다음과 같이 덧붙였다. "그가 직접 말한 대로, 루쉰은 사람을 잘 의심하는 성격인지라 그가 보는 것은 온통 사회나 인생의 어두운 면이다. 때문에 말이 냉혹하고, 남의 속마음을 폭로하는 깊이 있는 비판뿐이다. 이 는 그의 천성에서 나온 것이라기보다는 환경에 의해 만들어진 것이라고 보 는 게 더 정확하다. 그는 청년들과 학자들과 사회로부터 중상모략을 정말 로 매우 많이 당했다. 한 번 덫에 걸려본 새는 모든 덤불에 놀란다고, 어찌 당연한 일이 아니겠는가? 루쉰의 냉혹한 겉모습 위에서 사람들은 단지 그의 차가운 얼굴만을 본다. 그러나 그 내면에서 용솟음치고 있는 것은 바로 뜨거운 피와 열정이다. (중략) 사실상 루쉰은 감정이 풍부한 사람인데, 억지로 억눌러서 드러나게 하지 않을 뿐이다."《중국신문학대계 산문2집 · 서언》) 위 다푸는 루쉰을 매우 존중했다. 그는 루쉰의 성격과 환경으로부터 그의 작품 풍격을 평가했는데, 이는 어느 정도 일리가 있다.

루쉰이 서거한 후에, 어떤 사람이 망자를 애도하는 대련에 "위진식의 문장, 톨스토이와 니체식의 사상魏晋文章, 托尼思想"이라고 써서 보냈다. "톨스토이와 니체식의 사상"이라는 문장은 꼭 들어맞는다고는 할 수 없지만, "위진식의 문장"이라는 글은 일리가 있다. 루쉰은 위진 시대 문장 풍격의 영향을 많이 받았다. 이른바 건안풍골은 루쉰이 그의 창작풍격을 형성하는 데에 일정한 역할을 했다. 루쉰은 예리하고 간결한 풍격으로 문단에 이름을 날렸는데, 아마도 여기엔 위진 문학으로부터 받은 영향이 자리할 것이다.

三.《들풀》과《아침 꽃 저녁에 줍다》

1924년 9월부터 1926년 4월까지 루쉰은〈들풀〉이라는 제목으로 일련의 산문시를 연달아《어사》에 발표하였다. 책으로 묶어서 발표하기 전 쓴〈머리글題辞〉까지 총 24편이다. 산문시집《들풀》은 1927년 북신서국北新书局에서 출간하였다.

산문시는 시와 산문의 결합 또는 산문의 형식으로 쓴 시를 말한다. 그것은 시의 구상과 정취를 갖추고 있지만 외형상 시는 아니다. 그러나 산문시는 서술식 문자를 쓰지 않고 서정 위주의 글쓰기 방식을 택하고 있기 때문에, 편폭이 짧고 함축적이며 간결하다. 산문시라는 이러한 형식은 서방문학의 영향 하에 탄생한 것으로, '5·4' 신문학의 영역에서 새로운 장르라 할 수 있다. 1920년대 산문시의 창작은 그다지 많지 않았다. 루쉰의 《들풀》은 1920년대 산문시의 역작일 뿐만 아니라 중국신문학사에서도 매우 탁월한 성과라 할 수 있다. 예술적으로 《들풀》은 매우 뛰어난 성과를 이룬 바, 이후 산문시의 발전을 위한 길을 개척했다고 할 수 있다.

《신청년》이 해체된 후 루쉰은 구성원들이 흩어지는 것을 목도했지만, 오히려 "신문화 진영과 구문화 진영에서 혼자 무기를 들고 방황"(《《방황》에 붙여題《彷徨》〉)하는 정도에 이른다. 《들풀》은 1925년 전후에 창작한 작품인데, 이 시기는 루쉰이 바로 이렇게 고민하고 방황하고 탐색하고 추구하던 시기였다. 후에 그는 "사소한 느낌이 좀 있어서 짧은 글들을 썼다. 과장해서 말하자면 산문시인데, 훗날 책으로 묶어서 《들풀》이라고 이름 지었다."(《《자선집》자서〉 소위 "사소한 느낌"이라 함은 아마도 사상적인 갈등의 산물일 것이다. 《들풀》이 표현하고 있는 것이 바로 이상과 현실, 희망과 절망, 광명과 흑암의 갈등과 투쟁으로, 이는 바로 작가의 사상이 거쳐 온 내력이다. 이런 분투와 노력, 혁명적인 일면이 여전히 중심적인 부분을 차지한다. 분투와 노력을 거쳐 작가의 사상은 큰 도약을 이루었고, 더 높은 경지를 향해 나아갔다. 그래서 《들풀》은 작가의 분투와 노력의 산물이자 그 과정에 관한 진실한 기록인 것이다. 《들풀》을 평가할 때, 전투적인 측면만을 지나치게 인정하고, 어두운 내면을 드러낸 것은 삭제해버리는 것은 온당하지 않다고 본다. 반대로, 어두운 것만을 중시하고 전투적인 붓끝을 밀어내버리는 것도 타당하지 않다. 작품 속에는 분명 작가가 경험한 사상적인 갈등이 나타나고 있는 한편, 적극성도 주도적인 위치를 점하여서, 비판과 풍자의 붓끝이 어둡고 낡은 사물을 향하고 있다.

《들풀》에 실린 24편의 작품 가운데 어떤 것들은 루쉰의 구체시旧体诗[4]와 비슷하다. 이에 대한 평론은 많은데 그 견해는 아무래도 좀 엇갈린다. 이들 작품을 이해하기 위한 가장 권위적인 문장은 아마도 루쉰이 직접 쓴 글이 아닐까 생각한다. 예를 들어, 〈《들풀》머리글《野草》题辞〉, 〈《들풀》영역본서언《野草》英文译本序〉 및 서신과 문장 속 관련된 내용들을 보면《들풀》을 이해하는 데 도움이 될 것이다.

예술적으로 볼 때,《들풀》의 성과는 매우 높다. 이는 평론계 및 독자들 사이에서 이견이 없을 것이다. 하지만 어떻게 분석하고 논술해야 할 것인지는 여전히 관심을 가져야 할 문제이다. 최근《들풀》에 대한 많은 연구서가 출간되었는데, 연구 분야에 있어 새로운 진전을 이루었다고 하겠다.

여기에서는 다음 두 가지 문제에 대해 논하고자 한다.

첫째, 풍유讽喻의 활용이다.

《들풀》 중의 작품 가운데에는 풍유의 예술기법을 운용하여 창작해낸 것들도 있다. 〈입론立论〉, 〈총명한 사람과 바보와 노예聪明人和傻子和奴才〉 등이 그것이다. 이런 글들은 우의성이 비교적 뚜렷해서 독자들이 이해하기 쉽다.

〈입론〉에서 작가는 봉건사회에 존재하는 이상한 현상에 대해 조소하고 풍자한다. 진실을 말하면 얻어맞고, "오늘 날씨는, 하하, 하……"라고 말하는 것이 사회적인 수요에 적합하다. 봉건사회에서는 '양다리 걸치기'나 '남이 하는 대로 하는 것'이 환영을 받는다. 문장에서는 바로 이런 "하하하"주의를 풍자한다. 풍유의 기법에는 깊이 있는 우의가 들어 있어서, 오늘날에 이르러서도 교육적인 작용이 있다고 하겠다.

〈총명한 사람과 바보와 노예〉는 봉건사회에 존재하는 세 종류의 사람에 대해 묘사했다. 노예는 비인간적인 삶을 꾸리면서 그저 다른 사람에게 하소연하고 동정을 구하는 것밖에 없다. 총명한 사람은 싸구려 동정과 위안으로 노예를 만족시켜 준다. 하지만 총명한 사람이 노예에게 건네는 "좋아질 것입니다"라는 둥의 말은 결코 실제적인 의미가 없다. 바보는 노예가 창문을 내는 것을 도우려고 하지만, 노예는 이런 용기가 없다. 오히려 주인에게 달려가 강도가 와서 방을 부쉈다고 고발하고 칭찬을 듣는다. 작가는 이런 세 부류의 전형적인 모습을 선택하여 사람들을 풍자하고 있는 것이다.

《들풀》에는 이런 종류의 작품들이 더 많이 수록되어 있다. 풍유의 문자는 그 내포된 뜻이 명확하게 겉으로 드러나므로 논쟁의 여지가 크지 않다.

둘째, 상징적인 수법이다.

《들풀》에서 작가의 생각과 삶에 대한 철학적인 이치는 예술적인 구상을 통해 표현된다. 잡문과 다르고 소설과도 다른, 일종의 독특한 예술적 구상이다. 작가는 비교적 많은 상징수법을 사용하여 자신의 "사소한 느낌"을 드러내고 심경을 토로했다.

예컨대, 〈가을밤秋夜〉, 〈눈雪〉, 〈잃어버린 좋은 지옥失掉的好地獄〉 등등은 모두 상징적인 수법을 사용했다. "기괴하면서도 높은 하늘", "지극히 작은 이질풀", "애벌레", "강남의 눈", "북방의 눈", "잃어버린 좋은 지옥", "문란한 지옥", "마귀", "영웅들" 등, 아마도 그 상징적인 의미가 다 있을 것이다. 상징이 때로는 더 구체적이고 내포한 의미가 명확하기도 하지만, 어떤 것이 무엇을 대표하는지 확실하게 설명해내기 어려운 경우가 훨씬 더 많다. 독자들이 연상하고 깨닫고 상상하고 느끼는 게 필요하다. 이때 지나치게 깊이 파고들어갈 수는 없을 것이다. 반드시 명확하게 밝히려고 한다면 쉽지 않은 일이며, 자칫 웃음거리를 만들어낼 수도 있다. 상징적인 의미를 이해하는 데 있어서 그 정도를 잘 파악해야지 견강부회해서는 안 된다. 혹자는 〈가을밤〉에 나타나는 여러 사물들의 상징적인 의미에 대해 구체적으로 탐색했다. 대추나무, 하늘, 작은 이질풀, 뜸부기, 애벌레 등 작품 속 여러 사물들이 무엇을 대표하는지 구체적으로 설명했다. 이는 반드시 정확하다고 할 수는 없다. 〈가을밤〉의 내용을 파악하려면, 전체적인 정취와 분위기에서 작품의 상징적인 의미를 이해해야 한다고 본다. 지나치게 실제적인 것이 반드시 정확하다고 볼 수는 없다. 작품의 심층적인 상징적 의미는 작가가 독자에게 알려줄밖에 없다. 작품을 구상할 때의 근거와 작가의 처음 생각을 떠나, 독자가 근거 없이 추측하는 것은 위험하다. 황당무계한 말을 하는 것이 될 수도 있다.

　루쉰은《들풀》의 우의가 어디 있는지 밝힌 적이 있는데, 이것이 바로 작가의 구상과 상징을 이해하는 확실한 근거이다. 작가가 언급하지 않는 것, 상징이 명확하지 않은 것에 대해서는 추측을 자제하는 게 좋다. 예컨대, 〈눈〉에서 "북방의 눈"이나 "따뜻한 나라의 눈"이 무엇을 의미하는가에 대해 오늘날 여러 다른 견해들이 있지만 모든 사람들이 수긍하는 결론을 내기는 쉽지 않다. 이야기하는 것들이 단지 읽고 난 후의 감상이라면, 아무래도 좀 타당한 게 낫다. 이런 상황은 루쉰의 일부 구체시에 대해 이런저런 분석을 해도 여전히 일치된 결론을 내리지 못하는 것과 같다.

　상징기법을 사용하여 작가의 생각을 전달하고 이미지를 구상하는 과정은 비교적 복잡하다. 만약 작가가 심층적인 의미를 말하지 않는다면 추측하기가 어렵다. 〈마른 잎臘叶〉을 예로 들자면, 전문은 채 천 자가 되지 않는데, 본사本事[5]를 이해하기 어렵다. 상징적인 의미를 잘 파악하기가 쉽지 않기 때문이다. 이후 작가의 본의가 이해되면서 그 상징적인 내용도 명확해졌다. 루쉰은 《《들풀》의 영역본 서언〉에서 "〈마른 잎〉은 나를 사랑하는 사람이 나를 보존하길 바라는 마음으로 인해 쓴 것"이라고 적었다. 여기에서 작품창작의 취지를 명확하게 밝히긴 했지만 완벽하지는 않은 듯하다. 쑨푸위안孫伏園은 루쉰의 말을 옮겨 적었는데, 이는 마침 이 작품에 대한 주석이 된다. 그는 《루쉰 선생에 관한 두세 가지 일魯迅先生二三事》에 실린 〈마른 잎〉에서 다음과 같이 설명했다. "'쉬군이 나를 격려한다. 내가 열심히 일하기를, 느슨해지지 않고 태만해지지 않기를 바란다. 그러나 한편으로는 또 나를 사랑하고 지켜준다. 그래서 내가 더 많이 몸을 보양하기를, 과로하지 않고 분노하지 않기를 바란다. 이는 양쪽 모두 원만할 수 없는 것으로, 모순이 존재한다. 〈마른 잎〉의 감흥은 바로 여기에서 얻은 것이다. 《안문집雁門集》 등등은 주된 취지가 아니다.' 이게 바로 당시 루쉰 선생이 얘기한 의미이다." 쑨푸위안의 설명은 비록 몇 백자의 산문시지만 예술적인 구상은 우여곡절이 있다는 것을 보여준다. 말라버린 잎은 작가 자신의 상황인데, 글에서는 쉬군의 각도에서 서술하면서 작가의 깊은 생각을 드러냈다. 이 작품은 감정이 매우 돈독하다. 말라버린 잎을 보존하는 것을 통해 작가 자신에 대한 쉬군의 마음을 표현하고 있다. 여기에서 쉬군은 쉬광핑許广平을 의미하지만 사실상 당시 학생들과 친구들을 대표한다. 마른 이파리 하나를 가지고 작가는 시의를 정련해내어 감사 및 분발하려는 마음을 나타낸 것이다. 작품은 분명 "사소한 느낌"에서 쓴 것이지만, 그로부터 아름다운 산문시가 만들어졌다. 하나의 작은 점에서 넓혀나가면서 좋은 시를 만든 것이다. 〈마른 잎〉의 상징적인 의미는 상당히 깊다. 그런데도 우리가 그것을 이해할 수 있는 것은 작가가 스스로 이야기했기 때문이다. 그렇지 않았더라면 아마도 이해하기 어려웠을 것이다.

19세기 홍기한 상징주의 문예사조는 '5·4' 시기 중국으로 넘어왔다. 프랑스의 보들레르Charles Baudelaire는 이 유파에 속하는 작가인데, 1920년대 그의 《악의 꽃》이 중국에 번역되었다. 루쉰이 보들레르를 언급한 적이 있긴 하지만, 상징주의가 루쉰에게 영향을 끼쳤는지의 여부나 《들풀》에 어떻게 반영이 되었는지 등은 진일보한 연구가 필요하다. 우리는 여기에서 단지 상징법의 활용 문제에 대해서만 논했지 상징주의까지는 언급하지 않았다.

《들풀》과 거의 비슷한 시기에 루쉰은 또 《망원》에 "옛일을 다시 논함旧事重提"이라는 제목으로 회고성 산문을 연이어 발표했다. 연속성을 띤 열편의 회고성 산문은 주도면밀하게 설계한 후에 집필한 것으로, 작가는 어린 시절의 이야기를 회고하면서 "기억 속에서 베껴온 것"이라고 겸손하게 애기하기도 했다. 루쉰은 《아침 꽃 저녁에 줍다》의 머리말에 다음과 같이 썼다. "어느 날, 나는 마름, 누에콩, 줄풀 줄기, 참외 등등, 어렸을 때 고향에서 먹었던 야채와 과일이 계속해서 생각났다. 이것들은 모두 다 신선하고 맛있는 것으로, 내가 고향생각을 하게끔 유혹한다." 사실 이런 추억 속의 사람과 일들이 어쩌면 더더욱 고향생각을 하도록 "유혹"하는 재료일 지도 모른다. 작가는 달달한 감정으로 이런 상큼한 산문을 써냈다. 출판할 때 《아침 꽃 저녁에 줍다》로 제목을 바꾸었는데, 그 의미는 "이슬을 머금고 떨어진 꽃은 자연 그 색과 향이 더 곱다"는 것이다. 그런데 아침 꽃을 저녁에 줍는다는 것은 "철 지난 물건"의 뜻과도 같다. 이 책은 1928년 9월 베이징의 미명사未名社에서 "미명신집未名新集"의 하나로 처음 출간되었다.

‘5 · 4’의 소품산문 가운데,《아침 꽃 저녁에 줍다》의 성취도는 매우 높다. 이 작품의 특색은 다음과 같은 세 가지로 요약할 수 있다.

첫째, 성공적으로 수많은 형상을 묘사했다.

회고성 산문은 문예 창작과는 달리 사람과 사건을 기록하는 것으로, 허구적으로 날조할 수 없다. 하지만 사람과 사건을 묘사하는 데 있어서 예술적인 기교를 사용한다. 루쉰은 열편의 산문 속에 수많은 인물을 묘사했는데, 하나하나 생동감이 넘쳐서, 마치 살아 있는 것처럼 생생하게 나타난다. 산웨이 서점의 주인인 서우징우壽镜吾 선생, 일본인 스승인 후지노 선생, 보모였던 장씨 아주머니, 유학시절 친구인 판아이농范爱农을 비롯하여 천롄허陈莲河, 옌衍씨 부인, 선沈씨네 넷째 아주머니 등등, 모두 생동감이 넘친다.

루쉰은 인물을 묘사할 때 백묘법을 많이 사용한다. 즉, 인물의 특징을 잡아서 거칠게 묘사를 하는데, 오히려 그 묘사가 매우 흡사하다. 예를 들어, 〈후지노 선생〉에서 도쿄의 “청나라 유학생”을 묘사한 것을 살펴보자. “머리 위에 변발을 둘둘 감아놓고 그 위에 학생 모자를 쓰니 높이 솟아서 후지산 같았다. 변발을 풀어서 평평하게 만든 학생도 있었는데 모자를 벗으면 반짝반짝 빛이 나는 게 어린 아가씨의 쪽진 머리 같았다. 게다가 목을 좀 돌리면 더 그랬다. 정말 예뻤다.”이 몇 마디로 청말 일본에서 유학하는 중국유학생의 추한 모습을 생생하게 그려냈다. 당시 도쿄에서 루쉰이 조롱한 “후지산”이 진보적인 유학생들 사이에서 유행했다고 한다. 이는 수구파들에 대한 조소인 것이다.

〈백초원에서 삼미서점으로从百草圆到三味书屋〉에서도 루쉰은 매우 성공적으로 서우징우 선생을 형상화했다. “우리들의 목소리는 바로 낮아졌고 조용해졌지만, 오로지 선생님만이 여전히 큰 소리로 읽고 있었다. ‘철 여의라, 가득한 좌중을 마음대로 지휘하니 모든 사람이 다 놀라네~~ 금잔에 넘치도록 술을 따르고, 일천 잔에도 취하지 않는다~~……' 나는 이것이 매우 좋은 글인지 의심스러웠다. 여기를 읽을 때면 선생님은 늘 미소를 짓기 시작했기 때문이다. 게다가 머리를 쳐들고 고개를 흔들면서 뒤쪽으로 젖혔다." 여기에서도 서우 선생의 책 읽는 소리와 그의 모습을 매우 생생하게 묘사했다. 작가는 몇 줄 안 되는 문장을 통해 매우 경제적으로 서우 선생의 모습을 써낸 것이다.

둘째, 정론적인 색채이다.

루쉰이 쓴 회고성 산문은 서술, 묘사와 서정 위주이다. 그러나 잡문 창작의 전문가로서, 그는 문장을 쓰는 중에 왕왕 시사 문제에 대해 일침을 놓고 현실에 대해 조롱하고 풍자함으로써, 산문에 정론적인 색채를 덧대었다.

〈개 고양이 쥐狗·猫·鼠〉를 보면, 기술과 의론이 섞여 있는 가운데 '정인군자正人君子'에 대해 조롱한다. 현실 속 투쟁의 글을 회고성 글에 옮겨 옴으로써 논쟁의 색채가 증가했다. 예를 들어, 고양이를 적대시하는 원인을 설명할 때 그는 이렇게 썼다. "동물계가 비록 옛사람들이 환상을 품은 것처럼 그렇게 편안하고 자유로운 것은 아니지만, 어쨌든 인간세상보다 구시렁거리고 가식적인 것은 덜하다. 그들은 마음 내키는 대로 하면서 옳은 건 옳고 그른 건 그르다고 하지, 단 한 마디 변명도 하지 않는다. 구더기는 어쩌면 깨끗하지 않은 것일 수 있다. 그렇지만 그들은 결코 자신들이 고결하다고 하지 않는다. 맹수들은 약한 동물을 먹이로 삼기에 잔인하다고 해도 무방하다. 이에 대해 그들은 '공리'나 '정의'의 깃발을 내세우지 않는다. 희생자들은 잡아먹히기 전까지 그들을 우러르고 칭송한다." 그의 붓끝은 현대평론파를 겨냥한 것으로, 현실에서 그들과의 논쟁을 여기에 갖다

붙임으로써 회고성 글에 정론적인 색채를 덧입혔다.

〈저승사자无常〉에도 이런 문장이 있다. "어느 곳이든 만약 학자나 명사가 나와서 그가 붓끝을 한번 비틀기만 하면 금방 '모범적인 현'으로 변한다." 이는 천시잉을 풍자한 것이다. 그가 우시无锡 사람이기 때문이다. 〈한담闲话〉을 보면 "우시는 중국의 모범적인 현이다"라는 문장이 나온다. "이들 '하등인', 그들에게 무엇을 보낼 것인지, '우리는 지금 매우 좁은 길을 걷고 있다고 생각한다. 왼쪽은 끝없이 넓고 아득한 수렁이고, 오른쪽도 끝없이 넓고 아득한 모래밭이다. 우리의 목적지는 앞쪽 아득하니 옅은 안개 속에 있다'는 그렇게 머리가 혼미해질 것 같은 기묘한 말은 만들어낼 수 없는 말이다, ……" 천시잉이 쉬즈모에게 보낸 편지글을 인용하여 '정인군자'를 풍자한 것이다. "그들───나의 동향인 '하등인' (중략)은 이승에서 '공리'를 유지하는 모임은 오로지 하나밖에 없는 데다가 이 모임 자체가 '아득히 먼 것'이라는 것을 알고는 부득이하게 저승에 대한 동경이 생기게 되었다. 사람은 대체로 억울한 것이 있다고 여기는데, 살아 있는 '정인군자'들이 억울하다고 하면 그저 미물이나 속일 수 있을 뿐이다. 만약 우매한 백성들에게 묻는다면 그는 조금도 생각해보지 않고 바로 당신에게 '공정한 판결은 저승에서 할 것입니다!'라고 대답할 것이다." 이 또한 현대평론파에 대한 풍자와 비판이다. 루쉰은 현실 속 투쟁의 말과 잡문의 기법을 회고성 산문에 사용함으로써, 서정적인 글에 정론적인 색채를 입혔다. 이로부터 《아침 꽃 저녁에 줍다》의 한 특징을 만들어낸 것이다. 소위 형식에 얽매이지 않고 마음대로 써도 다 기묘한 글이 된다는 얘기가 바로 여기에서 십분 발휘되었고, 회고성 산문에 생동감과 현실감을 더했다.

셋째, 유머스럽고 심오한 언어이다.

《아침 꽃 저녁에 줍다》의 언어는 작가가 다듬고 또 다듬어서 만들어낸 결과로 매우 특색이 있다. 사건의 경과를 서술하면서도 유머적인 말을 빠뜨리지 않아서 글이 생동적이다. 뿐만 아니라 문장이 유창하고 정제되어, 심오한 예술적 효과를 지닌다.

열편의 글 가운데에는 인구에 회자되는 글이 적지 않다. 〈아창과 산해경 阿长和山海经〉, 〈저승사자〉, 〈백초원에서 삼미서점으로〉, 〈후지노 선생〉, 〈판아이농范爱农〉 등 모두 널리 암송되는 글들이며, 그중에는 명구들도 많다. 아창의 잠자는 모습을 쓴 부분을 보자. "여름이 되면 그녀가 두 팔과 두 다리를 쫙 벌리고서 침대 한 복판에서 큰 '대' 자로 잤기 때문에 나는 돌아누울 자리도 없었다. 한쪽 구석에서 오래 잠을 자서 바닥은 이미 그렇게도 뜨거웠다. 그녀는 밀쳐도 꿈쩍도 하지 않았고, 불러도 듣지 않았다." 판아이농에 대해 묘사한 부분도 살펴보자. "이때부터 나는 이 판아이농이 이상하다고 생각했고, 가증스러웠다. 처음에는 세상에서 가증스러운 사람이 만주족이라고 생각했는데, 이제 보니 만주족은 그 다음이고 첫 번째는 판아이농이라는 것을 알았다. 중국이 혁명을 하지 않는다면 상관없지만, 혁명을 한다면 제일 먼저 이 판아이농을 없애야 한다." 이런 글들은 모두 루쉰 선생의 유머 감각을 보여주는 것으로 생동감이 넘친다.

《아침 꽃 저녁에 줍다》의 명문장들을 보자.

> 어질고 너그러운 지모신이여, 당신의 품에서 그녀의 영혼이 영원토록 편히 쉬기를 원합니다! (《아창과 산해경》 중에서)

> 결론적으로, 나는 이제 백초원에 자주 갈 수가 없게 되었다. 아듀, 나의 귀

뚜라미들이여! 아듀, 나의 복분자들과 목련들이여!······ (《백초원에서 삼미서
점으로》 중에서)

아마도 물건이란 희소하면 귀하게 되기 마련인가 보다. 베이징의 배추는 저
장浙江에 가면, 빨간 노끈으로 뿌리가 묶여서 과일가게 문 앞에 거꾸로 매
달려 '교채'로 귀한 대접을 받는다. 푸   의 들녘에서 멋대로 자라는 알로
에가 일단 베이징에 오면 온실로 모셔져 '용설란'이란 아름다운 이름을 얻
는다. 나도 센다이에 가자 이런 대접을 받았다. 학교에서는 학비를 받지 않
았을 뿐만 아니라 몇몇 직원들은 내 숙식문제까지 염려해주었다.(《후지노
선생》 중에서)

　　결론적으로, 1920년대 회고성 산문으로서,《아침 꽃 저녁에 줍다》의 성
과는 매우 뛰어나다. 이 작품은 작가의 창작 풍격을 잘 드러내면서, 서사와
서정산문의 창작에 방향을 열어주었다. 오늘날 이런 종류의 작품은 매우
발달하여 우수한 작품들도 부지기수이다. 그러나 '5·4' 시기에는 그리 많
았다고 볼 수는 없으며,《아침 꽃 저녁에 줍다》가 후세 작품에 끼친 영향
도 결코 홀시할 수 없다.

류반농刘半农의 산문

一. 생평 및 창작 개괄

류반농은 장쑤성江苏 장인江阴 출신으로, 1891년 출생하여 1934년 세상을 떠났다. 본명은 서우펑寿彭인데 훗날 샤复로 개명했다. 자는 반농半侬이었다가 반농半农으로 개명했다. 만년에는 취안曲庵이라는 호를 사용하였다.

그는 청빈한 지식인 가정에서 삼형제 중 장남으로 태어났다. 1905년 창저우푸중학당常州府中学堂에 입학했으나, 우창武昌봉기[6]의 여파로 학교가 휴교에 들어갔고 류반농도 학업을 그만두게 된다. 1912년 상하이로 온 그는 개명극사开明剧社에서 편집을 하다가 소설 및 번역 작품을 발표하게 된다. 이를 계기로 하여 그는 글쓰기로 생계를 꾸려나가기 시작했다. 이 시기 그의 작품은 '원앙호접파'의 흔적을 완전히 벗어내지 못했다. 그러나 그는 고생하는 서민들의 삶을 반영하고자 노력했기에 작품 속에는 현실주의적인 요소도 담겨 있다.

1915년 9월 천두슈가 주편한 《청년잡지》[7]가 상하이에서 창간되었다. 류반농은 〈영하관수필靈霞馆笔记〉 등을 발표하면서, 과학과 민주를 고취하는 일에 참여하였다. 1917년 1월 《신청년》에 후스 선생의 〈문학개량추의文学改良刍议〉가 발표되었고, 2월에는 천두슈의 〈문학혁명론文学革命论〉이 발표되었다. 이로부터 신문학운동이 시작되었다. 류반농은 1917년 5월 《신청년》 3권3기에 〈나의 문학개량관我之文学改良观〉을 발표한 것에 이어 〈시와 소설의 주제적인 측면의 혁신诗与小说精神上之革新〉, 〈실용문의 교수应用文之教授〉 등을 발표하는 것으로 신문학운동에 적극적으로 호응하였다. 이로부터 그는 《신청년》의 투사 중 한 명으로 꼽히게 되었다.

1917년 여름, 차이위안페이蔡元培는 그를 베이징대학 예과 교수로 초빙하였고, 이와 동시에 그는 《신청년》의 동인이 되었다. 류반농의 이러한 내력에 대해 루쉰은 상당히 높이 평가하였다. 그는 〈류반농을 추억함忆刘半农君〉이라는 글에서 다음과 같이 썼다.

그는 베이징에 온 후, 자연스럽게 더더욱 《신청년》의 투사 중 한 명이 되었다. 활발하고 용감한 성격 덕분에 여러 차례 큰 전쟁을 치렀다. 예를 들어, 왕징쉬안王敬轩에게 답한 쌍황신双簧信에서 "그녀她"와 "그(것)牠"자를 만들어낸 게 그렇다. 지금 돌아보니, 이 2년간 물론 자질구레하고 번거로운 일들이 많았다. 그러나 그것은 10여 년 전인데, 단지 새로운 표점을 제창한 것만 해도 일부 많은 사람들에게는 '부모상을 당한 것마냥 매우 슬픈 일'이 되어 '원한이 골수에 사무치는' 때였으니, '큰 전쟁'이었던 게 확실하다.

루쉰이 언급한 '쌍황신'은 중국신문학사상 매우 큰 사건이다.《신청년》 4권3기(1918년 3월)에 "문학혁명에 대한 반향"이라는 제목으로 쳰쉬안퉁이 왕징쉬안의 이름을 빌려《신청년》에게 보낸 편지와 류반농이 이것에 회신한 형식의 〈왕징쉬안에게 답함〉이라는 두 편의 글이 발표되었다. 쳰쉬안퉁이 왕징쉬안의 이름으로 쓴 편지는 쳰쉬안퉁이 신문화운동을 반대하는 이들의 논조를 모방하여, 그들이 생각하는《신청년》의 죄상을 열거한 글인데, 여기에서 그는《신청년》동인들을 공격하는 논조로 질문을 던졌다. 이에 대해 류반농이 반박하는 글을 쓴 것으로, 예리한 언어로 정곡을 찔러냈을 뿐만 아니라 풍자와 욕설의 운용에 조금도 거침이 없다. 이는 류반농 글의 풍격을 잘 드러낸 것이다. 이렇게 두 사람이 서로 주고받은 편지는 사전에 논의가 된 것이었기에 '쌍황신'이라고 불렀다.[8]

《신청년》의 투사 중 한 사람으로서 류반농은 용감하고 훌륭한 동료였다. 이렇게 신문학운동의 전면에서 활동하던 그는 1920년 1월, 베이징대학의 추천과 교육부의 승인에 따라 유럽 유학길에 오르게 된다. 그는 먼저 런던대학에 입학하여 공부하면서 대학 내 음성실험실에서 일했다. 1921년 프랑스로 건너간 그는 파리대학에서 공부하면서 프랑스학사원(꼴레쥬 드 프랑스)에서도 강의를 들었다. 5년에 걸친 각고의 노력 끝에 그는 음성학 분야에서 훌륭한 성과를 거두었고, 1925년 3월 프랑스에서 문학박사학위를 받으면서 파리언어학회의 회원이 되었다. 1925년 8월에 귀국한 그는 귀국과 동시에 베이징대학 중문과 교수 겸 베이징대 대학원 국학 전공 지도교수가 되었고, 1926년에는 베이징사범대학과 중파中法대학에서도 강의를 했다.

루쉰, 저우쭤런이 핵심이 된 동인지《어사》가 1924년 11월 창간되었다. 류반농은 귀국하기 전부터 이미《어사》의 출간에 관여하였는데, 〈쉬즈모

선생의 귀徐志摩先生的耳朵〉라는 글을 발표하기도 했다. 귀국한 후에는 자연 《어사》에 자주 글을 발표하는 투고자가 되었다. 베이징여자사범대학 시위와 '3·18' 사건 전후로 《어사》는 현대평론파[9]와 논쟁을 벌였는데, 이때 류반농은 많은 잡문을 발표함으로써 《어사》의 투사 중 한 명으로 우뚝 섰다.

1927년, 교육부 부장인 리우저刘哲의 전횡을 참지 못한 그는 맡고 있던 모든 국립대학의 교수직을 사퇴했다. 하지만 그는 곧 중파대학교 볼테르대학(문과대학을 지칭함)에 초빙되어 중문과 주임교수 겸 도서관 고문을 맡게 되었다. 1928년에는 난징정부에 의해 학술위원과 중앙연구원 역사언어연구소의 특별연구원으로 임명되었다. 1929년 봄, 베이징대학에 복직한 그는 같은 해 7월 푸런辅仁대학 교무장에 임명되었고, 1930년 5월에는 국립베이핑대학 여자문리학원 원장으로 임명되었다. 하지만 1931년 8월 문리학원 원장 및 기타 모든 직책에서 물러난 그는 오직 베이징대학 연구교수로서 대학원 내 문학과 사학 분야의 일만 주관하였다.

'9·18' 사건 후 류반농은 항일운동에 힘을 쏟기 시작했고, 일본에 반대하는 회의나 토론에 참석하기 시작하면서 연합국의 편협한 태도와 국민당 정부의 무저항 정책에 대해 비판하는 글을 쓰기도 했다.

1932년 9월 린위탕 주편의 《논어论语》가 창간되었다. 류반농은 이 잡지의 '장기적인 투고자'가 되었고, 후에 린위탕이 《인간세人间世》를 창간하였을 때에는 '특별투고자'로 초빙되었다.

1933년 초, 그는 베이징대학의 항일모금을 위한 교무회의에 참가하였을 뿐만 아니라 베이징대학이 부상병을 위한 병원을 설립하는 데에도 적극적으로 뛰어다녔다. 같은 해 4월, 공산당과 진보적인 교수 및 학생들이 리다자오李大钊의 사회장을 위한 모임을 발기하였을 때, 류반농은 그 사회장을 제안한 사람 중의 한 명으로서, 첸쉬안퉁 등 21명과 공동으로 '리다자오의 사회장을 위한 기부서'를 발표하였다. 4월 15일, 그는 리다자오를 위한 비문의 초안을 작성하였고 리다자오와 그 부인을 위해 비석에 글을 적었다. 이는 암울했던 시기, 한 정직한 지식인의 양심과 기개를 보여준다고 할 것이다.

1934년 류반농은 베이징대학 음성음률실험실의 몇몇 구성원들을 데리고 서북부 지역의 방언 및 민속을 조사하기 위해 베이징을 떠났다. 6월 19일 베이징을 출발한 일행들은 여러 지역을 거쳐 7월 10일 베이징으로 돌아왔다. 이 조사에서 그들은 수십 개 지역의 방언과 민가를 기록해왔다. 그러나 불행히도 조사 기간 중 그는 회귀열병에 걸려 베이징에 돌아온 지 얼마 지나지 않아 세상을 떠나고 말았다.

류반농은 작품 창작이 많은 편은 아니다. 그러나 시인이자 잡문작가인 동시에 학자로서 그는 문학사상 중요한 자리를 차지한다. 특히 '5·4' 시기 그가 끼친 영향은 비교적 크다. 이를 정리하면 다음과 같다.

(1) 류반농은 '5·4' 시기 중요한 시인이다.

신문화운동 초기에 류반농은 〈나의 문학개량관〉과 〈시와 소설의 주제적인 측면의 혁신〉를 통해 신시에 대한 자신의 주장을 설파하였다. 그 핵심은 신시는 진실한 감정을 전달해야지 까닭 없이 감상에 젖어서는 안 되고, 격률에 얽매이지 않아야 한다는 것이다.

1918년 1월, 류반농은 《신청년》 4권1기에 신시를 발표했는데, 이들은 신시의 시도성 단계의 작품들이라 할 수 있다. 〈종이 한 장을 사이에 두고相隔一层纸〉, 〈딸 샤오훼이의 주일날 초상题女儿小蕙周日造像〉 등이 그의

'5·4' 시기 대표작이다. 그의 초창기 시들은 1926년 북신서국北新书局에서 발간한《양편집扬鞭集》에 수록되었다.

류반농은 민가의 수집을 중시하고 이의 작업을 제창했다. 1918년 2월, 〈베이징대학전국근세가요모집요강北京大学征集全国近世歌谣简章〉의 초안을 작성하기도 했다. 후에 그는 〈베이징대학일간〉에 그가 편집 수정 및 주석을 단 민간가요 140여수를 연속적으로 발표했다. 또한, 그의 고향인 장인 지역 민가 형식으로 다수의 민가를 창작하기도 했다. 이들 작품은 북신서국에 의해 1926년《와부집瓦釜集》이라는 제목으로 출간되었다.

류반농은 또 1933년《초기백화시고初期白话诗稿》를 발간하였다. 여기에는 후스, 루쉰, 저우쭤런, 천두슈, 리다자오 등이 창작한 초기 백화시 26수가 실려 있다. 이들 자필원고는 모두《신청년》시대 편집자들이 수집해서 보관해둔 것들을 1930년대 출판한 것인데, 역사적인 사료로서 매우 높은 가치를 지닌다.

(2) 류반농은 '5·4' 시기 저명한 산문가로 많은 잡문을 창작하였다.

《신청년》시대의 논문과 잡문은 대부분《신청년》에 발표하였다. 예를 들면〈왕징쉬안에게 답함〉,〈她자의 문제她字问题〉,〈'읍'하는 주의作揖主义〉,〈《영학잡지》를 배제함辟《灵学丛志》〉등과 '수감록'에 실었던 글들이다. 이들은 모두 그가 유럽으로 유학하기 전의 작품들인데, 일부 작품들은 1934년 성운당星云堂에서 출판한《반농잡문半农杂文》(제1권)에 수록되었다.

'어사' 동인으로 활동하던 시기에 그는 대부분《어사》에 잡문을 발표하였는데, 때로는《세계일보·부간世界日报·副刊》및 기타 신문에 발표하기도 했다. 이들은 그가 유학을 떠난 후부터 귀국해서 1928년까지 발표했던 작품들로,《신청년》시기의 예리함과는 다르지만 그 날카로움은 전혀 뒤지지 않는다. 〈'쉬수정장군의 죽음을 기뻐하는 것'을 애도하며悼'快绝一世の徐树铮将军'〉, 〈눈 먼 문학사가를 비난함骂瞎了眼的文学史家〉, 〈'예스맨'을 논함'好好先生'论〉, 〈3·18을 애도함呜呼三月一十八〉 등등, 모두 당시의 명문장으로 꼽힌다. 이 시기 일부 작품들은《반농잡문》(제1권)에 수록되었다.

1930년 전후로 하여《논어》와《인간세》에 발표된 소품문은 특별하다. 당시《논어》등은 유머와 한적함을 주장했다. 한편, 군벌과 제국주의, 특히 일본제국주의의 침략상에 대한 류반농의 비판은 결코 이전에 뒤지지 않았다. 〈북쪽으로 돌아가다北归〉, 〈프랑스대사관의 한더웨이 선생에게 질문함质问法使馆参赞韩德威先生〉, 〈항일구국을 위한 올바른 길抗日救国的一条正路〉, 〈총명한 베이핑의 상인好聪明的北平商人〉 등등, 모두 1920년대 류반농의 투쟁적인 면모를 그대로 보여준다. 이들 작품은 전부《반농잡문》2집에 수록되어 있는데, 양우도서출판사良友图书印刷公司에서 1935년 7월 초판본을 출간하였다.

(3) 학자로서 매우 가치 있는 학술논문들을 발표하였다.

신문화운동 초기에 류반농은 〈실용문의 교수〉, 《중국문법통론中国文法通论》등을 썼다. 유럽으로 유학 간 후에는 음성연구에 더욱 몰두하여, 1924년《사성실험록四声实验录》을 출판하였다. 1925년에는 프랑스어로《한어자성실험록汉语字声实验录》과《국어운동약사国语运动略史》를 썼는데, 이는 그가 박사학위논문심사 신청을 위한 주요저서였다. 후에, 《한어자성실험록제요·국어운동약사제요》가 군익서사群益书社에서 출판되었는데, 이는 그의 박사학위논문의 중국어제요이다.

귀국한 후, 그는 학자로서 중국문화계에 등장하였고, 음성학과 관련된 많은 저서와 논문을 발표했다. 《중국방음음성기호조사표调查中国方音音标总

表》,《송원이래속자보宋元以来俗字谱》(공저),《중국문법강의中国文法讲话》등
등이 그것이다. 또한, 국어대사전의 편찬을 위해 매우 적극적으로 노력을
했고, 〈'吃'의 해석释'吃'〉, 〈'一'의 해석释'一'〉, 〈'来去'의 해석释'来
去'〉 등을 썼다. 하지만 안타깝게도 그가 계획하고 있던《사성신보四声新
谱》,《방언발음자전方音字典》,《방언발음지도方音地图》등은 미처 완성하지
못하고 세상을 떠났다. 만약 그가 조금만 더 살았다면 아마도 중국문화사
상 더 위대한 학자가 되었을 것이리라!

二. '5 · 4' 시기의 잡문

류반농의 산문은 신문학의 탄생과 함께 시작되었다.《신청년》에 후스
와 천두슈가 문학혁명에 대한 글을 발표하면서 문학혁명의 기치를 높이 들
었을 때, 류반농도 이와 관련된 글을 발표하였다. 그는 첸쉬안퉁에게 보낸
편지에서 당시 문학혁명을 하나의 극에 비유하고 "너, 나, 두슈, 스즈 우
리 네 사람이 기둥이다"라고 했다. 류반농의 이 말은 당시 실제 상황에 부
합한다. 문학혁명 초기, 류반농의 작품은 매우 많았는데, 신시 외에 산문
이 그것이다. 그의 산문은 비교적 긴 논문도 있고 잡문도 있다. 물론 논문
도 때로는 잡문의 기법을 사용해 쓰기도 했다. 거리낌 없이 멋대로 써도 다
기묘한 문장이 된다고, 바로 당시 류반농의 글이 그러했다. 그래서 루쉰은
그를《신청년》의 투사라고 했다. 문학혁명의 찬반에 대한 상황을 연출하여
썼던 왕징쉬안에게 보내는 장문의 편지가 바로 잡문의 기법으로 쓴 글이
다.

선생은 '신학문의 제창에 병폐가 많다'고 여기고, 이렇게 길게 얘기를 했습니다. 위아래로 오천년, 가로세로로 구만리에 이르는 모든 죄악이 완전히 '새로운'이라는 이 글자 하나 위에 다 귀결되는 것 같습니다. 그렇지만 저는 선생에게 묻고자 합니다. '신축임인辛丑壬寅' 이전에 유·불·도를 지지하고 성인의 도를 발전시킨 그 낡은 노래를 이미 2000여 년간 불렀습니다. 그것을 방해하는 어떤 서양놈 — 이런 이유를 선생은 들으면 매우 기뻐하는 것이지요 — 의 '새로운 법'도 없었는데, 왜 '국정에 중심이 없고 강대국들이 사납게 노려보고 있는' 지경까지 간 거지요?[*]

인용한 글을 보면, 비꼬는 어투로 쓰였을 뿐만 아니라 이치에 맞게 반박하고 있는데, 간단한 반박 속에 깊이 있는 철리를 담고 있어서 매우 힘이 있다. 류반농은 가짜 왕징쉬안이 제기한 문제에 대해 조목조목 반박함으로써, 논리의 힘과 글의 날카로움을 나타냈다.

또 다른 유명한 글이 〈'읍'하는 주의〉이다. 이 글은 반어를 대량으로 사용하였는데, 7명의 손님을 내세워 형형색색의 구식인물을 요약해냈다. 작가는 만일 언젠가 신사상과 신문명이 승리한다면 그 구식 어르신네들은 틀림없이 "그때 내 신사상은 그 사람들 것보다 더 한참 전에 생겼어"라고 말할 것이라고 예측했다.

내가 또 어떻다고? 1911년 후에 오랜 동맹이라고 자칭하는 자들이 많을 것이고, 진짜 오랜 동맹도 이들 새로운 오랜 동맹을 거절할 방도가 없을 것이라고 생각한다. 그래서 나는 그때에 가서도 여전히 '읍하는 주의'를 실행할

---

[*] 《半农杂文》第一册, 星云堂书店, 1934年6月初版. 이하 같은 저서에서 인용한 글들은 주석을 표기하지 않는다.

것이다. 한 명이 오면 바로 읍을 하면서 "환영합니다! 환영합니다! 신문명의 선각자인 당신을 환영합니다!"라고 말할 것이다.

류반농은 신랄한 언어로 조롱하듯 봉건사상을 옹호하는 이들의 민낯을 벗겨냈다. 그의 예측은 불행히도 적중하여 작가의 예리한 관찰과 통찰력 있는 사고를 보여주었다. 결론적으로, 〈'읍' 하는 주의〉는 매우 뛰어난 작품이다.

《신청년》에서 류반농도 천두슈, 루쉰, 쳰쉬안퉁과 마찬가지로 '수감록' 상에 많은 글을 발표했다. 짧은 편폭 안에서 반제반봉건이라는 큰 싸움에 부합한 바, 비수와 투창처럼 정곡을 찔러냄으로써 그 효과는 매우 컸다.

류반농의 잡문은 수량은 많지 않았으나 생동감 있고 다채로워서 작가 개인의 특색이 잘 드러났다. 당시에 그의 문장은 독보적인 것으로 산문사상 중요한 자리를 차지하였다.

문장을 쓰는 기법에서 볼 때, 어떤 잡문은 알기 쉽고 막힘없이 뜻이 잘 통하도록 서술했다. 이론을 내세운 글이든 반박하는 글이든 딱 적당하여, 그야말로 '큰일을 가볍게 처리하는' 능력을 보여준다. 무미건조한 문제도, 다소 명백하게 말하기 어려운 도리도 류반농은 하나하나가 다 사리에 들어맞게 풀어낼 줄 안다. 사리가 명백하고 읽기에 매우 재미있는 것이다.

〈국어문제에서 커다란 쟁점国语问题中一个大争点〉이란 글을 보자. 이 글은 국어의 방향을 논한 글이다. 사실 순수한 학술적인 문제는 생동감 있게 쓰기가 쉽지 않다. 토론의 핵심은 중국의 국어를 어떻게 통일할 것인가이다. 류반농이 이 문제를 어떻게 풀어내고 있는지 보자.

이 쟁점을 토론하기에 앞서 잘못된 관념 하나를 교정해야 한다. 이 관념은 바로 국어를 통일한다는 '통일'인데, 천하통일의 '통일'이라고 생각한다. 소위 천하통일은 군웅을 평정하여 최고의 권위자를 유일한 목표나 기준으로 삼는 것이다. 이러한 관념을 국어통일에도 적용한다는 것은 바로 모든 방언을 없애고 국어 한 가지만 보존하겠다는 것이다.

이는 결코 할 수 없는 일이다. 말 또는 방언은 각기 그 자연적인 생명이 있다. 그 생명이 다하면 그것은 죽는다. 그가 죽지 않을 때 그것을 죽일 수 있는 어떤 힘도 없다. 영국이 인도를 점령해서 영어가 인도 사람들 사이에 널리 퍼졌지만, 갖가지 인도어들은 여전히 존재한다. 스위스에 연방정부가 진작 세워졌지만 독일어, 이탈리아어, 프랑스어는 아직도 그 고유한 지역을 지키고 있는 바, 이것으로 저것을 대신하여 '통일'을 꾀할 수는 없다. 프랑스어의 세력은 프랑스에 속한 각 지역과 벨기에, 스위스 등의 국가에까지 뻗쳐있다. 또한 국제적으로도 프랑스어는 우월한 지위를 점하고 있다. 그러나 프랑스 북부에는 프랑스어에 가까운 방언 네 종류가 있고, 남부에는 프랑스어와 그렇게 많이 비슷하지 않은 방언 네 종류가 있다. 이런 사실로부터 볼 때, 우리는 여러 종류의 방언을 한 종류의 국어로 모을 수 없다. 우리가 할 수 있는 것, 해야 하는 것은 그저 무수한 종류의 방언 위에서 방언을 넘어서는 국어를 만들어내는 것뿐이다.

이 글을 쓸 때, 류반농은 파리대학에서 언어학을 공부하고 있었다. 그는 자신의 지식을 활용하여 특수한 필치로 매우 정밀하게 글을 썼다. 이를 통해 국어의 앞날과 출로를 매우 정확하고 설득력 있게 설명하였다. 여기에서 우리는 심오한 내용을 알기 쉽게 설명하는, 이른바 '큰일을 가볍게 처리하는' 작가의 능력을 읽어낼 수 있다.

〈반농잡문 · 자서半衣雜文 · 自序〉는 쓴 시점으로 볼 때 이미 '5 · 4' 시기라고 할 수 없다. 그러나 '5 · 4' 시기에 발표한 잡문들을 모아 만든 문집의 서문이므로 여기에서 예로 설명해도 무방하리라 본다. 이 글의 언어는 상당히 재미있다. 청산유수로 문장이 막힘없이 시원시원하고 이해하기가 쉽다. 방언과 속어를 사용했고, 문언문과 백화문이 섞여 있는데, 매우 자연스럽고 거침이 없다. 그가 스스로 '너무 제멋대로 한다'고 한 글의 한 단락을 읽어보자.

> 내가 매번 쓴 바와 같이, 순간적인 흥취 때문일 수도 있고, 출판사의 강요 때문일 수도 있고, 급히 돈 몇 푼 벌기 위해서일 수도 있다. 이 외에는 뭐 다른 목적이 없다. 그래서 문장을 완성하면 출판사에 보내는 것으로 일을 마친 셈 쳤다. 출판 후에 내가 스스로 책을 모으고 보존하는 일을 해본 적이 없다. 친구들이 본다고 빌려갔다가 돌려주지 않아도 개의치 않았다. 아이들이 가져다 원숭이나 강아지 접기를 해도 내버려 두었다. 오래된 신문 사이에 끼워 두어서 곰팡이가 피고, 한꺼번에 몽땅 묶어다 성냥으로 바꿔 와도 그런가보다 했다. '비록 좋지 않은 것이지만 자기 것은 귀중하게 여기는' 것이 원래 문인들에겐 당연한 미덕이건만, 이 부분에 있어서는 늘 흥미도 없고, 너무 제멋대로이며, 너무 '데면데면' 하는데, 나도 그 연유를 알지 못하겠다. 이것도 아마 일종의 병이겠지? 그러나 고칠 방법이 없다.

인용한 글을 보면 매우 익살스럽고 생동감이 넘치며, 약간은 유희적인 맛도 난다. 그러나 읽기에 친근감 있고 자연스러워서 마치 작가가 일상사를 얘기하는 것을 듣는 것 같다. 이는 평이하여 쉽게 이해할 수 있는 그런 풍격을 반영하는 것이다. 이야말로 류반농 산문의 특색이다.

류반농의 이러한 산문특색은 그 장점을 알려서 활용하도록 할 만한 가치가 있다. 분석하고 이치를 따지거나 반박하고 비평하는 것에 있어서 함축적인 맛은 다소 적지만 이치를 명백하게 밝히는 데 용이하여, 아마도 합리적일 수 있다. 작가의 마음속에 다른 생각이 없기에 읽고 난 후 작가의 의도가 한눈에 들어온다. 어쩌면 '깊이가 없다'고 여겨질 수도 있고 지나치게 '정직하다'고 생각될 수도 있다. 하지만 바로 이것이 류반농의 특징이자 그의 장점이다.

또 다른 종류의 잡문을 보면, 유머 있고 익살스럽다. 또한, 반어를 능숙하게 사용하고 있으며 예리하고 풍자적인 맛이 강하다. 천시잉을 비판한 〈눈 먼 문학사가를 비난함〉이란 잡문을 보자. 작가는 그가 자신의 영어가 우수하다는 것을 치켜세우는 점에 포인트를 맞추어, 과장스러운 기법으로 풍자하는 능력을 한껏 발휘하였다. "최근, 우리 동료 중에서 기인이 한 명 나타났다는 얘기를 들었다. 이 사람은 바로 베이징대학 ㅁㅁ선생으로, ㅁ ㅁ을 서명으로 쓰는 바로 그 사람이다." 작가는 일부러 '천위안', '시잉'을 쓰지 않고, ㅁㅁ로 대체했으나, 독자들은 바로 알아볼 수 있다. "듣자하니, 모 선생의 영어가 디킨스Charles Dickens보다 더 낫다고 한다. 동시에 그는 볼테르Voltaire, 졸라Emile Zola, 아나톨 프랑스Anatole France까지 프랑스의 세 작가 업무를 겸하고 있다 한다. 이런 이야기들은 모두 경전에 나타나 있는 것으로, 결코 내가 함부로 지껄여대는 말이 아니다. 나는 ㅁㅁ 선생을 좋아하고 그에 대해 찬탄해 마지않는 나머지, 공손하게 그를 《어사》의 육천여 독자에게 소개한다. 이 일이 어쩌면 ㅁㅁ선생을 모독하는 것일지도 모르겠다. ㅁㅁ선생을 알고 존경하는 사람들이 적어도 육천 명의 육천 배는 될 것이라 생각하기 때문이다." 류반농은 이 글에서 반어를 사용하여 그를 비꼬고 조롱하는 효과를 거두었다. 마지막으로 그는 다음과 같이 조롱한다. "나는 □□선생 대신 분노로 마음이 불편하여, 모든 영국문학사를 다 뒤져보았지만, □□선생의 이름을 찾아볼 수 없었다. 이 문학사를 편찬한 자들은 정말 눈이 멀었다!" 작가는 진지하게 반어를 구사하고 있는데, 그 풍자적인 힘이 매우 강하다. 그래서 류반농의 글이 발표된 후, 천시잉은 참지 못하고 류반농이 소문을 퍼뜨리고 있다고 하면서, "그의 영어가 디킨스보다 낫다"고 말한 적이 없다고 반박했다. 이로 볼 때 류반농의 문장은 그의 아픈 곳을 찌른 것이다. 이러한 예들은 풍자의 힘을 증명한다.

〈쉬즈모 선생의 귀〉는 그가 프랑스에서 유학할 때 《어사》 제3기에 실린 쉬즈모의 〈주검死尸〉이라는 글을 읽고 나서 《어사》에 투고한 글로, 쉬즈모의 신비주의 예술관에 대해 신랄하게 풍자한 것이다. 이런 풍자는 모두 해학적으로, 유머적이고 익살스러운 어휘 속에서 조롱과 편달의 역할을 하고 있다.

〈'쉬수정장군의 죽음을 기뻐하는 것'을 애도하며〉은 봉건군벌인 쉬수정徐樹錚을 풍자한 글이다. 당시 봉건사상의 옹호자로 일컬어진 린수林纾는 〈징성荆生〉에서 그를 징성장군이라고 묘사하면서 그가 나서서 신문화운동을 진압하기를 희망했다. 이 봉건군벌은 후에 일본제국주의에 투항하여 그의 앞잡이가 되었다. 류반농은 이 인물의 죽음을 빌어 각양각색의 반동파들에게 조문을 표함으로써, 이들을 풍자하였다.

마지막으로, 동방의 귀 나라입니다! 올해 12월 25일 톈진天津에 사는 귀국 사람이 창간한 톈진일보에 기사 두 개가 떴는데, 하나는 '역적 귀송링의 최

后叛将郭松龄の最后'이고, 다른 하나는 '쉬수정장군의 죽음을 기뻐함快絶
一世の徐樹錚将軍'이었습니다. 하하, 얼마나 좋아하는지를 알겠습니다, 얼
마나 좋아하는지 알겠어요! 언제 '생을 마감함을 기뻐하다'가 예언이 되었
는지요! 안타깝게도 저의 나라 하느님이 귀 나라를 위해 마찬가지로 충성을
다하는 사람을 재빨리 만들어 내지를 못하니, 이야말로 온 천하를 망치는
대재앙 아닙니까! 우리는 귀국에 대해 아주 많이 몹시 심심한 조문을 보냅
니다!

이 신랄한 문장은 쉬수정을 풍자하는 데에서 나아가 일본제국주의자를
풍자했다. 성운당에서 출판한 《반농잡문》을 상하이에서는 개명서점에서
위탁 판매했다고 한다. 태평양전쟁이 발발한 후에 일본인이 상하이를 점령
했을 때, 이 책을 판매하던 서점은 필화가 생길까봐 쉬수정을 '애도'한 이
잡문을 찢어낸 다음 판매했다. 이는 이 잡문이 풍자하는 지시적 의미가 얼
마나 선명하고 신랄했는지를 잘 설명해준다.

《반농잡문》에 수록된 작품 중 〈이 또한 발간사인 셈 치다也算发刊词〉,
〈과거의 거장인 쉬안퉁 선생과의 잡담与疑古玄同抬杠〉 등도 매우 유머적인
글이다. 작가는 해학적이고 유머적인 글로 사리를 설명하는 데 능숙하여,
가볍고 생동감 있게 글을 썼다. 친근감 있는 비유 가운데 도리를 따지고 의
론함으로써 생동감과 재미가 있다.

린위탕林语堂의 산문

一. 생평 및 창작 개괄

린위탕은 푸 성 장저우漳州사람이다. 그의 부친은 처음에 장사를 해서 생계를 잇다가, 나중에 목사가 되었다. 그래서 위다푸는 "린위탕은 목사가 정에서 성장한 종교혁명가"라고 했다. 린위탕은 1895년에 태어나 1967년에 세상을 떠났다. 고향에 있을 때 그는 허러和乐라고 불렸는데, 대학에 입학한 후 위탕玉堂으로 개명했다. 1925년 전후로《어사》등 간행물에 글을 발표하면서 위탕语堂이라는 이름을 사용하기 시작했는데, 이로부터 위탕玉堂이라는 이름은 거의 쓰질 않았고, 나중에는 아예 위탕语堂으로 개명하였다.

린위탕은 고향에서 초등학교를 마친 후에 샤먼에 있는 쉰위안안쿡源서원을 졸업했다. 이 서원은 중등학교 수준이다. 1912년 열일곱 살의 린위탕은 상하이에 있는 성 요한 대학에 입학하여, 문과의 어학전공을 선택했다. 1916

년 우수한 성적으로 졸업한 그는 학교 추천을 받아 칭화대학淸华大学 영문과 교원으로 들어갔다.

그가 칭화대학에서 근무하던 3년은 바로 '5·4' 운동 전후로, 당시 베이징은 '문학혁명'이 막 왕성하게 일어나던 시기였다. 린위탕도 이와 관련하여 글을 발표했지만 큰 영향력을 끼치지는 못했다. 3년간 근무하면 유학을 지원해주는 칭화대학의 규정에 따라, 1919년 3월 린위탕도 미국으로 유학을 떠났다. 미국에 간 그는 하버드대학 비교문화연구소에 들어가서 1년간 공부한 후 문학석사학위를 받았다. 이후, 경제적인 문제로 인해 하버드에서의 공부를 중단할 수밖에 없게 되었다. 그래서 그는 프랑스 YMCA의 모집에 응모했고, 여기에 선발되어 프랑스 동부에 있는 르크뢰조로 가게 되었는데, 그곳에서 그는 중국인 노동자들을 위한 글자책 편찬 작업을 했다.

여기에서 돈을 좀 모은 그는 독일 동부에 있는 예나 프리드리히실러 대학교로 갔다. 언어학에 대한 갈망이 있었기 때문에 한 학기를 마친 후, 언어학으로 유명한 라이프치히 대학으로 옮겨 고대한어의 음운연구에 몰두하였다. 2년 후 경제적으로 다시 어려워진 그는 귀국을 결정한다. 1923년 여름 박사시험에 통과하고, 라이프치히 대학의 언어학박사학위를 취득한 그는 바삐 귀국길에 오르게 된다.

1923년 9월, 린위탕은 베이징대학 영문과 언어학 교수로 초빙되었다. 강의 외에, 고대한어의 음운을 연구하고 관련된 논문도 발표하였다. 이후 몇 년간은 베이징여자사범대학 시위, '3·18' 사건 및 '5·30' 후의 애국운동 등이 연이어 발생하여 북방지역의 청년운동이 고조에 이르렀던 기간이었다. 당시의 린위탕은 진보적인 교수로 진보적인 편에 서 있었다. 만년에 그는 이 시절을 돌아보면서, "베이핑에 있을 때, 대학 교수로서 나는 시사정치적인 문제에 대해 입에서 나오는 대로 비평을 많이 했다. 때문에 나는 늘 '이단의 집'인 베이징대학의 급진적인 교수로 일컬어졌다"고 회고했다. 이 몇 년간은《어사》의 황금기이기도 했다. 현대평론파와 벌인 논쟁은 중국현대문학사에서 사상사에 이르기까지 매우 두드러지는 일이라 할 수 있다. 린위탕은 바로 '어사'의 투사 중 한 사람으로, 전투성이 강한 문장을 많이 발표하였다.

1925년 린위탕은 베이징사범대학의 강사 겸 베이징여자사범대학의 교수가 되었다. 베이징여자사범대학에서는 교무장도 겸하였다. 후에, 돤치뤼가 물러나면서 장쭝창張宗昌에게 권력이 넘어갔고, 백색테러가 매우 심해졌다. 지명수배자의 명단 속에는 린위탕의 이름도 있었다. 1926년 5월 린위탕은 결국 베이징을 떠나 샤먼으로 갔고, 샤먼대학 언어학 교수가 된 그는 문과주임 겸 대학원 총비서를 맡았다. 린위탕의 주도 하에 샤먼대학 문과는 매우 활기를 띠게 되었다. 그가 루쉰 등 베이징의 유명한 교수들을 적극적으로 초빙해 온 것이다. 이들은 모두 학생들의 환영을 받았다. 그러나 이러한 좋은 시절도 잠시, 얼마 지나지 않아 개인적인 문제 또는 경제적인 이유 등으로 루쉰 등이 연이어 샤먼대학을 떠나게 되고, 1927년 초에 린위탕도 외교부의 요청으로 샤먼을 떠나 한커우漢口로 갔다. 이로부터 반년 후, 대혁명의 실패 및 난징南京의 국민당 정부와 우한武汉에 있던 국민당 정부의 통합에 따라 린위탕도 우한을 떠나 상하이로 갔다. 상하이로 간 그는 글쓰기에만 매진하기로 결심한다. 하지만, 1927년 11월 난징에 중앙연구원이 세워지고 차이위안페이가 원장으로 부임하면서, 린위탕은 차이위안페이의 요청으로 중앙연구원의 영어편집을 맡게 되었다.

1932년 12월, 상하이에서 중국민권보장동맹이 만들어지고, 린위탕도 여기에 참가하여 집행위원으로 열심히 활동하였다. 같은 해 9월, 그는 반월 간 간행물인 《논어》를 창간하여, '유머문학'을 제창한다. 이듬해 4월에는 《인간세》을 발간하였고, 후에 또 《우주풍宇宙风》을 창간하였다. 이들은 모 두 '유머'와 '감성'을 주장하는 잡지들로 당시 적지 않은 영향을 끼쳤다. 하지만 좌익작가들에게는 비난의 대상이 되었다. 1930년대 그가 집필한 《개명영문법开明英文文法》과 《개명영문독해开明英文读本》가 베스트셀러가 되면서, 경제적으로 윤택해졌다. 1935년 펄벅Pearl Buck의 요청으로 〈중국 과 중국인吾国与吾民〉을 썼는데 이것이 미국에서 베스트셀러가 되었고, 그 는 일약 국외에서 명성을 떨치는 작가로 우뚝 서게 되었다. 이를 계기로 하 여, 1936년 8월 그는 아내 및 세 딸을 데리고 미국으로 건너가 그곳에 정 착하게 된다.

미국에 정착한 린위탕은 글쓰기에 전념하였다. 1938년 봄, 프랑스에서 1 년을 머물렀다가 다시 미국으로 돌아간 그는 장편소설을 쓰기 시작하여 여 러 권의 작품을 발표하였다. 1943년 충칭重庆에 온 그는 여러 곳을 다니면 서 연설을 했는데, 그의 연설은 진보인사들의 비난을 받기도 했다. 미국으 로 돌아간 그는 《침과대단枕戈待旦》이라는 작품을 창작하였다.

1945년 8월 일본이 투항했다. 린위탕은 글쓰기에 몰두하면서, 중국어 타 자기를 만드는 데에도 매우 노력했다. 후에 타자기를 만들었지만 제작비용 이 너무 많이 소요되어 생산을 할 수 없었다. 유엔이 만들어지면서 린위탕 은 유네스코 예술문학위원회의 위원장이 되었고, 이에 따라 1947년 여름 온 가족이 프랑스로 이주하였다.

1950년 린위탕은 다시 미국으로 돌아와 계속하여 장편소설을 발표하였 다. 1954년에 그는 국외에 세워진 최초의 화교대학인 싱가포르 남양대학南

洋大学의 교장을 맡았다. 그러나 그가 잡은 예산 규모가 너무 커서 사직할 수밖에 없었고, 미국으로 돌아간 그는 다시금 작가로서의 삶을 이어갔다. 그러다 1966년 6월 린위탕은 30여 년의 국외생활을 끝내고 타이완으로 가서 정착하였다. 1967년 홍콩중문대학의 연구교수로 초빙되어 간 그는《린위탕당대한영사전林语堂当代汉英词典》의 편찬을 주관했다. 그의 삶에서 마지막 10년은 타이완에서 저명한 작가의 신분으로 여러 사회활동에 참가하며 보냈다. 이 기간 동안 그는 영어로 썼던 작품을 중국어로 다시 쓰기도 했다. 1976년 홍콩에서 병사하였다.

린위탕은 평생 동안 많은 작품을 창작하였는데, 다음과 같은 몇 단계로 정리할 수 있다.

첫째, 1923년에서 1927년이다. 이 시기 린위탕은 언어학 방면의 논문을 집필하는 동시에《어사》의 일원으로서,〈산적을 축복함祝土匪〉,〈개를 토벌하는 것에 대한 격문讨狗檄文〉,〈적화와 상가집개泛论赤化与丧家之狗〉 등의 수많은 잡문을 창작하여《어사》와《신보부간》 등에 발표하였다. 이 시기 창작한 대표작들은《전불집剪拂集》(북신서국, 1928년 12월 초판)에 실려 있다. 후펑胡风은〈린위탕을 논함林语堂论〉에서 이 시기를 그의 황금기라고 보았는데,《전불집》은 바로 그 결과물이라 할 것이다.

둘째, 1928년에서 1936년이다. 이 시기 그는 상하이에서《논어》 등을 창간하여 '유머'와 '감성'을 위주로 하는 소품문의 창작을 제창했다. 린위탕도 이런 종류의 산문을 많이 썼는데, 후에《나의 이야기我的话》와《대황집大荒集》에 수록되었다. 또한, 언어학 관련 논문집인《언어학논총语言学论丛》도 출간하였다. 영어로 쓴 작품집인《중국과 중국인》도 이 시기 출간되었는데, 이는 그가 해외에서 작품집을 출간하는 시초가 되었다.

셋째, 1937년에서 1945년이다. 이 시기에 린위탕은 미국에서 글쓰기에 전념하였다. 《생활의 예술生活的艺术》과 《논어论语》를 편역한 《공자의 지혜孔子的智慧》를 비롯하여 《노자老子》, 《맹자孟子》, 《장자庄子》 등을 번역 출간하였다. 1939년에는 장편소설 《경화연운京华烟云》을 완성하였고, 이어서 《풍성학려风声鹤唳》, 《침과대단》 등을 출간하였다. 그의 소설은 미국에서 베스트셀러가 되었고, 그도 자연스럽게 유명한 소설가로 자리하게 되었다.

네 번째, 1945년에서 1965년이다. 이 20년간은 린위탕이 가장 왕성하게 창작활동을 진행한 시기이다. 《경화연운》, 《풍성학려》와 함께 '린위탕의 삼부작'으로 일컬어지는 《붉은 대문朱门》을 비롯하여 《먼 경치远景》, 《중국인 거리의 가정唐人街家庭》, 《붉은 모란红牡丹》, 《라이보잉赖柏英》, 《자유 성으로의 도피逃向自由城》 등이 모두 이 시기에 창작된 작품들이다. 이 외에도 중국고전에 바탕을 둔 《소동파평전苏东坡传》, 《무측천武则天传》, 《두 십랑杜十娘》 등을 창작하였다.

마지막으로, 1965년에서 1976년이다. 린위탕의 생애 마지막 10년인 이 기간 동안 그는 타이완 중앙통신사의 요청에 따라 '무소불담无所不谈'이라는 특별란에 평론을 발표하였는데, 여기에 발표한 글들을 모아서 《무소불담》 1집과 2집을 출간하였다. 1973년, 린위탕은 타이완의 신문에 발표한 글들을 묶어서 《무소불담합집》을 출판하였다. 이것이 이 기간 동안의 대표 작이라 할 것이다. 그 밖에도 논문이나 연설문 등등을 발표했다. 하지만 소설은 쓰지 않았다.

린위탕의 작품들, 특히 소설은 대부분 영어로 창작되었다. 때문에 중국 어본이 없는 게 많아서 중국 내에서는 많이 알려져 있지는 않고, 홍콩과 타이완에서 출간한 중역본들을 재출간한 것들이 좀 있다. 이상, 린위탕의 창작에 대해 간단하게 소개하였다. 린위탕의 창작세계에 대해 올바른 평가를 하고자 한다면, 조금 더 기다려야 하지 않을까 생각한다.

二. '5 · 4' 산문에 대한 간략한 평가

'5 · 4' 시기 린위탕의 산문은 주로 잡문으로, 대부분《어사》에 발표한 것들이다.

위다푸는 다음과 같이 린위탕의 산문을 평가하였다. "린위탕은 천성이 꾸밈없고 소박하며 중후하고 순진하다. 만약 미국에서 태어났다면 문학적으로 성공했을 것이다. 뿐만 아니라, 정치 같은 일을 했어도 당대를 호령하면서 프랭클린 루스벨트Franklin Roosevelt 같은 사람이 되었을 것이다.《전불집》시기의 진실함과 용맹스러움은 확실히 서생의 본질이다. 근래 고상함에 탐닉하여 감성을 제창하고 있는데, 이 또한 시대의 추세가 그렇게 하도록 만든 것이니, 어쩌면 소극적인 저항으로 일부러 고집하는 것이라고 볼 수도 있겠다. 저우쭤런은 흔히 외국인들이 얘기하는 은둔자와 반역자가 한데 섞여 있는 그런 말을 자주 가져다가 조소를 면하기 위한 변명으로 사용한다. 이것은 저우쭤런에게는 원래 합당한 평가이고, 린위탕에게도 특히나 적합한 평이 될 수 있다."《중국신문학대계 산문2집 · 서언》

린위탕에 대한 위다푸의 평가는 정확하다. 은둔자와 반역자라는 말은 린위탕의 창작생애를 잘 표현한다. '5 · 4' 시기 린위탕은 반역자로서 투쟁을 했다. 후에 그는 은둔자의 길로 접어들었다.《전불집》의 서언을 보자. "그렇지만 나는 오히려 고목처럼 생기가 전혀 없다. 예전의 열정, 젊어서 경험이 적었기에 나온 용기에 그저 감개할 따름이다. 눈앞의 적막함이나 근 2

년간 견문이 넓어지면서 희석된 심경 등과 대비되어, 지금 나 자신의 무감각과 완고함이 한층 더 잘 보인다." 이는 1928년 작품집을 만들 때 작가의 느낌이다. 하지만 필경 그 역시 투쟁을 해온 사람인지라, 옛일을 회고할 때에는 격정으로 넘쳐난다.

이 태평스러운 적막 속에서 2년 전 '혁명정부' 시절의 베이징을 회상해 보니, 지난날 청년의 용기 있는 강건함과 정부가 꾸며낸 참극의 소란스러움이 떠오른다. 천안문 앞에서의 집회, 각양각색으로 펄럭이던 깃발들, 눈썹 휘날리던 남녀학생들의 얼굴, 깃대를 높이 들고 기와조각을 던지던 시창안西长安 거리에서의 골목전투, 맨발로 비를 무릅쓰고 나선 하다먼哈达门 거리의 시위행렬들, 이 얼마나 비장한가! 국무원 앞에서의 콩 볶는 듯한 총소리, 둥쓰파이루东四牌楼를 따라 낭자하던 핏자국, 병원마다 시체를 맞들고 급하게 뛰어다니던 발걸음들, 베이징대학 제3병원에서의 추도대회, 이 얼마나 격앙되는가!

이런 치열한 시대에 린위탕 역시 투쟁자 중 한 사람으로 시대의 반역자였다. 그의 잡문 내용을 정리해보면 다음과 같다.

첫째, 《어사》의 일원으로 현대평론파와 투쟁할 당시 린위탕의 논조는 진보적으로, 다른 진보적인 교수들과 발걸음을 같이 했다.

〈독서구국유론读书救国谬论一束〉*에서 그는 다음과 같이 시정을 비판했다. "이번 관세회의가 개막한 그날 매우 소중한 깨달음을 하나 얻었는데, 바로 중화는 소위 민국民国이 아니고 관국官国에 불과할 따름이라는 것이다. 이

---

* 《剪拂集》, 北新书局, 1928年 12月 初版. 이하 인용하는 작품은 모두 《剪拂集》에 수록된 것이므로, 따로 출처를 밝히지 않는다.

는 결코 우리가 새로 발견한 게 아니다. 식견이 있는 사람은 중화가 어떤 국가 형태이든 적어도 민주국가는 아니라는 사실을 진즉 알고 있었다. 외교든 내정이든 모두 국민들이 당연히 말해야 하는 게 아니니, 무슨 민의에 근거한다는 것은 더욱이 토론거리가 되지도 못한다. 소위 정치라는 것은 실상 정부 제군의 소유물이고, 헌법은 관료가 만든다. 국민회의는 관료로 넘쳐흐르고, 외교적인 중대 사안도 관료가 알아서 정하며, 심지어 회의도 관료가 가서 연다. 국민들의 도로교통은 제멋대로 한 시간씩 멈추게 할 수 있다. 이런 현상들은 우리가 '민주국가'인 척하는 것에서 이미 괴이쩍게 여겨지지도 않는다." 이처럼 그는 봉건군벌에 대해 매우 통찰력 있게 폭로하면서 관료국가의 본질을 지적했다.

〈명사를 노래함咏名流〉, 〈"공리의 속임수" 후기"公理的把戏"后记〉 등의 문장에서는 현대평론과 문인들을 비판했다. 〈류허전과 양더췬여사를 애도함悼刘和珍杨德群女士〉에서는 다음과 같이 매우 분명하게 밝혔다.

> 류여사와 양여사의 죽음은 그녀들의 삶과 마찬가지로 나라를 망하게 만든 관료와 나라에 역병을 돌게 만든 의사들과의 투쟁 중에 일어난 것인 바, 그녀들은 전국 여성혁명가의 선열이다. 그래서 비록 그녀들의 죽음이 기껍지는 않지만, 그녀들의 죽음은 영광스러운 것이다. 때문에 그녀들의 죽음이 끔찍하지만 사랑스럽기도 하다. 우리는 상심의 눈물을 흘리는 것 외에도, 이로 인해 스스로를 위로하고 그녀들이 하던 일을 이어서 계속해나가야 한다. 이 망국의 시절에 흐리멍덩하게 생활해서는 안 된다.

《어사》57기에 린위탕은 〈어사체 논쟁에 개입하며―온건, 비난 및 페어플레이插论语丝的文体-稳健, 骂人, 及费厄波赖〉를 통해, 저우쭤런이 제기한 "페어플레이" 정신에 호응하면서 물에 빠진 개를 때릴 필요가 없다는 뜻을 피력했다. 이는 자연 잘못된 것이었다. 그래서 린위탕은 바로 자신의 생각을 바꾸고 루쉰의 비판을 받아들였다. 동시에, 《경보부간京报复刊》에 〈루쉰선생이 발바리를 때리는 그림鲁迅先生打叭儿狗图〉을 그렸다. 후에 〈개를 토벌하는 것에 대한 격문〉과 〈개를 때리는 것에 대한 의문을 풀다打狗释疑〉에서 자신의 견해가 잘못되었음을 다음과 같이 밝혔다. "개가 당연히 맞아야 한다는 것에 세상 사람들은 대체로 동의한다. 전에 나는 물에 빠진 개를 때리면 안 된다고 했지만 후에 루쉰 선생이 개를 때리는 그림을 그려서, 내 친구 하나가 매우 꺼려하는 결과를 낳았다. 그때로부터 지금 벌써 두세 달이 지났지만 그 일의 과정에서 나는 더더욱 루쉰 선생의 '무릇 물에 빠진 개는 반드시 때려야 한다'는 말을 믿게 되었다."

둘째, 국수주의에 반대하고, 서구화를 주장하였다.

〈쉬안퉁선생에게 보내는 편지给玄同先生的信〉에서 린위탕은 국수주의에 반대하는 의견을 표명했다. 그는 구체적으로 다음과 같이 제기했다. "우리 민족의 어리석음, 비겁함, 의기소침, 오만함이라는 악성종기로 여섯 가지를 지적하기에 충분하다." 그 여섯 가지는 중용하지 않고, 낙천지명하지 않고, 양보하지 않고, 비관하지 않고, 서양적인 습성을 두려워하지 않고, 반드시 정치를 논해야 한다는 것이다. 때문에 근본적인 발판은 서구화라면서 "서구화된 중국과 서구화된 중국인을 결연하게 찬성하는 사람은 아직 없다. (중략) 정신적인 부흥을 어디서부터 얘기해야 할지 모르겠다"고 했다. 이런 서구화의 관점은 정확하다고 볼 수는 없지만, 그가 제기한 국수주의에 대한 반대는 인정해야 한다.

셋째, 잘못된 습성을 고칠 것을 주장했다. 즉, 국민성 개조의 문제이다.

국민성 문제를 논할 때, 계몽주의에 입각하여 국민성 개조의 뜻을 세우는 것은 당시 지식인들에게 있어서는 매우 보편적인 것이자 그들의 진보성을 보여주는 것이었다. 린위탕 또한 예외가 아닌 바, 국민성 개조를 주장하였다.

〈급한 성격은 중국인의 단점임을 논함論性急为中国人所恶〉에서 린위탕은 "루쉰 선생이 말한 대로, 오늘날 구국은 황당무계하고 막연한 노정이다. '사상혁명'이란 이 말은 진실하지만, 내 얕은 견해로는 오늘날 구국의 문제는 사상혁명보다는 '성품의 개조'에 있다고 하는 게 어떠할까 생각한다. 이는 물론 사상혁명보다 더 어렵고 더 황당하며 막연하다. 오늘날 중국인들의 병은 사상, 특히 타고난 나쁜 습성에 있으니, 한 사람의 사상을 혁명하는 것은 아직은 비교적 쉬우나, 태만하고 느긋한 사람을 급한 성격으로 바꾸는 것은 극히 어렵다"고 분석했다. 그리고 마지막으로 "태만하기 그지없는 중국인을 약간 급한 성격의 중국인으로 바꾸고자 하는 사람은 우리가 '사상혁명'을 넘어선 '정신부흥' 운동을 만들 수 있을지의 여부를 보는 것이다"라고 결론지었다.

이처럼, 그는 쑨중산孙中山 선생을 기념하는 것에서 시작하여 중국인의 성격적인 특징과 나쁜 습성의 개조문제를 언급하고 있다. 이로 볼 때 국민성 개조의 문제에 대해 린위탕은 매우 많은 주의를 기울이고 있음을 알 수 있다.

네 번째, 민중의 역량에 대한 긍정이다.

자산계급의 학자로서, '5·4' 시기 린위탕은 진보적인 편에 섰다. '5·30' 이래 활발해진 제국주의에 대한 저항운동과 베이징여자사범대학

시위 등 청년운동에 대해서도 그는 지지를 보냈다.

〈딩 선생의 목청 높인 말丁在君的高调〉은 바로 군중들의 애국운동에 대해 찬물을 끼얹은 사람들을 향한 글이다. 이 문장은 애국운동에 대한 작가의 지지와 제국주의에 반대하는 애국주의적 열정을 잘 보여준다. "이번 애국운동에서 모두들 매우 정신없이 바쁘고, 응대하느라 틈이 없었다. 대외적으로는 홍보를 하고 대내적으로는 연설을 하며, 기금 모금으로 노동자를 돕고, 외국상품을 막아낼 계획도 세웠다. 마침 학술 정치계의 유명 인사들이 와서 실제로 힘이 되는 일도 하고 도움도 주었는데, 딩 선생은 오히려 옆에서 한가한 말만 지껄여댔다. 기실 이런 무책임한 한가한 말과 목청 높인 말은 별 차이가 없다. 한가한 말, 목청 높인 말, 빈 말, 쓸모없는 말, 적극적이지 않은 말, 이들은 표현만 다를 뿐 사실은 같다."

군중들의 애국운동에 대한 린위탕의 인식과 태도는 매우 정확하고 적극적이다. 그런데 안타깝게도 훗날 그는 후퇴하고 만다. '5·4' 시기의 반역자에서 은둔자가 되고 서양신사가 되어 버린 것이다.

《어사》의 모든 작가들 중에서 린위탕의 잡문은 개인적인 특색이 강하다. 그의 글은 루쉰이나 저우쭤런, 류반농, 첸쉬안퉁의 글과는 달랐다. 어느 한 작가가 문학사에서 자신만의 어떤 자리를 차지할 수 있다면, 그는 개인의 독특한 무엇을 반드시 갖고 있다는 것이다. '5·4' 시기의 린위탕은 비록 작품은 많지 않았으나, 작품 속 개인의 독특한 풍격은 매우 선명했다. 위다푸는 〈중국신문학대계 산문2집·서언〉에서 다음과 같이 린위탕을 평가했다.

그는 목사가정에서 성장한 종교혁명가이자 외국교육을 너무 많이 받은 중국주의자이며 도덕적인 인습 및 모든 전통적인 속박을 반대한 자유인이다. 성격상의 모순, 사상적인 면에서의 진보, 행동적인 면에서의 합리가 뒤섞여 그의 유머적인 글을 형성했다.

그의 유머는 중국에서 옛날부터 있어 온《소림광기笑林广记》식의 유머가 아니라 버터식이다. 그의 글은 어록을 모방한 스타일이지만, 사상이나 감정을 힘차게 내뿜는 지점에서는 정신이상으로 생을 마감한 초인 니체와도 비견될 수 있다. 꾸밈없고 솔직하며 중후하고 질박하다. 그래서 쉽사리 다른 사람에게 속는다. 나는 그가 용감하게 직진하면서 중국의 20세기 라블레 Rabelais[10]가 되도록 노력하길 바랄 뿐이다.

린위탕은 〈어사체를 논함论语丝文体〉에서 저우쭤런의 견해를 인용한 데 이어, "다른 사람의 말을 하지 않는다", "모두들 하고 싶은 말을 마음대로 하되, 그 유일한 조건은 대담하고 진심에서 나와야 한다는 것이다"라고 한층 더 분명히 표현했다. 린위탕은 이런 견해를 매우 좋다고 여겼고, 그가 《어사》에 쓴 글들도 이와 같았으리라 본다.

"대담함과 진심"은 쉽지 않다. 그러나 린위탕은 이러했다. 망원사의 원고 청탁에 응하여, 그는 〈산적을 축복함〉이란 글을 썼는데, 이 글은《망원》의 "산적" 정신을 칭찬하면서 "신사"와 "학자"를 비판한 것이었다. 그는 이 글에서 다음과 같이 썼다. "오늘날 학자가 가장 중요하게 여기는 것은 바로 그들의 체면이다. 만약 그들이 3층에서 아래층으로 굴러 떨어졌다면, 일어났을 때 가장 먼저 손거울을 꺼내들고 그들의 가짜 수염이 붙어 있는지, 금이빨은 안 떨어졌는지, 로션 바른 것이 더러워지지는 않았는지를 비춰볼 것을 생각한다. 뼈가 부러졌는지 안 부러졌는지의 문제는 그 다음

인 것 같다." 이처럼 그는 "학자"들의 "체면", "허세"에 대해 매우 예리하
게 해부했다.

풍자도 린위탕 잡문의 특징인데, 그 스타일은 다른 작가들과 좀 다르다.
〈고생스럽구나! 졸라여! 苦矣! 左拉!〉에서 그는 다음과 같이《현대평론》을 풍
자한다.

> 53기에 따르면, '한담' '전국지'의 첫 번째 공헌은 '당동발이—옳고 그름
> 을 따지지 않고 같은 의견을 가진 사람끼리 뭉치고 그렇지 않은 사람은 배
> 척하는 것'이 아니라는 데 있다. 게다가 듣자하니 이는 '중국 평론계에 새
> 로운 사례를 열었다'고 한다. '둥지샹 골목东吉祥胡同의 군자'들이 세상에
> 내려온 이래 공평도 동시에 탄생했다.[11] '한담 권위자'의 뜻에 따라 전국지
> 가 나타남으로써, 18세기 당동발이의 중국인을 20세기 공리를 논하는 근대
> 인으로 변화시켰다. 그렇지만 내가 관찰한 바로는, 개인의 보디가드를 안
> 하려고 하는 점에서는 '18세기 중국인'들이 같은 세대 학자들보다 한참 위
> 에 있다. 20세기 유학생의 이런 기개와 덕행이 그렇게 빨리 진보할 필요는
> 없는데, 정말 우리가 중국을 위해 기뻐하고 찬탄하지 않을 수 없다.
> 전국지의 두 번째 공로는, 모든 비평이 듣자하니 "학문의 원리와 사실에 입
> 각한다"고 하던데, 바로 여기에 있다. 그런데 안타깝게도 2기에서 이미 그
> 들이 근거로 삼은 "학문의 원리와 사실"의 성격이 완전히 폭로되고 말았
> 으니, 왜 폭로라고 하는가? 바로 여학생회의 다음과 같은 선언문에 근거한
> 다. 베이징여자사범대학 학생 200명 중 180명은 여자대학으로 바꿔 들어가
> 고 20명만 여자사범대학에 남았다. 이런 편파적인 선전은 보통사람도 의심
> 하게 되는데, '중국여론이 어떤 것인지'에 주목하고 있는 한담가들이야 더
> 말할 나위도 없다. 뜻밖에도 이번에 정인군자들이 이를 준칙으로 떠받들어,

그것을 사실이라고 생각하고, 이 '사실'에 '근거' 하여 그 위에 허점 많은 비평을 더한 것이다.

작가는 비교적 함축적으로 글을 썼다. 과장된 문자를 많이 사용하지 않았지만 반어와 냉소는 비교적 많이 사용했다. 또한, 사실과 흠을 들추어내는 것으로부터 풍자적인 효과에 도달했다. 이런 풍자는 담백하고 완곡하지만 마찬가지로 힘이 있다. 이러한 풍자는 영국 신사파의 조소와 풍자를 떠올리게 한다.

린위탕은 강력하게 유머를 제창했다. 그의 필치는 언제나 가뿐하고 유머적이다. 그러나 위다푸가 지적한 대로, 그의 유머는 중국식이 아니라 서양적인 맛을 담고 있다. 예컨대, 〈류박사가 중국현대문단의 억울한 옥살이표를 정정한 후에 씀写在刘博士订正中国现代文坛冤狱表后〉이란 글을 보면 다음과 같이 시작하고 있다.

반농이 밥을 다 먹고 난 후, 빨간 색 '국표局票' [12]를 집어 들더니, 프랑스제 만년필로 밥 먹을 때 웃음꽃을 피웠던 얘깃거리를 있는 그대로 다 썼다. 외국 놈들은 보통 큰 글자로 '국표' 다섯 장에 가득 쓴다. 이는 반농의 재주로, 모두들 탄복하는 것이다. (중략)
'오지랖 넓은' 찬다오 군이 나에게 보여준 후 내 의견을 물었다. 그리고 내 의견을 '그의 생각 뒤에 적어 달라' 고 요청했다. 보아하니, 중국현대문단에 이런 좋은 현상이 있다. 디킨스보다 높은 수준에 있는 사람이 이렇게나 많이 있고, 《대영백과전서》나 《세계통사》에 이름을 올릴 만한 사람이 이렇게나 많이 있으니, 당연히 매우 기뻐할 만한 일이고 앞날이 매우 낙관적일 것 같다. 내가 다시 무슨 말을 하겠는가.

이런 언어는 조소적인데, 해학과 유머 속에서 매우 진지한 내용을 표현해내고 있다. 소위 "문단의 억울한 감옥"은 역설적인 표현으로, 현대평론파를 풍자하고 잘못을 들추어내고 있는 것이다. 이런 말투와 필치는 생동감과 풍자적인 효과를 한층 더 강화시킨다.

언어적인 측면에서 볼 때, 린위탕의 그것은 류반농의 언어만큼 유창하고 명확하지는 않다. 또한 루쉰이나 저우쭤런의 언어처럼 정제된 의미심장한 언어도 아니다. 빙신, 쉬즈모가 사용하는 언어에서 느껴지는 청신함, 유려함과도 다르다. 린위탕의 언어는 서구화된 문장 구조 안에서 외국 영향을 받은 흔적을 많이 노출하고 있다. 게다가 그는 난해하고 고통스러운 길을 추구했다. 이는 그의 가정과 경력 및 교양과 밀접한 관련이 있다. 푸에서 출생한 린위탕은 어려서부터 기독교계 학교에서 교육을 받다가 구미에서 유학을 했다. 그는 영어에 능통했고 고등교육도 받았다. 생활과 교양은 문풍을 형성하는 데 큰 영향을 끼친다. 위다푸는 그의 유머가 버터 맛을 담고 있다고 했는데, 나는 그의 문풍 자체가 버터와 빵 맛을 내포하고 있다고 생각한다!

저우쭤런周作人의 산문

저우쭤런은 '5·4' 시기 산문의 대가 중 한 사람이다.

위다푸는 《중국신문학대계 산문2집》의 서언에서, "중국현대산문 가운데 루쉰과 저우쭤런 두 사람의 작품이 가장 풍성하고 위대하다. 평소 나의 편향된 취미 때문에 이 두 사람의 작품을 가장 애지중지한다"고 밝힌 바 있다. 그래서 사람들은 '5·4' 시기 산문을 논할 때 이들 저우씨 형제 두 사람을 함께 칭한다.

그러나 후에 저우쭤런은 그 사상이 퇴보한 데다 항일전쟁시기 일본 통치 하에 놓였던 베이핑에서 일본인들을 위해 일을 하는 등 친일작가로 변절하고 말았다. 자연 그의 산문도 한동안 연구되지 않았다. 사실상 중국현대산문사에서 저우쭤런의 산문은 중요한 자리를 차지한다. 특히 '5·4' 시기의 저우쭤런은 뛰어난 업적을 남겼다. 우리는 역사주의적으로 그를 이해하고, 그와 그의 작품에 공정한 평가를 해야 한다.

一. 생평 및 창작여정

저우쭤런은 루쉰의 동생으로, 본명은 쿠이서우櫆寿이다. 수이스학당水师
学堂에 입학하면서 저우쭤런으로 개명했다. 자는 치명起孟인데 후에 치밍启
明으로 바꾸었다. 호는 즈탕知堂이다. 필명으로는 중미仲密, 치밍岂明, 카이
밍开明, 난밍难明, 즈롱子荣, 산수山叔 등 상당히 많다. 저장 사오싱 출신으
로, 1885년에 출생하여 1967년 83세로 세상을 떠났다.

1905년 저우쭤런은 일본으로 유학을 떠났다가 1911년 귀국하였다. 귀국
한 그는 고향에서 교편생활을 하다가 1917년 4월 베이징으로 가서 베이징
대학 문과교수 겸 베이징사범대학, 베이징여자사범대학, 옌징대학 등의 교
수로 일하게 된다. 중일전쟁이 일어난 후, 베이핑에 남아있던 그는 1937년
베이징대학 도서관 관장과 문학원 원장을 겸임하기 시작했고, 1941년에는
'화북정무위원회' 상무위원 겸 교육본부 감독을 맡았다. 이 외에도 여러
직책을 맡아 일하였다. 때문에 중일전쟁이 끝난 후 국민당 정부에 의해 간
첩으로 체포되어 10년형을 언도받고 수감되었다. 1949년 1월 난징이 해방
되면서 저우쭤런도 석방되었다. 석방된 그는 베이징으로 돌아와 머무른다.
해방 후에 저우쭤런은 인민문학출판사의 특임번역가로 그리스, 일본 등의
고전문학을 번역 출간하였다. 이렇게 그는 번역가로서 안정적인 삶을 꾸려
나갔다.

저우쭤런은 평생 많은 작품을 남겼다. 책으로 출판된 것만 대략 40종에
이르며, 책에 수록되지 않은 글들도 많다. 하지만 그의 사상적인 여정은 상
당히 복잡한 바, 대체로 볼 때 급진적이었다가 후퇴하였고 결국 반동적인
데까지 이르렀다. 하지만 해방 후에는 많은 일을 했다. 사상적인 여정에 따

라 그의 창작도 몇 단계로 나누어진다.

첫 번째 단계는 '5ㆍ4' 이전으로, 창작 준비기라고 할 수 있다. 도쿄에서 유학할 때, 그는 루쉰과 함께 《신생新生》을 창간하였고, 《역외소설집域外小说集》을 공동으로 편집 번역하였으며, 《홍성유사红星佚史》, 《목탄화炭画》, 《노란 장미黃薔薇》 등 외국문학작품을 번역하여 중국에 소개하였다.

두 번째 단계는 '5ㆍ4' 전후부터 1928년까지로, 저우쭤런 창작의 황금기이다. '5ㆍ4' 시기 저우쭤런의 사상적인 진보는 풍성한 창작을 가져왔다. 이 10년 동안 두 번의 절정기를 맞이하였는데, 이로부터 그는 중국신문학사상 그의 위치를 확정하게 된다.

'5ㆍ4' 신문화운동의 과정에서 루쉰과 저우쭤런 형제는 이를 적극적으로 홍보하고 옹호하였다. 루쉰은 〈광인일기〉, 〈약药〉 등의 소설작품을 통해 문학혁명의 실적을 보여주었고, 저우쭤런은 문학이 추구해야 하는 뚜렷한 방향을 제시하였다. 1918년 12월 15일 저우쭤런은 《신청년》 5권 6호에 〈인간의 문학人的文学〉을 발표하였는데, 이 글을 통해 문학에서의 인도주의를 주장하였다. 그는 여기에서 "내가 말하는 인도주의는 소위 말하는 '세상을 비탄하고 백성의 질고를 불쌍히 여기는 것'이나 '널리 사람을 구제하는' 그런 자선주의가 아니라, 일종의 개인주의적인 인간본위주의이다"라고 설명했다. 또, 인간은 인간다운 삶이 있어야 한다고 하면서, "인간의 문학은 인간의 도덕을 근본으로 삼는 것"이라고 주장했다. 저우쭤런이 내세운 문학상의 이러한 슬로건은 당시 진보적인 것으로 긍정적인 영향을 끼쳤다. 1919년 1월 그는 또 《현대평론现代评论》에 〈평민문학平民文学〉을 발표하였다. 여기에서 그가 주장한 내용은 〈인간의 문학〉에서 제기한 것과 같은 선상에 있는 것이다. 그는 평민문학이 "평민의 삶, 즉 인간의 삶을 연구하는 문학"이라고 하면서, 인간은 마땅히 "자립과 상호도움"이라는 두 가지 도덕을 지켜야 한다고 주장했다. 이어서 1921년 6월《신보》에〈미문〉을 발표했다. 이 글에서 그는 소품산문을 쓸 것을 제안하였다. 후에 그는 소품산문의 창작에 주력하는데, 이 부분에서 뛰어난 성과를 거두게 되고, '소품문의 왕'이라고 불려졌다. 결론적으로, '5·4'운동을 전후로 하여, 저우쮜런은 봉건도덕과 봉건문학을 반대하고 신도덕과 신문학을 주장하는 신문화운동에 적극적으로 참여하면서, 신문화운동의 투사 중 한 명으로 활약하였다. 그는 천두슈, 루쉰 등과 함께 자유와 민주를 주창하고 봉건사상을 반대하며 봉건우상을 타파하기 위해 투쟁하였다.

1925년 전후, 베이징여자사범대학 학내 시위와 '3·18' 사건이 발생하였고, 학생들은 봉건군벌과의 투쟁을 벌여나갔다. 어사사는 청년학생들 편에 서서 현대평론파와 필전을 펼쳤는데, 저우쮜런도 많은 산문작품을 썼다. 바로 이 시기가 그의 창작에서 두 번째 정점기이다.

1927년 저우쮜런은 자신의《택사집》서언에 다음과 같이 썼다. "아이작 골드버그가 헤브록 앨리스를 비평하면서, '그 안에 반역자와 은둔자가 있다'고 했는데, 이 말은 매우 절묘하다. 나는 결코 헤브록 앨리스를 근거로 하여 내 위치를 높이려는 게 아니다. 나는 내 취미적인 글에서도 아직 반역자가 살아 있기를 바란다. 나는 이 작은 책을 마찬가지로 중국현대의 반역자와 은둔자들의 앞에 추천하는 데 조금도 주저하지 않는다." 반역자와 은둔자란 말은 저우쮜런에게 적합하다. '5·4' 신문화운동 시기에 쓴 작품들은 반역적인 정신을 매우 선명하게 나타냈다. 때로는 상당히 완강하고 강렬하다. 그의 사상은 줄곧 복잡한 편이었으나, 전체적인 성향은 진보적이고 혁명적이다.

이 시기 저우쭤런의 작품은 비교적 많다. 문예비평에 관한 것들은 대부분《자신의 정원自己的园地》,《담용집谈龙集》,《예술과 생활艺术与生活》에 실려 있다. 소품산문은《비 오는 날의 책雨天的书》,《택사집》,《담호집谈虎集》,《용일집永日集》등의 작품집에 수록되어 있다. 이 외에, 당시 간행물에 분산 게재된 많은 작품들이 있으나 이후 책으로 묶여 발간되지 않았다. 예컨대,《어사》에 적지 않은 문장들이 실려 있다.

세 번째 단계는 1928년에서 1938년까지이다. 이 시기 저우쭤런은 '글로 포부나 의지를 표현한다'는 신념을 고수했다. 그는 점점 투쟁의 소용돌이에서 떠나 고우재苦雨斋로 숨어 은둔자의 삶을 보내기 시작했다. 이 10년간의 평온한 학자 생활 속에서 그는 수많은 학자산문을 창작하였다. 이 시기 그가 쓴 독서찰기와 한적소품은 중국현대산문사에서 나름의 성과를 거두긴 했다. 그러나 그는 어쨌든 사상적으로는 후퇴하였고, 문단에서는 그의 사상적인 낙후에 대해 애석해 했다.

저우쭤런은 몰락한 관료집안 출신으로 전통적인 사대부의 영향을 비교적 많이 받았다. '5·4' 신문화운동의 절정기에 진보적인 슬로건을 제기하고, 영향력 있는 문장을 많이 발표하긴 했지만, 몸에 배인 사대부 기질을 벗어내지는 못했다.《담호집》의 서언에서 그는 "원래 나는 중용주의자로 내 안의 신사적인 기질은 상당히 깊다"면서, 자신의 사대부적인 기질을 솔직하게 인정하기도 했다. 이런 복잡한 생각은 그의 마음에 영원히 '은둔자'를 품고 있게 만들었다. '5·4' 퇴조기에 서재로 물러나 고서를 토론하고 골동품을 모으고 불교교리를 공부하면서 은둔하는 삶을 보냈다. 특히 대혁명 실패 후 국민당이 남쪽에서 공산당을 대대적으로 학살한 일은 그를 두려움에 떨게 만들었다. 결국 그는 더더욱 정치나 시사에 대해 입을 닫아버리고 말았다.

《비 오는 날의 책》에 실린 〈자서 이自序 二〉에서 저우쭤런은 "저둥浙东사람의 기질을 결국 벗어내지 못했다. (중략) 이게 바로 사람들이 말하는 소위 '관료 기질'이다. (중략) 다른 사람을 잘 비판하는 성격이다. 나는 어렸을 때부터 '병은 입으로 들어가고 화는 입으로 나온다'는 교훈을 알고 있었다. 나중에는 신사숙녀의 무리 속에 더러운 자취를 남길까 싶어서, 더더욱 조심하는 법을 배웠다. 하지만, 연미복을 입고서 숫양의 발을 내놓듯[13], 유감스럽게도 오랜 성격은 바꾸기 어려운지라, 옛날 작품들을 읽어보니 모두 허튼 소리 뿐 온유돈후한 맛은 극히 드물다"고 썼다. 이 글은 1923년 11월에 쓴 것이다. 겸손한 가운데 사대부적인 기질이 뚜렷하게 흐르고 있다. 그런데 1932년 11월 저우쭤런이 위핑보에게 보낸 편지에서는 자신이 사상적으로 퇴보하였음을 분명하게 인정하고 있다. "《중학생中学生》에 내가 쓴 것을 보고 소생을 문학상의 한 유파라고 하는데, 내 우견으로는 전혀 그렇게 여겨지지 않습니다. 그러나 어진 이는 어진 점을 보고 지혜로운 자는 지혜로운 점을 보는 법이지요, 제가 유일하게 말할 수 있는 것은 소생이 '5·4' 전후의 풍격을 아직 지키고 있다고 여기는 것은 큰 오해라는 점입니다. 사람의 생활방식은 시시로 변동이 생기는데, 어떻게 십 삼사년간을 유지할 수 있겠습니까? 소생이 근래 사상을 연구해보니 갈수록 소침해지고 있는데, 어찌 아직 '5·4' 시기의 경솔하고 맹렬했던 기질이 남아있겠습니까."(《저우쭤런 서신周作人书信》, 청광서국青光书局, 1933년 7월)

저우쭤런의 사상은 진보적이다가 점점 낙후되었는데, 그 변화가 상당히 명확하게 드러나서 사회적으로 비난을 받았다. 1934년 1월 '우산체牛山体'[14]로 〈오십자수시五十自寿诗〉를 지었을 때, 칭찬과 비난 모두 극에 달했다. 루쉰이 지적한 대로, 시에는 비록 "현 상황에 대한 불평을 숨기고" "풍자의 뜻이 있다"고는 하지만, 표현하는 스타일과 드러나는 감정은 확실히 가라앉아 있었다. 서재에 은거하는 삶에 대한 정취는 저우쭤런이 갈수록 보수적이 되어 가고 있음을 보여주었다. 요컨대, 시에서 예전의 반역정신과 투사적인 기질은 찾아보기 어렵다.

때문에 이 10년 동안 산문소품문의 창작은 적지 않다. 이들 작품은 모두 예술적으로도 훌륭하여, 그의 창작이 최고봉에 이르렀다고 평가받는다. 그러나 사상성이나 전투성은 모두 예전과는 완전히 달랐다. 이 시기의 작품은 대부분 《간운집看云集》, 《야독초夜读抄》, 《고차수필苦茶随笔》, 《고죽잡기苦竹杂记》, 《풍우담风雨谈》, 《과두집瓜豆集》, 《병촉담秉烛谈》 등에 실려 있다. 전부는 아니지만 주요한 작품은 거의 다 수록되어 있다고 볼 수 있다.

네 번째 단계는 1938년에서 1945년까지이다. 저우쭤런에게 있어 이 시기는 가장 불명예스러운 시간이라고 할 수 있다. 그는 일본군이 화베이 지역을 점령하였을 때 친일작가로 활동하였다. 근래, 그의 친일활동에 "말 못할 고충"이 있었다는 것이 증명되긴 했지만, 그의 친일활동은 부인할 수 없는 사실이다.

'7·7사변'[15]이 발발한 후 베이징대학은 남쪽으로 옮겨갔는데, 당시 네 명의 교수만이 베이징대학에 남아있었다. 저우쭤런은 그 네 명 중 한 명이었다. 1938년 2월, 그는 '중국문화건설좌담회'에 참석하였고, 이로부터 친일의 길을 걷게 된다. 이는 중국문단을 크게 뒤흔들었다. 마오둔 등 열여덟 명의 작가는 《항전문예抗战文艺》에 〈저우쭤런에게 보내는 공개서한致周作人的一封公开信〉을 발표했다. 여기에서 그들은 "민족을 배반하고 원수에게 무릎을 꿇은" 저우쭤런의 행동을 비판하면서 그가 "철저히 뉘우치고 하루빨리 베이핑을 떠나"기를 바란다고 했다. 그러나 저우쭤런은 그렇게 하지 않았다. 9월 20일 그는 후스가 런던에서 보낸 백화시를 받았는데, 하루 빨리 베이핑을 떠나 남쪽으로 내려갈 것을 권유하는 내용이었다.

제가 어젯밤 꿈을 꾸었는데,
꿈에서 고우암苦雨庵에서 차를 마시던 노승이,
갑자기 차를 내려놓고 문을 나서,
표연히 남쪽으로 가는 것을 보았습니다.
남쪽 만리길이 어찌 고생스럽지 않겠습니까?
그저 지혜로운 자만이 경중을 알 뿐입니다.
꿈에서 깨어 옷을 걸치고 창문을 열고 앉았습니다.
이 순간 고향을 그리워하는 내 마음을 누가 알겠습니까.

저우쭤런은 이 시를 받은 후 16행으로 된 백화시를 지어 후스에게 보냈다. 시에서 그는 자신이 남쪽으로 갈 수 없는 이유를 강조하면서, "노승은 시종일관 노승이니, 장차 거사居士의 면목을 보게 되길 바란다"고 적었다. 그러나 후에 저우쭤런은 완전히 후퇴하여, 위정부에서 관료를 역임하였고, 결국 나라의 죄인이 되었다. 이 7년 동안, 그는 변함없이 소품문을 창작하였는데, 대부분 고서를 읽고 쓴 찰기이거나 지식성이 강한 산문이다. 중일전쟁에서 일본이 패하고, 그도 수감되면서 창작활동은 멈추게 된다.

이 시기 저우쭤런이 창작한 산문은 대부분 《약당어록药堂语录》,《약미집药味集》,《약당잡문药堂杂文》,《서재구석书房一角》,《쓴맛단맛苦口甘口》,《입춘이전立春以前》 및 《과거의 일过去的工作》와 《지당을유문편知堂乙酉文编》에 실려 있다.

다섯 번째 단계는 해방 이후부터 18년간이다.

해방 후, 저우쭤런은 베이징으로 돌아왔는데, 글쓰기와 번역을 하면서 매우 안정적인 생활을 했다. 당시 창작한 글은 크게 두 가지 내용으로 나누어진다.

하나는 루쉰에 대한 연구와 자료적인 성격의 글인데,《루쉰의 집안魯迅的故家》,《루쉰 소설 속의 인물魯迅小说里的人物》과《루쉰의 청년시절魯迅的靑年时代》등이 그것이다. 이들 저서는 저우쭤런이란 이름 대신 저우샤서우周遐寿 또는 저우치밍周启明이란 이름으로 발표하였다.《지당회고록知堂回想录》은 홍콩에서 출간한 것으로 저우쭤런이라는 이름을 사용했다. 루쉰에 대한 자료뿐만 아니라 동시대 사람들에 대한 이야기가 담겨 있어서 매우 귀중한 자료가 된다. 다른 하나는 홍콩에서 발표한 글이다. 홍콩에서 그는 지식적, 역사적 사실을 담은 그런 단문들을 발표했다. 또한 책으로 엮지 못한 글들을 모아 출간한 것들도 있는데,《저우쭤런의 만년 편지 100통周作人晚年手札一百封》,《저우와 차오의 서신집周曹通信集》[16] 등이 그것이다. 이들은 모두 저우쭤런이라는 이름으로 출간되었다. 상하이와 광저우의 석간에도 적지 않은 문장을 발표했으며, 이들을 모아《목편집木片集》이라는 제목으로 묶었지만 출판하지는 않았다.

二. 잡문의 성과

'5 · 4' 시기 저우쭤런의 잡문은 그 수량이 적지 않을뿐더러, 사상적으로 매우 빛을 발하는 부분이다.

'5·4' 이후 봉건예교와 봉건전통에 반대하는 투쟁의 물결 속에서 저우쭤런은 신문화운동의 반대편에 있는 이들에게 비판의 칼날을 세웠다. 그의 잡문은 대부분이 사회비판적인 것들이다. 예를 들어,《담호집》에 실린 〈조상숭배祖先崇拜〉라는 글을 보면 그 붓끝이 매우 예리하다. 그는 여기에서 "조상숭배"의 이유가 "도깨비 신앙"과 "조상의 은혜에 보답하고 근본을 잊지 않는 것"에 있다고 하면서, 전자는 미신이며 후자는 시대의 흐름에 역행하는 것임을 지적한다. 글의 말미에서 작가는 "우리는 절대로 조상을 숭배해서는 안 되며 자손이 우리를 숭배하기를 바라서도 안 된다", "우리는 조상숭배를 없애지 않을 수 없으며, 자기숭배, 즉 자손숭배로 바꾸어야 한다"고 했다. 이처럼 작가는 봉건예교와 전통을 비판한다.

같은 책에 실려 있는 〈사상혁명思想革命〉은 문화 비판성 잡문인데, 사상혁명의 중요성을 예리하게 제시한다. 그는 중국인이 만약 "옛날의 황당한 생각을 버리지 않으면 고문으로든 백화문으로든 좋은 것을 써낼 수 없다"고 하면서, "사상의 개혁 없이 문자만 바꾸는 것을 어떻게 문학혁명의 완전한 승리라고 하겠는가"라고 지적했다. 그러면서 그는 "문학혁명에서 문학개혁이 첫 번째 걸음이고 사상개혁이 두 번째 걸음인데, 이것이 첫 번째 걸음보다 더 중요하다"고 했다. 그의 이러한 견해는 당시에도 매우 진보적인 것이었다.

1920년대 초기, 위다푸의 〈침륜沉淪〉과 왕징즈의 〈난초의 기운蕙的风〉은 '도덕적이지 않다'는 이유로 봉건사상 옹호자들의 공격을 받았다. 저우쭤런은 〈《침륜》《沉淪》〉과 〈《애정시》《情诗》《자신의 정원》에 수록됨)라는 글을 써서 이들 작품이 도덕적이라면서 긍정적으로 평가했다. 그는 "〈침륜〉은 예술적인 작품"이라고 칭찬했고, 〈난초의 기운〉에 대해서는 "마치 하늘에 흩어져 있는 우주의 사랑인 아름다운 노을을 징즈가 나비망으로 얼마간을 잡은 것처럼 미세한 전광을 발산한다"고 했다. 이런 정확하고 뛰어난 문화평론은 당시 아주 긍정적인 작용을 불러일으켰다. 저우쭤런의 이러한 글이 중국신문학비평의 바탕을 마련하였다는 점을 우리는 기억해야 할 것이다.

제국주의, 군벌과 정인군자에 대한 반대는 저우쭤런 잡문의 중요한 내용이다. 1925년을 전후로 하여 베이징 문화계에서는 베이징여자사범대학 학내 시위와 '5 · 30' 사건 및 '3 · 18' 사건으로 인해 한바탕 논쟁과 필전이 벌어졌다. 저우쭤런은 어사사의 일원으로서 진보진영에 서서 매우 훌륭한 잡문을 많이 발표함으로써 사회비판과 문화비판을 진행하였다.

베이징여자사범대학의 진보적인 학생들이 양위수 교장의 전횡에 저항하였고, 이것이 베이징여자사범대학 학내 시위로 번졌다. 이때 루쉰, 첸쉬안퉁, 저우쭤런 등 진보적인 교수들은 줄곧 진보적인 학생들 편에 서서 그들의 투쟁을 지지하였다. 어사사는 양위수, 장스자오 등 현대평론파에 반대한다는 기치를 선명하게 내걸었다. 저우쭤런의 잡문은 대부분이 측면에서 어사사의 목소리에 호응한 것이었지만, 그 역할은 매우 훌륭했다. 예컨대, 천위안 등이 학생들을 멸시하는 말들이나 《현대평론》의 수당 장악 문제 등을 폭로한 것 등등이 그것이다. 물론 정당한 이치를 들어 날카롭고 엄숙한 문장으로 폭로한 글도 있다. 예를 들어, 〈결코 사소한 원한이 아님을 논함论并非眦眦之仇〉(《어사》75기, 1926년 4월 19일)에서 저우쭤런은 다음과 같이 썼다. "나는 천위안과는 사적인 원한이 없다. 내가 천위안을 무시하는 것은 그가 장스자오를 추켜세우기 때문이다. 그는 후안무치한 장스자오를 치켜세우고 뻔뻔스럽기 짝이 없는 수작을 부린다. 처음에 《현대평론》은 우리의 동지는 아니었지만 꼭 적이라고 할 수도 없었다. 그들이 망신스럽지 않고 뇌물을 받지만 않는다면, 그들이 장스자오의 돈 천 위안을 받으려고 하는 것도 우리와 상관없다. 그러나 이런 상황을 좀 보라, 상대하기 힘든 천위안 선생이 장스자오를 위해 온갖 방법으로 음모와 술수를 동원하고 있으니, 이런저런 말들이 다 있으나 다른 사람이 '위조'할 수 있는 게 아니다. 이는 천위안이 장스자오의 사당임을 증명할 뿐만 아니라, 이 때문에《현대평론》도 '백화노호보白话老虎报'[17]라는 시호를 얻는 게 부끄러운 일이 아니다." 이런 잡문은 투쟁성을 지니고 있다.

1925년 '5·30' 사건 후, 전국적으로 제국주의에 대항하는 운동이 고조에 이르렀다. 저우쭤런은 일본인들이 베이징에서 창간한《순천시보顺天时报》를 두고, 그들을 폭로하는 글을 발표했다. 〈일본낭인과《순천시보》日本浪人与《顺天时报》〉,〈일본인의 호의日本人的好意〉,〈일본 배척 평의排日平议〉,〈나체시위에 대한 고증裸体游行考证〉 등등이 그것이다. 이들은 대부분《담호집》에 수록되었다. 저우쭤런은 일본의 침략 본질에 대해 명확하게 지적했다. 그는 〈일본 배척 평의〉에서, "국민에 의한 정부가 아닌 일본, 군인과 부호가 다스리는 일본은 중국에게 언제나 위협과 위험이 된다. 중국은 자기 보존의 목적에서 그것에 저항하고 배척하는 방법을 적극적으로 모색하지 않을 수 없다. 다음으로는 영국에 맞서는 것이다. 일본은 언제나 '공영공존을 지지한다'고 외쳐댔지만, 기실 이는 침략의 대명사이다"라고 했다. 그는 또 "우리는 일본이 중국의 가장 위험한 적이라는 것을 알아야 한다. 우리는 일본을 믿어서는 안 되며, 그들을 언제든 무너뜨릴 방법을 세우도록 노력해야 한다는 것을 유념해야 한다"고 주장했다. 일본인이 돈을 내고 창간한 중국어 신문인《순천시보》에 대해서 그는 그것의 침략성을 한 마디로 지적해냈다. 그는 〈다시 또《순천시보》再是《順天时报》〉라는 글에서 "중국에서 중국어신문을 발행하는 방법은 특히나 악랄하다. 당신은 집에 앉아서 매일 통신으로 교육하는 노예강의안 같은 중국어 신문을 나누어 보내온 것을 읽게 될 것이니, 정말 교묘하기 그지없다"고 비판했다. 리다자오가 희생된 후《순천시보》에 짧은 평론이 하나 실렸는데, 유언비어로 중상모략을 하는 것 외에도 "구차하게 목숨을 부지하는 게 좋다"는 등의 말을 널리 퍼뜨리고 있었다. 저우쭤런은 〈일본인의 호의〉에서 그들의 노예화교육의 실상을 파헤쳤다. 그는 일본인이 "중국을 위해 예교를 유지하고 풍속을 정비한다면서 문화적인 침략을 단행하고 있는데, 이런 음험한 수단은 영국보다 한 수 위이다"라고 지적했다.

1926년 '3·18' 사건이 발발하였고, 베이징의 청년들은 도살을 당했다. 저우쭤런이 쓴 〈3월 18일의 사망자에 관하여关于三月十八日的死者〉, 〈죽는 법死法〉, 〈신중국의 여자新中国的女子〉, 〈타박상碰伤〉, 〈吃烈士열사를 멸함〉 등의 잡문을 보면, 그는 분명한 태도로 청년들 편에 서 있음을 알 수 있다. 그의 붓끝은 돤치뤼 정부를 향하고 있는 바, 그들의 폭행을 비판하고 용감한 신중국의 여자들을 칭송했다.

결론적으로, 저우쭤런의 '5·4' 시기 잡문은 그의 뛰어난 사상을 반영하고 있으며 진보적인 투쟁이라는 특징을 표현했다. 저우쭤런의 산문 창작에서 볼 때, 이것은 의심할 나위 없이 가장 영예로운 부분이며, '5·4' 산문에 있어서도 매우 소중한 것이라 할 것이다. 다만 안타깝게도 저우쭤런의 사상이 흔들리면서, 이런 잡문들을 그는 그다지 중시하지 않았으니, "경솔하고 날카로운 느낌"이 있다며 골라 가질 만한 가치가 없다고 여겼다. 심지어 작품들을 묶어서 책으로 만들 때 적지 않은 문장들을 삭제해버리기도 했다. 그는 〈담호집 서언〉에서 "대체로 내 이 변변찮은 글들이 사람들과 사회에 죄를 좀 지었다. 마치 호랑이 꼬리를 밟은 것처럼 아무래도 속으로는 벌벌 떨려서 매우 긴장이 되는 게 좀 있다. (중략) 이런 종류의 글들은 대략 200편이 넘는데, 일부는 내가 지워버렸다. 개인과 관련된 비평이 대부분이고, 이미 시대에 뒤떨어진 것들도 좀 있다. 이것들을 따로 책으로 묶으면 '문단' 상의 공을 좀 보여줄 수 있지 않을까도 생각해 봤다. 그러나 바로 이 생각을 지워버렸다. 왜냐하면 내 신사적인 기질(나는 원래 중용주의자이다)이 어쨌든 그래도 상당히 깊이 배어있기 때문에, 따로 책으로 묶으면 아무래도 스스로를 너무 비하하는 것 같았기 때문이다. 그래서 공자가 글을 첨삭한 고사를 모방하기로 결정한 것이다. 그 결과, 이미 광고한 적이 있는 《진담호집眞谈虎集》은 제목만 있고 책은 없게 되어버린 것이다"라고 썼다. 지금에 와서는 투쟁적인 성격이 비교적 강한 저우쭤런의 잡문은 그저 《어사》를 비롯한 일부 간행물에서만 드문드문 볼 수 있을 뿐이다. 책으로 묶이지 않았기 때문에 사실상 그것들의 사료적인 가치는 더 높다고 할 수 있다. 작가에 의해 삭제되었다니 정말 안타까운 일이 아닐 수 없다.

저우쭤런의 잡문은 예술적인 특색이 매우 강해서 개인적인 풍격이 잘 드러난다. 정리하자면 다음과 같다.

첫째, "거리낌 없이 붓 가는 대로 쓴다." 이는 루쉰이 《어사》의 특징을 개괄한 것으로, 저우쭤런의 잡문에 대해서도 적용할 수 있다. 저우쭤런은 《어사》의 발간사에서 다음과 같이 쓰고 있다. "우리는 그저 오늘날 중국에서의 생활은 매우 무미건조하고 사상계는 너무 음울하다고 생각한다. 유쾌하지 않다고 느끼고 몇 마디 말을 하고 싶어서 이 간행물을 발행하여 자유롭게 발표하는 장으로 삼고자 한다." 훗날, 《어사》와 《현대평론》이 필전을 벌일 때, 어사사는 "자신의 돈으로 자신의 말을 한다"는 슬로건을 내걸었는데, 이는 자유롭게 글을 쓴다는 어사사의 특징을 보여주는 것이다.

저우쭤런의 잡문은 비교적 대담하고 자유롭다. 꺼리는 게 좀 적어서, 왕왕 과감하게 문제의 본질을 폭로했다. 예를 들어, 돤치뤼 정부의 폭행에 관한 것이라든지, 일본인이 발간한 《순천시보》에 대한 것이라는지, 현대평론파에 대한 것이라든지, 이러한 모든 것들에 대한 비판을 모두 거침없이 직설적으로 표현했다. 그러나 이런 자유로운 발언은 매우 제한을 받는 것으로, 위험에 직면했을 때는 일부러 숨기지 않을 수 없다. 예컨대, 1927년 국민당이 공산당원을 학살한 사건에 대한 글을 《어사》에 게재해달라고 사람들이 요구하였을 때 저우쭤런은 "매우 자유로운 발언은 그다지 재미가 없다. 자유롭지 않은 가운데 약간 자유롭게 이야기를 해야만 재미가 좀 있는 것이다"(〈우견愚见〉, 《어사》132기)라고 하면서 이를 거절하였다. 하지만 사실상 그들은 감히 게재를 못한 것이다.

둘째, 해학적인 풍자이다. 잡문은 왕왕 풍자와 분리될 수 없으며, 풍자도 몇 가지 종류로 나누어지기 마련이다. 저우쭤런의 풍자는 대체로 해학성 풍자에 속한다. 저우쭤런은 "정면으로 말할 수 없으니 농담하듯 할 수밖에 없다"거나, "농담적인 요소가 좀 강하다. (중략) 마치 농담하는 글 같다"는 말로 자신의 풍자를 분석하면서, 〈열사를 멸함〉, 〈죽는 법〉, 〈타박상〉, 〈쳰먼에서 우연히 기병대를 만난 일前门遇马队记〉 등을 예로 들었다.[*]

〈죽는 법〉을 보자. 이는 원해 돤치뤼 정부가 학생들을 죽인 사건을 폭로한 것으로 희생자를 위해 쓴 것이다. 그러나 정면으로 이에 대해 논하지 않고, 갖가지 "죽는 방법"으로부터 이야기를 끌어나간다. "천수를 다하고 집

---

[*] 《知堂回想录》, 香港三育图书有限公司, 1980, 452~456쪽 참고.

안에서 죽는 것"도 있고 "비명횡사"도 있다고 하면서 빙빙 돌려서 결국 "잘 죽는 방법으로, 우리는 부득불 천수를 다하고 죽는 것이 아닌 비명횡사하기를 바라고 있다"고 썼다. 이는 당연히 반어이다. 작가는 그것의 장점을 논한 후 본론으로 들어간다. "3월 18일 중파中法대학의 후시쮀胡錫爵 학생이 정부에 의해 살해당했다. 학교에서 추도회를 열었을 때 나는 '무슨 놈의 세상, 아직도 애국을 논하는가? 이렇게 죽는 것은 신선이 되는 것에 비할 수 있다!'라고 적은 대련 한 쌍을 보냈다. 마지막 구절은 내 진심에서 우러나온 축사이다. 옥에 티라면, 총알이 너무 커서 살 한 덩이가 찢겨나가 눈에 좀 띈다는 것이다. 만약 새를 잡을 때 쓰는 작은 탄알 같은 것을 발명할 수 있어서, 총알이 뚫고 지나가도 굵은 구리선 같은 자국만 남는다면 더 완벽할 것이다." 직접적으로 얘기할 수 없으니 그저 역으로 말할 수밖에 없다. 그래서 농담 가운데 조롱하는 것이다. 그 대련은 분노의 표현이지만 농담조이다. 이렇게 심각한 문제 앞에서 이런 대련을 보냄으로써, 앞뒤가 맞지 않는 부조화 속에서 폭로와 풍자의 효과를 거둔 것이다. 이게 바로 해학성 풍자이다.

또 다른 예를 보자. 당시 군벌정부는 공금으로 사립대학을 보조했는데, 이는 사실상 개인의 호주머니를 채우는 수단이었다. 저우쮀런과 찬다오는 통신교육의 형식으로 '애국대학'을 하나 세우기로 하고 학교 창립에 대해 진지하게 갖가지 세부사항들을 토론했는데, 농담처럼 이야기를 주고받는 중에 공적인 이름으로 자기 배를 채우는 추태와 이들의 화려하고 훌륭한 핑계를 적나라하게 폭로했다. 이런 유희적인 풍자는 저우쮀런 잡문의 특징이다.

그러나 이러한 풍자는 때로는 지나치게 의미가 불명확하고 에둘러져 있어서 오해를 피하기 어렵다. 그래서 저우쭤런은 〈죽는 법〉의 말미에 특별히 한 마디를 덧대었다. "위에 쓴 내용이 어떤 것들은 농담이고 어떤 것들은 사실이 아니다. 합해서 이를 밝힌다." 저우쭤런의 이런 문장이 오해받은 적도 있다. 〈타박상〉은 원래 청년학생들이 얻어맞은 사건을 쓴 것으로 진보적인 학생들 편에서 이야기한 것이다. 그러나 오히려 이를 "타박상"이라고 부르면서 작가는 진지하게 이 일을 논하였고, 농담조로 이야기하는 것에 풍자의 뜻을 담았다. 그러나 일부 독자들은 이를 오해하기도 했다. 위 다푸는《중국신문학대계 산문2집》의 서언에서 이와 관련하여 이렇게 적었다. "저우쭤런의 글은 맑고 다정하면서 반어적이다. 이전에《어사》에 발표된 〈타박상〉이라는 글이 있었는데, 당시 한 청년이 그것을 곧이곧대로 읽고는 비난하는 편지를 보냈던 것을 기억한다."

三. 소품산문의 특징

즈옌이라는 필명으로《신보부간》에 〈미문〉을 발표한 이후, 저우쭤런은 자신이 직접 '미문'을 쓰기 시작했다. 이게 바로 잡기 또는 수필식의 글이다. 서술, 묘사, 의론, 서정 등이 긴밀하게 결합되어 짧고 의미심장한 문장으로 구성된 것으로, 우리는 이를 소품산문이라 일컫는다.

저우쭤런의 소품산문은 '5 · 4' 시기 매우 유명했다. 그것은 개인의 독특한 풍격을 반영하였는데, 예술적인 성취가 매우 높았으며 지대한 영향을 끼쳤다. 상대적으로, 그의 초기 잡문은 사상성은 비교적 높았으나 영향력은 그다지 크지 않았다. 반면, 그의 소품산문은 사상적으로는 잡문에 미치지 못했지만 사회적인 영향력은 훨씬 더 컸다. 1930년대 저우쭤런이 서재에 은거하기 시작하면서 그의 사상은 시대를 따라가지 못했다. 그러나 소품산문은 예술적으로 많은 진보를 이루면서, 그는 중국현대산문사상 독특한 풍격을 창조한 대가로 자리매김하였다. 중국현대산문사에서 저우쭤런의 소품산문은 중요한 위치를 차지한다. 그것은 사회적으로 인정을 받으면서 매우 큰 성공을 거두었다. 동시에, 후대에까지 영향을 끼쳐서 많은 청년작가들이 그를 배우고 모방함으로써, 소품산문이라는 이러한 형식을 발전시켰다.

〈파리苍蝇〉,〈새소리鸟声〉,〈고향의 산채故乡的野菜〉,〈베이징의 다식北京的茶食〉,〈오봉선乌蓬船〉,〈고우苦雨〉 등은 그의 소품산문의 대표작이라 할 수 있다. 저우쭤런 산문의 예술적인 특징은 다음과 같다.

첫째, 정취가 드러난다.

산문, 특히 이러한 잡기, 수필식의 소품산문은 완전한 이야기도 없고 집중적으로 인물을 묘사하지도 않으며 짙은 서정적 요소도 부족하다. 때문에 사람을 매료시켜서 끈기 있게 음미할 수 있을 정도로 쓰기란 매우 어려운 일이다. 저우쭤런의 소품산문의 장점은 바로 정취가 있다는 것이다. 작가는 흥미진진하게 얘기한다. 얼핏 보기에는 특별한 점이 없는데 오히려 손에서 놓지 못하게 한다. 당시《저우쭤런산문초周作人散文钞》를 편찬한 장시천章锡琛은 서언에서 다음과 같이 설명했다. "저우치밍周岂明 선생 산문의 미묘함은 보는 사람마다 다 칭찬한다. 그의 그 붓끝은 은근하고 곡절이 있어서 무슨 뜻이든 다 표현해낸다. 또한, 조금도 수다스럽지도 단조롭지도 않으면서, 구구절절 딱 적절하다. 가장 소중한 것은 뛰어난 정취이다. 그것이야말로 모든 사람이 다 배울 수 있는 것이 아니다."

소품산문을 정취 있게 쓴다는 것은 쉽지 않다. 그러나 바로 이것이 저우쥐런 작품의 두드러진 특징이다. 소위 정취라 함은 정감 있고 흥미가 있다는 것으로, 사람을 황홀한 경지로 이끄는 일종의 기품이다. 〈파리〉를 예로 들자면, 이 작품은 매우 신운이 있고 정취가 넘친다. 파리는 매우 더러운 곤충인데, 저우쥐런의 붓 끝에서 매우 생동감 있게 묘사되었다. 작품은 어렸을 적 금파리를 갖고 놀던 장면으로 시작한다. "우리는 그것을 잡아오고 월계수 잎도 하나 따왔다. 월계 가시로 월계수 잎을 파리 등에 고정시키니, 녹색 이파리가 탁자 위에서 꿈틀꿈틀 움직이는 게 보였다. (중략) 우리는 또 그것의 등을 가느다란 대나무 줄기에 곧추세우고, 등심초를 좀 가져다 발 가운데 놓았다. 파리는 곧 위아래가 뒤바뀔 듯이 휘저어댔다. 우리는 이를 '장난감 막대기'라고 불렀다. 또, 소시지에 흰 종이를 감아서 날려 보내기도 했는데, 공중에서 흰 종이가 조각조각 어지럽게 날리는 것만 볼 수 있었다. 보기는 매우 좋았다." 동년시절을 매우 정취 있게 묘사하여 어른이 읽어도 감동이 되지 않을 수 없다. 이어서 그는 그리스 신화의 전설, 파브르의 《곤충기》, 중국의 《시경诗经》과 《비아埤雅》[18]에 실린 내용 등, 풍부한 자료를 인용하여 금파리의 용감하고 고집스러운 점을 묘사했다. 요컨대, 자유자재로 운용하면서 흥미진진하여 사람을 감동시키는 데가 있고, 지식과 재미를 갖추고 있으며, 정취가 넘쳐흐른다. 저우쥐런의 산문 작품 가운데 이런 종류의 소품문이 적지 않은 바, 〈카스테라를 만드는 것에 대하여论做鸡蛋糕〉, 《《도암몽억》서언《陶庵梦忆》序〉 등등은 상당히 정취 있는 작품들이다.

둘째, 자유자재로 인용하는데, 상식이 풍부하여 그런 인용들을 적절하게 처리한다.

저우쥐런은 동서고금을 막론하고 많은 책을 읽었다. 특히 중국 고서를 많이 탐독하여 해박한 지식을 갖추게 되었다. 그가 소품산문을 창작할 때 각종 지식을 적절하게 사용하면서, 즉각적으로 이들을 인용하여 한 편의 문장을 완성할 수 있는 데에서 그 능력을 가늠할 수 있다. 당시 저우쮀런의 산문에 대한 쉬즈모의 평가를 보자. "쉬즈모 선생은 그가 박학한 사람이라고 평가한 적이 있다: 그는 자유자재로 인용하는데, 상식이 풍부하여 그런 인용들을 적절하게 처리한다. 그러나 견해와 정서는 모두 그 자신의 것이다."(장시천, 〈저우쮀런산문초 서언《周作人散文钞》序〉) 쉬즈모의 이러한 평가는 정확하다고 볼 수 있다. 저우쮀런은 자료를 인용하는 데 있어서 매우 특색이 있다. 이로 인해 그의 소품산문은 지식과 재미를 두루 갖추게 되었다. 그는 수많은 평범한 이치와 말을 풍부하고 충실하게 표현하는데, 자료를 다양하게 인용하여 이치를 설명하기 때문에 매우 흥미진진하다.

〈고향의 산채〉도 특색 있는 글인데, 특히 인용이 매우 특이하다. 작가는 이 글에서 고향인 사오싱에서 먹었던 냉이, 떡쑥, 자운영 등 세 가지 산채에 대해 소개하고 있다. 문장의 구조로 보자면 특이한 점이 없이 진술하게 서술하고 있다. 그러나 작가가 자신의 풍부한 지식을 동원하여 다양하게 인용을 했기에, 매우 흥미롭게 읽힌다. 이로부터 이 작품은 저우쮀런 산문의 명문이 되었다. 냉이에 대해 묘사한 부분을 예로 살펴보자.

냉이는 저둥사람들이 봄에 자주 먹는 산채로, 시골은 말할 것도 없고 도시에서도 집에 마당이 있기만 하면 언제든 뜯어 먹을 수 있다. 아녀자와 어린이는 각자 가위와 바구니 하나를 들고 바닥에 쭈그리고 앉아 냉이를 찾아다니는데, 재미있는 놀이 같은 일이다. 아이들은 '냉이 쑥부쟁이, 언니는 허우먼터우后门头로 시집가네'[19]란 노래를 자주 불렀다. 후에 쑥부쟁이는 시골사람들이 도시로 내다 팔았지만, 냉이는 일종의 산채여서 반드시 직접 뜯어야 했다. 냉이와 관련하여 매우 고상한 이야기가 전해져 내려오는데, 이는 삼국시대 오나라가 통치하던 지역이 주가 되는 것 같다. 《서호유람지西湖游览志》에 보면 "3월 3일에 남녀 모두 냉이꽃을 꽂았다"는 기록이 있다. 속담에 "춘삼월에 냉이꽃을 꽂으면 그 색이 고운 것에 복숭아나무와 자두나무도 부끄러워한다"는 말이 있다. 고록顾禄의 《청가록清嘉录》에는 "냉이꽃은 나생이라고 불린다. 속담에 3월 3일날 개미가 부뚜막에 오른다고 하여, 3월 3일 사람들은 모두 냉이를 부뚜막 위에 올려놓아 개미와 벌레들을 쫓는다. 이른 아침에는 마을 아이들이 물건 파는 소리가 끊이지 않는다. 아녀자들이 눈이 맑아지기를 기대하며 비녀 위에 꽂기도 하는데, 이 때문에 '눈을 맑게 하는 꽃'이라고도 불렀다"고 기록되어 있다. 그러나 저둥지역에서는 이런 것에는 신경도 쓰지 않고, 그저 반찬으로 만들거나 떡을 볶아 먹을 때 같이 볶아 먹는다.

짧은 글 안에 산채 하나를 소개하면서 전래동요, 중국의 고서 등을 인용했다. 풍부한 인용에도 막힘이 없다. 저우쭤런의 붓 끝에서는 이런 재료가 풍부한데, 마치 자유자재로 전고를 이용하는 것 같다. 그는 잡기 형식으로 흥미진진하게 독자에게 알려주고 있는데, 생동감 있고 재미가 있어서 독자들로 하여금 잠시도 손에서 놓지 못하도록 만드는 것이다. 작가의 풍부한 지식도 작품의 성공을 돕고 있지만, 알기 쉽고 자연스러운 어투와 부드럽고 수수한 태도 또한 성공적인 글이 된 중요한 조건이다.

셋째, 간결한 언어와 정확하고 적절한 문장이다.

저우쭤런의 산문에서 정확하고 간결한 언어는 매우 두드러지는 특징이다. 위다푸는 이와 관련하여 《중국신문학대계 산문2집》 서언에서 다음과 같이 설명한다. "저우쮜런의 문체는 여유 있고 자유롭다. 붓 가는 대로 쓰기에 처음 읽을 때에는 산만하고 조리가 없으며 지나치게 자질구레한 것 같다. 그러나 자세히 읽다보면, 그가 자유롭게 이야기하는 말들이 구구절절 다 그만의 뜻이 있어서, 전체 문장에서 한 구절이라도 빠지면 안 되고, 한 구절에서 한 글자라도 바뀌면 안 될 것 같다. 그래서 다 읽은 후에는 처음부터 다시 읽고 싶어지는 것이다." 자오징선赵景深도 다음과 같이 평가했다. "그의 글은 모두 갈고 닦아서 나온 것으로, 삭제할 만한 글자가 하나도 없고, 헛된 말도 없다. 그는 조리에 맞지 않게 반복적으로 상세히 설명하는 것을 원하지 않는다.", "저우쮜런의 글은 간결하다. 때로 저우쮜런의 산문은 문어보다 더 간결하고 글자도 더 적게 사용한다."** 이들의 평가는 다소 지나치게 칭찬한 면도 없지 않아 있으나, 저우쮜런의 문장이 정확하고 적절하며 간명하다는 것은 틀림없는 사실이다. 그의 산문은 편폭은 짧지만 담고 있는 내용은 오히려 풍성한 경우가 많다. 제한된 자구 안에서 풍부한 내용을 표현해내고 있는 것이다. 그의 간결한 글쓰기는 중국 고전을 학습한 기초 위에서 나온 것이다. 동시에, 문체의 서구화가 성공한 것과도 밀접한 관련이 있다.

저우쮜런의 간결하고 정확한 문장의 예들은 그의 창작 가운데에서 쉽게 찾아볼 수 있는 바, 1920-1930년대 그의 산문이 거둔 업적은 이 부분과도 밀접한 관련이 있다. 〈오봉선〉에서 작은 배를 타고 유람하러 나간 장면을 묘사한 부분을 살펴보자.

작은 배는 정말 나무 잎사귀 같이 작다. 배 바닥에 자리를 잡고 앉으면 지

** 孙席珍, 〈论现代中国散文〉, 《现代中国散文选》, 人文书店, 1935.

봉 꼭대기가 당신의 머리에서 10센티도 안 된다. 당신의 양손은 좌우 뱃전에 올려놓을 수 있을뿐더러 바깥까지 손이 나온다. 이런 배에 있는 것은 마치 물 위에 앉아 있는 것 같다. 밭 기슭에 가까이 갈 때에는 진흙이 당신의 눈코에 근접해온다. 물결이 일렁이거나 앉아서 조금이라도 조심하지 않으면 바로 배가 뒤집혀서 위험한 일이 발생할 수 있다. 그러나 상당히 재미도 있다. 이는 수향에서만 경험할 수 있는 한 특징이기도 하다.

인용한 부분은 그저 몇 마디 말과 평범한 서술이라고 할 수 있다. 그러나 그 광경을 생생하게 그려내고 있다. 이런 간명한 문장은 아마도 동시대 작가들 작품 중에서도 많지 않을 것이다. 문어가 아닌 순수한 백화를 사용하고 있는데, 매 구절이 다 무게가 있고 필요 없는 자구가 없이 매우 적당하다.

넷째, 담담한 풍격이다.

저우쭤런의 산문은 풍격상 담담한 종류의 산문에 속한다. 설령 급진적인 문제를 논하더라도 열기가 모자란다. 하지만 이러한 담담하고 자연스러운 중에 자신의 생각을 표현한다. 차오쥐런曹聚仁은 어사파 작가들 중에서 저우쭤런만이 '담담함'을 표현해냈다고 보았다.

저우쭤런도 《비 오는 날의 책》의 〈자서 이〉에서 이렇게 밝힌 바 있다. "최근 나는 글쓰기에서 담담하고 꾸밈이 없는 그런 경지를 매우 동경하고 있다. 그러나 고전문학이나 외국문학에서만 이런 작품을 만나볼 수 있고, 내 자신이 언젠가 써낼 수 있을지에 대해서는 아직 꿈도 꾸지 못하겠다. 이런 풍격과 경지는 나이와도 관련이 있어서 억지로 할 수 없는 것이기 때문이다. 나처럼 이렇게 도량이 좁고 성질 급한 사람이, 중국의 이런 시대에 태어나서는, 여유 있고 침착하게 평온하고 담담한 글을 써낼 수 있을 거라고는 기대하기 어렵다."그가 추구하던 평온하고 담담한 풍격을 어느 정도는 이루어냈다고 본다. 그래서 담담함은 저우쭤런 산문의 중요한 특색이 되었다.

위다푸는 그의 자선집 서언에서, 저우쭤런의 "잡기는 담백하고 온화할뿐더러 매우 광범위한 내용을 포괄한다. 속세와 천상, 동식물까지 다루지 못하는 게 없다. 평생 나는 이런 종류의 책을 읽는 것을 좋아했다. 그러나 직접 한 번 써보려고 하니, 아무래도 열정이 배어들어서 초연한 경지에 도달할 수가 없다"고 썼다. 저우쭤런의 산문은 바로 위다푸가 좋아하는 그런 종류의 산문이다. 잡기의 형식으로 서사, 의론, 서정 등을 한데 융합하였고, 온 나라부터 초목과 짐승들까지 전부 작품에 넣는다. 온화하고 여유가 있으며 사리사욕과 꾸밈이 없으니 진정으로 초연함에 이른 경지라고 하겠다. 〈새소리〉 같은 경우, "새를 빌려 봄의 소리를 낸다"[20]고 쓰면서, 온갖 꽃이 만발한 봄날 도심에서 전원의 정취를 찾고 있다. 〈고우〉[21]에서 비 오는 날 작은 배에 대한 묘사, 오봉선에서 비 오는 소리를 듣는 것에 대한 서술은 모두 시적인 정취로 넘쳐난다. 비 온 후 마당에서 아이들의 "맨 발로 강 건너기", 청개구리의 합창에 관한 묘사는 더더욱 어린이의 천진함과 즐거움으로 가득하다. 〈오봉선〉에서도 "산밍와三明瓦", 오구목, 붉은 털여귀, 수초, 작은 다리, 어민의 숙박지에 대해 생생하게 묘사했고, 강남 지방의 민간풍습도 진실하게 그려냈다. 이 모든 것을 담담하게 써냈는데, 문장이 소박하고 재차 덧대지 않음으로써 오히려 아득한 맛과 담담한 풍격을 나타냈다.

'글은 그 사람과 같다'고, 저우쭤런 산문이 이러한 담담한 풍격을 보여주는 것은 그의 생각, 인품과 밀접한 관련이 있다. '5·4' 시기 혁명가에서 은둔자로 변하면서 그의 생각도 점점 시대와 유리되었다. 그가 서재에 피해 있으면서 창작해낸 소품산문이 세속적인 맛은 줄어들고 평온하고 담백한 풍격을 표현하게 된 것은 매우 자연스러운 현상이다. 저우쭤런이 우아하고 그윽한 정취를 추구하며 동식물을 많이 묘사한 것은 선인들이 자연에 감정을 기탁한 작품을 창작한 것과 매우 흡사하다. 그러나 덧붙이고자 하는 것은 담담한 풍격이 반드시 장점은 아니며, 위다푸가 말한 '열정이 배어드는' 것 또한 반드시 좋지 못한 것만은 아니라는 점이다. 두 가지 다른 풍격은 그저 작가 간 다른 특색일 뿐이다. 조금도 동요하지 않고 현실에 초연한 경계에 이른 것만이 뛰어난 작품이라고 여긴다면 그것은 결코 타당하다고 할 수 없을 것이다.

위펑보俞平伯의 산문

위펑보는 1900년에 저장浙江성 더칭德清현에서 청대 대학자인 위취위안 俞曲园의 후손으로 태어났다. 1919년 베이징 대학을 졸업했다.

'5·4' 신문화운동이 일어나고 있을 때, 위펑보는 당시 베이징대학 '신조사'의 일원으로서 적극적으로 '5·4' 신문화운동에 참여하였다. 처음에 신시를 창작하여 유명해졌는데,《겨울밤冬夜》,《서쪽으로 돌아가다西还》,《기억忆》등의 시집을 출간하였다. 그는 문학연구회의 시인이자 산문가이다. 그의 산문은 많지는 않지만 자신의 풍격을 잘 표현해냈다. 1920년대 작품은 대부분《연지초》와《잡다한 것杂拌儿》[22)에 수록되어 있으며,《잡다한 것2杂拌儿之二》,《홰나무를 꿈에서 보다古槐梦遇》와《연교집燕郊集》이 조금 늦게 출간되었다.

위펑보는《홍루몽红楼梦》연구의 대가이다. 그의《홍루몽해석红楼梦辨》은 매우 큰 영향을 끼쳤다. 해방 후에 위펑보는 줄곧 옌징대학, 칭화대학, 베이징대학 등의 교수로 일했다. 1952년 이후에는 문학연구소의 연구원이 되었다.

저우쭤런은《연지초》의 발문에서 다음과 같이 그를 평가했다.

나는 위펑보를 신산문의 제3유파의 대표라고 부른다. 이것은 문학적인 맛
이 가장 강한 부류인데,《연지초》에는 이런 문장이 유난히 많다. 나도 순수
하게 구어체로 쓴 글들을 본 적이 있다. 신식중학교육을 받은 학생이 섬세
하고 유려하게 글을 쓴 것을 보고, 신문체가 형성될 가능성이 있으며 소설
과 희극에 새로운 발전이 생기리라 생각했다. 그러나 논문, 아니, 소품문이
라고 말하는 게 낫겠다, 설리적이지도 서사적이지도 않고 서정적인 요소를
주로 하는, 어떤 이는 '수다 떠는 것'이라고 부르기도 했던 그런 종류의 산
문에서는, 떫고 단순한 맛이 있어야만 독자가 인내력 있게 읽을 수 있다고
생각한다. 그래서 그의 글은 아직 좀 더 변해야 한다. 구어를 기본으로 하
면서 서구식 중국어, 고문, 방언 등의 요소를 조화롭게 섞어서 적절하게 또
는 인색하게 배열하고 지식과 재미라는 이 두 가지 요소의 통제를 받을 때,
품위 있는 대중적인 문장을 만들어낼 수 있다. 내가 말하는 품위는 꾸밈없
고 대범한 풍격이다. 무슨 문자를 기피하거나 향신乡绅[23] 티를 내거나 하지
않는 것이다. 펑보의 문장은 이런 품위가 있다. 바로 이 점이 그가 명대 작
가들과 통하는 지점이다.

위의 글은 위펑보의 산문을 평가할 때 자주 인용된다. 사람들은 이를 매
우 깊이 있고 정확한 평가라고 본다. 아잉阿英은 저우쭤런에 대해서 이런
류의 현대산문을 창작한 대표적인 작가라고 하면서 "매우 권위 있는 유파"
라고 평가했지만 위펑보에 대해서는 "저우쭤런 산문 계통의 한 지류이지

독립적인 산문 유파를 이루지 못했다"*고 보았다. 어찌 되었든, 위핑보가 저우쭤런과 같은 유파에 속하는 것은 분명하다. 그들이 창작한 산문은 사상적, 예술적으로 유사한 점이 매우 많다.

一. 산문의 사상적인 경향

사상적인 측면에서 볼 때, 위핑보의 산문은 현실사회와는 다소 유리되어 있다. 특히 1920년대 중반 이후의 그 첨예하고 복잡한 사회현실로부터 그는 일정 정도 도피적이다. 비록 '5·4' 운동의 세례를 받았고 신시 창작을 통해 적극적으로 신문화운동에 참여하였으며 미국 유학 경험도 있지만, 그에게는 중국의 전통적인 사대부의 기풍이 새겨져 있다. 명문 세가 출신인 그는 어렸을 때부터 증조부인 위위에俞樾의 슬하에서 중국의 전통적인 교육을 받았다. 지식인의 자유분방한 기질은 그에게 많은 영향을 끼쳤다.

맑고 고결하며 탈세속적인 명사파 사상은 위핑보 산문에서 비교적 뚜렷하게 드러난다. 그는 고아한 운치와 재미를 추구하였는데, 현실생활이나 노동자들에 대해서는 거의 묘사하지 않았다. 이는 그의 산문 제목만 보아도 알 수 있는 바, 〈노 젓는 소리와 등불 그림자 속의 친화이강桨声灯影里的秦淮河〉, 〈도연정의 눈陶然亭的雪〉, 〈호숫가 집에서의 몇 가지 이야기湖楼小撷〉, 〈지전유몽기芝田[24]留梦记〉, 〈시호의 6월 18일 밤西湖六月十八夜〉, 〈눈 오는 저녁 배로 돌아가다雪晚归船〉, 〈귤 짜기打桔子〉 등등이 그러하다. 물론 제목이 작품 내용을 제한하지는 않는다. 그러나 위핑보의 산문은 고대 문인의 고아한 흥취와 맛을 더 많이 보여준다. 그의 붓끝이 하층민에게로 향

---

* 阿英,〈俞平伯小品序〉,《现代十六家小品》, 光明书局, 1935年 3月.

할 때에는 일종의 동정과 연민이다. 즉, 그의 산문은 사대부적인 사상적 정서를 더 많이 표현해내고 있다.

당시, 그의 친구와 평론가들은 명대 문인들의 작품과 그의 작품을 즐겨 비교하였다. 주즈칭은 〈《연지초》서언《燕知草》序〉에서 다음과 같이 위핑보의 산문을 개괄하였다. "최근 내가 어떤 사람과 핑보에 대해 얘기한 적이 있었는데, 그의 성정과 행실이 명대 문인들과 비슷하다고 했다. 소위 '명대 문인'이라 함은 명말 장대張岱나 왕사임王思任 같은 명사를 일컫는 것이다. 이들의 특징을, 부끄럽게도 나는 아직 잘 알지 못한다. 현재 유행하는 말을 빌려 설명하자면, 아마도 '흥취 위주'의 글이라고 할 수 있겠지? 그들은 그저 자신들이 잘 수용할 수만 있다면 무슨 예법이니 세상사니 하는 것들을 전혀 개의치 않는다. 그들의 문장은 그 사람됨과 마찬가지로 대범하고 거리낌이 없다."

저우쭤런은 한 걸음 더 나아가 위핑보의 산문이 명대 문인들과 유사한 원인에 대해 분석하였다. 그는 〈《연지초》발문〉에서 "현재 중국의 상황이 명대 말엽과 유사하다. 손에 대나무 장대를 들지 못하는 문인은 그저 예술세계로 피할 수밖에 없다. 이는 본래 이상할 게 못 된다"고 했다. 예술세계로의 피난이 어쩌면 위핑보의 산문이 세상과 비교적 유리된 원인인지도 모르겠다. 그러나 위핑보는 결코 세상에 무관심하지 않았다. 봉건예교와 군벌통치에 대해 그는 분명하게 인식하고 있었고, 이에 대한 폭로와 조롱을 가하기도 했다. 다만 그 작품 수가 적을 뿐이다. 저우쭤런이 《중국신문학의 원류中國新文學的源流》에서 말한 것처럼, "위핑보 선생 같은 수많은 문인들의 글이 백화를 사용하고 있어서 얼핏 보면 매우 평범하고 그 태도도 구식문인과 별반 다를 바 없는 것 같지만, 그 본바탕은 구식 문인과 완전히 다르다. 그는 서구사상의 영향을 받았고, 과학의 세례를 받았다. 그래서 생사 문제, 부자와 부부 등의 문제에 대한 의견은 이전과 많이 다르다." 그래서 저우쭤런은 〈《잡다한 것》 머리말(발문을 대신하여)《杂拌儿》题记(代跋)〉에서 다음과 같이 설명했다. "현대산문은 모래 아래 묻힌 물과 같다. 여러 해가 지난 후 하류에서 물이 파내지면, 이는 오랜 물이긴 하지만 또 새로운 물이기도 하다. 펑보의 글을 읽을 때면 나는 자주 이 말이 생각난다." 명사파의 풍격이나 문장형식의 유래에서 볼 때, 위펑보의 산문은 명대 문인의 소품문과 유사한 점이 있다. 그러나 그의 산문은 어쨌든 새로운 것이며, 신문학 내 중요한 유파를 구성하는 한 부분이다.

위펑보의 명사적인 풍격은 산문에서 매우 많이 나타난다. 〈칭허팡清河坊〉을 보자. 항저우에 있는 주요 관광지 중 하나인 칭허팡을 소재로 한 이 글은 항저우에 관한 일들을 서술한 작품만 묶어놓은 《연지초》에 수록되어 있다. 작품 속 풍경과 인물들 모두 추억 속에 있는 것들이다. 그러나 서술과 의론이 섞여 있는 중에 그리움, 읊조림, 대범함의 정서가 흐르고 있다. 위펑보가 아니라면 이런 글을 써내기가 쉽지 않을 것이다.

항저우 칭허팡의 대로를 기술하는데, 이는 동시에 기억 속의 지난 일과 정경이다. 작품은 다음과 같이 시작한다. "산수는 아름다운 벗이고, 상점가는 가장 친근한 곳이다. 그것은 평소 우리들과 몹시 익숙한 것으로, 이별한 이래 조금도 주저함 없이 갑자기 기억 속으로 뛰어 들어왔다. 우리가 어느 지역을 그리워할 때, 산수의 맑은 소리, 머릿속을 떠다니는 숫자와 도량은 도시의 시끌시끌함과는 적수가 되지 못한다. 우리는 대부분 평범한 사람이다!"

이어서 그는 기억을 따라 칭허팡을 써 나간다. "절박하게 표현하고자 하는 것은 물처럼 담담한 그리움, 아득하고 매인 데 없는 그런 그리움, 석양 빛 아래 가로등 비춘 그림자 같은 그런 그리움이다." 서술하는 중에 의론이 섞여서 사대부적인 정취와 고아한 홍취를 표현하고 있다.

작가의 철학적인 사유를 보자. "만약 떠도는 방랑자가 없다면 서풍 맞은 누런 잎들이 쏴아아 소리를 낸들 원래는 아무 상관이 없다. 초췌한 딸이 없다면 말라비틀어진 붉은 연꽃을 굳이 시집 사이에 끼워둘 필요가 있겠는가. 가슴 속에 아름다운 여인의 잔영을 품은 적이 없다면 그림에 담은 후산이 선명하지 않은들 또 어떠하겠는가? (중략) 한 마디로 말하자면, 만물에 대한 사람들의 홍취는 인간사회에 대한 홍취가 투사된 것이다." 항저우의 삶을 추억하고 칭허팡의 지난 흔적을 음미하면서 표현하고 드러내는 것은 바로 이러한 감정이다. 이런 것에 우리는 얼마나 익숙한가. 옛 문인들의 기행문에서 자주 읽던 것이 아닌가? 위핑보의 산문이 명대 문인의 것과 유사하다는 평가는 맞는 말이다. 이 말을 듣고 "핑보가 기뻐하는 게 행간에 흐른다."** 이런 격조와 정취가 바로 명사적인 기질인 것이다.

작가는 야부雅步거리에 대해 서술하고, 칭허팡의 시끌벅적함을 묘사하였으며, 각종 먹거리와 유소병油酥饼[25]에 대해 설명하고, 스판石板거리의 "빽빽하게 쏟아지는 비"에 대해 묘사한 다음, 마지막으로 베이징의 혼란스러움 및 시든 잎과 물건 파는 소리에 대해 서술하는데, 감상적이면서도 거리낌이 없다. 대략적인 묘사 속에는 항상 작가의 의견이 삽입되어 있다. "항저우 칭허팡의 시끌벅적한 것은 하는 일 없이 바쁜 것뿐이다. 그들이 바쁘면 바쁠수록 나는 그들이 정말로 한가하다는 생각이 든다. 바쁜 게 대체로 이와 같으니 바쁘지 않는 것은 알 만하다. ━━━ 한산하지 않으면 또 어

** 朱自清,〈《燕知草》序〉,《燕知草》, 开明书店, 1928年.

떤가?" 이는 느낌으로부터 청허팡을 묘사한 것으로, 작가의 관찰과 기억과 심사를 표현했다. 그러다가 나중에는 품고 있는 말을 직접적으로 서술한다. "예전대로 몇 마디 잔소리를 하지 않을 수 없다. 세상에서 오로지 장년만이 소중하다는 것은 스스로 증명한 사실이다. 꿈이 다 하고 술에서 깨어나면 그게 뭐겠는가. 천금같이 귀한 일각이 흐리멍덩한 가운데에 있다. 우리의 발걸음이 진흙 또는 돌 위에 있고, 우리의 말과 웃음이 공기 중에서 떨리는 것, 이것이 얼마나 확실하며 기쁜 일인지. 모든 것이 암담하고 아득해질 때, 말로 형용할 수 없을 정도로 처참한 안색으로 지난 일을 돌아본다. 그때의 생각이야말로 가장 변변치 못하다. 한편으로는 이미 지나가버린 좋은 향기를 잡으려하고 또 한편으로는 다른 사람의 꿈을 질투한다. 가버린 것을 누가 붙들 수 있겠는가. 남는 건 빈손이다. 질투는 모든 사람의 비웃음을 일으키니 우리는 결국 끌려 내려온다." 지난 일을 회고하면서 가버린 세월을 슬퍼하고 지난날의 웃음을 슬퍼하는 것은 바로 사대부, 문인묵객의 정서이다. 위핑보의 글은 섬세하고 애절하며 감동적이다.

회상하는 꿈속에서 현실사회로 돌아온다. 작가는 〈청허팡〉을 쓸 때 베이징에 있었는데, 그때가 1925년 10월 23일이었다. 꿈속의 항저우는 그토록 아름다웠고, 지난날의 흔적은 그렇게도 그리워할 만하다. 베이징의 그 '휑하고 추운 좁은 골목'에서 작가는 애석해한다. "장래 만약 시엔 양이 다시 강남에 가서 나더러 베이징의 꿈을 이야기하라고 한다면, 오늘 항저우의 청허팡을 이야기하는 것처럼 그렇게 막힘없이 이야기할 수 있을까? '사람은 지나간 세월을 그리워한다'는 말을 떠올리니 점점 의기소침해진다. 또 한 폭의 떠도는 그림의 그림자가 연기처럼 내 눈 앞에서 흔들린다." 그는 그의 부친인 위삐윈俞陛云의 시구로 결말을 맺는다. "일찍이 오봉선의 닻

줄을 매어보았기에, 적적하고 고요한 수면이 비록 무정해도 참고 볼 수 있다."[26] 〈칭허팡〉의 거리낌 없는 대범한 격조는 작가 자신도 느끼고 있다. 그리고 이러한 사상적인 경향이 바로 위핑보 산문의 뚜렷한 특징이다.

二. 산문의 예술적인 특색

위핑보의 산문은 저우쭤런의 산문과 같은 유파에 속한다. 그러나 예술적인 풍격으로 보자면 그의 산문만의 독특성이 있다. 그래서 저우쭤런 산문의 한 줄기라고 일컬어지는 것이다. 위핑보의 산문은 예술적으로 자신만의 것이 있어서 개인적인 특징을 잘 보여준다.

첫째, 세밀하고 완곡한 묘사이다.

위핑보의 산문은 면밀하게 감정을 표현하고 사건을 서술하며 사물을 묘사하고 있기에, 세밀하고 완곡한 특징을 보여준다. 〈귤 짜기〉에서 어떻게 귤을 짜는 것을 묘사하고 있는지 보자.

이미 쌀쌀해졌지만 아직 오싹할 정도는 아닌 깊은 가을, 나무에 매달린 귤은 점점 노랗게 변해갔다. 반쯤 노란해진 이 귤은 거기에 "빨리 와서 먹어라"는 표어를 붙여 놓았다. 우리는 가느다란 대나무 장대를 들고 귤을 따러 가서, 고개를 쳐들고 나무그늘 속에서 한바탕 휘저었다. 우두두둑 벌써 두세 개가 떨어져 내렸다. 붉은 것, 노란 것, 노랗고 붉은 게 섞인 것, 푸르스름한 것, 반은 푸르스름하고 반은 노란 것, 큰 것, 작은 것, 약간 둥근 것, 좀 편평한 것, 이파리가 달린 것, 줄기가 달린 것, 아무것도 없는 것, 구르자마자 터진 것, 굴러도 안 터진 것, 없는 게 없었다. 없는 게 없이 다 있으니, 좋은 것일 때는 나눠 먹고, 좋지 않은 것일 때는 앞 다투어 먹거나 그렇지 않으면 강제로 뺏어 먹었다. 앞 다투어 먹는 것은 바닥에 있는 것을 앞 다투어 먹는 것이고 강제로 뺏는 것은 손 안에 있는 것을 뺏어 오는 것이다. 고로, 귤을 먹으려면 강제로 뺏어 오고, 뺏어 오는 건 이겨서 차지한 거다.

인용한 글을 보면 세밀한 필치로 어린 시절 귤을 따던 장면을 묘사하고 있는데, 벅적벅적하고 재미가 있다. 그러나 몇 년이 흘러, 옛 집을 떠나고 아이도 어른이 되었다. 작가는 다시 옛 집에 가서 "나무 가득히 무성한 귤"을 바라보는데, "다시 한두 개를 딸" 마음도 없다. "나는 망설이며 사방을 둘러보았다. 나이 들어서 움직임이 둔한 어르신 외에는 내 그림자밖에 없었다. 나는 할 말이 전혀 없다고 생각했다." 마지막으로 "마지못해 귤 하나에 손이 닿았다. 고개를 숙이고 손에 쥔 귤을 보니 둥글고 귀여웠다. 어린 잎사귀와 짧은 줄기도 매달려 있었다. 나는 그것을 품고서 이전에 하던 대로 천천히 걸어 나와, 위루로 돌아와서는 탁자 위에 잘 올려놓았다." 귤에 대한 묘사와 감정의 변화 속에 슬프고 처량한 맛이 흐르고 있는데, 여기에 옛일을 생각하는 그런 감정을 풀어냈다. 세밀하고 완곡한 특징도 매우 뚜렷하게 나타나는 바, 이것이 바로 위핑보 산문의 예술적인 특징이다.

〈노 젓는 소리와 등불 그림자 속의 친화이강〉은 위핑보 초기 산문의 명문이다. 주즈칭도 같은 제목의 작품이 있는데, 두 사람이 함께 친화이강을 유람한 후 서로 쓰기로 약속하고 지은 것이다. 같은 제목의 기행문 두 편은 《동방잡지東方杂志》21권 2호에 발표되었다. 당시 문단에서 이 일은 미담으로 전해졌고, 위핑보는 특별히 주즈칭의 작품을 독자들에게 추천하기도 했다. 기실 두 작품은 각기 특색이 있지만 이로부터 주즈칭과 위핑보는 함께 일컬어졌다. 두 사람 모두 세밀한 필치로 친화이강의 가을빛을 묘사하였으며 친화이의 옛 흔적을 회고하였다. 위핑보는 다음과 같이 그려내었다.

> 배가 조용조용히 연이어져 있는 세 개의 웅대한 수로를 뚫고 나오니, 청계의 아름다운 여름날 밤이 대형화폭의 그림처럼 훤히 나타났다. 아! 스산하면서도 복잡한 현악, 떨리고 갈라져 씁쓰름한 노랫소리, 놀람이 섞여있는 웃음소리, 쪼개지는 대나무판 소리가 더더욱 모든 배 위에 걸린 화려한 등불의 채색화를 불같이 선명하고 불같이 따뜻하게 드러낼 수 있었다. 작은 배가 우리를 싣고서 큰 배들의 틈 사이를 비집고 돌아가며 나아갔다. 그것은 자신도 오늘밤 이 강 위의 등불이라는 것을 잊고 있었다.

위핑보는 친화이강의 밤풍경, 화려한 기운을 구체적이고 사실적이며 세밀하게 묘사하였다. 그야말로 묘사의 대가이다. 주즈칭과 위핑보의 세밀함에 대해서 1930년대 어떤 사람이 비교분석을 했다. "우리는 똑같이 세밀한 묘사라고 생각하지만, 위선생은 세밀하면서 완곡하고, 주선생은 세밀하면서 심오하고 아름답다. 마찬가지로 은근한 정취가 있지만 위선생의 은근함은 따뜻하고 농후한 맛이 있는 반면, 주선생의 것은 은근함 속에 그리움과 슬픔이 좀 많이 담겨져 있다. 작가 자신의 말로 대략적인 인상을 말한다면, 위선생의 은근함은 '몽롱한 중에 꽃과 같은 웃음을 머금고 있는 것 같고'(《잡다한 것》, 40쪽), 주선생의 은근함은 '멀리 높은 건물에서의 아득한 노랫소리와 비슷하다.'(《아버지의 뒷모습》, 61쪽)"*** 이러한 비교는 일리가 있

*** 李素伯, 《小品文硏究》, 新中国书局, 1932.

다. 위펑보의 산문은 경치와 사물을 세밀하게 묘사하는 가운데, 언제나 함축적이고 완곡하게 내면의 감정을 드러냄으로써, 특수한 서정적 효과를 거두었다. 저우쭤런 산문이 비교적 객관적이고 담담하다고 한다면, 위펑보의 산문은 개인의 느낌이 좀 더 많이 배여 있어서 서정적인 요소가 좀 더 많다.

주즈칭은 〈연지초 서언〉에서 위펑보의 묘사성 산문이 "진하고 담담한 것의 차이가 상당하다"면서, "두 개의 경지가 있다"고 설명했다. 그는 또 "펑보는 묘사에 재능이 있지만 묘사를 중시하지 않았다. 중시하지는 않으나, 그렇다고 진저리를 내는 정도는 아니어서, 〈호숫가 집에서의 몇 가지 이야기〉 같은 글도 있다. 최근 그는 묘사하는 게 생동감도 없고 번잡하며 딱딱해서 싫어지기 시작했다고 여긴다. 그는 자신이 소박한 정취를 바란다고 했다"고 덧붙였다. 마지막으로, 주즈칭은 비유를 들어서 "전자가 소현사의 옥불처럼 정교하게 다듬고 수식한 문장이라면, 후자는, 내가 같은 사물로 비유하지 않는 것을 이해해 달라, 우산吳山의 유명한 유소병 같다. 그 유소병은 입에 넣으면 바로 녹아서 찌꺼기를 남기지 않는다"고 했다. 주즈칭은 위펑보와 친한 친구이다. 그의 분석은 자연 일리가 있다. 주즈칭의 비유는 위펑보 산문이 세밀하고 완곡한 묘사로부터 점점 소박하고 꾸밈없는 것으로 나아가고 있음을 설명하는 것이다. 모든 대가는 흔히 번잡하고 화려한 것에서부터 소박한 것으로 나아간다. 이는 성숙함의 표현이다. 위펑보의 산문 풍격의 발전도 바로 이런 경향인 것이다!

둘째, 산문 속에 나타나는 떫은 맛이다.

위펑보와 동시대인 작가들은 그의 산문을 평할 때 모두 떫은 맛을 언급한다. 저우쭤런은 이 점을 여러 차례 강조했다. 그는 〈즈모를 기념하며〉

《간운집》)에서, "펑보나 페이밍廢名 같은 작가들의 작품은 감람열매처럼 떫다"고 했다. 앞서 인용한 바 있는 〈연지초 발문〉에서는 신산문은 "필히 떫은 맛과 간결한 맛이 있어야만 참고 읽을 수 있다"면서, 위펑보는 바로 이런 산문의 대표적인 작가라고 했다. 많은 사람들은 저우쭤런의 의견을 토대로 하여 그 의미를 확대하고 분석했다. 아잉은 그의 글이 "번잡하고 애매하며 서술과 의론이 섞여 있어서 일반 독자들은 이해하기가 어렵다"고 했다. 그래서 그는 "이것이 위펑보 산문의 특징이자 결점"****이라고 여겼다. 자오징선도 〈《현대소품문선》 서언〉에서 위펑보 산문에 대해 이와 유사하게 서술했다. "풍격에 있어서 주즈칭 산문보다 더 떫은 맛이 있지만, 그의 산문만큼 그렇게 시원스럽지는 않다." 이 외에도 자오징선은 몇 마디 더 덧붙였는데, 모두 떫은 맛에 대한 주석이라 할 것이다. "위펑보의 산문은 그 체제가 단순하지 않다. 다른 말로 하자면 박잡하다. 때로 그는 어떤 철학적인 이치에 대해 잘 논하는데, 에둘러서 말한다. 에두르면 에두를수록 더 멀어져서, 응집과 집중을 잃어버리고 만다." 자오징선이 의미하는 박잡하다는 것은 아마도 작가가 떫은 맛을 추구하면서 만들어진 풍격일 것이다.

이른바 이런 떫은 맛을 좀 더 명백하게 설명하고자 예를 하나 들고자 한다. 〈시호의 6월18일 밤〉은 위펑보의 저명한 산문 중 하나인데, 여러 편자들에 의해 수많은 산문선집에 수록되었다. 초기 산문의 대표작으로 공인된 작품인데, 이 작품 역시 '추억 속의 항저우' 중 한편으로, 《연지초》에 실려 있다. 항저우 사람들이 6월18일 밤에 관음보살의 생신을 축하하느라 바쁜 정경을 묘사한 글이다. 복잡하게 얽혀있는 글에는 위펑보 산문의 떫은

**** 阿英, 〈俞平伯小品序〉, 《現代十六家小品》, 光明书局, 1935年 3月.

맛이 넘쳐난다. 다음 두 단락을 읽어보자.

　　누가 지은 시인지는 잊어버렸다. 단지 한 구절만 기억하는데, 옛날 시호의 풍경을 상상할 수 있다. 이 시구는 바로 '삼면이 구름 덮인 산이고 한면이 성이다' [27]라는 구절이다. 지금 호수에서 노를 젓고는 있지만 성을 만나 볼 기회는 영원히 없겠다. 구름 덮인 산은 예나 지금이나 여전하지만, 호숫가에 인접한 여담[28]의 그림자는 어디 갔는가. 우리는 동쪽을 응시했다. 대낮에는 그저 늘어선 상가뿐이요, 황혼녘에는 점점이 등불뿐이다. 추하다고 할 수는 없다. 그러나 변변치 못한 나는 자주 거기에 가서, 일찍이 이 일대에 삼엄하고 구불구불하며 무너져 쓰지 못하게 된 여담이 있어서 호수의 고운 상자에 거꾸로 새겨졌던 것을 생각하게 된다.

　　예전에는 성이 있으면 성문이 꼭 있어야 했다. 호수에 인접한 문이 남쪽에서 북쪽까지 도합 세 개였다. 이들은 각각 칭보문清波门, 융진문涌金门, 쳰탕문钱塘门이라고 불렀는데, 밤이 되면 자물쇠로 채웠다. 향을 피우는 길손들은 일찍 와야 했는데, 일찍 올 바에는 아예 이를수록 좋았다. 그렇지 않으면 부득불 이 세 개의 문을 넘어갈 방법을 강구해야 했다. 그들의 묘안은 기어오르는 것도 아니고 닭울음소리를 흉내 내는 것도 아닌(이는 염치없고 비열한 행동일뿐더러 위험하다!), 그저 밤이 되기 전에 나가는 것뿐이었다. 그때 성 밖은 황량하기 그지없어서, 하룻밤 자고 갈 만한 데도 전혀 없었다. 그래서 그저 밤길 여행을 하는 수밖에 없었는데, 억지로 웃는 얼굴과 후산이 친구가 되어주었다. 다행히 날씨가 덥고 달빛이 밝으면 고생을 덜 수 있었다. 연등을 밝히는 것 같은 이런 놀이는 적막한 것을 달가워하지 않는 성안 사람들이 생각해낸 술수인지라, 꼭 무슨 고아한 정취가 있는 것은 아니다. 항저우 사람들은 시호가 있어서 늘 성안에 숨어 지낸다. 관부(성문을 닫는다)와 관음보살(생일을 보낸다)에 의해 이중으로 시달리는 탓에, 겨우 이 밤에 나와 어슬렁거리는 것이다. 이는 정말 소름이 오싹 끼치는 일이다. 성을 허물었는데도 여전히 그대로이니, 오래되어 굳어져버린 버릇을 없애기 어려운 것이리라, 광기를 철저하게 발산하는 것이라고는 할 수 없겠지.

인용한 글은 항저우성의 상황을 소개하고, 6월18일 밤 연등을 거는 원인을 설명하면서, 좋고 나쁨에 대한 작가의 평가가 더해졌다. 글을 쓰는 중에 전고, 서사와 의론을 한데 섞었을 뿐만 아니라 주제와는 동떨어진 이야기도 삽입되어, 작가의 뜻이 시원하게 드러나지 않고, 일종의 떨떠름한 맛을 형성하면서 특수한 풍격을 보여준다. 만약 이렇게 쓰지 않고 명백하고 직설적으로 글을 썼다면, 이도 완전히 가능했을 것이다. 그러나 작품의 정취는 또 다른 모습이 되어, 위핑보 산문의 풍격을 상실해버렸을 것이다.

옛 사람들이 문장을 평가할 때, 회삽하다는 것은 부정적인 의미로, 글이나 말이 매끄럽지 못하면서 어렵고 까다로워 읽기가 거북하다는 것을 뜻했다. 아잉은 회삽적인 정취를 결함이라고 보았는데, 아마도 이런 의미와 유사한 것 같다. 반면, 저우쭤런은 이를 장점으로 보면서, 한 유파가 추구하는 예술적인 경지라고 했다. 위핑보는 이러한 회삽적인 정취를 추구하는 데 주력한 것 같다. 산문의 맛이 감람열매 같아야 오래 씹을 수 있다고 생각했다. 수식 없이 진술하게 쓰는 것, 명확하게 뜻이 통하는 것에 대해 그들은 결코 선호하지 않았다. 그들은 이를 마치 물처럼 담담하고 무미하다고 여겼다. 글에 떨떠름한 맛이 있다는 것은 진한 차를 마시고 감람열매를 깨무는 것처럼 천천히 느끼고 세세하게 씹는 것으로, 이러한 글은 뒷맛이 무궁무진하고 여운이 오래간다. 이러한 예술상의 추구와 정취는 허용된 것일 거다. 어떤 독자와 평론가의 입맛과 감상 습관에는 반드시 부합하지 않을 수도 있겠지만, 예술의 정원에서는 하나의 풍격 또는 격식이라고 할 만하다. 특히 중국현대산문사에서 저우쭤런 등의 유파가 특수한 위치를 점유하면서 많은 공헌을 했다면, 위핑보 산문의 이러한 회삽미 또한 연구할 가치가 있는 게 아닐까 생각한다.

셋째, 전아典雅한 언어이다.

위핑보의 산문은 언어적인 특색이 강하다. 저우쭤런은 〈연지초 발문〉에서 위핑보의 산문이 구어를 기본으로 하면서 서구식 중국어, 고문, 문어문 등의 요소를 뒤섞은 후 적절하게 사용함으로써 자신만의 언어적인 풍격을 구축했다고 분석했다. 나는 이것이 바로 전아한 것이라고 생각한다. 전아한 백화문인 것이다.

위핑보는 위취위안의 후손으로 태어나 어려서부터 엄격하게 전통적인 교육을 받았다. 그래서 중국 전통적인 학문의 바탕이 매우 깊다. 또한, 신식교육을 받고 영미 등지에서 유학했다. 남방에서 태어나 북방에서 공부했고, 일하느라 남쪽에서 북쪽으로 왔다. 때문에, 고문과 구어, 방언 및 서구식 중국어까지 전부 다 익숙한 편이다. 글을 다듬고 배운 지식을 소화하는 과정을 거쳐 이를 잘 섞어서 사용함으로써, 새로운 언어적인 특징을 형성한 것이다. 이게 바로 전아한 백화문이다.

〈눈 오는 저녁 배로 돌아가다〉의 첫머리를 보자.

요사이 베이징이 갑작스레 추워져서 눈에 대해 얘기하곤 한다. 정말 질리는데도, 왜 그런지 항상 강남에 대해 이야기하게 된다. 강남에서의 지난 일은 정말 많다. 짧은 꿈처럼, 한 장면 한 장면씩 마음속에서 달리고 있다. 시간이 오래되니 주변의 윤곽도 점점 닳아서 오히려 쓰기가 더 편하여, "좀 더 하고 **빼도 괜찮다**"는 치밍군의 말에 응했다. 최근 나는 정말 게을러졌다. 게을러서 펜조차도 들지 않는다. 펜을 드는 것도 힘이 들어서 내려놓으니 오히려 '시원하다'. 일반적인 견해에 의거하면, 이는 응당 재주가 다한 것과 같다. 그러나 나는 원래 꼭 재주가 있었던 것 같지는 않다.

매우 일반적으로 첫머리를 시작하고 있다. 마치 잡담하는 것처럼, 특별히 수식하는 흔적이 없이 차분하게 이야기를 풀어놓고 있다. 그러나 언어적인 측면에서 볼 때에는 상술한 내용을 증명하고 있는 것이다. 즉, 문어의 기초 위에서 형성된 백화문인 것이다. 이 안에는 방언, 구어와 문어 등 여러 가지 요소들이 섞여 있다. 그러나 '5·4' 시기의 백화문이기에 오늘날의 표준어와는 매우 다르다. 이러한 백화문은 당시에는 아주 전아한 것이었다. 이는 구어와 달리 서면어의 요소가 비교적 많이 내포되어 있었다. 위 핑보의 언어적인 풍격이 어쩌면 바로 이와 같은 것인지도 모르겠다. 위의 글에서는 서구화된 요소는 그다지 뚜렷하지 않은 것 같다. 아래 문장을 보자.

어떤 사람들은 서로 웃고, 어떤 사람들은 조용히 아무 소리도 내지 않았으며, 어떤 사람들은 호금에 맞추어 목소리를 높여 노래했다. 한 명, 두세 명, 예닐곱 명, 뱃머리의 양쪽으로 어깨를 나란히 하여 앉아 있는데, 그저 우리들 마음속에 흐릿한 그림자를 좀 더 많이 덧대줄 뿐이다. 너무 지나치면, 그 정도까지는 아니겠지만, 우리 눈앞에서 진즉에 사라졌다. 누가 이렇게 급히 서둘러 노를 저으면, 그 사람은 이렇게 등불의 그림자가 조밀한 가운데 부딪혔다. 하물며 오랫동안 영락해있던 그녀들이야, 또 하물며 유랑하는 데 익숙한 우리 둘이야.

인용한 글은 〈노 젓는 소리와 등불 그림자 속의 친화이강〉에서 노래 부르는 기녀를 묘사한 글이다. 문장의 형식을 보면 매우 뚜렷하게 서구화된 요소가 드러나는데, 이는 외국문학의 영향을 받은 것에서 연유한다. 그러나 그것은 이미 소화를 시키고 난 다음의 서구적인 흔적이다. 이는 신문학 운동 초기의 서구화와 매우 큰 차이가 있다. 그 당시에는 생경하고 전용하는 경향이어서, 도치와 부가적인 성분이 많았다. 반면, 위핑보 산문 중의 서구식 중국어는 뒤섞인 후의 요소이다.

결론적으로, 위핑보 산문의 언어는 '5·4' 시기 산문가 중에서 비교적 특징적이다. 산문의 유파로 볼 때, 그는 저우쭤런과 근접하다. 그러나 언어의 운용은 저우쭤런과는 또 달라서, 자신만의 풍격을 보여준다. 문어, 구어, 방언, 서구식 중국어를 뒤섞어서 자신만의 특징을 형성하였고, 문언문으로부터 탈태하여 일종의 전아한 신백화문을 완성하였다. 이는 '5·4' 시기의 백화문과도 다르고, 이후 사람들이 많이 사용하여 익숙한 백화문과도 다른, 문언문의 흔적을 지닌 백화문이다. 위핑보 산문의 언어를 연구하는 것은 신문학의 여정을 이해하고, '5·4' 시기 산문가의 언어적인 특색을 파악하는 데 매우 큰 도움이 되리라 생각한다.

예사오쥔叶绍钧의 산문

예사오쥔叶绍钧은 자가 빙천秉臣인데, 신해혁명 후에 성타오圣陶로 바꾸었다. 1894년 쑤저우苏州의 한 가난한 가정에서 출생하였다. 그는 문학연구회에 속한 유명한 소설가이자 오랫동안 교육에 종사한 교육가이기도 하다.《중학생》의 주편을 맡기도 한 그는 중국에서 유명한 어문교육학자로 칭해진다.

一. 창작과정

예사오쥔은 '5·4' 운동이 일어나기 전에 이미 글쓰기를 시작했다. 문언소설을 창작하여《토요일礼拜六》,《소설총보小说丛报》 등에 발표하였다. '5·4' 이후부터는 백화로 소설을 쓰기 시작하였는데,《신조新潮》에 처음으로 발표를 하면서, 베이징대학 신조사의 일원이 되었다.

1921년 문학연구회가 창립되었고, 예사오쥔은 열두 명의 발기인 중 한 사람으로 문학연구회에 참여하였다. 인생을 위한 예술과 사실주의에 대한 요구는 이들의 문학적인 방향이었다. 예사오쥔은 바로 이러한 방향에 따라 그의 창작활동을 진행해나갔다. 그는 대량의 백화소설을 창작함으로써 문학연구회의 대표적인 작가로 자리매김했다. 뿐만 아니라, 시와 산문도 창작하였다. 이 시기의 단편소설은 《틈隔膜》(상무인서관商务印书馆, 1922년 3월), 《화재火灾》(상무인서관, 1923년 11월), 《수준 이하线下》(상무인서관, 1925년 10월), 《성 안에서城中》(문학주보사文学周报社, 1926년 7월), 《미염집未厌集》(상무인서관, 1929년 6월)에 수록되었다. 예사오쥔은 인물의 평범한 삶을 묘사하는 데 능했다. 특히 교육계의 소지식인을 대상으로 할 때 그들의 내적인 세계까지 파고들어갈 수 있어서, 이런 부류의 인물들을 매우 성공적으로 묘사해냈다. 〈피난길의 판선생潘先生在难中〉, 〈교장校长〉, 〈밥饭〉 등이 그 대표작이다.

동화라는 영역에서 예사오쥔은 또 매우 성실한 개간자라 할 수 있다. 그가 창작한 20여 편의 동화를 상무인서관이 1921년 11월《허수아비稻草人》라는 이름으로 묶어서 출간하였는데, 이는 신문학 최초의 성공적인 동화집이다. 루쉰은 이 동화집에 대해 "중국동화에 자신만의 창작 여정을 열어주었다"고 평가했다.[*] 정전둬 또한 이 동화집의 서언에서 "묘사라는 측면에서 볼 때, 성공적이지 않은 작품이 거의 하나도 없다"고 높이 평가했다.

예사오쥔의 백화시는 많지 않은 바, 그가 창작한 백화시는 문학연구회 소속 여덟 명의 시인 작품을 모아 1922년 6월 상무인서관에서 출간한《눈 오는 아침雪朝》에 실려 있다. 처음에 그는 백화시를 창작하는 시인으로서 등단하였지만, 후에는 신시를 거의 창작하지 않았고 작품집도 출간한 적이

---

[*] 鲁迅, 《〈表〉译者的话》, 收在 《鲁迅译文集》 第4卷中.

없다.

'5·4' 시기 예사오쥔은 산문가로서의 작품도 적지 않은데, 안타깝게도 그 자신이 이를 중시하지 않아서 작품집으로 출간한 것이 많지 않다. 때문에 아는 사람도 적다. 위펑보와 함께 《칼집劍鞘》이라는 산문집을 출간한 것이 최초이다. 이 작품집은 1924년 11월 상풍사霜枫社에서 출간하였는데, 예사오쥔의 작품은 총 열두 편이 실려 있다. 그의 초기 산문에서 이는 극히 작은 부분이다. 1931년 9월 출간된 《각보집脚步集》에는 총 열편의 작품이 수록되어 있는데, 1927년 전에 창작된 작품이 다수이다. 예사오쥔 산문의 대표작으로 꼽히는 것은 《미염거습未厌居习作》으로, 1935년 개명서점에서 출간하였다. "최근 2-3년간 산문을 또 좀 썼다. 친구가 책으로 묶어도 무방하겠다고 권유했다. 그래서 최근 쓴 작품들 중에서 좀 고르고, 《칼집》과 《각보집》에 실린 것 중에서도 비교적 읽을 만한 몇 편을 골랐으며, 당시 찾지 못했던 작품 몇 편도 추가해서 한 권으로 엮었다." 이로 볼 때, 이 산문집은 '5·4'와 '좌련' 시기에 창작된 작품들 중에서 엄격하게 선별을 거쳐 만들어진 선집이다. 사실 예사오쥔의 산문작품은 이 작품집에 수록된 것보다 훨씬 많다. 작가가 작품을 모으고 선별하는 데 주의를 기울이지 않았을뿐더러, 《칼집》과 《각보집》이 일찌감치 절판되어 버린 까닭에 사람들은 예사오쥔의 산문작품이 많지 않다고 생각을 하는데, 사실상 이것은 오해이다.

1927년에서 28년은 '5·4' 시기에서 좌련 10년으로 넘어가는 중국신문학사상의 전환기이다. 이때 예사오쥔은 장편소설인 《니환즈倪煥之》를 창작하였다. 이 작품은 1928년 1월부터 12번에 걸쳐 《교육잡지教育杂志》의 '교육문예' 란에 게재되었는데, 편집자의 요청에 응하여 창작한 것이다. 그리고 이듬해 개명서점에서 발행되어 문단의 주목을 받았다. 샤가이쭌夏丐尊은 서언을 대신한 〈《니환즈》에 관하여关于《倪焕之》〉에서, "뜻밖에도 이렇게 큰 사건을 주제로 삼아 이런 장편을 써냈다. 작가의 창작생애에서 《니환즈》는 한 획을 긋는 작품이다"라고 평가했다. 마오둔은 〈《니환즈》를 읽고读《倪焕之》〉에서, "한 작품의 시대적인 배경을 근 10년간의 역사에 두는 것은 이 작품이 처음이라고 하지 않을 수 없다. 혁명정신이 투철한 한 소자산계급 지식인이 이 10년간의 역사적인 거대한 조류 속에서 어떻게 영향을 받아 격동되었는지, 어떻게 시골에서 도시로 갔고, 교육에 매진하다 어떻게 민중운동에 뛰어들었으며, 어떻게 자유주의자에서 집단주의자로 변했는지를 의도적으로 표현한 것은 이 작품이 처음이라고 하지 않을 수 없다"고 썼다. 그는 또, "현재 많은 작가들이 그저 설들은 사회과학상식 또는 변증법에 근거하여, 스스로를 매우 대단하게 여기면서 소위 혁명정서가 넘치는 '즉흥소설'을 써내고 있을 때, 《니환즈》 같은 그런 '의미 깊은' 작품은 설령 단점이 좀 있더라고 칭송받을 만하다"고 높이 평가했다.[**]

1930년대 예사오쥔의 소설은 대부분 《사삼집四三集》(양우도서출판공사, 1936년 8월)에 수록되어 있다. 소설 외에, 동화인 《고대영웅의 석상古代英雄的石像》(개명서점, 1931년 6월)이 있다. 1920년대와 비교해볼 때, 이 시기 그의 창작은 현저하게 줄어들었다. 이는 개명서점의 편집 및 《중학생》의 편집장을 맡아 바쁜 탓도 있고, 또 다른 한편으로는 《작문론作文论》(상무인서관, 1934년 7월), 《문심文心》(샤가이쭌과 공저, 개명서점, 1935년 5월), 《문장예화文章例话》(개명서점, 1937년 2월), 《독해와 작문阅读与写作》(샤가이쭌과 공저, 개명서점, 1938년 4월) 등 어문교육과 관련된 문제를 저술하는 데 진력했기 때문이기도 하다.

[**] 《茅盾论中国现代作家作品》, 北京大学出版社, 1980.

그중《문심》은 소설체로 중국어를 학습하는 지식과 기교를 설명하고 있는
데, 대중적이고 이해하기 쉽다. 요컨대, 이 책은 심오한 내용을 알기 쉽게
표현한 소중한 과외 도서라 할 것이다.

1940년대에 예사오쥔은 항일전선의 후방에서 개명서점을 주관했다. 이
때 그는 소설보다는 오히려 산문을 많이 썼는데, 이 시기 창작한 산문 중에
서 선별하여《사천집四川集》(문광서점文光书店, 1945년 1월)을 출간하였다. 어문
교육 관련하여서는 주즈칭과 공저로《정독지도일례精读指导举隅》와《범독
지도일례略读指导举隅》를 발간했다. 발표한 문장들도 주즈칭과 함께《국문
교학国文教学》이라는 책으로 발간하였다. 이 시기의 예사오쥔은 이미 저명
한 작가에서 국내 유명한 교육가로 변해 있었다.

해방 후, 예사오쥔은 출판총서의 부서장, 교육부 부부장, 인민교육출판
사 사장 등을 역임하였고, 인민대표대회, 중국인민정치협상회의, 중국문학
예술계연합회의 위원으로 여러 차례 선발되었다. 사회활동이 많았기 때문
에 상대적으로 창작은 많지 않아서, 〈겨울방학의 어느 날寒假的一天〉, 〈한
연습생一个练习生〉 정도가 있을 뿐이다. 산문과 평론은 적지 않은 바, 1958
년 8월 백화문예출판사에서 출간한《열 편의 작은 기록小记十篇》은 비교적
유명한 산문집이다.

二. 산문의 내용과 감정

예사오쥔은 문학연구회의 소설가로 잘 알려져 있지만 산문창작도 적지
않다. 비록 그 자신은 그다지 중시하지 않았지만 산문창작에서 거둔 성취
또한 홀시할 수 없다. 내용적인 측면에서 보자면 상당히 광범위하다. 〈가

을벌레가 없는 곳没有秋虫的地方〉이나 〈연근과 순채藕与莼菜〉와 같이 자주 선집에 실리는 몇몇 작품에서 다루고 있는 내용은 예사오쥔 산문이 포괄하는 범위의 일부분이다.

당시 아잉이 《현대소품작가16인现代小品十六家》에 산문가의 한 사람으로 예사오쥔의 작품을 수록한 것은 매우 탁월한 것이다. 그러나 "예사오쥔의 소품문은 많지 않다"고 한 것은 그다지 정확하다고 볼 수만은 없다. 하지만, 이에 대해 아잉은 다음과 같이 덧붙였다. "작가의 가치에 대해 평가를 할 때 '질'적인 측면에서 논해야 한다. 설령 발표한 작품이 적더라도, 이 적은 수의 작품들이 작가를 대표한다. 문예운동사에서 의미가 있다면 이 작가는 존재하는 것이고 중요한 작가라고 꼽을 수 있는 것이다.", "소품문도 마찬가지다. (중략) 예사오쥔과 같은 이런 작가들은 당연히 소품문의 작가로서 논해야 한다."(《예사오쥔소품 서언叶绍钧小品序》, 《현대소품작가16인》, 광명서국光明书局, 1935년 3월) 상술한 견해는 매우 적절하다. 그러나 예사오쥔을 예로 들자면 적합하다고 할 수 없다. 예사오쥔은 산문창작에서 자신의 풍격을 드러냈을 뿐만 아니라, 작품수도 많기 때문이다.

그런데도 사람들에게 산문작품이 많지 않다는 인상을 주고 있는 것은 그의 소설이 작품도 많고 질적으로도 뛰어나서 산문에서 거둔 성취를 뛰어넘은 데다가, 산문집은 또 많이 출간하지 않았기 때문이다. 《칼집》과 《각보집》에 실린 작품들은 모두 세심하게 고른 것으로, 작품집을 만든 후에 보존한 것이다. 그런데 전자는 위핑보 작품과의 합집이며, 후자는 산문만 수록된 작품집이 아니다. 《미염거습작》은 이미 많이 추려낸 작품들로만 꾸렸다. 결과적으로 '5·4' 시기의 작품은 남아있는 게 많지 않게 된 것이다.

사실 예사오쥔이 현대문학의 각 시기에 쓴 산문은 상당히 많다. 아들인

예즈산叶至善에 따르면 "각종 신문잡지에 발표한 산문이 작품집에 수록된 것들보다 1-20배는 많다"[***]고 한다. 그의 이 말은 근거가 있다. 최근 그가 편찬한《예성타오산문갑집叶圣陶散文甲集》에는 1949년 이전에 예사오쥔이 창작한 산문 210편이 실려 있는데, 이 또한 예사오쥔 산문의 일부이다. 이 산문집에 실린 것 중에서 1928년 이전에 창작된 것은 총 56편으로, 과거 우리에게 많이 알려진 것보다 작품수도 많을 뿐만 아니라, 내용도 더 풍성하다.

예사오쥔의 산문 가운데에서는 유람기가 비교적 유명하다. 때문에 사람들의 마음속에서 그는 자연에 빠진, 비교적 한가하고 자유로운 사람이다. 〈연근과 순채〉, 〈달구경看月〉, 〈나팔꽃牵牛花〉 등등이 이러한 한적한 산문에 속한다. 이 외에, 가족과 친구, 주변의 사소한 일들을 쓴 작품들이 있는데, 〈골패소리骨牌声〉, 〈은행 팔기卖白果〉, 〈페이셴과 함께与佩弦〉, 〈내 친구 바이차이白采〉 등이 이런 종류의 작품이다. 그러나 이들은 예사오쥔 산문의 극히 일부분으로 그의 산문내용을 다 보여주지는 못한다.

기실, 예사오쥔은 정의감과 애국심이 강한 작가이다. 그는 시사에 대한 생각, 현실에 대한 불만과 저항 등을 대부분 산문을 통해 표현해냈다. 그의 작품 중에서도 명문으로 꼽히는 〈5월 31일의 소나기 속에서〉는 바로 '5·30' 사건을 반영한 것이다. 이 글은 작품집에 실리지는 않았지만 선집에 자주 수록되는 작품으로, 독자들에게도 매우 익숙하다. 그런데 이런 종류의 수많은 작품들을 작가는 작품집에 수록하지 않았다. 자연 독자들에게도 알려질 수 없었다. 예를 들어, 〈위치아칭은 교체된 사람이다虞洽卿是'调人'〉, 〈화두이노동조합의 공술서华队公会的供状〉, 〈"조계 철회"를 빠뜨리지

[***] 叶至善,〈编父亲的散文集〉,《叶圣陶散文甲集》, 四川人民出版社, 1983年3月.

말라不要遗漏了"收回租界"〉, 〈파업노동자 돕기援助罢工工人〉, 〈언론계와 금융
계를 다시 고발함再告报界与金融界〉, 〈무치한 상인연합회无耻的总商会〉 등과
같이《공리일보公理日报》에 실린 시사평론들이 그러하다.《공리일보》는 상
하이학술단체대외연합회가 주편하여 '5·30' 시기에 발행된 진보적인 신
문으로, 제국주의에 저항하는 애국주의적인 경향을 나타냈다. 예사오쥔은
글에서 제국주의에 반대하는 애국주의적인 입장을 드러냈는데, 제국주의
의 폭행을 폭로하고 공범으로서 매판계급의 행위를 비판하였다. 동시에,
《문학文学》에 〈적을 똑똑히 알다"认清敌人"〉 등의 잡담과 단평 류의 글을 발
표하였는데, 이 또한 '5·30' 시기의 애국주의 운동과 궤를 같이 하는 것
으로, 예사오쥔 산문의 또 다른 내용과 풍격을 보여준다.

예사오쥔의 산문 중에서 서문과 발문도 특색이 있다. 이런 종류의 산문
은 단조롭지 않고 내용이 광범위하며 한 가지 격식에 얽매이지 않는다. 평
론적인 특징이 있으면서 또 서사적인 요소도 있다. 예를 들어, 다른 사람
이 번역한 작품에 쓴 서문을 보면 매우 특징적이다. 〈《천일야화》서언《天方
夜谭》序〉의 경우, 작가는 간단명료하게 수많은 '야화'의 이야기를 설명했는
데, 평론도 있고 고증도 있어서, 내용이 풍부하고 읽기에 몹시 재미있다.
〈《백조》서언《天鹅》序〉은 정전둬와 가오쥔전高君箴이 번역한 외국동화집에
쓴 글이다. 예사오쥔은 동화 자체를 평가하지 않고, 어떤 일을 구실로 삼
아 자기 의견을 발표하듯, 역자의 본성, 즉 '다 큰 아이' 같은 감정과 정감
있는 지난 일들 등에 대해 서술했다. 이는 사건을 서술한 서정 산문으로 매
우 특색 있다. 그런데도 주제에서 벗어나지 않았고, 서언으로서 매우 전통
적인 글쓰기 방식을 활용한, 글의 형식과 내용이 모두 훌륭한 좋은 산문
이다. 〈《윈더미어 부인의 부채》서언《温德米尔夫人的扇子》序〉의 경우, 평론에

무게를 두고 있는 바, 판자쉰藩家洵 번역본의 장점을 평가하는 데 많은 편폭을 할애하였다. 그는 특히 구어화된 특징을 높이 평가했다. 길지는 않지만 매우 뛰어난 평론이다.

예사오쥔은 〈《미염거습작》자서〉에서 이렇게 밝힌 바 있다. "그림에 뜻이 있는 사람은 어떤 유파를 좋아하든 아니면 직접 자신이 유파를 만들 생각이든 상관없이 목탄화 연습부터 시작해야 한다. 문예에 뜻이 있는 사람도 마찬가지이다. 자유자재로 자신의 경험과 생각을 쓰는 것이 바로 그의 목탄화 연습이다. (중략) 무슨 경험이 있거나 무슨 생각이 있을 때 바로 쓰고, 이 쓴 것을 다른 사람에게 한 번 보라고 줄 수 있다. 이는 또 그림을 배우는 사람이 석고상을 묘사하는 것과 같다." 그는 그가 "이런 생각을 갖고서 이런 종류의 산문을 썼다"고 했다. 그렇다면, 얽매이지 않은 형식과 광범위한 내용은 자연스러운 것이다. 느끼고 생각하고 보고 겪은 모든 것을 산문의 형식으로 써내는 것은 좋은 작품이기도 하고, "석고소묘"와도 같아서, 자연 광범위하고 풍부한 내용을 표현해낼 수 있다.

산문은 순문학이라고 할 수는 없다. 소설, 시, 희극과 비교해볼 때, 예술적인 가공이 상대적으로 적다. 때문에 작가가 감정과 생각을 표현하는 방식이 보다 더 직접적이고 서정성도 좀 더 강하다.

예사오쥔의 산문은 솔직하고 진지하게 감정을 표현한다. 친구와 적에 대한 애증이 명확한데, 친구와 가족에 대해서는 성실하고 진지하며 열정적으로, 그 글은 서정적인 특징을 보여준다.

〈5월 31일의 소나기 속에서〉는 '5·30' 사건 다음날 쓴 글이다. 이 작품에서 작가는 참사가 발생한 장소에서 보고 들은 것을 묘사하였을 뿐만 아니라 자신의 애국적인 격정도 드러내었다. 작품의 풍격이 비교적 표면적으로 잘 드러나고 있는데, 극한 분노를 통해 품고 있는 생각을 직설적으로 표현한 것이다. "단숨에 경찰서 앞으로 달려갔다. 나는 내 동료들의 핏자국에 참배하고 싶었고, 모든 핏자국을 다 핥아서 뱃속으로 집어넣고 싶었다. 그러나 없었다. 조금도 없었다! 이미 적들이 물청소 차로 깨끗이 씻어내 버렸고, 노심초사한 사람들이 깨끗이 밟아버렸으며, 악마의 화살 같은 소나기가 더더욱 깨끗이 씻어버렸다. 괜찮아, 나는 생각했다. 피는 어쨌든 여기에 흐르고 있었으니 이 땅으로 스며들었을 것이다. 그럼 되었다. 이 땅은 피의 땅이다. 피는 우리 동료의 피인데, 중요한 수업으로써 부족하단 말인가? 피가 물을 대고 있고, 피가 온난하고 습하니, 머지않아 피의 꽃이 여기에서 피어나고 피의 열매가 여기에서 열릴 것이다."《문학주보》179기, 1925년 6월28일) 작가는 "가슴 속 가득 분노"를 품고서 제국주의자에 대한 증오심을 드러내고 성토하였으며, 중국 노동자들이 흘린 피가 장차 꽃을 피우고 열매를 맺게 되리라고 칭송했다. 작가는 경찰과 그들의 권총은 멸시하고, 평범한 사람들의 대오는 긍정했다. 가슴이 드러난 친구에 대해 매우 경탄하고 "해방적인 우선권자"라고 일컬은 반면, 콧수염을 가진 그림자에 대해서는 악마의 그림자라고 했다. 이처럼 이 작품에는 예사오쥔의 진보적인 입장, 제국주의에 대항하는 애국적인 격정이 매우 분명하게 드러나 있는 바, 그는 매우 강렬하게 감정을 토로하고 있다.

예사오쥔은 우정을 중시하는 근실하고 정직한 사람으로, 주즈칭, 저우위퉁周予同, 샤가이쭌, 왕보샹王伯祥, 정전둬 등과 오랫동안 깊은 우정을 유지했다. 산문에서도 이러한 깊은 감정이 드러나는데, 〈페이셴과 함께〉는 그 대표작이라 할 수 있다. 이 작품은 서신체의 글인데, 주즈칭과 마음을 터놓고 이야기를 하듯, 서술하면서도 분석과 평을 하면서 그리움을 표현하고 있다. 이는 서정문의 걸작으로, 서사든 아니면 분석과 평론이든 실제로는 모두 깊고 진지한 감정을 나타내고 있다. 터놓고 얘기하는 것에 대해 설명하는 부분을 보자. "얼마만큼 말할 수 있는지, 얼마만큼 말하고자 하는지, 어떻게 말하기를 원하는지는 모두 자기 자신에게 달려 있는 것이지, 바깥의 견제를 전혀 받지 않는다. 이 순간, 명예심도 없고 이익을 바라는 마음도 없고, 거짓말로 속이는 것을 꺼리는 등의 마음도 없다. 그저 속마음을 드러내고자 얘기할 뿐이며 어쩔 수 없이 말해야 하는 것을 말한다. 이러한 과정에서 동행인 것처럼 일종의 즐거움을 느낀다. 그 맛은 달고 오래다. 마치 예술가가 예술품을 만들 때 느끼는 것 같다." 이 단락의 대부분의 문장은 주즈칭과 마음을 터놓고 얘기할 때의 느낌과 즐거움을 설명하고 있는 것이다. 하지만 실제로는 내면의 그리움을 표현하고 있으며 우정의 깊은 정을 토로하고 있다. 주즈칭과 같은 방을 쓰면서 겪었던 일을 묘사한 또 다른 단락을 살펴보자.

그해의 마지막 날 자네와 함께 항저우에 있었지. 저녁에 처음에는 좀 무료했는데, 나중에는 무슨 얘기를 하기 시작했는지, 재미있어졌고, 둘 다 얘기를 멈추려고 하지 않았잖아. 전등이 꺼지고 난 다음엔 촛불을 켜고, 휴게실에서 침실로 와서는 침대에 누워서도 계속 얘기를 나누었지. 침대 사이에 서랍 두 개가 달린 탁자가 있었는데, 탁자 위에 초를 올려놓고 말이야. 나중에 자네가 시계를 보더니 짧은 시를 한 수 지었다며 나에게 들려주었지. 바로 다음 시를.

음력 섣달그믐날 밤 흔들리는 두 개의 촛불 아래

나는 눈을 빤히 뜨고서

1921년이 조용히 가버리는 것을 보고 있다.

예사오쥔은 간략하고 단순한 묘사법을 사용하여 담담하게 옛일을 적어
냈다. 하지만 그 안에는 매우 깊은 그리움의 정이 내포되어 있다. 주즈칭의
이 짧은 시는 한때 명구로 전해졌다. 두 사람이 함께 새해를 맞이하던 옛일
은 오랫동안 마음속에 기억되었다. 1974년이 다 가기 전날 위핑보는 예사
오쥔에게 편지를 보냈는데, 여기에서 그는 주즈칭의 시 〈섣달 그믐날밤〉을
언급하였고, 이는 주즈칭에 대한 예사오쥔의 그리움을 불러일으켰다. 그는
밤새도록 잠을 이루지 못하고, 〈란링왕兰陵王〉《우화雨花》1979년 10월)이라는
장시를 완성하였다. 이로부터 두 사람의 우정이 얼마나 깊은지, 이 시의 인
상이 얼마나 강렬했는지를 충분히 알 수 있다. 〈페이셴과 함께〉 중에서 특
별히 사건을 서술한 위 단락은 매우 뛰어난 서정적 문장이다. 전체적으로
보자면 이 산문은 서정적인 명문이라 하겠다.

기타 자연을 묘사한 소품문, 짧은 수필 및 스케치식의 문장들 모두 서정
적인 걸작이다. 예사오쥔 산문의 서정적인 특징은 연구 및 참고할 만한 가
치가 충분하다.

三. 이성, 구조 및 기타

예사오쥔의 산문은 서술과 묘사든 아니면 분석과 서정이든, 전체적으로
조리가 분명하고 뜻이 명확하며, 이성적인 색채가 강하다. 동시대 다른 작
가들과 비교해 볼 때, 그의 산문 속 이러한 특징은 보다 더 명확하게 느낄

수 있다.

　수필, 잡감 등과 같은 소품문은 분석과 평론적인 성격을 띠고 있기 때문에 자연히 이성적인 특징이 뚜렷하다. 이는 말할 필요도 없는 것이다. 예사오쥔의 산문 같은 경우에는 서술이나 서정적인 것에 편중된 것들도 흔히 이성적인 색채를 띠는데, 이는 매우 귀중한 것이다. 이런 부류의 작품은 주제가 두드러지게 나타나고 두서와 맥락이 뚜렷하여, 감화력보다 설득력이 훨씬 더 클 수 있다. 〈연근과 순채〉를 보자. 이 서정적인 산문에서 작가는 다음과 같이 서술하고 있다. "고향에서는 봄날에 거의 매일 순채를 먹는다. 순채는 원래 아무 맛이 없는 거라 그 음식의 맛은 오로지 좋은 국물에 달려 있다. 그러나 파르스름한 색깔과 풍부한 시적 정취는 아무 맛이 없어도 사람이 반하도록 만들기에 충분하다. 길 따라 옆에 있는 강 부두에는 늘 덮개가 없는 한두 척의 배들이 쉬고 있었는데, 선실 가득 순채가 있었다. 타이호太湖에서 건져온 것이었다. 순채를 구하는 게 이렇게 쉬우니 당연히 매일 한 그릇씩 얻을 수 있을 것이었다. 그런데 여기서는 또 그렇지 않았다. 식당에 가지 않으면 이것을 먹을 수 없었다. 우리는 당연히 식당에 가지 않으니, (중략)" 서사적인 문장에 평론적이고 분석적인 특색을 띠고 있다. 일반적인 서술문과 비교해볼 때, 평가하고 진술하는 문장이 많아서 서술과 평가가 결합된 느낌이 든다. 작가가 이런 식으로 글을 쓸 때의 장점은 일을 서술하는 과정에 분석과 판단이 있기 때문에 객관적인 서술에만 그치지 않고 작가의 평가와 인식이 들어간다는 데 있다. 예사오쥔의 산문이 짧은 가운데에서도 정확하게 주제를 표현할 수 있었던 것은 이성적인 색채에 힘입은 바 클 것이다.

　서술하면서도 분석 및 평가가 들어간 소품문은 논리적인 특색이 훨씬 더 강하다. 예사오쥔의 산문 중에서 이런 종류의 산문은 적지 않다. 예컨대, 〈쌍쌍의 발걸음"双双的脚步"〉《각보집》과《미염거습작》에 모두 수록되어 있다)이 바로 그러한 작품이다. 작가가 작품에서 전달하고자 하는 것은 착실하고 진지하게 생활해야지, '미래'를 위해 현재를 잊어서는 안 된다는 것이다. 작품은 어린 아이가 장난감을 갖고 노는 것부터 시작하여, 몇 가지 사례를 들어 그 이치를 설명하는 동시에 수시로 비평을 더한다. "장래도 물론 중요하다. 거기로 뛰어넘어갈 날이 있기 때문이다. 그러나 현재 역시 최소한 장래와 마찬가지로 중요하다. 이미 발밑을 밟고 있기 때문이다. 과정은 물론 중요하거니와, 그것들은 정도를 벗어나지 않고 하는 것과 분리할 수 없기 때문이다. 정도를 벗어나지 않고 하는 것은 최소한 과정과 마찬가지로 중요하다. 정도를 벗어나서 한다면, 과정이 무슨 의미가 있겠는가. 전자를 이해하지 못하는 사람은 신자들이 현세는 말할 가치가 없다고 여기고 극락과 불사에 마음을 두고 있는 것과 다를 바 없는데, 기실 극히 가난하고 절약하며 무미건조한 삶에 불과하다. 후자를 이해하지 못하는 사람은 사탕수수를 먹을 때 뿌리와 끝만 취하고 중간은 쓰레기통에 버리는 사람과 같다. 이 어찌 유례가 없는 바보라 아니하겠는가?" 인용한 문장에서 나타나듯, 사리를 분석하는 데 있어서 매우 명백하고 확실하여 설득력 있다.

예사오쥔의 산문은 문장 구성에 빈틈이 없고 풍격이 소박하다. 비록 짧은 소품이지만 훌륭한 작품이 적지 않다. 위다푸는《중국신문학대계 산문2집》의 서언에서 다음과 같이 설명했다.

예사오쥔은 신중하고 치밀하며 현실을 잘 파악할 줄 안다. 그래서 그의 작품은 소설이든 산문이든 모두 실제에 근거하여 견실하고 소홀하지 않다는 느낌을 준다. 그가 쓴 산문은 비록 많지 않지만 그의 특유한 멋은 짧디 짧은 문장 몇 편에서 이미 다 갖추어졌다. 평범한 고등학생이 모범적인 산문을 고르려고 한다면 예사오쥔의 작품이 가장 적당하다고 생각한다.

위다푸의 평가는 타당하다. 예사오쥔의 산문은 구성을 따지는 반면 기괴한 것은 추구하지 않아서, 소박하고 완전한 짜임새와 격식 안에서 성공을 거두었다. 그가 규범적이고 사실적으로 썼기 때문에 위다푸는 그의 산문이 학생들의 본보기 작품으로 적합하다고 여긴 것이다. 소박하고 엄밀한 가운데 성공을 거두기란 쉽지 않다는 것을 알아야 한다.

〈가을벌레가 없는 곳〉은 예사오쥔의 대표작 중 하나로, 각종 산문선집마다 이 작품을 예사오쥔의 대표적인 산문으로 내세운다. 이 작품은 작가가 상무인서관의 편집으로 들어간 후 쑤저우에서 상하이로 이사 갔을 때 쓴 것으로, 작품 말미에 "1923년 8월 21일 씀"이라고 명확하게 표기했다. 이 작품에 따르면, "우물 밑바닥 같은 뜰"에서 살고 있는데 주변은 "납빛 콘크리트 바다"이어서 가을벌레의 소리가 들리지 않아, "교외 시골"에 대한 그리움을 불러일으켰다는 것이다. 서정적인 소품으로, 맥락이 분명하고 구성은 완전하며 소박하다. 일곱 개로 이루어진 단락은 네 개로 구분할 수 있다. 첫 번째 부분(첫 번째 단락이다)에서는 계단 앞에 푸른 풀이 보이지 않고, 창밖에는 가을벌레 소리가 없다고 하면서, "가을벌레가 머물지 않는 곳!"이라고 썼다. 두 번째 부분(두 번째와 세 번째 단락이다)은 만약 시골이라면 이미 벌레소리가 귓가에 가득했을 거라는 내용으로, 작가는 가을벌레의 합주를 묘사하면서 이에 대한 평을 덧붙였다. 세 번째 부분(네 번째, 다섯 번째, 여섯 번째 단락이다)에서 작가는 가을벌레 소리로부터 인생의 무덤덤함에 대해 탄식한다. 네 번째 부분(일곱 번째 단락이다)에서는 전체 작품을 정리하고 있는데, 글머리에 호응하여 "우물 밑바닥"과 "납빛"의 상징적인 의미를 설명한다. 구조에 있어서, 작가는 새로운 것을 추구하지 않고, 꾸밈없이 곧바르게 서술하는 가운데 분명하게 주제를 표현하고 있다. 〈가을벌레가 없는 곳〉은 아마도 예사오쥔 산문의 구조적인 특색을 가장 전형적으로 설명하는 글일 것이다.

〈연근과 순채〉도 예사오쥔 산문의 대표작 중 하나이다. 구조적으로 볼 때, 오로지 신중하고 치밀한 것만을 추구할 뿐 특이함을 신경 쓰지 않는 그의 창작 특징을 잘 나타낸다. 첫머리의 세 단락은 모두 연근에 대해 쓰고 있는데, 이것이 첫 번째 부분이다. "친구와 술을 마실 때 얇게 설탕에 저민 연근을 썹고 있으니 갑자기 고향 생각이 났다"는 구절에서 시작하여, 먼저 초가을 고향에서 연근을 파는 사람과 "신선하고 연한 옥색 연근"을 묘사하고, 이어서 "여기(상하이)에서 연근은 거의 귀중한 음식이다"는 것과 고향에서 보내온 연근을 먹는 광경을 서술했다. 네 번째와 다섯 번째 단락은 두 번째 부분에 해당하는데, 두 번째 부분에서는 순채에 대한 내용이다. "연근을 떠올리니 순채가 생각났다"는 말로 윗부분과 아랫부분을 연결하면서 "순채"로 넘어가고 있다. 마찬가지로 고향에서는 매일같이 순채를 먹었는데 상하이에서는 먹기 어렵다는 내용이다. 마지막 두 단락은 전체 문장의 세 번째 부분으로, 다음과 같이 시작한다. "원래 고향을 그리워하지도 않는 내가 이런 것들을 생각하니 고향이 몹시 사랑스러워졌다." 그리고 이어서 고향에 대한 그리움을 서술한다. 그리워하는 바가 있으니 버릴 수가 없다. 전체 글을 정리하는 마지막 단락은 딱 한 구절이다. "어딘가에 그리워하는 게 있으면 거기가 바로 우리의 고향이다." 〈연근과 순채〉는 총 일곱

개 단락으로 이루어진 길지 않은 글이다. 일곱 개 단락은 매우 명확하게 세 부분으로 나누어지는 바, 연근에서부터 순채로 이어지면서 마지막에 고향에 대한 그리움을 서술하고 있는 것이다. 작품 제목인 〈연근과 순채〉에 딱 들어맞는다. 글을 구성하는 데 있어서 꾸밈없이 곧바르게 만드는 것에 역점을 두었을 뿐만 아니라 한 단락에서 다른 단락으로 넘어갈 때의 호응관계에도 주의를 기울여서 처음과 끝이 잘 연결된다. 길지 않은 한 편의 소품에서 구성에 신경을 써서 수수한 가운데 신중하고 치밀한 풍격을 표현해냈다는 것은 작가가 글을 씀에 있어 "실제에 근거하여 견실하고 소홀하지 않다"는 것을 설명한다. 예사오쥔의 산문이 구조적으로 자신만의 특징을 지니고 있다는 것은 높이 평가할 만하다.

예사오쥔 산문의 언어 역시 개인적인 특징이 뚜렷하다. 쑨시전孫席珍은 그가 "함부로 붓을 대지 않는다. 그러나 엄숙한 가운데 아름다움을 유지하고 있다. 왜냐하면 그가 지나치게 거친 글도 싫어하지만 그렇다고 지나치게 묘사하는 것도 원하지 않기 때문이다"《중국현대산문을 논함論中國現代散文》)라고 평가했다. 한편, 아잉은 〈예사오쥔소품 서언〉에서 "편안하고 담담하다"는 말로 예사오쥔 산문을 설명하는 것은 매우 타당하다고 하면서, 예사오쥔의 글이 형식상 "'담백하고 심오한' 맛을 반영하고 있다"고 했다.

나는 예사오쥔의 산문이 언어적인 면에서 질박하고 자연스러운 풍격을 추구하고 있다고 본다. 그의 산문 속에 청아고 아름다운 어구, 세밀한 묘사와 서정이 없는 것은 아니지만, 솔직하고 질박한 것이 기본을 이룬다. 예사오쥔 스스로도 "산문을 창작할 때 대략 처음 십 이삼년간은 현재 중학교 교과서에서 자주 보이는 〈연근과 순채〉, 〈가을벌레 없는 곳〉 등과 같은 몇 편이었다. 이들 산문의 정서는 시사의 전통을 계승한 것이다"라고 했다.

분위기는 이와 같지만, 언어는 질박한 것으로, 작가 자신의 것이라 할 수 있다.

《칼집》에 〈독자의 말读者的话〉이라는 작품이 실려 있는데, 여기에서 그는 독자의 입장에서 작가에게 요구하는 바를 쓰고 있다. "일종의 의견, 일종의 주장이 만약 당신 자신의 것이라면 거미줄만큼 세밀한 정도의 감정과 낙엽만큼 떨어질 정도의 탄식이 있어야 한다. 뿐만 아니라, 이것들이 다른 사람의 것이 아닌 당신 자신의 것임을 느낄 수 있게 해야 한다." 각도를 달리해 보면 작가의 자백이라는 것을 알아챌 수 있다. 예사오쥔은 이와 같이 자신의 산문에게 요구한 것이다. 그래서 그는 비로소 풍격과 개성을 만들어냈고 성공을 거둔 것이다. 예술은 부화뇌동을 가장 기피한다. 자신의 것을 써넣을 수 있어야만 생명력을 가질 수 있다!

흥미로운 것은 그해 예사오쥔은 또 〈만약 내가 작가라면如其我是个作者〉(《문학》81기, 1923년 7월30일)이라는 글을 발표했다는 것이다. 그는 비평가에 대해 다음과 같이 요구한다. "육안뿐 아니라 마음의 눈으로도 나의 글을 읽어주길 바랍니다. 밝은 달이 푸른 호수를 비추는 것 같이, 물이 있는 곳이라면 빛도 없는 데가 없습니다. 그때 당신은 내가 느끼는 것을 느낄 수 있으며 내가 생각한 것을 이해할 수 있을 것입니다. 당신이 이 글은 이런 것이라고 말한다면, 이 글은 확실히 이런 것입니다." 나는 이 요구가 결코 지나치다고 생각하지 않는다. 우리들의 분석과 평론이 이를 해내고 있는지 모르겠다. 우리가 당연히 이렇게 하도록 노력해야 한다고 생각한다.

주즈칭朱自淸의 산문

중국현대산문사에서 주즈칭은 매우 높은 성취를 거둔 작가이다. 그는 문학연구회의 시인이자 산문가로, 특히 산문에서의 성과가 탁월했다. 위다푸는 '5·4' 산문을 총괄한 글에서 이렇게 말한 바 있다. "주즈칭은 시인이지만 그의 산문 또한 시적인 정취로 가득 채울 수 있다. 문학연구회의 작가중에서 빙신 여사 작품 외에 문자적인 아름다움을 꼽자면 바로 주즈칭 작품일 것이다."《중국신문학대계 산문2집·서언》

그의 산문 가운데 기사記事산문과 서정산문의 성과가 비교적 높고, 후대에 끼친 영향도 지대하므로, 우리는 그의 예술적인 경험을 총체적으로 정리해야 할 것이다.

一. 생평 및 창작여정

주즈칭은 본명이 즈화自华이고 호는 치우스秋实이다. 베이징대학 예과에 다닐 때 월반하여 본과 시험을 치르고는, 이름을 즈칭으로 개명하고 호도 페이셴을 사용하게 되었다. 그는 문장을 발표할 때 필명을 거의 사용하지 않았으며 주로 본명을 썼다. 주즈칭의 원적은 저장성 사오싱인데, 선조가 장쑤성 둥하이江苏省东海에서 관리를 하여 둥하이에 거주하게 되었다. 후에 부친이 양저우扬州에 거주하게 됨에 따라, 그는 1898년 양저우에서 출생하였고, 자칭 양저우 사람이라고 했다.

1916년 베이징대학 예과에 들어갔다가 후에 철학과로 입학하여 1920년 졸업하였다. 졸업 후 남방으로 돌아온 그는 장쑤성, 저장성 등에서 5년간 국어교사로 근무하였는데, 이 학교 저 학교를 전전했다. 1925년 칭화대학에 문학부가 만들어지면서 위핑보의 추천으로 칭화대학 교수로 오게 된다. 이때부터 평생 동안 칭화대학 중문과에서 학생들을 가르쳤다. 1937년 중일전쟁이 일어나면서 칭화대학이 후방으로 옮겨감에 따라 주즈칭도 함께 후방으로 간다. 칭화대학이 시난롄허대학西南联合大学[29] 설립의 일부로 참여하였기 때문에 주즈칭도 여전히 교수로 일했다. 쿤밍昆明에서 주즈칭은 민주운동에 참가했는데, 특히 원이둬闻一多가 살해당한 후 정직한 지식인으로서의 의분을 드러냈다. 1946년, 그는 칭화대학이 베이징으로 돌아오게 될 때 함께 올라왔고, 계속해서 칭화대학 중문과 교수로 근무하였다. 동시에, 《원이둬전집》의 편집도 주관하였다. 1948년 8월 11일 세상을 떠났다.

주즈칭은 한 정직한 지식인에서 진보적인 교수가 되었고, 봉건사회 속 한 명의 소극적인 사람에서 민주투사가 되었다. 그 과정에서 그는 우여곡절이 많은 인생을 보냈다. 마오저둥毛泽东은 그를 "중국민족의 영웅적인 기개를 표현"한 사람이라고 칭하면서 "주즈칭 송가"를 쓸 것을 호소하기도 했다.

주즈칭의 창작은 대략 세 단계로 나누어볼 수 있다.

첫째, 초기는 1917년에서 1927년에 해당한다.

주즈칭의 학창시절에 '5·4 운동이 발발하였고, 마침 베이징대학은 애국운동의 중심지였다. 그는 이 운동에 참여하였을 뿐만 아니라, 신문화운동이 호소하는 것에 적극적으로 호응하여, 신시를 창작하기 시작했다. 작품은 대부분《종적踪迹》(1925년 출간)에 실려 있다. 1923년 장편시〈훼멸毁灭〉을 발표하였는데, 이 시가 시단의 주목을 끌었고, 큰 영향력을 끼쳤다.

이후 그는 산문창작으로 방향을 바꾸게 되는 바, 1923년 발표한〈노 젓는 소리와 등불 아래의 친화이강〉은 '백화미술문의 모범'이라고 일컬어졌다. 이때의 주즈칭은 열성적으로 찰나주의를 신봉하고 있었다. "나는 삶의 각 과정이 그 독립적인 의미와 가치를 지니도록 하는 것을 가장 귀중하게 여긴다. 매 순간은 바로 그 순간의 의미와 가치가 있다! (중략) 우리는 그저 '조감'하듯이 매 순간 그것의 위치를 분명하게 분간하기만 하면 된다."(1922년 11월 7일 위핑보에게 보내는 편지에 쓴 내용, 1924년《우리들의 7월 我们的七月》에 실려 있음)

이 시기 그의 산문은 매우 뛰어난 성과를 거두었다. 특히 기행문과 서정적인 글의 성과가 두드러진다.〈원저우의 종적温州的踪迹〉,〈여인女人〉,〈뒷모습〉,〈아허阿河〉,〈바이차이白采〉,〈연못에 어린 달빛荷塘月色〉등, 모두 인구에 회자되는 명편이다. 이 시기 작가는 수식과 기교를 중시하고, '진짜에 가까움'과 '그림과 같음'이라는 묘사 효과를 추구하였다.〈달빛도 흐릿하고, 새소리도 흐릿하고, 커튼에 어린 해당화는 붉다月朦胧, 鸟朦胧, 帘卷海棠红〉의 정물묘사,〈초록绿〉중 사람을 도취시키는 녹색에 대한 묘사, 〈연못에 어린 달빛〉에서 보이는 은근한 시적 정취에 대한 추구 등은 모두 매우 뛰어난 경지에 도달하여, '공필화'[30]를 그리는 것 같은 기교라고 일컬어졌다. 그런가 하면, 〈뒷모습〉은 간략하고 단순한 묘사법을 활용한 걸작으로, 중국현대산문사에서 특별한 위치를 차지한다. 짤막한 소품 한 편만으로 문학사에서 이토록 추앙을 받는 작가로는 주즈칭이 첫 번째이다.

사대부가 출신인 주즈칭은 '5 · 30' 사건을 전후로 하여 치열한 애국주의적인 열정을 드러냈다. 이 시기 그는 〈피의 노래－5 · 30참극을 위하여血歌－为五卅惨剧作〉, 〈백인－하느님의 자랑스러운 자녀白种人－上帝的骄子〉, 〈죽은 이에게给死者〉, 〈정부의 대학살기〉 등의 시와 산문을 발표하였다. 이들은 주즈칭의 작품들 중에서 사상성이 비교적 강한 것들이다. 〈광활한 대자연과 동서고금"海阔天空"与"古今中外"〉은 잡담식의 평론으로, 작가의 박식함과 능변을 잘 보여주고 있는데, 이는 이후 주즈칭 평론의 시작이라고 할 수 있다.

주즈칭의 초기 산문은 대부분 시문합집인 《종적踪迹》(아동도서관 1924년 12월)을 비롯하여, 《뒷모습》(개명서점 1928년 10월)과 《너와 나你我》(상무인서관 1936년 3월)에 수록되어 있다.

둘째, 중기는 1928년에서 1937년이다.

1927년 대혁명이 실패로 돌아간 후, '4 · 12' 사건은 주즈칭에게 몹시 큰 영향을 미쳤다. 어쩌면 이것이 그의 창작생애에서 전환점을 만들어주었다고도 할 수 있겠다. 한동안의 사색기를 거치고 나서 1928년 2월 그는 〈어디로 가는가哪里走〉(《일반一般》 4권3기)를 발표하여, 그의 삶의 여정을 표현하였다. "번잡과 답습은 나의 큰 적이다. 이제 나이는 많아졌고, 또 이러한 '동요'의 시대에 직면해 있다. 그렇지만 나는 이미 혁명에 참가하거나 반대할 수 없으니, 어쨌든 뭔가 기댈 것을 찾아야 잠시라도 편안하게 세월을 보낼 수 있을 것이다. 나는 뭔가 일을 하나 찾아서 그것에 매진하며 나의 생을 소비해야겠다고 생각했다. 나는 결국 국학에서 테마 하나를 찾았고, 어린아이처럼 걸음마를 떼기 시작했다. 이는 '막다른 길'을 향해 가는 길이다. 그러나 나는 기꺼이 이렇게 간다. 다른 방법이 없다. (중략) 그의 논조를 모방하여 이렇게 말하고자 한다. '국학은 나의 직업이고 문학은 나의 오락이다.' 이것이 바로 내가 지금 가고 있는 길이다." 이후, 〈도연명 연보의 문제陶淵明年譜中之问题〉, 〈이하 연보李贺年谱〉, 〈왕안석의 〈명기곡〉 王安石〈明妃曲〉〉 등, 국학과 관련한 주즈칭의 논문은 점점 많아졌다. 또한, 《시경》에 대한 연구도 시작하여, 《시언지변诗言志辨》을 출간하기도 했다.

1931년 8월, 주즈칭은 유럽으로 유학을 떠나 약 1년간을 생활하였다. 유럽에서 여러 나라를 돌아다니면서 지속적으로 통신문을 써서 《중학생》에 발표하였는데, 후에 이 글들을 모아 《유럽여행잡기欧游杂记》와 《런던잡기 伦敦杂记》를 출판하였다. 이들 여행기의 풍격은 전기 산문과 다르다. 전부 구어로 써서 자연스럽고 소박한데, 이는 구어에서 유용한 부분을 골라낸 것이다. 문언문의 흔적이 좀 보이기는 하지만 이미 지금 사람들이 쓰는 구어를 이루고 있으며, 상당히 익숙하게 언어를 운용하였다.

이 시기 주즈칭의 작품 속에서 경치를 묘사하고 감정을 토로하는 산문은 점점 줄어들었다. 대신 문예와 사회에 관한 짧은 글이 늘어나서, 서술하는 중에 분석과 평론이 섞여 있는 글이 비교적 많았다. 이들은 이후 주즈칭이 잡문을 창작하는 데 효시가 된 것들이라 하겠다. 이 시기 이런 종류의 글 중에서 일부가 《너와 나》에 실려 있다. 책에 수록되지 않고, 당시 출간된 간행물에서만 볼 수 있었던 작품들은 중화인민공화국이 수립된 후 출판된 《주자청문집朱自淸文集》의 3권인 《잡문유집杂文遗集》에 실려 있다.

한 작가가 화려함에서 소박함으로, 묘사에서 평론으로 나아가는 것은 성숙으로 향해간다는 지표인지도 모르겠다. 주즈칭은 중기에 이르러, 작품이 더욱 성숙해졌지만, 서정성 산문은 오히려 많이 보이지 않는다. 〈자녀儿女〉, 〈내가 본 예성타오我所见的叶圣陶〉, 〈하늘에 있는 부인에게给亡妇〉 등과 같이 진지한 감정을 표현한 글들도 있지만, 그 편수는 적다. 주즈칭의 산문 중에서 사람들이 높이 평가하고 중시하는 것들은 초기 여행기나 서정적인 글들이다.

세 번째, 후기는 1938년에서 1948년이다.

중일전쟁이 발발한 후, 주즈칭은 남쪽으로 옮겨간 칭화대학을 따라서 처음에 창사에 갔다가 나중에 쿤밍으로 갔다. 중일전쟁이 벌어졌던 8년의 기간 동안, 주즈칭은 침입자들의 범죄행위와 중국인들의 고통스러운 삶을 목격했다. 그는 '7·7 사변' 2주년을 기념하여 쓴 〈이 날这一天〉에서 다음과 같이 서술했다. "동아시아의 환자가 뜻밖에도 떨쳐 일어났다. 잠든 사자가 과연 깨어났다. 이전에는 그저 거대한 기름진 땅이고, 흩어진 모래알 같았던 죽은 중국이, 지금은 피와 살이 있는 살아 있는 중국이 되었다." 중일전쟁 승리를 전후로 하여, 쿤밍에서는 민주운동의 붐이 일었다. 특히, 리공푸李公朴, 원이둬가 살해당한 일은 학자로서의 주즈칭을 더욱 뼈저리게 깨닫게 만들었기에, 그도 민주투쟁의 대오에 참여했다. 베이징으로 돌아온 후에는 더더욱 적극적으로 "기아반대, 박해반대"의 민주운동에 투신함으로써, 한 정직한 지식인으로서의 열정을 발산하였다.

이 기간 동안 그는 잡문과 평론을 많이 썼고, 시와 산문은 거의 창작하지 않았다. 주요한 작품으로는 다음과 같은 것들이 있다.《경전상담经典常谈》은 국학연구를 대중화시킨 성과물로, 1946년 5월 문광서점文光书店에서 출판하였다.《시언지변》은《시경》에 대한 연구서로, 1947년 8월 개명서점에서 출판하였다.《신시잡담新诗杂谈》은 신시에 대한 연구논문집인데, 1947년 12월 작가서우作家书屋에서 출판하였다.《어문습령语文拾零》은 서평집이다. 1948년 4월 명산서우名山书屋에서 출판하였다.《표준과 척도标准与尺度》는 문예평론과 잡문을 모아놓은 것으로, 1948년 4월 문광서점에서 출판하였다.《아속공상论雅俗共赏》도 문예평론 및 잡문을 모아놓은 것인데, 관찰사观察社에서 1948년 5월 출판하였다. 관찰사의 관찰사총서 중 제7권이다.《고시19수 해석古诗十九首释》은《국문월간国文月刊》에 연재된 글을 모은 것으로, 주즈칭 생전에는 책으로 만들어지지는 않았고, 후에《주즈칭문집》2권에 수록되었다. 그 밖에, 예성타오와 함께《정독지도일례》,《범독지도일례》,《국문교학》등 어문교육에 관한 책도 썼다.

주즈칭은 강직한 지식인에서 진보적인 교수와 민주적인 투사로 나아갔고, 그의 창작은 신시에서 산문으로, 마지막에는 문예비평과 학술연구로 나아갔다. 그의 창작 중에서 가장 높은 성과를 거둔 분야는 산문이다. 특히 1920년대의 산문은 중국현대문학사에서 독특한 유파를 형성한 바, 중요한 위치를 차지하고 있다.

그의 오랜 친구인 양전성杨振声은〈주즈칭 선생과 현대산문朱自清先生与现代散文〉에서 다음과 같이 썼다. "나는 주선생의 성품이 그의 산문의 풍격을 만들어냈다고 생각한다. (중략) 그의 글은 정말 그 자신과 같다. 우아하고 아름다운 것은 질박함에서 나왔고, 유머는 충직하고 온후한 데에서 나왔으며 풍성하고 순후한 것은 담백함에서 나왔다. 그의 산문은 확실히 우리에게 평탄한 대로를 열어주고 있다. 이 길은 장차 우리가 스스로를 가까이 봄으로써 멀리 이르게 하고, 스스로를 낮춤으로써 높이 이르도록 이끌어줄 것이다."《문신文訊》9권3기)

二. 산문의 특색 및 성과

주즈칭의 산문은 '5·4' 시기에 창작된 작품들이 가장 높은 성취를 거두었다. 이들은 그의 산문의 특색과 풍격을 대표한다. 대략적으로 다음과 같이 정리할 수 있다.

첫째, '진실함'은 주즈칭 산문의 핵심이다.

산문 창작에서 주즈칭은 항상 '진실함'을 추구하였다. 진실한 감정으로 자신이 보고 들은 것에 대한 느낌을 쓰면서, 핍진이라는 예술적인 효과를 추구하였다. 주즈칭은 사람됨이 정직하고 중후하며 순박하여, '진실하다'는 말로 귀결시킬 수 있다. '글은 그 사람과 같다'고, 작품 또한 솔직담백한 풍격을 형성한 것이다. 나는 이 '진실함'이야 말로 그가 지향하는 예술 창작의 출발점이자 산문예술의 귀결점이라고 본다.

주즈칭은 원래 시 창작을 통해 문단에 등단하였고, 시 창작에서도 꽤 성과를 거두었다. 후에 소설도 창작하였는데, 이는 성공적이지 못했다. 마지막으로 산문을 창작하면서, 그는 자신의 글쓰기 경험을 결산하게 된다. 그는 산문이라는 이러한 형식이 그의 상황에 더 들어맞는다고 여겼다.《뒷모습》의 서언에서 그는 다음과 같이 썼다. "나는 대체로 산문을 더 많이 창작했다. 순문학의 그런 규율은 운용하지 못하고, 할 말은 있고, 그래서 별 수 없이 마음 가는 대로 얘기한 것이다. 당신의 말을 빌리자면 '나태'한 것이라고도 할 수 있고, '빨리 하려고 하는 것'이라고 할 수도 있겠지만, 어쨌든 나는 저절로 이런 체제를 사용하게 되었다." 형식의 선택과 사용은 당연히 예술상의 '진실함'과 전적으로 동일한 게 아니다. 그러나 주즈칭에게 있어서는 순문학이 아닌 산문이라는 이러한 형식을 사용하는 것이 그가 추구하는 예술상의 '진실함'과 밀접한 관련이 있다. 왜냐하면 산문은 진실하고 솔직하게 감정을 표현하는 것에 더 편리한 장르여서, 산문을 통해 솔직히 말할 수 있기 때문이다. 그래서 주즈칭은 이런저런 탐색을 거친 후 산문이라는 이러한 형식을 선택한 것이다.

후에 주즈칭은 〈할 말이 없음을 논함論无话可说〉에서 매우 솔직하게 얘기한다. "십년 전 나는 시를 썼었다. 후에 시 쓰기를 그만두고 산문을 썼다. 중년이 되어서는 산문도 그다지 많이 쓰지 않았다. 지금은 산문보다도 더 '마음대로' 할 말이 없다!" 이에 대해 주즈칭은 다음과 같이 설명한다. "십년 전은 바로 오사운동 시기였다. 사람들의 활기 넘치는 모양이 이 어린 학생을 호되게 압박하고 있었다. 그래서 다른 사람들의 발걸음을 따라 무슨 자연이니 인생이니 하는 것들을 얘기했다. 그러나 이는 그저 유형에 불과할 뿐이었다. (중략) 그 밖에는 그저 헐값인, 새 부대에 낡은 술을 담은 감상일 뿐이었다." 지금 "중년인 사람이 만약 여전히 그런 젊은이들의 어조 타령을 하고 있다면 (중략) 단지 '아주 그럴싸하다'고 느낄 뿐이다. 그는 매우 큰 역량으로 열기를 무릅쓴 또는 눈물을 흘리는 그런 말을 써내야 한다. 그게 자신이든 아니면 타인이든, 예민한 사람에게 있어서 이는 참기 어려운 것이다. 이는 나이든 부인이나 아가씨들이 화장을 하고서 대중 앞에 나가 뻐기는 것과 마찬가지로, 전혀 불필요한 것이다."

여기에서 주즈칭은 자신의 느낌을 분석했는데, 진실하고 감동적이다. 이로부터 우리는 그가 어떻게 감정의 진실함과 생각의 뚜렷함을 추구했는지를 알 수 있다. 진실을 말하고 참된 느낌을 쓰며 실재 풍경을 묘사하는 것, 주즈칭은 산문에서 바로 이러한 것들을 극력 추구하였다. 이들은 또한 그가 다른 사람들을 넘어서서 최고의 예술적인 성취를 얻을 수 있었던 부분이기도 하다. 그의 산문창작의 방법과 기교에 대해 얘기한다면, 당연히 이러한 것들도 존재한다. 그러나 아마도 모든 것은 '진실'을 중심으로 하며, 이것을 위해 운용되었을 것이다.

주즈칭의 초기 산문에서 인물과 사건을 묘사한 작품 가운데 가장 유명한 것은 〈뒷모습〉이다. 이 외에, 〈여인〉, 〈아허〉, 〈바이차이〉 등이 있는데, 제재적인 측면에서 볼 때 협소한 것은 사실이다. 가족이나 친구들과의 왕래, 가정의 일상사들 등등처럼, 그가 말한 바대로 "참깨나 콩 정도 크기밖에 안 되는 일"들이다. 그러나 그 서사의 진실성과 감정의 진지함은 흔히 볼 수 없는 것이다. 예술상의 '진실함'은 독자들의 심금을 울리기에 충분하여, 많은 공감을 불러일으켰고, 눈물을 흘리게 만들었다. 〈뒷모습〉에 서술된 부자간의 감정, 〈바이차이〉에 묘사된 친구 사이의 성실함과 솔직함 등은 모두 매우 감동적이다. 물론 우리는 주즈칭 산문이 보여주는 예술적인 기교를 부정하지는 않는다. 그러나 이러한 감화력은 무슨 예술적인 기교를 써서 얻을 수 있는 게 아니라 진심에서 나오는 것이다. 자오징선은 "주즈칭 산문은 (중략) 그다지 철학적인 것을 논하지는 않는다. 그저 일상적인 것들을 얘기할 뿐이다. 몇 문장에 불과하지만 진실한 영혼을 독자 앞에 내놓을 줄 안다"고 평가했다. 인물과 사건을 묘사한 이런 종류의 산문에 대해 자오징선은 매우 정확하게 그 특징을 잡아냈다. 진실한 영혼을 고이 내놓을 수 있다는 것은 산문작가에게 있어 결코 쉬운 일이 아니다. 주즈칭은 바로 이 점에 도달했기에 예술적으로 진실성을 확보할 수 있었다.

주즈칭의 초기 산문에서 사물과 경치를 묘사한 작품도 매우 우수하다. 〈초록〉, 〈노 젓는 소리와 등불 아래의 친화이강〉, 〈연못에 어린 달빛〉 등이 모두가 명문으로 손꼽힌다. 이런 종류의 산문을 창작하는 데 있어서, 주즈칭은 진짜 같은 예술적 효과를 추구하였다. 이는 그가 중국의 전통적인 예술기법을 탐구할 때 말한 바와 같다. "'진짜 같다'는 소위 '빼다 박은 것 같다' 또는 '꼭 닮다'는 말과 같다. 꼭 닮다는 닮다보다 더 진짜이다." 그는 또 다음과 같이 썼다. "여태껏 시문이나 소설, 희곡을 평가할 때 '표정이 진짜 같다', '정경이 진짜 같다'는 말을 자주 사용해 왔는데, 이 말은 묘사를 의미한다. (중략) 송대 매요신梅堯臣은 '그 형상이 묘사하기 어려운 것인데도 눈앞에 있는 것 같다狀難写之景, 如在目前'고 말한 바 있다. 여기에서 '~같다如'는 말은 정확한 표현이다. 이런 '진짜 같다'는 말은 사람들로 하여금 마치 본 것 같다고 느끼게 만드는 것일 뿐이다. 반면, 옛날부터 자주 써 온 '말투가 진짜 같다'는 그 말투를 듣고 있는 것처럼 그렇게 묘사했다는 것이다."(《진짜 같다와 그림 같다에 대해 논함论逼真与如画》) 오랜 시간의 탐구를 거쳐, 주즈칭은 묘사에 조예가 깊어졌다. 그의 붓끝 아래에서, 매우담梅雨潭의 녹색이든 아니면 청화원의 달빛이든, 모두 진짜 같아서 독자들은 마치 그 장소에 직접 가 있는 것 같다. 친화이강의 야경, 육조시대 그 지붕냄새의 흔적은 더더욱 사실적이고 구체적이다. 경치에 감정이 융화되어 있는데, 그 완성도가 매우 높다. 주즈칭의 초기 산문 중에서 기행문과 경치를 묘사한 산문들은 매우 뛰어나서, 우수한 작품이 많다. 진짜에 가까운 풍경 묘사는 작가의 장점으로, 작가가 쌓아놓은 적지 않은 지식 또는 기법은 후대 작가들이 참고로 삼을 만한 가치가 있다.

자신의 흉금을 기꺼이 터놓고, 진실한 생각을 분석해내는 것은 주즈칭 산문의 또 다른 특징이다. 마음의 문을 활짝 열고 솔직하게 얘기하면서 독자와 생각을 교류하고 공감을 얻는 것은 쉬운 것이 아니다. 그러나 주즈칭의 대담함과 솔직함은 일반적인 작가들의 그것을 넘어섰다. 예를 들어, 1928년 초에 발표한 〈어디로 가는가〉를 보자. 이는 인생과 삶의 여정에 대해 논한 작품인데, 작가는 조금의 여지도 남겨두지 않고 속마음을 털어놓고 있는 바, 자신의 진실한 생각을 써냈다. 그 솔직함과 대담함은 매우 귀한 것이다. 다음을 보자.

나는 쁘띠부르조아 계급 안에서 30년을 살았다. 내 정서, 취미, 생각, 윤리와 행동방식은 모두 쁘띠부르조아적이다. 내가 철두철미하게 깊이 영향을 받은 것은 쁘띠부르조아적이다. 쁘띠부르조아를 벗어나서는 나는 존재할 수 없다. 나도 나보다 나이가 좀 많은 사람들이 처음에는 쁘띠부르조아 계급 안에서 살다가 결국엔 프롤레타리아로 변해갔다는 것을 안다. 그러나 이런 사람들은 어쩌면 천재일지도 모른다. 그런데 나는 아니다. 이는 어쩌면 쌍방이 마침 부합한 것일지도 모른다. 그런데 나는 그럴 수 없다. 기로에서 나는 그저 방황할 수밖에 없다.

이러한 분석과 고백은 다른 작가들은 하기 어려운 것일 수도 있다. 주즈칭은 계속해서 다음과 같이 쓰고 있다. "혁명에 참가하든지 아니면 혁명에 반대하든지 둘 중 하나를 해야만 이 두렵고 불안한 것을 해결할 수 있다." 그러나 그는 둘 다 하지 못하고, 그저 일 하나를 찾아 그 속에 파묻혀 남은 생을 소비한다. 그게 바로 "국학"이다. 주즈칭이 이렇게 솔직하고 깊이 있게 자신의 내면세계를 분석하여 자신의 솔직한 생각을 써낼 수 있었던 것은 그가 예술적으로 진실함을 추구한 결과라고 생각한다. '진실'이 그의 창작에서 핵심이자 귀결이라는 결론은 대체로 옳은 것이라고 본다.

중징원 교수는 〈뒷모습〉에 대한 평론에서 다음과 같이 쓴 바 있다. 주즈칭은 "동시대 작가들의 작품과 놓고 볼 때, 저우쭤런 선생의 작품같이 의미심장하지 않고, 위핑보 선생의 글처럼 면밀하지 않으며, 쉬즈모 선생의 글처럼 화려하지도 않고, 빙신 여사의 글처럼 표일함도 없다. 그러나 이런 것들과는 또 다른 진지하고 그윽한 자태가 있다."《유화집柳花集》, 군중도서공사群众图书公司, 1929년) 중교수의 평어는 주즈칭의 작품에 대한 평가로 손색이 없다.

둘째, 산문에서 정취를 표현해냈다.

순문학이 아닌 산문은 순문학인 시, 소설, 희극과는 달리, 우여곡절이 있는 줄거리나 완전한 이야기가 없고 형상화하는 것을 중시하지도 않으며, 시 같은 음절과 운율은 더더욱 없다. 때문에 산문은 쉽게 쓸 수 있지만 잘 쓰기는 어렵다. 주즈칭은 이런 체제를 성공적으로 운용하여 자신만의 풍격을 써냈고, 인구에 회자되는 수많은 명문을 창작했다. 그의 작품이 좋은 성과를 거둘 수 있었던 것은 정취를 써냈기 때문이다. 그의 작품은 정취가 풍부하여, 매우 재미가 있고 사람을 감동시키는 힘을 갖고 있다.

탕타오는 《회암서화晦庵书话》에 실린 〈주즈칭〉에서 '정취'의 문제를 제기하였다. "페이셴 선생이 만년에 쓴 글은 도리를 설명하는 데 치중하고 있어서, 정취만 놓고 보자면 초기 작품에 미치지 못하는 것 같다." 그는 이어서 다음과 같이 주즈칭의 산문을 분석하였다.

산문을 장려함에 있어서, '5·4' 이후의 작품에는 그래도 주목할 만한 우수한 전통이 많이 있다고 생각한다. 언어적으로 볼 때, 현재 수많은 작가들의 언어가 이미 '5·4' 초기 작가들을 넘어섰다. 예술적으로, 언어는 문학의 근본적인 문제이지만 그것의 전부는 결코 아니다. 일부 산문의 언어는 훌륭하고, 심지어 개인적인 특징도 갖추고 있다. 하지만 반드시 전부 다 정취가 있는 것은 아니다. 페이셴 선생의 후기 언어는 전기보다 더 구어에 가깝지만, 사람들은 여전히 그의 〈뒷모습〉이나 〈연못에 어린 달빛〉을 즐겨 읽는다. 이는 이유가 있는 바, 일부 사람들처럼 그렇게 단순하게 소자산계급의 감정에 공감함으로써 이 현상을 해결할 수는 없기 때문이다. (중략) 주즈칭 후기 산문의 언어를 연구하고, 주즈칭 전기 산문의 정취에 주목하면 우리는 주즈칭 산문의 풍격을 더 명확하게 이해할 수 있을 것이다.

'정취'라는 말로 주즈칭 산문의 풍격을 정리하는 것은 어쩌면 매우 적절할지도 모른다. 그러나 산문을 정취 있게 쓰는 것도 쉽지 않다. 그렇다면, 주즈칭 산문에서의 '정취'는 무엇을 가리키는 것인가. 예성타오의 설명으로 주석을 삼을 수 있겠다. "매번 페이셴의 산문을 읽을 때면 나는 그가 한담하는 것을 듣고 있을 때의 즐거움이 떠오른다. 동서고금을 아우르는 온갖 이야기로 그의 말은 그칠 줄 모른다. 일부러 수준 높은 척 심오한 단어를 사용하지 않고, 매우 흥미롭다. 그의 이러한 경험과 생각을 나도 하지 않았나 하고 항상 생각한다. 다만 나는 스치고 지나가 버린 것을 그는 도리어 꽉 움켜잡은 것이다. 게다가 그는 딱 적합하게 표현할 줄 안다. 얕기도 하고 깊기도 하다. 그런데 그 맛은 매우 순정할뿐더러 진하기까지 하다." 이는 오랜 친구가 감상적인 측면에서 분석한 것이다. 주즈칭은 순식간에 지나가버리는 것을 잘 붙잡을 뿐만 아니라 매우 적합하게 표현해낼 줄 안다는 것이다. 서술이든 묘사든 논술이든 서정이든 모두 지극히 적당하다는 것인데, 이는 얼마나 어려운 것인가! 정취는 바로 그러한 딱 알맞은 재미 내지 멋, 정서이다. 글쓰기의 그러한 극치인 "맛이 매우 순정하고 진하다"는 술이나 차를 음미할 때의 즐거움이 아닌가! 좋은 산문을 읽으면서 이렇게 예술적으로 누릴 수 있다는 것은 삶의 즐거움일 것이다!

주즈칭 초기 산문 중에서 명문으로 꼽히는 것은 확실히 정취가 있다. 그의 붓끝에서 사람과 사건을 기록한 글들은 친구간의 왕래, 부자간의 정, 집안 일상사 등에 불과하다. 여기에는 깊이 있는 철학적인 이치도 없고 무슨 위대한 공적도 없다. 경치를 묘사하거나 여행담을 쓴 것도 계곡이나 연못이나 달빛 같은 것들이어서, 평범하기 그지없다. 그러나 작가의 뛰어난 점은 바로 이런 평범한 것을 평범하지 않게 써낼 수 있어서 독자를 사로잡을 수 있고 심금을 울리는 힘이 있다는 것이다. 1922년 주즈칭은 위핑보에게 보낸 편지에서 겸손하게 자신의 글쓰기를 논한 적이 있다. "정서가 협소하고 천박하여 왕왕 기교에 의지하게 된다." 이는 물론 솔직한 말이다. 그의 산문은 제재나 정서면에서 보면 협소하다. 그러나 그의 능력은 정취를 써낼 수 있어서, 다른 사람이 초월하기 어려운 예술적인 경지에 도달했다는 것이다.

〈뒷모습〉을 예로 들어 보자. 이 작품은 그의 아버지가 그를 배웅하는 장면을 묘사한 것으로 부자간의 정을 표현했다. 사건만 놓고 보면 매우 평범하지만, 그 감정의 진실함과 표현의 적절함은 견줄 만한 작품이 거의 없다. 리광톈李广田이 지적한 대로, "〈뒷모습〉은 행으로 보면 50줄이 채 되지 않고, 자수로 보면 1500자 정도밖에 되지 않는다. 이 작품이 오랫동안 읽히고 감동을 주는 것은 무슨 거대한 구조나 화려한 글자 때문이 아니다. 그저 솔직한 것, 작품에서 우러나는 진실한 감정 때문이다. 표면적으로는 간단하고 소박하지만 사실상 거대한 감동력을 갖는 문장이야말로 주선생의 가장 대표적인 작품이라 할 것이다."(《가장 완전한 인격最完整的人格》, 《관찰观察》 5권2기)

〈뒷모습〉은 1925년 작가가 칭화대학에 임용된 지 얼마 되지 않았을 때 쓴 것이다. 작품을 쓰게 된 계기는 글의 말미에서 작가가 밝히고 있는 것처럼, 집에서 보내온 편지 때문이었다. 아버지와 만난 지는 2년이 넘었고, 부자간의 감정은 그다지 좋지 않아서 편지도 거의 주고받지 않은 상황이었는데, 안부를 묻는 이 편지를 받은 것이었다. 그 순간, 마음속에 쌓여 있던 감정, 부자간의 타고난 정이 한꺼번에 용솟친 것이다. 비록 사소하고 자잘한 기억이고, 평범하게 썼지만, 그 깊은 감정이 오히려 거대한 힘을 발휘했다. 회고하고 서술하는 중에 정취가 나타나고, 행간에는 모두 진실한 감정이 넘쳐난다. 게다가 그 감정은 매우 진실하고 적절하며 꾸밈없고 진하게 묘사되었다. 그래서 보기 드문 그러한 예술적 성취를 이룰 수 있었던 것이다. 〈뒷모습〉은 삶에서의 체험과 진심에 의거하여 정취를 표현해냄으로써 성공을 거두었다. 1947년 7월 《문예지식文艺知识》의 편집자가 주즈칭에게 〈뒷모습〉의 의경意境은 어떻게 만들어진 것인지를 물었다. 주즈칭은 이에 대해 다음과 같이 답했다. "내가 〈뒷모습〉을 쓰게 된 것은 바로 작품 속에서 언급한 아버지의 편지 때문이었습니다. 당시 아버지가 보내신 편지를 읽고, 정말 눈물이 샘솟듯 흘러나왔어요. 아버지가 나에게 잘해주신 것들, 특히 작품에서 쓴 그 일을 떠올리니 마치 눈앞에 있는 것 같았습니다. 나는 이 글에서 그저 사실만을 썼을 뿐이지, 무슨 의경까지는 고려하지 못한 것 같습니다." 현재 일부 논자들은 〈뒷모습〉의 의미와 경지에 대해 거창한 담론을 펼치면서 그것의 시의와 승화한 지점을 찾아내고 있는데, 이는 주관적인 억측이다. 〈뒷모습〉은 사실에 근거한 작품이다. 물론 이는 작가가 기교를 따지지 않았다는 의미는 아니며, 〈뒷모습〉의 성공이 기교적인 측면의 문제가 아니라는 의미는 더더욱 아니다.

주즈칭의 일부 산문은 정취를 표현해내면서도 많은 부분에서 묘사와 기교에 기대었다. 〈초록〉이나 〈연못에 어린 달빛〉처럼, 경치를 묘사한 작품들은 묘사에 매우 많은 노력을 쏟았으며, 정취는 그 가운데에서 흘러나온 것이라 할 수 있다. 주선생의 붓끝에서 달빛 아래의 연못은 매우 아름다운데, 정취 있고 흥미롭게 썼다. 이는 세심한 관찰과 사실에 가까운 묘사에서 나온 것으로, 작가의 기교와 능력을 보여준다. 결론적으로, 주즈칭의 산문은 정취를 잘 표현해내고 있으며 이는 그의 작품이 성공적일 수 있었던 요인 중 하나이다.

셋째, 세밀한 묘사이다.

풍경을 묘사한 주즈칭의 산문은 세밀한 묘사로 유명하다. 특히 초기의 묘사문은 더더욱 그러하다. 〈노 젓는 소리와 등불 아래의 친화이강〉 같은 경우에는 "백화미술문의 모범"이라고 일컬어졌다. 또 그림을 묘사한 〈달빛도 흐릿하고, 새소리도 흐릿하고, 커튼에 어린 해당화는 붉다〉도 많이 알려져 있다.

예성타오는 〈주페이셴 선생朱佩弦先生〉에서 오랜 친구의 어조로 다음과 같이 평가했다. "〈총총匆匆〉, 〈연못에 어린 달빛〉, 〈노 젓는 소리와 등불 아래의 친화이강〉 같은 초기 산문은 전부 다 약간 꾸민 데가 있다. 지나치게 수사에 치중하여 그다지 자연스럽지 않다."《중학생》, 1948년 9월호) 그런데 1982년 쓴 《중국현대작가총서中国现代作家丛书》의 주즈칭 편 서언에서는 다음과 같이 설명했다. "〈노 젓는 소리와 등불 아래의 친화이강〉이나 〈원저우의 종적〉 같은 초기 산문 몇 편은 아무래도 수식에 심혈을 기울였는데, 나쁜 것은 아니고, 형식이 내용보다 조금 낫다." 사실 두 글의 의미는 비슷하다. 주즈칭의 초기 산문이 수사를 너무 중시했다는 것을 지적한 것으로, 묘사가 다소 지나쳤다는 뜻이다. 지나쳤는지의 여부는 두 작가의 풍격과 견해의 차이일 것이다. 그러나 묘사를 강조하고 묘사에 능한 것 또한 주즈칭 초기 산문의 특징 중 하나임에는 분명하다.

초기의 몇몇 유명한 작품들은 모두 묘사가 뛰어난 것들이다. 이로 볼 때 묘사가 결점이라고는 할 수 없다. 오히려 일부 문학사가들은 이를 긍정적으로 평가하고 있는데, 그의 묘사가 섬세하고 품위 있다고 여기면서, 공필화식의 글이라고 보고, 세밀하고 뛰어나다고 한다. 결론적으로, 주즈칭이 사실에 가까운 묘사의 효과를 추구할 때, 그는 묘사에 능하고 여러 부분에서 묘사를 진행한 것이었다. 세밀한 묘사는 그의 산문의 특징이자 장점이라고 할 것이다.

예컨대, 〈초록〉은 사람을 도취시키는 초록빛을 묘사한 작품으로 널리 알려져 있다. 천여 자 남짓한 소품으로 도합 네 개의 단락으로 구성되어 있다. 서로 호응하는 각 구절을 한 단락으로 하고 있는데, "매우담의 초록빛에 매우 놀랐다"는 글의 취지를 명확하게 밝히고 있다. 처음과 끝이 잘 어우러지고, 글의 구성이 치밀하다. 중간의 두 단락에서는 매우담과 그곳의 초록빛을 세심하게 묘사하고 있는데, 작가는 초록빛에 대해 아주 훌륭하게 묘사해냈다. 그는 유람 노정에 따라 먼저 바위, 폭포와 매우정에 대해 묘사한다. 마음대로 쓰지 않고 세밀하게 관찰한 대로 썼기 때문에, 내용의 순서가 매우 잘 정돈되어 있다. 매우정에 앉아 있으니 풍경이 모두 눈앞에 있다. 구름은 머리 위로 흘러 다니고 있고, 풀숲엔 초록빛이 스며들어 있으며, 폭포수는 세차게 아래로 돌진하면서 바위에 부딪혀 꽃잎이 날리고 옥이 부서지는 것처럼 흘러내린다. 그 모습이 꼭 송이송이 흰 매화 같기도 하고 점점이 버들꽃 같기도 하다. 수식을 가하지 않고 조용히 관찰한 풍경을 섬세하게 묘사하는데 마치 공필화같다. 읽다보면 그 풍경을 눈앞에서 보고 있고 그 소리를 직접 듣고 있는 것 같다. 이 묘사는 매우 성공적인 사실주의이다.

이어지는 매우담의 초록빛에 대한 묘사는 가장 세밀하고 생동감 있는 부분이다. 작가는 기이한 초록빛에 이끌려, "반짝반짝 신비롭고 기이하여 헤아릴 수 없는 물빛을 뒤따라 잡으러 가기 시작했다". 풀을 끌어당기면서 어지러이 흩어진 바위를 기어올라 조심조심 "온통 푸르게 펼쳐진 깊은 못가"에 도달한 작가는 사람을 취하게 하는 초록빛에 흥분되어 세밀하게 묘사하기 시작했고 훌륭한 단락 하나를 완성해냈다. 먼저 작가는 대담한 공상을 하나 펼친다. "엄청나게 큰 연잎 한 장이 깔려 있는 것처럼, 온통 기이한 초록빛이다. 나는 두 팔을 벌려 그녀를 안고 싶다." 이어서, 한바탕 비유로 이 사랑스러운 초록빛을 묘사한다. "젊은 아낙네가 늘어뜨리고 있는 치마폭처럼, 그녀는 살짝 주름이 잡혀져 있다. 첫사랑에 빠져 두근거리는 처녀의 마음처럼, 그녀는 조용하게 장난치고 있다. 윤기 내는 기름을 바른 것처럼, 그녀는 매끈하게 빛나고 있다. 달걀노른자처럼 그렇게 부드럽고 그렇게 연하여서, 만져본 적이 있는 가장 부드러운 살결을 떠올리게 만든다. 그녀는 또 어떤 미세한 티끌에도 닿지 않아서 곱고 윤나는 벽옥처럼 그저 푸르디푸른 빛이다. 그러나 당신은 그녀를 알아보지 못한다!" 묘사한 후에도 부족하다고 여기고, 다시 비교의 각도에서 써내려간다. 스차하이⭢

利海, 후파오사虎跑寺, 시호, 친화이강의 갖가지 초록빛과 비교해서, 매우담의 초록빛은 연하지도, 진하지도, 밝지도, 어둡지도 않은, 딱 적당한 정도임을 설명한다. 마지막으로, 작가는 또 생각을 펼쳐나가, 이 초록빛이 사람을 감동시킬 만큼 싱싱하고 곱다는 것을 설명하면서 격동된 듯 다음과 같이 쓴다. "나는 당신과 헤어지는 게 정말 아쉽다. 어떻게 너에게 미련이 없겠는가? 열두세 살 된 여자아이인 양, 나는 손바닥으로 너를 치고 어루만지고 있다. 나는 또 너를 받쳐 들고 입에 넣었으니, 그녀에게 입맞춤한 것이다. 너에게 이름을 하나 지어주나니, 이후 너를 '여인의 초록빛'이라고 부를 것이다. 어떤가?" 초록빛에 대해 묘사하는데, 풍경 안에 감정을 녹여낼 수 있어서 작가의 감정과 묘사된 풍경이 적절하게 융화되도록 했다.

〈초록〉은 확실히 작가의 세밀한 묘사기법을 보여주고 있다. 붓을 많이 사용하고 묘사가 심해서 독자들은 이 글이 지나치게 섬세하고 끊임없다고 느낄 수 있다. 예성타오가 "수식에 심혈을 기울였다"거나, "형식이 내용보다 낫다", "수사를 너무 중시했다"고 평가한 것이 아마도 이런 점을 지적한 것이었으리라 본다. 어찌 되었든, 주즈칭이 묘사에 능해서 섬세하고 면밀하게 묘사해낼 수 있었다는 것은 확실하다. 이는 그의 산문의 특징 중 하나이자 그의 뛰어난 예술적 기교가 어디에 있는지를 보여준다.

이보다 약간 늦게 발표한 〈연못에 어린 달빛〉도 풍경 묘사에 있어서 마찬가지로 섬세하고 면밀하지만, "수식에 심혈을 기울인" 경향은 없다. 이 작품은 〈뒷모습〉 외에 또 하나의 유명한 명문이다. 달빛 아래의 연못과 연못 속의 달빛을 세밀하고 생생하게 묘사하여 흥취가 넘쳐난다. "겹겹이 놓인 연잎 가운데 드문드문 하얀 꽃이 놓여 있다. 우아하게 피어 있는 것도 있고, 수줍게 꽃봉오리를 모으고 있는 것도 있다. 알알이 나동그는 진주 같기도 하고, 파아란 하늘의 반짝이는 별 같기도 하며, 막 목욕하고 나온 뽀얀 미인 같기도 하다. 산들바람이 스치고 지나간 자리에 맑은 향기가 저 멀리 높은 누각에서 들려오는 아득한 노랫소리처럼 섬세하게 전해온다." 이런 문장을 보면, 꽃의 자태와 향기를 꾸밈없이 적절하게 묘사하여 어색한 흔적이 없다. 다음 문장도 살펴보자. "달빛이 흐르는 물처럼 연잎과 연꽃으로 쏟아지고 있다. 옅은 구름이 연못 위로 떠오른다. 연잎과 연꽃은 우유로 씻어낸 것 같기도 하고 베일에 가려진 꿈인 것 같기도 하다. (중략) 달빛은 나무 사이로 비치는 것이다. 높은 곳에 수북이 자라난 관목이 들쭉날쭉하고 얼룩덜룩한 검은 그림자로 내려온다. 꼼짝도 하지 않고 곧추 서 있는 게 꼭 귀신같다. 드문드문 축 늘어진 수양버들의 아리따운 그림자는 오히려 연꽃잎 위에 그림을 그려놓은 것 같다. 연못의 달빛은 고르지 않지만, 달빛과 그림자는 바이올린으로 연주하는 명곡처럼 조화로운 선율을 노래한다." 달빛을 묘사한 이 부분은 한 폭의 수묵화와도 같다. 선율에의 비유는 고요한 상태에 소리를 더함으로써 생동감을 한층 더해준다. 〈연못에 어린 달빛〉이 중국현대문학사상 명문으로 자리 잡은 것은 우연이 아니다. 이는 작가의 섬세하고 깊이 있으며 우수한 묘사 능력과 밀접한 관련이 있다.

넷째, 빼어나고 심오한 언어이다.

주즈칭 산문이 뛰어난 성과를 거둔 또 다른 중요한 이유는 언어에 있다. 그의 산문의 언어는 평론가들이 한 목소리로 칭찬하는 것이다. 중징원은 "수려하고 그윽하다"고 했으며, 자오징선은 "수려하고 빼어나다"고 했다. 위다푸 역시 "수려하다"고 하면서 "문학연구회의 산문가 중에서 빙신 여사를 제외하고 언어적인 아름다움은 바로 주즈칭을 꼽아야 한다"고 했다. 당시 저우쭤런은 쉬즈모를 기념하는 글에서 "즈모는 빙신 여사와 같은 파라고 할 수 있다. 야리처럼 유려하고 상큼하다. 백화의 기본 위에서 고문과 방언 및 서구식 표현의 갖가지 요소를 넣어서 평범한 사람들의 말을 표현력이 풍부한 그런 글로 발전시켰다"고 썼다.(《즈모를 기념하며》, 《간운집》) 나는 주즈칭의 언어도, 물론 자신만의 풍격도 있지만, 이런 종류에 속한다고 본다.

빼어나고 심오하다는 말로 주즈칭 초기 산문의 언어 특색을 개괄하는 것은 적합하다고 본다. 주즈칭의 산문은 매우 아름답다. 언어를 따지면서도 지나치게 다듬지 않는다. 화려하게 색을 입히지는 않았지만 소박하고 자연스러운 중에 오히려 수려한 맛이 있다. 그의 학생 주더시朱德熙가 말한 것처럼 "소박하고 자연스러운 풍격 안에서 새로운 경지와 새로운 언어를 만든다. 평범한 중에 신비롭고 기이한 게 보이고, 반듯하고 막힘이 없으면서 창조성이 풍부하다."(《평범한 중에 신비롭고 기이한 것을 보다于平淡中见神奇》) 주더시는 주즈칭의 언어적인 풍격을 총체적으로 설명한 것인데, 초기 산문에서도 이러한 특징이 나타나고 있다.

앞서 언급한 〈초록〉이나 〈연못에 어린 달빛〉 같은 경우, 다소 지나치게 수식에 치중한 감이 있긴 하지만, 빼어나고 아름답다는 말로 평가하기에는 손색이 없다. 〈양저우의 여름날扬州的夏日〉, 〈영락飘零〉, 〈아허〉, 〈정부의 대학살기〉, 〈웨이제산을 애도함哀韦杰三君〉, 〈바이차이〉 등과 같은 작품들도 언어가 아름답고 의미심장하여, 읽고 난 후에도 자꾸 읽고 싶다는 느낌을 준다. 아래 글을 보자.

'나룻배'는 언제나 원하는 사람이 있다. 가격이 싸기 때문만은 아니고, 수월하기 때문이다. 한 사람은 앉아 있고, 다른 한 사람은 배 뒷전에 서서 대나무 상앗대로 배질을 하고 있는 폼이, 그야말로 한 수의 당시나 한 폭의 산수화 같다. 끼어들기 좋아하는 젊은이는 직접 배질을 하고 싶어 하는데, '나룻배'가 아니면 할 수 없다.(《양저우의 여름날》)

행방이 일정하지 않다는 것은 물론 잘 지낸다고 할 수는 없는 것이다. 그러나 평범한 때보다는 인생의 맛을 더 쉽게 깊이 느낄 수 있는 것 같다. 지금은 온종일 흐리고 뿌연 하늘만 보인다. 버드나무와 홰나무는 그저 버드나무와 홰나무일 뿐이다. 그래서 정신이 마비되어 마음속에 아무것도 없다. 그저 자신과 자신의 집뿐이다. 나는 나의 미미함을 생각하면서 전율이 일기 시작했다. 유유자적하는 그런 복은 의외로 쉽게 누릴 수 있는 게 아니다. 요 며칠간은 좀 이상하다. 망망대해에 떠 있는 일엽편주 같고, 끝이 없는 삼림 속에 있는 사냥꾼 같기도 하다. 걷고 말하는 게 다 몹시 힘이 든다. 그런데도 마음대로 되지 않는다. 마음속이 엉킨 실타래 같고 불덩이 같기도 하다. 뭔가를 분명히 하려고 몸부림치고 있는 것 같은데, 분명한 거라곤 아무것도 없는 듯하다. "《십칠사》를 어디서부터 얘기할 것인가"[31]가 근래의 나를 설명하기에 딱 맞다.(《편지 한 통—封信》)

앞부분은 풍경을 묘사한 것이고 뒷부분은 심경을 서술한 것이다. 소박한 언어 속에서 빼어나고 심오한 풍격을 나타내고 있다. 이는 실로 주즈칭이 아니면 쓰기 어려운 글이라 할 것이다.

〈뒷모습〉의 언어는 더더욱 독특하다. 아버지가 철로를 건너는 장면을 묘사한 부분은 그야말로 뛰어나기 그지없다. 작가는 다음과 같이 쓰고 있다.

나는 검정색 작은 모자를 쓰고 검정 마고자에 짙은 청색 솜두루마기를 입으신 아버지가 뒤뚱거리며 철로가로 가서 조심스럽게 허리를 굽히고 내려가시는 것을 보았다. 여기까지는 그다지 힘들어 보이지 않았다. 그러나 아버지가 철로를 건너 저쪽 플랫폼으로 올라가려면 쉬운 게 아니었다. 아버지는 두 손으로 저쪽 플랫폼을 짚고 두 다리를 비비적거리며 위쪽으로 웅크렸다. 아버지의 뚱뚱한 몸이 왼쪽으로 약간 기우뚱했는데, 매우 애쓰시는 게 역력했다. 이때 나는 아버지의 뒷모습을 보았다. 내 눈에서 눈물이 바로 흘러내렸다. 아버지가 볼까봐, 다른 사람이 볼까봐, 나는 서둘러 눈물을 닦았다. 내가 다시 밖을 내다보았을 때, 아버지는 벌써 주홍색 귤을 안고 돌아오고 계셨다. 철로를 건널 때, 아버지는 먼저 귤을 바닥에 내려놓고 천천히 내려온 다음, 다시 귤을 안고서 걸어오셨다. 이쪽에 도착했을 때, 나는 얼른 가서 아버지를 부축했다.

위 글은 깊은 정을 담고 있는 회고문이다. 서술의 방식으로 묘사를 진행하고 있는데, 이는 루쉰이 얘기한 간략하고 단순한 묘사법, 즉 스케치이다. 아버지의 뒷모습을 작가는 매우 깊고 진지하며 감동적으로 묘사하였다. 반면, 낱말을 고르고 문장을 만드는 데 있어서는 매우 소박하며, 완전히 사실만을 기록하고 있다. 주즈칭의 이러한 솜씨에 대해 탄복하지 않을 수 없다. 예성타오는 〈뒷모습〉이 주즈칭 언어풍격의 변화를 나타내는 표지라고 하면서, 이후 "형식적으로는 우아하고 내용적으로는 심오해졌는데, 오직 진실한 느낌과 감정에 의탁한 게 성공을 거둔 것"이라고 설명했다.(《《중국현대작가총서-주즈칭》서언《中国现代作家丛书-朱自清》序》) 〈뒷모습〉부터 이렇게 되었는지의 여부는 단언하기 어렵다. 그러나 이 작품에서 진실한 느낌과 감정이 성공적으로 구현된 것은 확실하다. 게다가 초기 산문에서 이 작품의 언어풍격은 독특하다. 빼어나고 심오하다는 말로 이 작품을 설명한다면 지극히 타당하지 않을까 생각한다.

전기와 후기를 비교해볼 때, 주즈칭 산문의 언어는 변화 발전하였다. 주즈칭 산문의 언어에 대해 예성타오는 〈주페이셴 선생〉이라는 글에서 다음과 같이 썼다. "〈유럽여행잡기〉나 〈런던잡기〉를 쓸 때 달라졌다. 구어에서 효과적인 표현방식을 취하여 전부 다 구어로만 글을 썼다. 간혹 문어의 요소가 들어가기도 했지만, 매끄럽게 읽어 내려갈 수 있다. 현대 구어의 분위기가 있어서, 사람들은 그것이 이도저도 아닌 '백화문'이라고 생각하지 않고, 현대 구어 속의 말이라고 여겼다. (중략) 최근 몇 년 간, 그의 글은 볼수록 세밀하고 적당하다. 그렇지만 평범하고 질박해서, 읽다보면 정말 그와 마주앉아 그가 아주 친근하게 이야기하는 것을 듣는 것 같다. 지금 대학에 만약 중국현대문학과정을 개설하거나 혹은 누군가 중국현대문학사를 편찬하면서 완전무결한 문체와 완전히 구어로 쓴 작품에 대해 논한다면, 주즈칭이야말로 가장 먼저 언급되어야 하는 작가이다." 인용한 글은 예성타오가 주즈칭의 언어적인 변화에 입각하여 평가한 것으로, 주즈칭 산문의 구체적인 상황과 일치한다.

중국현대산문에서 초기산문의 구어화 정도는 그다지 높지 않았다. 그 당시 백화문은 단지 지식인의 문어적인 구어에 불과했다. 주즈칭도 그러했고, 다른 작가들도 마찬가지였다. 주즈칭의 초기산문을 후기산문과 비교해보면, 초기산문이 더 알려져 있고, 중국산문사에서도 더 중요한 위치를 차지한다. 그의 빼어나고 심오한 언어풍격은 사람들에게 깊은 인상을 남겨주었다.

빙신冰心의 산문

　빙신은 문학연구회의 시인이자 산문가이다. 특히 산문은 그녀의 후기 창작에서 중요한 부분이다. 중국현대산문사에서 빙신은 중요한 위치를 차지하고 있는 바, '5·4'부터 지금까지[32] 그녀는 끊임없이 노력하여 뛰어난 성과를 거두었다. '5·4'시기의 산문창작을 연구하는 데 있어서 중요한 작가 중 한 사람이라 할 수 있다.

一. 생평과 창작개괄

　빙신은 성이 셰謝이고, 본명은 셰완잉謝婉莹이다. 1900년에 태어났다. 그래서 그녀는 스스로를 "20세기와 동년배"라고 칭했다. 푸 창러福建长乐 사람으로, 푸저우福州에서 태어났는데, 후에 상하이로 옮겨갔다. 그녀의 아버지는 순양함의 부함장이었다. 서너 살 때, 부친을 따라 옌타이烟台로 갔고, 거기에서 어린 시절을 보냈다. 1910년 부친이 해군학교 교장직을 사임하면서 온가족이 푸저우로 돌아왔다. 신해혁명 후, 중국동맹회의 회원이던 부친은 베이징 해군부에서 근무하게 된다. 이에 1913년 온 가족은 베이징으로 이사했다. 빙신은 미션 학교인 베이만貝滿여중에서 공부하게 되는데, 여기에서 기독교의 영향을 많이 받았다. 1918년 가을, 의사를 희망한 빙신은 셰허여자대학協和女子大学 이과의 예과에 입학한다. 1919년, '5·4' 운동이 일어났을 때, 빙신 또한 여기에 적극적으로 뛰어들어, 학생회 서기이자 베이징여학생연합회 홍보부 부원으로 일했다. 홍보를 위해 그녀는 연합회에서 발간하는 회보에 글을 발표하였을 뿐만 아니라, 《신보부간》에도 글을 발표했다. 그래서 빙신 여사라는 필명으로 문제소설을 창작하게 되었는데, 그녀는 "'5·4' 운동의 우레 소리가 나를 창작의 길로 들어서도록 뒤흔들었다"고 했다.(〈'5·4'에서 '4·5'까지"五四"到"四五"〉,《문예연구文艺研究》1979년 1기) 창작은 빙신의 삶을 완전히 바꾸게 되는 바, 그녀는 문과로 옮겨서 옌징대학 본과에 입학한다. 이 시기의 삶을 혹자는 "고인 물처럼 고요하고, 가을바람처럼 온화하다"는 말로 표현했다. 공부 외에는 창작에만 전념했기에, 그녀는 매주 한편씩 작품을 발표했다. 그 결과 그녀는 문단에서 명성이 자자한 여성작가가 되었다.

'5·4' 초기, 빙신은 주로 소설 창작에 집중하였다. 이 시기 발표한 〈이 사람은 홀로 초췌하다斯人独憔悴〉, 〈나라를 떠남去国〉, 〈가을바람 가을비 사람의 애간장을 녹이네秋风秋雨愁煞人〉 등등이 모두 문제소설에 속한다. 이들 작품은 비교적 예리하게 사회와 현실의 문제들을 잡아냈다. 즉, 그녀는 소설을 통해 이러한 문제들을 호소한 것이다. 그러나 어떻게 해결할 것인지에 대해서는 답을 주지 못했다. 이렇게 소설에 답은 없고 문제만 제기하고 있어서 '문제소설'이라고 일컬어지게 된 것이다. 이들은 사회의 어두운 면과 불합리한 현실을 상당히 깊이 있게 파헤쳐 냈는데, 이 안에는 작가의 우국우민의 감정이 흐르고 있다. 이는 매우 의미 있는 것으로, 독자들의 공감을 불러일으켰다. 앞서 서술한 작품들보다 조금 늦게 나온 〈초인超人〉은 냉담한 청년 허빈何彬의 이야기로, 모성애를 통해 갈등을 해결했지만, 사실상 결말이 없는 결말이기 때문에 마찬가지로 '문제소설'의 범주에 속한다. 문학사적으로 이 작품은 상당히 큰 영향을 끼쳤다.

소설 외에도 빙신은 많은 시를 창작하였는데, 이는 당시 '빙신 문체'라고 불려졌다. 빙신은 "소소한 생각"을 짧은 시로 써냈다고 했는데, 타고르의 《길 잃는 새Stray Birds》의 영향을 많이 받았다. 이들 짧은 시를 묶어서 《뭇별繁星》과 《춘수春水》를 출간하였다. 빙신의 이러한 맑고 의미심장한 짧은 시는 300여수에 이르는데, 그 내용은 상당히 광범위하며 철학적인 이치를 담고 있다. 비교적 함축적이고 다소 모호한 관념도 있어서 독자들에게 생각의 여지를 준다. 이런 짤막한 시는 대부분 자유체로, 일치된 음률규칙이 없는 무운시여서, 자연스럽고 편안하며 상큼하고 생기가 있다. 빙신의 짧은 시는 당시 많은 영향을 끼쳤고 특히 젊은이들에게 매우 특별한 작용을 했다. 이를 모방한 사람들도 많았는데 그 성과는 그리 높지 않았다.

1923년 여름, 빙신은 옌징대학을 졸업하고 8월 미국 웰슬리 대학으로 유학을 떠난다. 이 시기에 그녀는 통신의 형식으로 글쓰기를 계속하여 미국에 유학하는 3년 동안 어린 독자에게 보내는 29통의 통신을 썼다. 이 글은 모두 《신보부간》에 발표되었다. 그녀는 "통신의 형식으로 글을 쓰는 것은 대상이 있어서 감정이 성실해지기 쉽다. 동시에, 제일 자유로운 형식이어서 짤막한 글 속에 자잘하지만 수많은 재미있는 일들을 얘기할 수 있다"고 여겼다. 유학시절 발표한 이 통신들은 《어린 독자에게》라는 제목의 작품집으로 1925년 북신서국에서 출간되었다. 통신문에서 빙신은 미국으로 오는 길에 보고 들은 것들과 이국에서의 삶을 서술하였다. 자신이 보낸 시절을 "꽃의 생활, 물의 생활, 구름의 생활"에 비유한 구절 같은 경우엔 지난 일들에 대한 회상 가운데 어머니의 지극한 사랑과 자연에 대한 동경을 표현하였고, 국가민족에 대한 사랑을 반영하였다.《어린 독자에게》는 빙신의 초창기 산문의 대표작이자 많은 영향을 끼친 산문집이라고 할 수 있다.

《어린 독자에게》외에, '5 · 4' 시기의 산문은 산문과 소설 합집인《지난 일》(개명서점, 1930년 1월)에도 수록되어 있다. 〈지난 일(一)〉은 그중 대표적인 작품으로, 지난 일에 대한 회고 가운데 모성애, 동심 및 자연에 대한 사랑 등을 표현하였는데, 진지하고 감동적이다.

상술한 내용은 빙신 창작의 첫 번째 시기인 동시에 가장 찬란한 단계이기도 하다. 1926년 7월 미국에서 귀국한 빙신은 모교인 옌징대학에서 교편을 잡았고, 칭화대학에서도 강의를 하였다. 학교 일로 바빠진 탓에 작품 창작은 줄어들었다. 1929년 6월 빙신은 우원자오吳文藻와 결혼했다. 이 시기는 그들 부부에게는 다사다난한 기간이었다. 그녀의 어머니와 우원자오의 아버지가 연속해서 세상을 떠난 것이다. 이로 인해 빙신은 2년 동안 소설 세 편과 어머니를 기념한 산문인 〈남쪽으로 돌아가다南归〉만 창작하였다. 이후, 옌징대학과 칭화대학 외에도 베이징여자대학 문리학원에서도 학생들을 가르치게 되면서, 교육이 그녀 생활에서 많은 부분을 차지하게 되었다.

1934년《문학계간文学季刊》이 베이징에서 창간되었고, 빙신은 편집위원 중의 한 사람으로 참여하였다. 이에 따라 그녀의 창작도 점점 많아졌다. 〈둥얼아가씨冬儿姑娘〉, 〈우리 부인네의 거실我们太太的客厅〉, 〈사진相片〉등이 이 시기 발표된 작품이다. 그러나 이들 작품은 이전 작품들만큼 큰 영향을 끼치지는 못했다. 1936년 우원자오가 록펠러 재단의 지원금을 받게 되어, 빙신은 그와 함께 1년 정도 유럽과 미국 등지를 방문하였다. 그들이 귀국했을 때 마침 '7·7사변'이 발생하여, 그들은 유랑생활을 하게 된다. 8년간의 중일전쟁 기간 동안, 빙신 일가족은 후방에서 보냈는데, 생활은 극도로 불안정했고, 그녀의 건강도 좋지 못했다. 그녀는 이 기간 동안 난스男士라는 필명으로 여인에 관한 열여섯 편의 이야기를 썼고, 이들 이야기를 묶어서 1943년《여인에 관하여关于女人》(천지출판사天地出版社)라는 책을 출간하였다.

1946년 겨울, 우원자오가 '중국주일대표단' 정치조의 조장을 맡으면서 일가족 모두 일본으로 가게 된다. 일본에서 빙신은 일본문화예술계의 저명인사들과 밀접하게 교류하였지만, 작품 창작은 그리 많지 않았다. 1949년 그녀는 동경대학의 요청으로 중문과에서 강의를 하였는데, 강의내용은《중국문학 어떻게 감상할 것인가如何鉴赏中国文学》라는 제목의 책으로 출간되었다. 강의 주제는〈중국문학의 배경中国文学的背景〉,〈중국문학의 특징中国文学的特性〉,〈중국신문학의 탄생中国新文学的诞生〉,〈중국신문학의 특징中国新文学的特性〉등이다. 1949년, 중화인민공화국의 수립과 함께 빙신 창작의 두 번째 시기도 끝을 맺게 된다.

1951년에 그들 일가족은 다시 베이징으로 돌아왔고, 빙신은 다시 창작에 전념하기 시작했다. 주로 아동문학 창작에 심혈을 기울이면서, 동시에 산문도 발표하였다. 이 시기 그녀의 창작은 매우 풍성하였는데, 작품집으로《타오치의 여름일기陶奇的暑期日记》(1956년 5월),《귀향기还乡杂记》(1957년 4월),《돌아온 이후归来以后》(1958년 4월),《우리가 봄을 깨웠어요我们把春天吵

醒了》(1960년 1월), 《작은 오렌지 램프小桔灯》(1960년 4월), 《벚꽃예찬櫻花赞》
(1962년 11월), 《이삭줍기拾穗小札》(1964년 3월) 등을 꼽을 수 있다. 〈다시 어린
독자에게再寄小读者〉, 〈타오치의 여름일기陶奇的暑期日记〉, 〈작은 오렌지 램
프〉, 〈벚꽃예찬〉, 〈일촌법사一寸法师〉 등은 인구에 회자되는 명문들이다.

창작 외에, 빙신은 타고르의 《기탄질리》와 극작품, 물크 라즈 아난드
Mulk Raj Anand의 《인도동화집》, 《인도민간이야기》 등 적지 않은 인도문학
을 번역하였다. 문필력을 갖추고 있는 데다 타고르에 대해 잘 알고, 그를
숭배하고 있었기에, 그녀의 번역은 원문에 충실하고 매끄러우며 생동감이
넘친다.

중화인민공화국이 성립된 이후, 빙신은 저명한 사회활동가로서 1954년
부터 매회 전국인민대표대회 대표로 뽑혔고, 중국문인연합회 위원이자 작
가협회 이사로 일했다. 또한, 우호사절로 일본, 인도, 소련, 영국, 스위스,
이탈리아 등을 방문하였고, '세계모친대회'와 '아시아 아프리카 작가회
의'에 중국대표로 참가하였다. 이를 통해 국가 간 우의를 증진하고 교류를
강화하는 데 많은 기여를 했다.

1966년 '문화대혁명'이 시작된 후부터 빙신은 글쓰기를 그만두었다. 그
녀는 남편 우원자오와 함께 후베이湖北의 '5 · 7간부학교'에서 노동을 하
기도 했다. '사인방'이 실각된 후에 다시 글쓰기를 시작한 빙신은 다시금
어린이를 위한 작품을 썼다. 《아동시대儿童时代》에 발표한 〈어린 독자에게
보내는 세 번째 글三寄小读者〉에서 쓴 대로, "여든에 삶이 시작"된 것이다.
빙신의 80세를 기념하기 위해, 소년아동출판사는 1981년 7월 세 세트의
'어린 독자에게'를 모아서 《어린 독자에게 보내는 세 번째 글》이라는 제목
으로 출간하였다. 1977년 이래로, 빙신은 지난 일을 회고하고 친구를 기념

하는 산문을 많이 썼다. 이들 가운데 일부는《만청집晩晴集》에 수록되어 있지만, 문집으로 만들어지지 않은 작품들도 많다. 단편소설〈빈 둥지空巢〉는 1980년도 전국우수단편소설상을 받기도 했다.

빙신의 일생과 그녀의 창작여정을 살펴보면, 다사다난했던 중국처럼 그녀 또한 수많은 우여곡절을 겪었다. '5·4' 운동을 계기로 작가의 길에 들어선 그녀는 의사가 되겠다는 처음 결심을 버리고 문학연구회의 일원으로서 중국신문학사상 1대 여성작가가 되었다. 그러나 훗날 중국이 겪은 여러 재난은 그녀의 창작에도 영향을 끼쳐서, 창작의 두 번째 단계는 작품 수량도 많지 않고 작품의 질도 우수하다고 할 수 없다. 중일전쟁 시기 여기저기 떠돌아다니면서 좋은 작품을 창작할 여력이 어찌 있을 수 있겠는가. 중화인민공화국이 수립된 후, 빙신은 여러 곡절을 거쳐 중국으로 돌아왔지만 정치적인 비바람 속에서 자유로울 수는 없었다. 특히 10년간의 '문화대혁명' 기간 동안 그녀는 거의 창작을 할 수 없었고, 그 결과 작품이 현저하게 줄었다. 그러나 어찌 되었든, 빙신은 중국현대문학사상 매우 귀중한 여성작가이다. '5·4' 시기는 그녀 창작의 황금기로, '문제소설'을 비롯하여, 《뭇별》, 《춘수》, 《어린 독자에게》와 여러 산문들은 영원히 인구에 회자될 것이라 생각한다.

二. 빙신 산문의 사상과 내용

빙신은 '5·4' 시기 중요한 산문가로서, 그녀의 산문, 특히 《어린 독자에게》는 당시 청년독자들에게 지대한 영향을 끼쳤다. 빙신의 산문은 어떻게 문단에서 그렇게 명성이 자자할 수 있었으며 독자들의 심금을 울릴 수 있었을까, 이는 먼저 작품의 내용에서 그 원인을 찾아야 한다.

빙신 초기 산문과 소설에서 모성애, 동심과 자연은 그녀가 노래하는 주요 부분이다. 이 세 가지를 아우르고 있는 핵심은 바로 빙신의 '사랑의 철학'이다. '문제소설'에서 나아가 '사랑'으로 모든 문제를 해결한다는 것은, 비록 유용한 것은 아니지만, 빙신에게 있어서는 사상적인 면에서의 비약적인 발전으로, 인생에 대한 탐구의 결과이다. 1920년대에 이는 비록 진보적인 것은 아니었으나 반봉건적인 측면에서는 긍정적이라 할 수 있다.

빙신의 산문에서 모성애를 묘사한 작품이 가장 많은데, 이들이 가장 생동적이고 감동적인 작품들이기도 하다. 〈지난 일(一)〉을 보면 많은 부분이 모성애를 노래하고 있다. 예를 들어, 〈지난 일(一)〉의 일곱 번째 글인 "어머니! 당신은 연꽃잎이고 저는 붉은 연꽃입니다. 마음속 빗방울이 내릴 때, 당신 외에 누가 나를 가려주겠어요?"나, 열 번째 글인 "어머니의 사랑이 적막한 비애, 바다의 심원함과 함께 모두 나의 마음속에서 다시금 표현할 길 없는 슬픔과 쓸쓸함을 불러일으킵니다"는 모두 서정적인 수작이다.

〈어린 독자에게〉는 미국으로 가는 배 안에서와 웰슬리 여자대학 재학 시절 및 미국 보스턴 남쪽 근교의 한 요양원에서 지낼 때 쓴 글이다. 이국 타향에서의 빙신은 어머니와 조국에 대한 사랑이 더 절절하였고, 모성애에 대한 그녀의 애찬은 더욱 더 사람들을 감동시켰다. 〈어린 독자에게〉의 〈통신10〉은 이런 산문 중의 명편이다. 작가는 어린 시절의 몇 가지 이야기를 회상하면서 다음과 같이 모성애를 노래한다. "그녀의 사랑은 모든 것을 없앱니다. 모든 것을 불식시킵니다. 앞뒤전후로 내 주위를 온통 덮어 싸고 있는 것을 층층이 열어내고, 나를 '지금의 나'로 만드는 원소입니다. 또한 직접 와서 나 자신을 사랑합니다!", "그녀는 내 몸을 사랑합니다. 나의 영혼을 사랑합니다. 나의 전후좌우, 과거, 미래, 현재의 모든 것을 사랑합니다!" 마지막에 작가는 추상적인 모성애를 칭송한다.

세상에는 완전히 똑같은 두 가지 사물은 없습니다. 당신 머리 위에 똑같이 나 있는 두 가닥의 머리카락도 길이가 같을 수 없어요. 그렇지만 --- 어린 친구들이여, 나와 함께 입을 모아 찬미해 주세요! 세상에서 오로지 어머니의 사랑만이, 드러나 있건 감추어져 있건, 나타나건 사라지건, 말로 되건 자로 재건, 영혼의 도량형으로 추측하건, 나에 대한 나의 어머니, 당신에 대한 당신의 어머니, 그녀와 그에 대한 그녀와 그의 어머니, 그녀들의 사랑은 일반적인 길이와 넓이와 높이와 깊이에서는 조금도 차이가 없어요. 꼬마 친구! 나는 옛날부터 지금까지 나의 이 말에 반박할 수 있는 것은 없다고 감히 단언할 수 있으며 감히 믿을 수 있습니다. 이 신성한 비밀을 발견했을 때 나는 기쁘고 감동한 나머지 책상에 엎드려 펑펑 울고 말았답니다!

빙신의 마음속 깊은 곳에서 어머니의 사랑은 더할 나위 없이 위대한 것이다. 그것은 시공간적인 한계를 뛰어넘어, 절대적이고 영원하다. 물론, 이런 추상적이고 모든 것을 초월하는 모성애는 없다. 그러나 빙신은 오히려 절대적으로 믿고 의심치 않을 뿐만 아니라 온힘을 다해 이를 칭송한다. 이로부터 그녀만의 '사랑의 철학'을 세운 것이다. 그녀는 다음과 같이 밝혔다. "어머니의 사랑은 나를 에워싸고 있을 뿐만 아니라 나를 사랑하는 모든 사람들을 보편적으로 에워싸고 있습니다. 나를 사랑하기 때문에 그녀는 세상의 모든 아들딸들을 사랑하며, 더더욱 세상의 어머니들을 사랑합니다. 꼬마 친구여! 어린이들이 생각하기에는 몹시 쉽고 단순하지만 어른들이 보기엔 매우 수준 높고 심오한 것을 하나 알려줄게요. '세상은 바로 이렇게 만들어진 것이다!'" 빙신이 이런 '사랑의 철학'으로 갈등을 해결하고 사람들을 구하고자 하는 것은 당연히 실현될 수 없는 것이다. 그러나 당시 그녀의 주장은 매우 의미 있는 것으로, 한동안 독자들을 감동시키고 교육시킬 수 있었다. 뿐만 아니라 반봉건적인 의미도 지닌다.

빙신이 주장하는 모성애는 인도주의적인 성격이 있는 것으로, 생명이 있는 모든 동물에게까지 확대된다. 〈어린 독자에게·통신2〉를 보면, 작가는 "마음 아픈 일" 한 가지를 서술하고 있다. 어느 봄날, 작은 쥐 한 마리가 살금살금 기어 나왔다. 처음으로 나와서 먹을거리를 찾는 조그만 늙은 쥐였다. 작가는 순간적으로 허둥지둥 그것을 책으로 덮어버렸는데, 그 쥐는 조금도 저항하지 않고 바닥에 엎드러졌다. 하필 이때 강아지가 달려 들어오는 바람에 쥐는 달아났다. 어머니가 "처음으로 먹을 것을 찾으러 나갔다가 돌아오는 게 안 보이면, 그 어미가 얼마나 기다리고 있을지 모르겠구나"라고 말씀하셨다.

이 일에 관해 빙신은 "내 마음속에 화살 하나가 날아와 박힌 것 같았다!"고 하면서, 다음과 같이 쓴다. "작년부터 마음속에 말 못할 괴로움이 생겼는데, 순수한 어린 친구들 앞에서만 참회할 수 있겠어요." 이어서 빙신은 우리에게 이렇게 알려준다. 사건이 일어난 후, "어떻게 해야 좋을지 몰랐습니다. 나는 옷도 갈아입지 않고 그저 침대 가장자리에서 베게 위에 엎드려 있었어요. 이런 상태로 십오 분 가량을 침묵했지요. 결국 눈물이 흘러내리고 말았답니다. (중략) 이미 일 년이 넘었지만 때때로 밤늦게까지 책을 보고 있을 때 쥐가 나오는 것을 보면 나는 늘 부끄러워져서 거의 피하고 맙니다. 나는 항상 그 작은 쥐의 어머니가 근심의 눈물을 머금고 밤마다 나와서, 그를 데리고 가려고 찾아다니는 것처럼 여겨져요." 빙신은 비통해하며 "나는 타락했습니다. 나는 정말로 타락했어요!"라고 했다. 이 글을 보면, 그러한 사랑이 인간에게뿐 아니라 작은 동물에게까지 미치고 있음을 알 수 있다. 모든 생명체에게까지 이르는 모성애는 빙신의 그 '사랑의 철학'의 가장 극점이다. 물론 우리는 그녀의 견해에 다 동의할 수는 없다. 그러나 그 선량한 마음과 아름다운 바람은 칭찬할 만하다. '5·4' 시기 자본주의 계급의 인도주의는 진보적인 의미가 있었다고 하겠다.

빙신의 산문에서 동심에 대한 묘사와 찬양은 또 다른 중요한 포인트이다. 특히, 〈지난 일〉, 〈어린 독자에게〉, 〈산중잡기〉 등은 이런 내용이 상당히 많다. 마오둔은 〈빙신론冰心论〉에서 다음과 같이 설명했다. "솔직히 말해서, 제목은 어린 친구들에게 보내는 〈어린 독자에게〉와 〈산중잡기〉지만, 사실상은 '어리지만 어른스러운' 어린 독자 또는 '아직 동심을 지닌 어른 아이'만이 그 맛을 읽어낼 수 있다. 여기에서 우리는 빙신여사가 그녀의 그 제한된 범위 속의 기준으로 일반적인 어린이를 평가하고 있음을 다시금 느낄 수 있다."(《문학》 3권2호, 1934년 8월) 이십 여세 남짓의 여성작가 빙신은 '아직 동심을 지닌 어른 아이'이다. 그녀는 자신의 어린 시절에 있었던 일들을 묘사하면서, 어린이와 마음을 터놓고 얘기를 하는 것이다. 그리고 최선을 다해 동심을 노래하고 아이들의 천진난만함과 선량함을 찬미한다. 이는 물론 긍정적으로 평가할 만한 가치가 있다.

1921년, 빙신은 자신의 어린 시절을 회고하는 〈꿈梦〉이라는 산문을 발표했다. 열 살 이전에 남장을 하고 바닷가 군인들 틈에서 지내면서 "용감한 어린 군인!"이었던 그녀는 오로지 "칼 한 자루와 말 한 필이면 평생을 감당해낼 수 있다"고 생각했다. 열 살에 고향으로 돌아온 다음부터 여자아이

옷을 입고 여자아이들 틈에서 보냈다. "어린 시절은 그저 깊은 꿈인가" 어린 시절에 대한 회고와 동경 가운데 빙신의 동심이 나타난다.

〈어린 독자에게〉는 작가가 어른의 입장에서 어린이에게 편지를 쓰는 것이다. 작가 자신이 보고 들은 것과 생활하는 모습을 알려주는 내용으로, 순진한 동심과 천진함이 드러나 있는데, 매우 진실하고 감동적이다. 〈통신6〉을 예로 들자면, 작가는 어린이에게 속마음을 털어놓고 있는데 완전히 한 편의 동심을 보여주고 있다.

> 꼬마 친구, 내가 건의 하나 할게요. '아동세계'란 어린이를 위해 만든 것이에요. 원래 어린이가 어린이들 보라고 쓰는 거랍니다. 마침 우리는 짧으면 짧은 대로 길면 긴대로 이 공간을 차지하려고 애쓰고 있어요. 무슨 좋은 일이 있으면 세상 아이들이 다 같이 웃을 수 있게 얘기해도 괜찮아요. 무슨 슬픈 일이 있다면 세상 아이들이 함께 울어줄 수 있도록 털어놓는 것도 좋아요. 그저 거리낄 게 없다면, 어른들 앞에서 위축될 필요 없어요. ----꼬마 친구, 이것은 우리가 모은 비밀이지요, 소리를 낮추고 웃음을 참으며 이야기하게 해 줘요! 어른의 생각은 매우 깊고 오묘해서 우리가 가늠할 수 있는 게 아니랍니다. 왜 그런지 모르겠지만, 그들의 옳고 그름은 항상 우리와는 달라요. 우리 마음을 아프게 하고 우리가 가슴에 깊이 새기는 것들을, 어른들은 점잖게 웃으면서 넘겨 버려요. 우리가 미미하고 상관없다고 여기는 것들을, 어른들은 오히려 엄청 크고 대단한 임무로 생각하지요. (중략) 결론적으로, 어른들의 일을 우리는 감히 간섭할 수도 없고 간섭하지도 못해요. 우리 일을 어른들은 상관할 가치도 없다고 여기고요. 그러니 우리는 마음껏 얘기하고 웃어볼 만해요. 어른들이 비웃는 것을 겁낼 필요 없어요. ---나의 이야기는 끝났습니다. 꼬마 친구들, 박수로 동의해주길 바라요!

인용한 글은 완전히 어린이들 중의 한 명이 큰누나의 말투로 어린이에게 속마음을 털어놓고 비밀 이야기를 나누고 있는 것 같다. 그리고 그들은 서로 마음이 통하고 있다.

빙신 산문의 또 다른 핵심은 대자연에 대한 묘사인데, 특히 바다에 대한 묘사와 찬미이다. 빙신은 타고르의 영향을 받았고, 어렸을 때 바닷가 근처에서 살았다. 어린 독자에게 보내는 편지들에 쓰여 있는 지난날에 대한 그녀의 회상 중에는 자연에 대한 노래, 바다에 대한 찬미가 적지 않다.

〈지난날(一)〉의 첫머리에서 작가는 생명나무를 둥근 조각으로 잘라낸다. "첫 번째 두꺼운 둥근 조각은 바다이다. 바다의 서쪽, 산의 동쪽, 거기에서 내 생명나무가 산바람과 파도를 먹으며 움트고 자라났다. 풀 한 포기, 모래 한 톨과 자갈 한 조각도 모두 내가 처음으로 연모한 것이며, 처음으로 나를 보호해준 내 천사이다." 그녀는 또 "이 둥근 조각에는 무수히 많은 즐거움의 그림, 어리석음의 그림, 외로움의 그림과 의지할 데 없이 표류하는 그림이 겹겹이 쌓여 있다"고 적었다. 어린 시절 바닷가에서의 생활은 빙신에게 두텁고 지우기 어려운 인상을 남겼다. 바다에 대한 찬미, 자연에 대한 그리움은 그녀의 과거 기억과 밀접한 관련이 있는 것이다.

〈어린 독자에게 · 통신7〉에서 작가는 미국으로 가는 여정에서 만난 바다의 아름다움을 다음과 같이 묘사하고 있다.

나는 어렸을 때 해변에서 자랐지만, 거울처럼 평평한 바다를 본 적이 없습니다. 이번에 우쑹커우吳淞口에서 배를 탔는데, 하루 동안의 뱃길 가운데 끝없이 넓은 바다에서 본 것은 온통 맑고 깨끗하게 일렁이는 잔물결뿐이었어요. 시원한 바람이 솔솔 불어와서, 배가 마치 얼음 위를 지나는 것 같았지요. 조선과 경계지점을 지나는데, 바닷물이 호수면 같더군요. 파란빛과 초록빛이 하나로 어우러지고요. 석양빛은 긴 뱀처럼 하늘가로부터 배 난간 사람들이 서 있는 곳으로 직접 쏟아져 내려왔답니다. 위로는 창공에서부터 아래로는 바닷물까지, 연한 붉은빛에서 짙푸른 색까지 수십 가지 색으로 기이하게 변화하는가 하면, 겹겹이 조각조각 출렁였어요. (중략) 꼬마 친구여, 내가 그림을 그리지 못하는 게 한스러웠어요. 이런 변화무쌍한 기이한 풍경을 묘사해낼 수 없다니, 글은 정말 세상에서 가장 쓸모없는 거예요!

어린 독자에게 보내는 스물아홉 통의 편지와 〈산중잡기〉에서 대자연을 묘사한 이런 글은 적지 않다. 작가는 대자연의 아름다운 경치를 묘사하는 동시에, 이에 대한 작가 내면의 열렬한 사랑을 쏟아냈다. 아름다운 문자가 진심어린 찬미와 결합되어 빙신 산문의 특징을 만들어냈다. 이는 당시 보기 드문 것이었다.

빙신은 열아홉에 문단에 등단하였는데, '5·4' 시기의 산문은 대부분 스물이 넘어 쓴 작품들이다. 작가는 신식도 봉건적이지도 않은 가정에서 성장한 바, 부친은 중국동맹회 회원으로 신해혁명 이후 해군에서 일했다. 덕분에 그녀는 좋은 가정교육을 받았고, 비교적 일찍 성숙한 편이었다. 천시잉은 "소설집《초인》에 수록된 대부분의 소설은 학교 밖으로 나가본 적이 없는 총명한 여자의 작품이라는 것을 단번에 알 수 있다. 인물과 줄거리가 현실과 너무 동떨어져 있기 때문이다. 그러나 어린이를 묘사한 두 편의 작품은 매우 훌륭하다"(《시잉한담西瀅閑話》, 〈신문학운동 이래 발표된 열편의 작품新文学运动以来的十部著作〉)고 평가했다. 이 말은 일리가 있는 바, 이것으로 빙신 산문의 특징을 설명하는 것도 무난하지 않을까 생각한다. 그녀가 모성애와 동심 및 바다를 묘사한 것은 매우 자연스러운 것일뿐더러 이런 종류의 작품들이 가장 뛰어나고 가장 개성이 강하다.

여기에서 한걸음 더 나아가 빙신 산문의 사상적인 특색을 논하고자 한다면, 빙신에게 가장 큰 영향을 끼친 첫 번째는 중국의 전통적인 사상이라고 생각한다. 이와 관련하여 위다푸는 빙신의 산문을 논하면서, "빙신여사 산문의 청아하고 수려함, 문장의 전아함, 사상의 순수함은 중국에서 유일무이한 것이다"라고 말한 바 있다. 그는 또 "부모에 대한 사랑, 어린이에 대한 사랑 및 타국의 힘없는 형제자매들에 대한 동병상련의 정은 그녀의 붓끝에서 온천수와 같은 따스한 감정이 솟아나도록 만들었다. 이성에 대한 사랑을 쓴 글은 많지 않다. 양성간의 고민을 쓴 글이 적은 이유는 두 가지로 볼 수 있는데, 하나는 중국의 전통적인 사상이 그녀를 제한하고 있었기 때문이며 다른 하나는 그녀의 사상이 순수하여 그녀의 사랑을 우주화하고 비밀스럽게 만들었기 때문이다"라고 분석하면서, "빙신여사의 작품을 읽으면 중국 모든 역사상 출현한 재녀의 심정을 이해할 수 있을 거라고 생각한다. 행간에 숨은 뜻이 있고, 자신의 언어로 자신의 감정을 표현하였으며, 지나침이 없다. 여사의 일생이고, 바로 여사 작품의 극치이다"라고 했다.(《중국신문학대계 산문2집 · 서언》)

위다푸는 빙신 산문을 매우 높이 평가하고 있는데, 작품에 대한 분석이 핵심을 찌르고 있으며 실제에 부합한다. 시대가 다르고 작품의 내용도 다르지만, 그녀의 작품은 청아하고 아름다운 어구에 완곡하고 함축적으로 심금을 울리는 이청조李淸照의 사를 떠올리게 한다. 빙신은 어쨌든 '5 · 4' 시기의 산문가이기 때문에 그녀의 작품에는 물론 새로운 것들이 많이 내포되어 있다. 그렇지만 전통적이고 구시대적인 사상의 흔적도 적지 않다고 하겠다.

1930년대 어떤 이들은 빙신을 '규수파' 작가라고 일컫기도 했지만, 빙신 자신은 이를 수용하지 않았다. '5·4'의 세례를 받은 작가로서, 그녀의 작품 역시 제국주의에 저항하고 봉건주의에 반대하는 내용과 애국우민의 사상이 반영되어 있다. 그렇지만 아잉은 〈셰빙신소품 서언謝冰心小品序〉에서 다음과 같이 평가했다. "작품에 반영된 빙신의 사상은 틀림없이 반봉건적인 것이다. 그러나 그녀의 의식에는 여전히 봉건적인 잔재가 남아있다. 이러한 모습은 신문화운동 초기 젊은이들에게서 보편적으로 나타났다."

이런 각도에서 접근하는 것은 우리가 빙신의 작품 속 모성애와 동심에 관련된 내용들을 보다 전면적으로 이해할 수 있도록 만들어 준다. 전통적인 사랑, 인습적인 내용과 진부한 중국문화의 영향은 빙신 산문에서 명백하게 드러나고 있다. 만약 우리가 이에 대해 충분하게 이해하지 못한다면, 그녀 산문의 내용을 확실하게 파악하기 어려울 것이다.

그 다음으로는 기독교 교리를 꼽을 수 있다. 이는 매우 분명하게 드러나는 것으로 많은 평론가들이 이에 대한 언급을 해왔다. 아잉은 상기한 글에서 "그녀의 작품 속에 기독교사상의 피가 존재하고 있다는 것은 두말할 것 없는 사실이다. 이 피는 그녀의 사랑의 철학 속에 흐르고 있다"고 평가했다.

빙신은 기독교인은 아니지만 줄곧 미션학교에서 공부했다. 처음 베이징에 갔을 때 교회에서 운영하는 베이만 여중에 들어갔다. 그녀에 따르면, 4년간의 중학교 생활 중에 "기독교 교리의 영향을 받아 은연중에 '사랑의 철학'이 형성되었다"고 한다.(《빙신전집 자서冰心全集自序》) 후에 셰허여자대학 예과에 입학했는데, 셰허대학이 옌징대학과 통합되면서 옌징대학 학생이 되었다. 두 대학은 모두 미션학교로, 종교적인 교리가 빙신에게 영향을 끼쳤다. 옌징대학 시절 그녀는 세례를 받았다고 한다. 하지만 그녀는 다음과 같이 밝히기도 했다. "나는 종교의식을 중시하지 않는다. 다만 인간의 행위가 교리에 어긋나지만 않으면 된다고 생각한다."[*] 어찌 되었든, 빙신 초기 산문에는 확실히 기독교 교리로부터 영향을 받은 흔적이 남아있다.

빙신이 1920년에 쓴 〈'무한한 삶'의 경계선"无限之生"的界线〉, 〈그림——시画——诗〉와 1921년 쓴 〈문답사问答词〉 및 1922년 쓴 〈십자가의 정원에서 十字架的园里〉 등등이 기독교적인 교리의 영향이 뚜렷하게 나타나 있는 대표적인 작품들이다.

빙신의 '사랑의 철학'에 나타난 사랑의 범위는 매우 넓다. 부모친지에서 세상 모든 사람들, 더 나아가 생명이 있는 모든 사물에게까지 미친다. 이러한 박애주의는 기독교적인 정신이 깃들어져 있는 것이다. 빙신은 자신의 어머니를 사랑하기 때문에 세상의 모든 어머니를 사랑하고, 세상의 어머니는 모두가 좋은 친구이며 그녀들의 자녀도 모두가 좋은 친구라고 주장했다. 사랑의 범위를 넓혀 보자면, "다리가 부러진 귀뚜라미", "상처 입은 꾀꼬리", 처음으로 먹을 것을 찾아 나선 작은 쥐 등이 전부 다 가엾고 소중한 것들이라는 뜻이다. 때문에 "조물주 앞에서는 모든 살아있는 것들이 다 똑같다." 이로 보건대, 빙신의 '사랑의 철학'은 기독교적 교리의 영향을 뚜렷하게 안고 있다.

---

[*] 子冈, 〈冰心女士访问记〉, 《妇女生活》1卷5期.

三. 빙신 산문의 예술적인 특징

빙신의 산문은 상당히 특색 있다. 리쑤보李素伯는 《소품문연구小品文研究》에서 빙신의 "글은 청신하고 심오하며 아름답고 펼치는 경쾌하여 그림 같은 아름다움과 시적인 정취로 가득하다"고 적었다. 후에 아잉은 그의 《현대소품작가 16인》의 〈셰빙신소품 서언〉에서 이 말을 인용하기도 했다. 이로 볼 때, 리쑤보의 이러한 평가는 적절하다고 할 수 있겠다. 중화인민공화국 초기에 딩링丁玲도 〈'오사' 잡담'五四'杂谈〉에서 "빙신의 산문은 특히 문필이 유려하고 정취가 그윽하여 돋보인다"고 평가한 바 있다. 위다푸 또한 앞에서 인용한 것처럼 "청아하고 아름답다", "전아하다"는 말로 그녀 산문의 예술적인 특징을 설명했으며, "행간에 숨은 뜻이 있고, 자신의 언어로 자신의 감정을 표현하였으며, 지나침이 없다"고 평가했다. 위다푸의 평가는 《중국신문학대계 산문2집》의 서언으로, 자연 권위성을 지닌다.

하지만 앞서 서술한 이들의 평가는 다소 추상적이고, 전반적인 특징을 설명한 것이다. 이를 구체적으로 살펴본다면, 다음과 같이 정리할 수 있다.

첫째, 농후한 서정성이다.

빙신의 산문은 서정성이 뛰어나다. 청신한 언어 속에서 진실한 감정이 우러난다. 부모와 가족, 그리고 그녀가 사랑하는 어린 독자들에게 그녀는 항상 진실하게 자신의 내면세계를 표현해낼 줄 알았고, 이로 인해 그녀의 글은 서정성이 농후해졌다.

1923년 미국에 간 빙신은 스물아홉 편의 '어린 독자에게'라는 통신과 일련의 〈산중잡기〉를 썼다. 후에 그녀는 《빙신전집》의 자서에서 이렇게 말했다. "이 시기 나의 관심은 소설이 아니라 통신체로 글을 쓰는 데에 있었다. 통신의 형식으로 글을 쓰는 것은 대상이 있어서 감정이 비교적 성실해지기 쉽다. 동시에 통신하는 것도 가장 자유로워서, 한 단락의 글 속에 사소하고 흥미로운 수많은 일들을 말할 수 있다." 감정의 성실성에 대한 추구는 서정의 효과를 고려한 것이다. 〈어린 독자에게〉는 서정적인 측면에서 확실히 독창적인 면이 있다. 부모에게 쓴 것이든, 동생에게 쓴 것이든, 아니면 어린 독자에게 쓴 것이든, 작가는 항상 흉금을 털어놓을 줄 알았다. 이로 인해 글은 강한 서정성을 띠게 된 것이다.

〈어린 독자에게·통신3〉을 보자. 이 글에서 작가는 고향을 떠날 때 이별하던 장면을 묘사하고 있는데, 함축적이면서도 격하게 감정을 토로한다. 빙신은 어린 동생이 그녀를 배웅하는 모습으로부터 글을 쓰기 시작한다.

> 기차가 아직 떠나지 않았다. 막내 아우 빙지冰季는 이별이 눈앞에 닥치고 서야 슬프다는 것을 알고는 끊임없이 빙수冰叔의 옷깃을 잡아끌며 말했다. "형, 우리 돌아가." 그는 눈에 눈물이 가득 고인 채로 멀찍이 서 있었다. 나는 그를 가까이 오라고 부르고서는, 그의 얼굴을 두 손으로 움켜잡았다. 그렇지만 손을 풀 힘도 없었다. 그들은 그렇게 갔다. --- 우리는 끝까지 한 마디 말도 하지 않았다.
> 기차가 천천히 플랫폼을 떠났다. 성벽과 버드나무가 내 눈앞을 스치듯 지나났다. 나는 죽은 듯이 마음이 무거웠지만 오히려 확 트이는 것처럼 느껴졌다. 그래서 중국문학사를 꺼내들고 읽기 시작했다. 막 '상서로운 구름이 빛나네'[33]라는 부분으로 넘어갔는데, 돌연 페이지 빈 공간에 크게 써진 몇 글자가 보였다. "동생들 잊지 마." 난 순간 마음이 쩡해져서 책을 던져놓고 맞은 편 의자로 가서 앉았다. --- 빙지가 쓴 것이다! 막내아우야, 어찌 나를 이별 후의 아픔으로 둘러싸느냐?

남매간 이별의 모습을 짤막한 글속에 묘사하고 있는데, 서술하는 중에 뜨거운 정을 토해내고 있다. 이러한 감정은 오직 빙신만이 잡아낼 수 있는 것이며, 이러한 글도 오직 빙신만이 써낼 수 있는 것이다!

둘째, 상상과 연상이 풍부하다.

문학작품은 비유, 상상, 연상 등과 분리될 수 없다. 이는 문학작품을 구성하는 중요한 요소들이다. 빙신의 산문은 이러한 것들이 유난히 많이 나타나는데, 이것이 그녀 산문의 경쾌하고 생동적인 분위기를 만들어낸 원인이 아닐까 생각한다.

〈지난 일(一)〉의 일곱 번째 이야기는 홍련과 백련에 얽힌 일을 회고한 것이다. 밤비가 내린 후 붉은 연꽃 한 송이가 초록빛 이파리 사이에서 꼿꼿하게 피어났다. 갑자기 창밖에서 천둥소리가 울리고 비가 쏟아지기 시작한다. 작가는 이러한 풍경을 보고는 다음과 같이 묘사하였다. "붉은 연꽃이 연이어 쏟아지는 빗방울에 얻어맞아 옆으로 기울어졌다. 뻥 뚫린 하늘 아래, (중략) 고개를 돌린 순간 붉은 연꽃 옆의 커다란 연잎 하나가 천천히 비스듬하게 기울어지면서 붉은 연꽃 위를 가려주는 것이 눈에 들어왔다……(중략) 빗줄기는 여전히 거셌지만 연꽃은 전혀 흔들리지 않았다. 빗방울이 끊임없이 두들겨 대고 있었지만, 기껏해야 그 용감하고 자애로우며 어여삐 여길 줄 아는 연잎 위에만 떨어져, 무력하게 떠돌고 있는 물방울들만 모을 뿐이었다." 빙신은 이 빗속 기이한 광경을 간략하게 묘사한 후, 이를 보면서 떠오른 생각을 짤막하게 쓴다.

나는 마음속 깊이 감동을 받았다----어머니! 당신은 연잎이고, 저는 연꽃입니다. 마음속 빗줄기가 내릴 때 어머니 외에 그 누가 뻥 뚫린 하늘 아래

나를 가려줄까요?

빙신은 자연계 살아있는 것들의 모습 속에서 시사점을 얻어 이를 어머니의 사랑과 적절하게 연결시키고, 이로부터 모성애와 어머니의 위대함을 칭송하고 있다. 몇 구절 되지도 않지만 지극히 생동적이며 함축적이고 깊이가 있다.

〈지난 일(一)〉의 열네 번째 이야기는 빙신 사남매가 바람을 쐬면서 바다 이야기를 나누던 기억을 쓴 것이다. 이 글은 사남매가 생동적인 언어로 바다여신을 묘사한 내용으로, 상상력이 매우 풍부하다. 바다여신은 틀림없이 "매우 아름답고 빈틈이 없어서 다가가기 어려울" 것이다. "노을 진 바다 위에서 얼마나 맑고 아름다운지, 비바람 치는 바다 위에서는 또 얼마나 음습한지!" 모르기 때문이다. 여기에는 벌써 상상력의 요소가 내포되어 있다. 아래 인용한 글은 상상에 있어서 명구로 꼽을 수 있다.

> 둘째 동생 제杰가 손으로 무릎을 감싸 안고서 듣고 있었다. 그의 상상력이 가장 풍부하게 발휘되는 순간이다. 그는 손가락으로 가리키며 말했다. "바다여신…… 바다여신은 등대가 있는 섬에 살고 있어. 바다에 진 노을은 그녀의 깃발이고, 바다 새가 그녀의 시종이지. 밤에 그녀는 흰옷과 길게 끌리는 쪽빛 치마를 입고, 머리엔 초승달 모양의 빗을 꽂고, 가슴엔 반짝이는 별로 만든 목걸이를 걸고서 파도 위를 훨훨 날아다녀……
> 막내 지楫가 황급히 물었다. "큰 바람이 몰아치면?" "바람 차를 몰고서 맹렬하게 성난 파도 위를 달려가. 그녀의 긴 소매가 스치면서 수많은 배들이 바다 속으로 가라앉아버리고. 비가 내리는 건 그녀가 슬퍼서 우는 거야, 바

다 위 모든 것들은 고개를 숙인 채 숨을 죽이고 있지. 황혼녘 노을빛이 찬란한 것은 그녀가 미소를 띠고 있어서야, 검은 머리칼이 휘날리는데, 그 풍채가 가볍고 부드러우면서 멋스러워 ······

바다의 여신을 상상하고 있는 이 글은 매우 아름답다. 이런 묘사를 읽다 보면, 굴원屈原의 〈구가九歌〉가 떠오른다. 이는 작가가 중국전통문화의 영향을 받았다는 흔적이기도 하다. 상상은 문학에서 중요한 특징이다. 빙신 산문은 상상의 요소가 풍성하고 생동감이 넘치기 때문에, 경쾌하고 깔끔하며 시원스러운 예술적 효과를 만들어낼 수 있었다.

셋째, 참신하고 아름다우며 전아한 언어이다.

빙신 산문의 언어는 수려함으로 유명하며, 독자들의 사랑을 많이 받는다. 그녀 산문의 언어적인 아름다움에는 서구적인 영향이 별로 나타나지 않는다. 유학시절에 쓴 〈어린 독자에게〉도 유창한 백화문으로 구성되어 있다. 빙신은 전고도 거의 인용하지 않는다. 서사든 묘사든 서정이든 모두 명확하고 간결하게 표현한다. 심지어 수식적인 것도 많지 않다. 그녀는 간략하고 단순한 묘사법인 백묘를 활용하는 것이다. 저우쭤런은 이를 "마치 야리같이 유려하고 상큼하다"고 했다. 때문에 빙신은 "야리파"의 대표적인 작가로 일컬어진다.

자오징선은 빙신의 〈뭇별〉의 특징에 대해, "하나는 언어의 참신함이고, 다른 하나는 회상의 즐거움"이라고 정리했다.(《빙신의 〈뭇별〉冰心的<繁星>》, 《빙신 연구자료冰心硏究資料》, 365쪽) 빙신의 산문을 평가하는 데 있어서 자오징선의 이러한 분석은 정확하고 적절하다. 빙신은 시를 창작하다가 산문을 창작하게 되었다. 〈지난 일〉의 일부 단락은 산문시에 가까울 만큼 어휘 선택에 주의를 기울였다. 〈어린 독자에게〉는 형식상의 자유를 추구했다고 하지만, 어휘를 고르는 데 있어서는 결코 대충하지 않았다. 행복한 회상 속에 참신하게 어휘를 운용하고 적절하게 뜻을 표현함으로써, 빙신 산문의 참신하고 심오하며 유려한 풍격을 형성할 수 있었던 것이다.

동시에, 그녀 산문의 언어는 전아하다. 이는 중국고전산문에 대한 그녀의 소양에 힘입은 것이라 본다. 위다푸는 그녀의 산문이 "행간에 숨은 뜻이 있고, 자신의 언어로 자신의 감정을 표현한다"고 했는데, 이는 중국역사상 재녀의 특징이자 빙신 작품의 특색이다. 단어와 문장을 구사하는 데에서 나타나는 이러한 전아한 특징은 전통적인 교육을 받은 결과이다. 그래서 아잉은 〈셰빙신소품 서언〉에서 "그녀의 글은 백화체이다. 그러나 그녀의 백화문은 구어가 아니라 문어의 기초 위에서 만들어진 것이다. 중국전통문학에 대한 소양이 없는 사람은 '빙신체' 글을 써낼 수 없다"고 했다. 그녀의 그 전아한 언어에는 구체시의 흔적이 뚜렷하게 남아있다. 그녀는 이른바 "중국전통문학을 기초로 삼고 있는 백화문작가군"의 대표적인 작가 중 한 명이다. 이는 '5 · 4' 시기 상당한 영향력을 끼쳤다. 우리가 꼼꼼하게 〈지난날〉, 〈어린 독자에게〉, 〈산중잡기〉 등을 읽어본다면, 중국전통문학에서 배태된 이러한 전아한 자구들을 쉽사리 만나볼 수 있을 것이다.

빙신 산문의 언어적인 특색에 대해 위다푸는 〈중국신문학대계 산문2집 · 서언〉에서 매우 높이 평가하였다. "종달새를 노래한 셸리의 시에서 종달새는 처음으로 태어난 환희의 화신이고, 백주대낮의 별이며, 달과 마찬가지로 노랫소리를 우주 속에 넘쳐흐르도록 만드는 사자이자, 무지개로부터 흘러내리는 물방울들이 자괴감을 느낄 정도로 기이한 음을 내는 비의

신이고, 또 ……이라고 노래했던 것 같다. 이런 천고의 걸작을 지금은 확실히 기억하지 못하겠다. 어쨌든, 이 시의 전문을 가져다가, 시인이 종달새를 노래한 그 참신하고 절묘한 어구를 한 글자도 바꾸지 않은 채 빙신 여사의 산문을 평가하는 데 쓴다면, 그보다 더 적합한 것은 없을 거라고 생각한다." 위다푸의 이러한 평가는 다소 과장된 부분이 없지 않다. 그러나 나는 그럼에도 불구하고 이것으로 이 글을 마무리 짓고자 한다.

쉬즈모徐志摩의 산문

쉬즈모는 1896년 저장 하이닝샤스海宁硖石의 한 지주가정에서 출생하였다. 1915년 항저우이중杭州—中을 졸업하고 베이양대학北洋大学에서 공부하다가 베이징대학으로 갔다. 1918년 미국으로 유학을 떠났던 그는 1920년 다시 영국 캠브리지대학으로 가서 정치경제학을 공부하였다. 1922년 중국으로 돌아온 후, 베이징대학, 칭화대학, 핑민대학平民大学, 광화대학光华大学 등지에서 교편생활을 했다. 불행히도, 1931년 비행기 추락사고로 세상을 떠났다.

쉬즈모는 신월사의 시인이자 산문가이다. 그의 창작생애는 겨우 10년밖에 되지 않지만, 문단에 끼친 영향은 결코 적지 않아서, 시와 산문 창작에서 모두 자신만의 독특한 풍격을 형성한 작가로 꼽힌다. 쉬즈모의 산문집으로는《낙엽落叶》,《파리의 편린》,《자기분석》,《가을秋》이 있고, 소설과 산문을 모아놓은 합집으로《조종간轮盘》이 있다. 이들 작품집에 실린 절대다수가 '5·4' 시기에 창작된 작품들이다.

쉬즈모의 짧은 창작생애에 대해 무무톈穆木天은 〈쉬즈모론徐志摩论〉《작가론作家论》, 문학출판사文学出版社, 1936년 4월)에서 네 개의 시기로 구분할 수 있다고 했다. 첫 번째 시기는 시를 창작했던 처음 반년간이다. 이 시기 쉬즈모는 감정이 홍수처럼 솟구쳐, 일종의 거대한 힘에 감동을 받은 듯이 모든 것을 시로 승화시켰다. 그래서 작품 수는 많았지만, 남아있는 것은 매우 적다. 두 번째 시기는 1922년 귀국한 후부터 2년 동안의 기간이다. 《즈모의 시志摩的诗》와 《낙엽》에 실린 대부분의 작품이 이 시기를 대표한다. 무무톈은 "낭만기"라고 일컬었다. 이 시기의 시는 이상과 격정이 넘쳐난다. 시의 예술성과 기교는 그다지 뛰어나지 않지만, 내용은 충실한 편이다. 산문은 낭만주의적인 자기 고백이 넘쳐나며, 캠브리지 시절에 대한 그리움으로 가득 채워져 있다. 세 번째 시기는 《피렌체의 하룻밤翡冷翠的一夜》, 《자기분석》, 《파리의 편린》 등이 대표하는데, 무무톈은 이 시기를 "자기분석기"라고 불렀다. 쉬즈모에게 있어서는 창작의 절정기이자, 그의 이상주의가 벽에 부딪힌 후에 행동이 요구된 시기이기도 하다. 그는 시에서 산문으로 창작의 방향을 바꾸어, 산문이라는 형식을 통해 자신의 감정을 토로했다. 그의 작품은 주관적인 요소가 풍부하기 때문에, 자기분석기의 작품은 그의 모든 면모를 뚜렷하게 보여준다. 네 번째 시기는 "방랑기"로 불리는데, 이 시기 대표작으로 시집인 《맹호집猛虎集》과 《방랑云游》 및 산문집 《가을》 등을 꼽을 수 있다. 이 시기 그는 마치 태양이 지기 직전에 하늘이 반짝 빛나듯, 시를 좀 창작하긴 했으나 창작의 원천은 말라버린 다음이었다. 시의 형식은 훨씬 다듬어졌지만 내용적으로는 일련의 불완전한 상념들이라고밖에 할 수 없다. 무무톈의 분석은 대체로 쉬즈모의 창작경향에 부합하는 바, 참고할 만하다.

一. 사상과 창작경향

쉬즈모는 부유한 자본가 집안 출신이다. 그의 아버지는 그를 미국으로 유학 보냈는데, 그가 금융을 공부하여 은행가가 되기를 바랐다. 은행가가 되어 집안 사업을 이어받기를 원한 것이다. 그러나 미국에서의 유학생활을 진저리나도록 싫어한 쉬즈모는 컬럼비아대학의 박사학위를 포기하고, 영국으로 건너가 캠브리지대학에 들어갔다. 여기에서 그는 귀족문화의 영향 하에 그의 사상적 예술적 가치관을 형성하게 된다. 영국의 세기말적인 유미주의, 인상주의 사조와 귀족계급인 낭만주의 시인들이 그에게 영향을 끼쳤다. 쉬즈모는 유미주의적인 태도를 깊이 흡수하여 자신의 이상주의적인 세계관을 수립하였고, 자아실현을 추구하게 된다. 쉬즈모에게 있어서는 창작도 자아실현이었고, 번역활동도 자아실현이었다.

1922년 쉬즈모는 중국으로 돌아오는데, 이 시기는 이미 '5 · 4' 운동의 퇴조기였다. 반봉건 반식민지 상태인 중국의 현실 속에서 그의 이상주의는 벽에 부딪힐 수밖에 없었다. 그가 서 있는 자리는 영국의 캠브리지가 아닌, 온갖 재난에 허덕이고 있는 조국이었기 때문이다. 쉬즈모는 정치와 경제를 공부했기 때문에, 그는 자신의 정치적인 포부와 이상이 있었다. 〈갓난아기 嬰儿〉라는 시에서 그는 다음과 같이 노래한다.

우리는 위대한 일이 나타나기를 기대해야 한다. 우리는 향기로운 갓난아기가 태어나기를 기다려야 한다. --- 그의 어머니가 그녀가 출산하는 침대에서 고통스러워하는 것을 보라.

여기에서 갓난아기는 상징적인 의미의 시어이다. 그는 〈낙엽〉이라는 제목의 강연에서 이 시를 읽어준 후 다음과 같이 설명했다. "우리는 고통스러운 지금이 더 영광스러운 미래를 위한 시간이라는 것을 바라지 않을 수 없습니다. 우리는 순결하고 통통하고 활발한 아기가 태어나기를 기대해야 합니다!" 그리고, 2년 후 상하이 광화대학에서 진행한 강연에서 그는 명확하게 밝혔다. "그때 나의 그 예측성의 상상 속에서 나는 한 위대한 혁명을 상상하고 있었습니다."(《가을》, 양우도서공사의 "일각총서" 편 제13종良友图书公司 "一角 丛书" 第13种) 때문에 우리는 그가 말한 "갓난아기"가 새로운 정치, 새로운 인생, 새로운 혁명이라는 것을 알 수 있다.

구미 유학생으로서 쉬즈모는 부르주아의 민주를 기대했다. 즉 영국식, 그리스식의 정치를 상상한 것이다. 이로 보자면 그가 언급한 위대한 혁명은 피를 흘리지 않는 혁명이다. 프롤레타리아 정권을 그는 매우 두려워했다. 그러나 20세기의 중국은 이미 반식민지 상태였기 때문에 쉬즈모가 기대하던 정치나 영미식의 정권은 당연히 만들어질 수가 없었다. 그는 자신의 이상이 무너지면서 매우 실망했다. 그러나 쉬즈모는 그 모든 상황을 완전하게 인식하지 못했고, 그 원인이 제국주의의 침략에 있다는 것은 더더욱 인지하지 못했다. 그는 민족의 후퇴, 부패, 파산이 그 원인이라고 생각했다. 쉬즈모의 이상은 결국 속절없이 사라져버렸다. 이는 역사의 비극이자, 쉬즈모는 도저히 이해할 수 없는 것이었다.

1932년 2월 마오둔은 〈쉬즈모론〉(《현대现代》 2권4기)에서 매우 세밀하게 그의 창작을 논했다. 그는 "나는 바람이 어느 쪽에서 불어오는지 모르겠다"는 글을 인용한 후, "이는 일종의 '체' 또는 '파'이다. 이 복잡한 사회 속 어떤 한 부분의 생활과 의식이 문학에 반영된 것이다"라고 하면서, 쉬즈모에 대해 다음과 같은 평가를 내린다. "즈모를 부르주아의 대표적인 시인이라고 한다면, 아마도 반대하는 사람이 없을 것이다. 그러나 우리는 꼭 한 가지를 덧붙여야 한다. 그것은 바로 '즈모는 중국식 부르주아의 시작이자 마지막 시인'이라는 사실이다." 마오둔은《맹호집》에 실린 작품에 대해 논평한 후, 다음과 같이 덧붙였다. "이것들은 모두 가장 마지막 단계까지 발전한 현대부르주아 시인의 특색으로, 이 부분에서 즈모는 중국문단에서 가장 뛰어난 대표적인 작가이다. 즈모 이후, 그와 어깨를 나란히 할 만한 계승자가 있을지 불투명하다. 내가 그를 '마지막 시인'이라고 일컫는 게 바로 이 때문이다." 부르주아 문예의 대표적인 작가로서 쉬즈모의 산문 역시 그의 사상적인 요구와 희망을 반영하고 있다.

쉬즈모의 산문은 주로 서정산문인데, 산문시라고 부르는 사람도 있다. 전부 다 시라고 할 수는 없지만, 최소한 매우 유사하다고는 할 수 있을 것이다. 사상적인 측면에서 볼 때, 그의 산문은 격조가 높다고 할 수는 없다. 심지어 저속한 느낌의 것들도 있다. 부르주아 문예의 대표적인 작가로서, 그는 이런 계층에 속한 사람들의 사상적인 정서와 예술적인 취향을 표현한 것이다. 볜즈린卞之林이《쉬즈모선집》의 서언에서 밝힌 것처럼, 그는 "정치적인 성향에서는 부르주아의 '민주'와 '자유'의 범주에서 나오지를 못했다".(《신문학사료新文学史料》, 1982년 4기)

《피렌체의 하룻밤》에서 쉬즈모는 아내인 루샤오만陆小曼에게 보내는 편지 형식으로 서언을 대신했는데, 편지에서 그는 "즈모는 감정이 잘 흔들려서 시인이 되지 못했고, 사상이 잡다해서 문인이 되지 못했다"는 친구의 말을 인용하고 있다. 이 말을 인용한 후 그는 멋쩍음을 감추려는 것처럼 변명하듯이 "그는 정말 나를 꿰뚫어봤다"는 말을 덧붙인다. 물론, 쉬즈모는 시인이고 문인이다. 그것도 문단에서 상당히 높은 성취를 이룬 문인이다. 다만 지적하고자 하는 것은, 이 "잡다하다"는 말이 쉬즈모 산문의 사상적인 특색과 경향을 정확하게 짚어내고 있다는 점이다. 사상의 잡다함은 그의 글에서 매우 뚜렷하게 나타난다. 사상가가 아닌데도, 그는 정치와 시사에 대해 아무 거리낌 없이 비평한다. 학자가 아니지만, 어떤 일을 구실삼아 하고 싶은 일을 하는 것처럼, 예술과 외국의 작가들과 시인들에 대해 설명한다. 그의 다양한 산문을 읽으면서 사상적인 맥락을 잡아내기가 쉽지 않은 것으로 볼 때, 사상이 잡다하다는 것은 딱 맞는 평가라고 생각한다.

그의 작품에서 우리는 서로 모순이 되는 사상적인 경향을 쉽게 찾아낼 수 있다. 예를 들어보자. 〈낙엽〉에서 쉬즈모는 "전에 언젠가 러시아 공사관에서 국기를 건 날이 있었다. 나도 가서 보았다. (중략) 그 붉은색은 위대한 상징으로, 인류역사상 가장 위대한 시기를 대표한다. 러시아 민족이 흘린 피의 성과를 나타낼 뿐만 아니라, 인류에게도 용감하게 시도해볼 만한 어떤 모델을 세워주었다. 그 깃발을 흔드는 함성 속에서 나는 최근 10년간 슬라브 민족의 실패와 승리의 고함소리를 들은 것 같았을 뿐만 아니라, 백수십년 전 프랑스혁명의 열광적인 모습까지도 상상할 수 있었다"고 썼다. 이는 분명히 러시아 10월 혁명의 승리를 노래한 것이다. 그러나 〈레닌의 기일———혁명에 대해列宁忌日———谈革命〉에서는 오히려 다음과 같이 말한다. "청년들이여, 러시아 혁명을 그렇게 쉽게 칭송하지 말라, 러시아 혁명은 인류역사상 가장 참혹하고 고통스러운 일이라는 것을 알아야 한다. 러시아인의 영웅성이 있었기에 오늘 이날까지 견딜 수 있었던 것이다." 이는 물론 러시아 혁명을 비판한 것이다. 이 외에도, 〈로맹 롤랑罗曼罗兰〉, 〈유럽여행기欧游漫录〉 등에서도 소련과 중국공산당을 비판하는 문장들을 찾아볼 수 있다. 우리는 전자만 가지고 그가 무슨 혁명사상을 지니고 있다고 평가할 수도 없고, 후자만 보면서 그를 반혁명작가라고 특정할 수도 없다. 다만 이러한 예들은 그의 사상적인 잡다함을 바로 산문 속에서 읽어낼 수 있음을 보여주는 것이다.

루쉰은 〈"제목이 미정인"장(6에서 9장)"題未定"章〉(六之九)에서 "인물을 이해하기 위해 시대적 배경을 연구해야 한다"는 것의 원칙을 다음과 같이 제기했다. "만약 글을 평가하고자 한다면, 전편을 다 살펴보는 게 가장 좋다. 그 위에 작가의 이모저모와 그가 처한 사회적 현실까지 다 고려해야 비교적 명확하다." 쉬즈모 산문의 사상에 대해 연구하는 것 역시 루쉰의 말대로 진행해야 한다. 단편적인 말에 의거하여 결론을 내려서는 안 되고, 작가의 모든 작품을 검토해야 한다. 글의 전체적인 경향과 형식에 착안하여 그 사상과 내용을 정확하게 잡아내야 하는 것이다. 쉬즈모처럼 사상이 복잡한 작가는 더더욱 그러하다.

전체적으로 볼 때, 쉬즈모 산문의 사상은 격조가 높지 않고 내용도 그다지 심오하지 않다. 심지어는 저속한 느낌의 것들도 있다. 예컨대, 〈당신은 아름다운 몸을 본 적이 있습니까?先生, 你见过艳丽的肉没有?〉나 〈요염한 파리 肉艳的巴黎〉 등을 보면 그다지 건강하지 않은 표현들도 있어서 부정적인 영향을 끼치기도 했다. 그러나 쉬즈모의 산문에서 이는 극소수일 뿐이다. 때문에 그것을 과장하거나 지나치게 얘기해서 잘못된 결론을 만들어내어도 안 된다.

중국현대문학사에서 쉬즈모는 논란이 많은 인물이다. 하지만, 그의 시와 마찬가지로 그의 산문에 대해서도 적절하고 공정한 평가가 이루어져야 한다. 지나치게 그를 높이 평가하는 것도 문제지만 그가 이룬 성과 등을 일거에 부정하는 태도도 옳지 않다. 쉬즈모처럼 오랜 시간 동안 논란이 끊이지 않았던 작가일 경우 적절하게 평가하는 것은 쉬운 일이 아니다. 그러나 우리가 그를 특정한 역사적 배경 하에 두고, 그가 사상적 예술적으로 문학사에 어떤 영향을 끼쳤는지를 생각해본다면, 올바른 평가를 내릴 수 있으리라 본다.

二. 산문의 예술적인 특색

예술적으로 볼 때, 쉬즈모 산문은 상당한 성과를 거둔 바, 이는 중국현대산문사에 있어서 응당 긍정적인 평가가 부여되어야 하는 부분이다. 쉬즈모는 서정적인 것을 잘 표현했는데, 화려한 필치로 자신의 심경을 토로함으로써 개성 있는 풍격을 만들어냈다. '5·4' 산문작가의 개별적인 특징으로부터 볼 때, 이는 독특한 풍격을 창조한 것이다. 현대산문의 범주에서 쉬즈모 같은 이러한 글쓰기 방식은 많이 보기 어렵다. 문체적인 측면에서도 그는 심혈을 기울였을 뿐만 아니라 꽤 높은 성취를 이루어냈다고 할 수 있다. 일종의 문체 또는 한 유파로서, 쉬즈모 산문은 그에 걸맞은 연구가 진행되어야 한다.

저우쭤런은 쉬즈모의 산문을 "유려하고 상큼하다"고 했고, 중징원도 "아름답다"는 말로 그 특징을 요약했다. 근래 혹자는 그의 산문 제목인 "진해서 녹지 않는다濃得化不开"를 빌려 그의 산문 특색을 설명했다. 그의 산문이 짙고 화려한 풍격을 보여주는 그런 파에 속한다는 것에는 대체로 동의하리라 본다. 그렇다면, 그의 산문은 어떤 특징이 있는가.

첫째, 자아를 쓴다. 서정성은 서정산문의 공통적인 특징이다. 쉬즈모의 산문은 이 특징이 특히나 더 뚜렷하게 드러난다. 그는 주로 자아의 내면을 드러내는 것에 중점을 두었는데, 호쾌하게 남김없이 다 표현했다. 그의 작품 중에 명상식의 소품은 완성도가 매우 높다. 이는 그가 가장 즐겨 쓰는 류의 소품이기도 하다. 〈베이다이허 해변의 환상北戴河海滨的幻想〉, 〈자기분석〉, 〈날고 싶다想飞〉 등이 이런 형식에 속하는 명작들이다. 아잉은 〈쉬즈모〉에서 이런 종류에 속하는 소품문이 어떻게 쓰였는지를 다음과 같이 정리했다. "편안한 마음으로 문제의 핵심을 잡아낸 다음 천천히 깊이 있게 확대해 나간다. 심지어 문제의 세세한 것 하나하나까지 다 확대하고 확대한다."《아잉문집阿英文集》, 삼련서점三联书店, 1981) 아잉은 쉬즈모가 창작한 이런 종류의 산문 특징을 확실히 잘 잡아냈다. 쉬즈모는 어떤 것에 대해 세밀하게 확대해 나가면서 독백하듯 자신의 감정을 잘 서술해내어 독자들을 감동시킨다. 그 문장은 매끄럽고 명쾌하며, 작가의 감정이 고스란히 솔직하게 드러난다. 이런 글쓰기 방식은 서정적인 산문에 매우 적합하다.

무무톈은 〈쉬즈모론〉에서 "그의 산문은 시적인 형식이다. 그의 산문에서 열에 아홉은 산문시이다. 그 안에 일관된 것은 바로 그 개인의 감정이다. 시인 쉬즈모는 자신의 감정을 토로하는 데에 뛰어난 반면 사회생활을 묘사하는 데에는 서툴렀다"고 언급한 적이 있다. 그가 쉬즈모 산문 중 열에 아홉을 산문시라고 여긴 것은 정확하다고 할 수는 없다. 그러나 쉬즈모는 시인으로서 확실히 감정을 표현하는 데에 능했다. 자아의 심경을 토로한 글들은 쉬즈모 산문 중에서 가장 뛰어난 것이자 가장 높은 성취를 이룬 것이기도 하다.

쉬즈모의 붓끝에서 기행산문 또한 다른 작가들과는 다르게 나타났는데, 그는 사건이나 풍경을 묘사하기보다는 자신의 느낌과 심정을 표현했다. 그래서 자아표현은 쉬즈모 산문의 예술적인 핵심이라고 할 수 있다. 그의 산문에서 객관적인 서술과 묘사는 찾아보기도 어렵고, 좀 부족한 감도 있다. 하지만, 감정을 표현하는 그런 글들은 훌륭하고 아름답다. 예컨대, 〈피렌체 산상에서 머문 이야기翡冷翠山居闲话〉는 쉬즈모의 대표작 중 하나로, 작가의 목가적인 생각을 표현하고 있는데, 쉬즈모의 독특한 예술적 특색이 잘 드러난다.

산상에서 머문 이야기를 쓰면서 '한담'이라고 한 것은 매우 적절하다고 본다. 작가는 산에 머물렀을 때의 생활을 쓰지 않았고, 산 속의 아름다운 풍경을 묘사하지도 않았다. 그는 산에 혼자 머무는 것의 장점에 대해 쓰면서, 자연에 대한 동경을 풀어냈다. 즉, 내면의 느낌에서 출발하여 산에 머무는 것의 즐거움을 써 낸 것으로, 사람들이 동경하고 사람들을 도취시키는 자유로움에 대해 편안하고 자유롭게 얘기한 것이다. 그는 산에서 홀로 사는 것의 묘미에 대해 아주 열정적으로 칭송했다고 할 수 있다.

글의 첫머리는 "영혼을 도취시키기에 충분하다"는 말로 산에 사는 것의 묘미를 적는 것부터 시작한다. 작가는 가설의 방식으로 산에 살 때의 옷 색깔, 몸매, 복장, 차림의 자유로움에 대해 구체적으로 서술한다. 특히 산속에서 마음대로 행동할 때 얼마나 후련한지를 매우 구체적으로 적어낸다. "평소 우리가 친구 집이나 일하는 곳에 가는 것은 같은 교도소 안 이 감방에서 저 감방으로 옮겨가는 것에 불과하다. 구속이 영원히 우리를 따라다니고 자유는 영원히 우리를 찾지 못한다. 그러나 만약 당신이 봄여름 이 아름다운 산속 또는 시골에서 홀로 한가로이 돌아다닐 기회가 생긴다면, 그것이야말로 행운이 찾아온 시간이고, 당신이 정말로 자유를 얻어서 직접 그것을 맛보는 시간이며, 당신의 육체와 영혼이 일치하는 시간이다." 작가는 매우 자유롭고 구애됨이 없이 홀로 떠도는 것의 묘미를 서술하고 있는데, 생동감 넘치는 글로 내면의 감정을 진실하고도 충분하게 표현하였다.

이런 자아의 느낌은 중간 부분에서 훨씬 더 호방하고 힘차게 묘사되어 있다. "당신이 혼자 대자연의 품으로 달려가야만, 벌거벗은 어린아이가 어머니의 품속으로 뛰어드는 순간처럼, 영혼의 즐거움이 어떤 것이고 살아 있는 것의 기쁨이 무엇인지 알 수 있으며, 호흡한다는 것과 걷는다는 것과 두 눈과 귀로 보고 들을 수 있다는 것의 행복이 무엇인지를 알 수 있다. 때문에 당신은 엄격하게 자신을 위하고 극단적으로 이기적이어야 한다. 단지 당신, 당신의 심신과 영혼만이 자연과 같은 맥박 속에서 뛰고, 같은 음파 안에서 일렁이고, 같은 우주 속에서 득의만만할 수 있다." 여기에서 작가는 혼자 대자연에 뛰어드는 기쁨과 행복을 마음껏 풀어냈다. 쉬즈모는 사상적으로 20세기 문명을 부정하고 자연으로 돌아갈 것을 주장하는 타고르의 영향을 받았는데, 이 작품은 그가 이런 사상의 영향을 받았다는 것을 여지없이 보여주고 있다. 작가는 대자연에 도취되어 진심으로 자연을 노래하고 있는데, 이를 매우 성공적으로 표현해냈다. 작품은 전부 느낌을 중심으로 서술되어 있어서 자아의 실현이라는 목적에 도달하고 있다. 이것이 바로 쉬즈모 산문의 뛰어난 점이자 다른 작가들과 구별되는 부분이다.

둘째, 풍부한 상상과 연상이다. 상상과 연상은 문학작품에서 빠질 수 없는 특징이다. 상상과 연상이 있음으로 인해 그 작품은 더 생동감 넘치고 충실해진다. 쉬즈모는 낭만주의 시인으로, 영국 캠브리지대학에서 교육을 받으면서 그의 이상주의적인 성향이 만들어졌다. 귀국한 후에 비록 많은 벽에 부딪혔지만, 그 열정과 환상은 여전히 그의 안에 자리하고 있었다. 쉬즈모는 시인의 기질로 산문을 썼기 때문에 상상과 연상이 매우 풍부하며, 이로 인해 문학성과 시적인 특색이 매우 농후해졌다. 무무톈은 그의 산문이 "시적인 형식"이라고 했는데, 이는 일리 있는 분석이다. 상상과 연상이라는 측면에서만 보아도 무무톈의 분석이 옳다고 할 수 있다.

쉬즈모는 이렇게 솔직히 고백한 적이 있다. "나는 줄에 묶이지 않은 들개이다. 멋대로 분방하게 상상하고 삶의 현실에 대해 궤변을 늘어놓는다. 예컨대, 오목하게 굽어진 유리로 눈앞의 풍경을 관찰한다. 그러나 때로 반복하다보면, 나도 떠들썩하고 시끄러운 소리 속에서 맑고 깨끗한 멜로디를 알아듣고, 사람을 미혹시키는 온갖 색깔로 된 견직물 안에서 짜임새 있는 디자인을 분별한다."(《우리 할머니의 죽음我的祖母之死》,《자기해부》, 신월서점新月书店, 1931년) 작가는 여기에서 비유법을 사용하였는데 과장의 요소도 있다. 하지만, 그의 산문에는 확실히 자유로운 상상이 항상 펼쳐지고, 그는 자유분방하게 경치와 생각을 묘사한다. 쉬즈모는 "우리 같은 지식인은 비교적 풍부한 환상을 품고 있다. 그러나 환상이 풍부하기 때문에 생명 현상의 진실은 잘 신경 쓰지 않아서, 결과적으로는 책만 읽을 줄 알지 세상일에는 어둡다"고 했다.(《우리 할머니의 죽음》) 이는 작가의 솔직한 심정이다. 실제로 그의 산문에는 수많은 허황된 것들, 시인의 주관적인 염원에 따라 표현한 감정들이 드러나는데, 이들은 생명의 진실을 고려하지 않은 것이라 할 수 있다. 이로부터 우리는 쉬즈모를 책만 읽고 세상일은 어두운 사람이라고 할 수도 있다. 그러나 그 환상은 풍부하고 아름다우며, 나는 듯 거침없는 문장들은 보기 드문 훌륭한 작품으로 완성되었다. 상상과 연상은 쉬즈모 산문의 중요한 예술적 특징이자 그의 개인적인 특징을 보여주는 요소이다. '5·4' 이래 중국산문의 발전과정에서도 이 점은 높이 평가할 만한 가치가 있다.

쉬즈모의 산문에서 〈베이다이허 해변의 환상〉이나 〈날고 싶다〉 같은 작품들은 제목에서 바로 이 특징을 보여주기도 한다. 〈베이다이허 해변의 환상〉은 작가가 홀로 앉아서 인생과 풍경과 삶에 대해 생각한 것을 표현한 작품인데, 전편이 환상의 결과물이다. 따라서 상상적인 요소가 매우 많다. 다음 예문을 보자.

> 저 멀리 복 있는 산골짜기 비탈 앞에 연꽃은 미소를 띠고, 어린 양들은 돌덩이 사이를 뛰어다닌다. 어떤 목동은 피리를 불고 있고, 어떤 목동은 풀밭에 누워 변화무쌍하게 떠도는 구름을 바라보고 있다. 검푸른 그림자가 노리끼리한 논 가운데로 가물가물 지나간다. 저 멀리 안락한 마을에는 묘령의 처녀가 있는데 그녀가 직접 만든 봄치마가 흐르는 계곡물에 환하게 비춰진다. 입에 담배를 문 농부는 가을철 수확을 예견하고 있고, 늙은 아낙들은 집 앞에 앉아 햇빛을 받고 있다. 그녀들 주변에는 아이들이 많이 있는데 손에 황색과 백색의 돈꽃을 들고서 춤을 추고 환호하고 있다.
> 저 먼————먼 곳의 사람들은 한없는 평안과 즐거움, 무한한 봄빛이 있다……

　인용한 글은 실제 풍경에 대한 묘사가 아니라 작가가 상상하는 전원 풍경이다. 사실 이런 평화로운 농촌의 모습은 보기 드물다. 작가는 단지 이를 빌어 자신의 생각을 표현함으로써, 당시의 고민과 공허함이 상대적으로 두드러지게 나타나게 한 것이다.

　〈날고 싶다〉는 1926년에 쓴 작품으로, 쉬즈모의 대표작 중의 하나이다. 이는 그가 비행기를 탔을 때의 인상과 느낌에 바탕을 두고 쓴 것이라고 한다. 쉬즈모가 비행기 추락사고로 사망했기 때문에 이 작품은 '예언'으로 여겨져 사람들은 그가 "날아갔다"고 말하기도 했다. 〈날고 싶다〉에서 작가는 시인으로서의 상상력을 십분 동원하여, 높은 하늘을 질주하고 날아다니는 것 같은 등의 "날고 싶은" 바람과 즐거움을 한편의 산문시처럼 표현해냈다. 작가는 다음과 같이 말한다. "날고 싶지 않은 사람은 없다. 항상 땅에서 기어 다니는 것만 해도 염증을 느끼기에 충분하다. 이 울타리에서 날아오른다, 이 울타리에서 날아올라! 구름 끝까지 날아가, 구름 끝까지 날아간다! 그 마음속으로 온종일 수만 번이고 이렇게 생각하지 않는가? 우주로 날아가 떠다니면서 지구라는 이 손바닥만 한 땅이 하늘에서 굴러다니고 있는 것을 구경하고, 육지에서 바다까지, 바다에서 다시 육지까지를 돌아본다. 하늘 높이 올라가서 똑똑히 보는 것이다--- 이것이야말로 사람으로서 재미이고, 사람으로서 권위이며, 사람으로서 해야 할 일을 하는 것이다. 이 몸뚱이가 너무 무거워서 움직일 수 없으면 그것을 던져버린다. 가능하면 이 울타리에서 날아오른다, 이 울타리에서 날아올라!" 여기에서 작가는 일종의 염원을 표현했는데, 상상적인 요소가 많고, 낭만주의적인 격정이 엿보인다.

〈날고 싶다〉에는 또 다음과 같은 내용이 있다. "인류가 처음 석기를 발명했을 때 이미 날개가 있으면 좋겠다고 생각했다. 날고 싶다. 원시인들이 동굴 벽화에 그려놓은 고라니와 사슴은 등에 날개를 치켜세우고 있다. 활을 들고 야생동물을 쫓고 있는 사람도 등에 날개가 있다. 큐피트는 희고 보드라운 날개 한 쌍이 있다. 이카로스는 인류의 비행사상 첫 번째 영웅이자 희생자이다. 천사의 첫 번째 표지는 사람들이 날도록 도와주는 날개이다. ······ 인류의 가장 큰 사명은 날개를 만드는 것이고, 가장 큰 성공은 나는 것이다! 이상의 최고도와 상상의 끝은 인간에서 신에 이르는 것이다! 시는 날개 위에서 태어난 것이고, 철학적인 이치는 공중에서 맴도는 것이다. 난다는 것은 모든 것을 초탈하고 모든 것을 뒤덮으며 모든 것을 소탕하고 모든 것을 삼키고 내뱉는 것이다." 작가는 연상과 상상을 통해 "날고 싶은" 생각을 표현하였다. 생동감 있고 격정적이며 예술성이 비교적 높다. 이 작품은 쉬즈모의 산문 가운데 비교적 완성도가 높은 작품으로, 개인적인 특징이 잘 드러나 있다.

쉬즈모의 산문에서 여행기나 명상식의 산문만 풍부한 연상과 상상으로 구성된 것은 아니다. 기타 형식의 산문에서도 이러한 특징이 보인다. 예컨대, 바이런을 기념하여 쓴 〈바이런拜伦〉에도 이러한 특징이 나타난다.

눈앞으로 잿빛과 자줏빛의 두터운 안개장막이 쭉 펴지면서, 마지막에 아주 놀라운 상을 만들어냈다. 가장 깨끗하고 빛나는 대리석으로 사람 머리 하나를 빚어내더니 높이가 150센티쯤 되는 단향목 탁자에 올려놓는다. 특이한 빛을 쏟아내는 모습이 마치 인간에게 빛을 준 아폴로 같다. 보통 사람에게는 이런 장엄한 '양미간', 침범할 수 없는 이런 미간, 이런 머리가 없다. 그러나 아니다, 아폴로가 아니다. 그에게는 알프스 남쪽의 푸른 하늘이나 베니스의 석양처럼 끝없이 높고 심원하며 비할 바 없이 웅장하고 아름다운, 인간세상의 온갖 아름다운 풍경이 둥근 눈동자 안에 비쳐져 있는, 자랑스러움과 날카로움이 담긴 그런 커다란 눈이 없다. 그저 멸시하는 뿌옇게 가려진 얇은 눈동자뿐이다. 아폴로는 또 알알이 화강암 벽에 매달려 있는 보랏빛 포도처럼 그렇게 아름다운 머리칼로 없다. 그에겐 믿을 수 없는 입술도 없으며, 큐피트의 화살도 그의 세밀함에 비길 수 없다. 입가엔 염세적인 표정이 희미하게 떠 있는데, 뱀의 화려하고 아름다운 무늬처럼 당신은 그것이 악독한 것임을 분명히 안다. 그러나 당신은 그가 아름답다는 것을 부인할 수는 없다. 우리에게 음악을 연주해주는 신도 그렇게 둥글고 완전한 콧구멍이 없는데, 이것은 화산 구멍처럼 그의 생명의 극렬함과 위대함을 상상하게 한다.

인용한 글은 모두 바이런의 조각상을 묘사한 내용이다. 작가는 상상과 비유를 통해 생동감 있게 조각상을 묘사했다. 여기에는 상상적인 요소가 특히 많을뿐더러 작가의 주관적인 감정이 유입되어 글의 표현력도 높였다.

셋째, 구성이 번잡하다. 번잡한 구성은 쉬즈모 산문의 또 다른 특징이다. 이는 '5·4' 이래 산문가 중에서 유일무이한 것이다. 혹자는 이것이 쉬즈모 산문의 결점이라면서 지나치게 번잡하고 절제된 맛이 없다고 비판했다. 사실 이는 쉬즈모 산문의 개인적인 특징 중의 하나라고 할 수 있다. 이것이 그의 산문에서 결점으로 작용하는지의 여부는 구체적인 분석이 필요하다고 본다. 한부汉賦가 바로 번잡하다는 특징이 있는데, 웅장하고 화려하게 쓰는 것은 어떤 내용을 표현할 때 자연 그것만의 장점이 있기 때문에 결코 단점은 아니다. 수려함과 간결함이라는 기준으로 쉬즈모의 산문을 평가한다면, 쉬즈모의 산문은 당연히 그 기준에 맞지 않다. 그러나 쉬즈모의 산문은 또 다른 풍격을 지니고 있는 바, 그의 산문은 한부 및 변려문에 나타나는 일부 특징을 계승한 동시에 서구문학의 특징을 흡수하여 자신만의 개성을 표현해냈다고 할 수 있다.

소위 번잡하다는 것은 복잡하고 중복된다는 뜻이다. 바꿔 말하면, 사물을 묘사하고 감정을 표현할 때 상세하고 길게 늘어놓는 방식으로 남김없이 다 표현하고자 하는 것이다. 이는 단순한 중복 또는 말을 불명확하게 많이 한다는 것이 아니라, 뜻을 전달하기 위해 필요한 번잡함을 말한다. 번잡한 구성은 두 가지 측면으로 나타난다. 하나는 전체적인 구조상의 문제이고 다른 하나는 부분 부분을 연결하는 데 있어서 낱말을 고르고 문장을 만드는 문제이다. 이런 처리는 사물 묘사와 감정 표현에서 특수한 효과를 얻을 수 있기 때문에, 예술적으로 취할 만한 가치가 있다. 물론 적절하게 운용하지 않으면 군더더기가 될 수도 있다.

〈내가 아는 캠브리지我所知道的康桥〉는 쉬즈모 산문의 또 다른 대표작이다. 총 네 부분으로 구성되어 있는데, 첫 번째 부분에서는 킹스 칼리지에 들어가게 된 과정을 소개하고 있고, 두 번째 부분에서는 '혼자' 있는 중에 캠브리지를 알게 되었음을 설명하고 있으며, 세 번째 부분에서는 캠브리지의 자연풍경을 묘사하였고, 네 번째 부분에서는 캠브리지에서의 학교생활을 서술하고 있다. 앞의 두 부분은 도입부에 해당하고 뒤의 두 부분이 본문인데, 특히 네 번째 부분이 작품의 중심이라고 할 수 있다. 캠브리지의 아름다운 자연환경과 다채로운 유학생활을 집중적으로 묘사하면서, 그곳에 대한 그리움을 토로하고 있는 것이다. 그런데, 전체적인 맥락으로 볼 때는 매우 명확하나, 전체적인 구조로 보자면 번잡하다. 특히 캠브리지와 캠강에 대한 서술은 각기 다른 각도에서 이들을 묘사하면서 반복적으로 노래하고 있는데, 번잡함의 특징을 보여준다.

캠강에 대한 묘사를 살펴보자. "캠브리지의 영혼은 전부 다 한 줄기 강에 모여 있다. 감히 말하건대, 캠강은 세계에서 가장 아름다운 강이다." 이렇게 먼저 지리적인 위치와 주변 환경적인 측면에서 정적으로 캠강을 소개한다. 그리고 이어서 감상하는 각도에서 캠강의 아름다움을 묘사한다. 4–5월 중에 "해질 무렵의 캠강을 보는 것은 영혼의 보약이다"고 하면서, 펠로우 빌딩에서 바라본 캠강의 다리 및 강과 강가 풀밭을 그려낸다. 이는 캠강에 대한 소개에서 묘사로 넘어간 것이다. 이어서, 캠강의 아름다움을 동적으로 묘사해낸다. "그러나 강의 운치는 단지 양쪽 강가가 아름다워서만은 아니다. 당신은 강에서 뱃놀이를 해봐야 한다." 작가는 뱃놀이하는 장면을 재미있게 그려낸다. 그리고 배를 타고 놀면서 책을 읽고 조용히 수면 아래 음악소리를 듣는 즐거움을 서술한다. 마지막으로, 캠브리지의 마을과 들판 풍경을 묘사하면서, 잊지 않고 캠강의 아름다움을 묘사한다. "곱고 아름다운 캠강도 그 자취가 보이지 않는다. 당신은 그저 비단으로 된 띠 같은 수림을 따라 얕고 맑게 흐르는 강줄기를 상상할 수밖에 없다. (중략) 강가의 봄빛을 잘 모시고 있으면, 이 봄이 하루하루의 소식을 전해온다." 작가가 이런 식으로 캠강을 묘사하는 게 조리가 없는 것 같지만, 실제로는 반복적으로 그것을 노래함으로써 독자들에게 선명한 인상을 남기고자 하는 것이다. 또, 세심하게 정리해보면 글에 담긴 뜻은 뚜렷하고 막힘이 없다는 것을 알 수 있다.

〈내가 아는 캠브리지〉에서 작가는 혼자 생활하면서 관찰하는 가운데 캠브리지를 알게 되었다고 하면서, '혼자'의 장점을 다음과 같이 길게 서술한다.

'혼자'는 깊이 음미해볼 만한 현상이다. 나는 때로 그것이 무엇인가를 발견하는 첫 번째 조건이라는 생각이 든다. 당신이 당신 친구의 '진실함'을 발견하려면, 그와 단둘이만 있는 기회가 있어야 한다. 당신 자신의 '진실함'을 발견하려면, 당신 자신에게 '혼자'의 기회를 주어야 한다. 어떤 장소(장소도 마찬가지로 영혼이 있다)를 발견하려면 혼자 구경할 기회가 있어야 한다. 평생 동안 솔직히 우리가 몇 사람이나 알 수 있을까? 몇 곳이나 알 수 있을까? 우리는 다 너무 바쁘고 혼자 있을 기회가 없다. 솔직히 나는 내 고향조차도 잘 모른다. 캠브리지는 상당히 친분이 있다고 할 만하다. 그 다음으로는 아마도 새로 알게 된 피렌체뿐일 것이다. 아, 그 동틀 무렵들과 석양 무렵들에 나는 혼자 넋이 나간 듯 캠브리지에 있었다! 완벽한 혼자.

작가가 우리에게 알려주는 내용은 결코 많지 않다. 그저 혼자의 중요성뿐이다. 만약 다른 사람이 썼다면, 어쩌면 이렇게 풀어내지는 않았을 것이다. 그러나 우리는 이렇게 쓰는 게 좋지 않다고는 말하기 어렵다. 〈내가 아는 캠브리지〉에서 뱃놀이, 자연풍광, 한가로이 전원을 거니는 것과 농촌의 즐거움 등을 묘사할 때는 전부 많은 편폭을 할애하여, 자세한 진술과 반복이라는 그런 특징을 보여주었다. 작가는 상세하게 마음껏 서술하고 묘사하였으며 감정을 풀어냈는데, 이게 바로 쉬즈모 산문의 특징이다.

쉬즈모 산문이 구조상 번잡하다는 특징은 보다 구체적으로 분석할 필요가 있다. 자세한 진술과 반복은 때로는 내용의 표현에 긍정적인 작용을 하면서, 일종의 예술적인 기법으로서 계승 발전시킬 필요가 있기도 하다. 물론 쉬즈모의 산문은 간혹 지루해서 지장을 주기도 한다. 오로지 자세한 진술만을 추구하다가 절제하지 못하여 글의 단점이 되어 버리고, 글이 느슨해보이게 하는 것이다. 결론적으로, 쉬즈모 산문의 번잡한 구성은 장점이자 단점이라 하겠다.

문장을 만드는 데 있어서의 번잡함도 많이 보인다. 〈편지 한 통(삶이 무미건조하다고 불평하는 친구에게)一封信(给抱怨生活干燥的朋友)〉(《신보부간·문학순간晨報副刊·文学旬刊》, 1924년 3월 21일)을 예로 살펴볼 수 있다. 이 작품의 첫머리는 다음과 같이 시작한다.

자네의 편지를 보니, 깨진 옛날 비석같이, 겉으로는 모호한데 그 뜻은 외려 깊고 미묘하군.

마치 깊은 밤 나일강가, 달빛이 피라미드를 비치고 있을 때, 꿈에서 황금 두루마기를 걸친 왕을 만났는데, 그가 나에게 수수께끼를 내고 내가 그의 뜻을 아니, 그가 "나는 그저 보기 좋은 미라에 불과하다"고 말하는 것 같군.

또, 깊은 산 아래에서 한밤중에 깨어났을 때 소나무 숲속 쏙독새의 소프라노 소리를 듣는 것 같아. 사람들이 싫어하는 가련한 새, 그는 두견새만큼 그렇게 천부적인 훌륭한 말재간은 없지만, 나는 그의 분노, 그의 이상, 그의 안달이 그가 비웃는 것이고 저주하는 것임을 알고 있는 것 같네. 나는 그가 어떻게 모든 것을 경멸하는지, 빛을 경멸하고 시끄러운 제비와 참새를 무시하며 혼자 즐거워하는 화미조를 깔보는지를 알고 있는 것 같아.

푸퉈산普陀山에서 기이한 풍경 하나를 발견한 것 같기도 하네. 겉으로 보기엔 커다란 암석이지만 안은 진즉 바닷물에 침식되어 구멍이 뚫려버려서, 그저 나한상 머리 같은 머리만 남은 거지. 파도가 이 섬을 껴안을 때면 극히 오묘한 반응을 내보여, 밀어 같기도 하고, 저주 같기도 하고, 기도 같기도 하고, 석순과 종유석 사이에서 오열하네. 마치 현악기들의 조화로운 소리가 오래된 절의 서까래와 기둥 사이에서 메아리치는 것 같아. --- 그러나 인내심과 용기가 없다면, 몇 겹의 암석을 기어 내려와 몸을 숙이고 정신을 집중하여 보고 들어도, 이런 비밀을 발견하기는커녕 어쩌면 영원히 상상도 못할 거야.

마치 또…… 그러나 친구여, 자네는 이미 내 비유를 귀가 닳도록 들어서, 어쩌면 꾸미지 않은 내 목소리와 어조를 듣기 원하지 환상의 빛나는 포일로

싼 말을 받는 걸 원하지 않을 수도 있겠다는 걸 알아. 그렇지만 난 한 마디 더 하지 않을 수가 없네, 자네야말로 구불구불한 은나팔로 자네의 그 이상한 가락을 불기 좋아한다는 것 말일세.

상당히 긴 위 인용문에서 작가가 전달하고자 하는 뜻은 "자네의 편지를 본" 감상이다. 줄줄이 이어지는 비유가 모두 그 주관적인 느낌을 표현한 것이다. 쉬즈모의 산문은 구조에 주의를 기울이지 않고 번잡한 특징이 있어서 문장이 좀 산만해 보인다. 비록 작가의 감정을 자유롭고 얽매임 없이 표현하기 위한 것이라고는 하지만, 구조적으로는 결함이다. 저우쭤런은 《중국신문학의 원류》에서 쉬즈모의 작품이 "청신하고 맑으나 그다지 깊은 맛은 없다. 수정구슬이 반짝여서 예쁘지만 자세하게 한참을 보면 별 재미는 없는 것과 같다"고 평했다. 이는 아마도 쉬즈모 산문이 보여주는 번잡하고 자세하게 진술하는 그런 특징과 관련 있을 것이다. 작가가 여러 문장으로 표현해낸 것이 내용은 명쾌하지만 그다지 깊이는 없어서 한눈에 다 들어온다는 것이다. 깊이가 부족하다는 것은 감정을 표현하는 데에는 괜찮을 수 있겠지만, 글의 깊이를 요구하는 측면에서는 많이 모자라는 것이다.

넷째, 말의 수식이 아름답고 곱다. 쉬즈모의 산문은 화려하고 붓 가는 대로 쓰는 것으로 유명하다. 글을 짓는 데 있어서 과장하여 묘사하고 자구를 수식하며 다듬는 것에 매우 주의를 기울인다. 이는 쉬즈모의 언어적인 특색이다. 수려함과 정제됨이라는 한 가지 길에서 보자면, 이러한 언어는 이상적이지 않다. 그러나 과장된 묘사와 미사여구가 지나치지 않다면, 수식이 화려하다고 하여 반드시 나쁜 것은 아니다. 쉬츠徐迟는 산문의 화려함과 아름다움을 논하면서 다음과 같이 언급했다. "선진시대의 문장은 화려하고 번지르르하게 꾸미는 그런 글은 알지 못했던 것 같다. 그것은 소박한 문장이다. 육조의 사부, 변려문이 바로 화려한 문장으로, 문채文采[36)에 대해 일정 정도 공헌을 했다. 글이 풍성해지기 시작했지만, 맛이 과하면 반드시 지겨운 느낌이 생긴다. 소박한 문채는 원래 화려한 문채와 서로 대립하는 중에 서로 발전하는 것이다."(《산문을 말하다說散文》) 쉬즈모 산문의 언어는 바로 화려한 문채를 추구하는 그런 유파에 속하는 것으로, 산문의 언어적인 화려함과 아름다움이라는 각도에서 보자면, 하나의 풍격을 갖추었다고 할 만하다.

쉬즈모의 산문에서 아름다운 어구를 찾는 것은 매우 쉽다. 〈파리의 편린〉을 예로 들어 살펴보자.

파리는 단조로운 희극이 아니다. 세느강의 부드러운 물결에 루브르의 아리따운 모습이 서로 잘 어울려 돋보인다. 그것은 또 실의에 빠진 수많은 사람들의 숨결을 모아서 보관하고 있다. 온순하게 물결을 휘감고서 흐르고 있다. 벗어나지 못한 원망이 흐르고 있다. 커피숍: 정다운 남녀의 부드러운 말과 시원스러운 웃음소리가 섞여 있는 가운데, 구석진 곳에 웅크리고 앉아 스스로를 망치는 슬픈 생각을 하나하나 따지고 있는 흐트러진 머리칼의 소년이 있다. 무도장: 신나는 음악소리와 매혹적인 술의 향기가 섞여 있는 한편, 홀로 턱을 괴고서 지난 자취를 그리워하며 상심하는 젊은 부인이 있다. 위층에서 흔들리고 있는 것은 빛, 즐거움, 유쾌함, 달달함, 정다움이리라. 그러나 빛이 비치지 못하는 바닥에 가라앉아 있는 것들이야말로 인간사에서 경험하는 본질이다. 심하게 말하자면 비애이고 가볍게 말하자면 쓸쓸함이다. 경쾌하고 즐거운 물결 위에서 영원토록 넘실대기를 원하지 않는 사람이 누가 있겠는가만, 당신이 저 깊은 곳에 갔을 때 발견하게 되는 것을 주의

해야 한다!

쉬즈모의 글은 화려하지만 읽기에 막힘이 없다. 이는 수식과 과장이 단점으로 작용하지 않았다는 뜻으로, 그의 산문 풍격의 장점 중 하나이다. 이는 당연히 긍정되어야 할 부분이다. 하지만 일부 미사여구는 그렇게 알맞게 사용되지는 않았다. 예를 들어 〈타고르泰戈尔〉의 다음과 같은 부분이 그러하다.

> ······ 공개적인 강연과 비교적 작은 규모의 집회에서 연설한 것만 해도 삼사십 번은 된다! 그의 강연은 교수들의 강의나 성직자들의 설교가 아니고, 그의 마음은 물건이 쌓여 있는 창고가 아니며, 그가 응대하는 말은 교과서의 나팔이 아니라는 것을 우리는 안다. 그는 솟아나는 샘물로, 지구 중심에서 수면으로 조심스럽게 떠오르는 흔들리는 물방울 하나하나가 전부 다 생명의 정액이다. 그는 폭포가 울부짖는 소리로, 구름 사이와 숲속에서와 바위틈에서 끊임없이 소리가 울린다. 그는 꾀꼬리의 노랫소리로, 그가 기뻐하고 분개하는 것들이 낭랑하게 화음을 이루어 끝없이 맑은 하늘을 뒤덮는다. 그러나 그가 피곤해지고, 밤새 마음껏 부른 노래로 두견새 역시 힘이 다 하면, 동방의 새벽 하늘빛이 그녀가 흘린 방울방울 피땀을 비추고 장미 가지의 이슬은 붉어진다.
>
> 노인은 피곤해졌다.······

작가는 위대한 시인인 타고르의 강연에 대해 묘사하고 있는데, 그 단어가 화려하여 문체가 있다고 할 만하다. 그러나 지나친 수식으로 미사여구나 군더더기 말이 너무 많은 바, 읽다보면 깊이가 없고 과장이 지나쳐서 오히려 명확한 전달을 방해한다. 이 또한 쉬즈모 산문의 언어적인 특징이긴 하지만 긍정할 만한 것은 못 된다. 내용적인 필요를 벗어난 조탁이나 수식은 그 예술적인 효과를 획득할 수 없다. 쉬즈모 산문의 화려한 사조는 구체적으로 분석되어야 하며, 추상적으로 그것을 긍정하거나 부정해서는 안 된다. 어찌 되었든, 그의 산문 언어가 이러한 특징을 갖고 있다는 것은 전혀 의문의 여지가 없다.

저우쭤런은 중국산문에 몇 개의 유파가 있다고 했다. 그에 따르면, "즈모는 빙신여사와 같은 유파에 속한다. 야리처럼 유려하고 깨끗하며 맑다. 백화의 기초 위에 고문과 방언 및 서구식 중국어 등의 여러 요소가 더해져, 평범한 보통 사람의 말이 표현력이 풍부한 문장이 되었다. 이는 문체의 변천에서만 보아도 매우 큰 공헌이라 할 것이다."(《즈모를 기념하며》, 《간운집》, 개명서점, 1932) 유려하고 깨끗하며 맑다는 언어적인 특징에서 볼 때, 쉬즈모는 물론 빙신과 같은 유파에 속할 수 있지만, 사실상 그들의 언어적인 풍격은 결코 같지 않다. 그러나 어찌 되었든 우리는 중국현대산문사에서 쉬즈모가 언어적인 측면에서 이룬 공헌은 긍정해야 한다. 그는 분명 산문 창작에서 언어적인 부분에 대해 탐구하고 탐색했다. 그 풍격은 화려하고, 유려하고 깨끗한 백화문은 표현력이 매우 강하다.

예를 들어 다음과 같은 문장을 보자. "이번에 나는 거짓말을 하지 않을 것이고, 불가사의한 일을 숨기지도 않을 것이며, 반대하는 주장을 펴지도 않을 것이고, 돋보이게 하지도 않을 것이다. 나는 최소한 내 자신이 믿을 만한 말 몇 마디를 하려고 하며, 내 자신의 허와 실을 솔직하게 밝히고자 하며, 이 진술서의 말미에 서명하고자 한다."(《"맞으러 나가다迎上前去"》) 인용한 부분은 구어와 문어 및 방언 등 갖가지 형식을 흡수한 백화문으로, 표현력이 강하다. 다음 문장도 살펴보자. "일요일 젊은 커리어 우먼 몇 명이 있다. 흰 옷을 입고 챙이 넓은 아사모를 쓰고 있는데, 치맛자락은 바람에 살랑살랑 흔들리고, 모자 그림자는 수초 틈에서 일렁인다. 그녀들이 다리 아래를 지나올 때의 모습을 보라. 그리 무거워보이지는 않는 노를 들고서 그저 살살 되는 대로 강 가운데로 저어온다. 몸을 살짝 수그리기만 하면 이 배는 바로 다리 그림자에서 빠져나와 옥빛 물고기처럼 미끄러지듯 앞으로 나아온다."(《내가 아는 캠브리지》) 여기에서도 순수한 백화문으로 젊은 여성이 배 젓는 모습을 매우 생생하게 묘사하고 있다. 쉬즈모의 유려하고 맑은 언어는 긍정적으로 평가할 만하다. 지나치게 꾸미고 수식한다는 것으로 그의 언어적인 특징을 개괄하는 것은 일부만 가지고 전부를 부정하는 것이다.

량위춘梁遇春의 산문

량위춘은 요절한 천재로, 탕타오는 그를 "문체가"라고 칭했다. 이는 그의 창작생애가 길지는 않지만 개인적인 특색을 만들어냈다는 것을 의미한다. 위다푸는 영국산문이 중국산문에 끼친 영향을 논할 때, "이미 세상을 떠난 산문작가 량위춘 선생 같은 작가처럼, 그를 중국의 엘리엇이라 부르는 사람도 있다. 이 점만 보아도 영국산문이 중국산문에 끼친 영향이 얼마나 크고 깊은지 알 수 있다"고 했다.(《중국신문학대계 산문2집 · 서언》)

량위춘의 산문이 많지는 않지만, 그의 산문은 독특한 특색을 지니고 있다. 이에 중국 '5 · 4' 산문의 대가 중 한 사람으로서 그를 논하고자 한다.

ㅡ. 생평 및 창작

량위춘은 위충馭聰 또는 치우신秋心이라고도 불린다. 푸저우 출신이다.

그의 삶에 대해 알려진 바는 매우 적다. 펑즈馮至 선생에 따르면, "그는

1926년부터 산문을 발표하기 시작하여, 1932년 여름 스물일곱의 나이로 세상을 떠나기까지 만 6년이 채 되지 않는 시간 동안, 지혜의 빛이 반짝이고 독특한 풍격을 갖춘 서른여섯편의 산문을 창작했다."(〈량위춘을 논함谈梁遇春〉, 《신문학사료新文学史料》1984년 1기) 그렇다면, 량위춘은 1905년 출생한 것이다. 펑즈의 말은 믿을 만하다. 페이밍은 1932년 12월 8일 쓴《눈물과 웃음泪与笑》의 서언에서 "치우신은 올해 겨우 스물일곱이다. 그는 '뜻을 이루지 못하고 세상을 떠났다', 애도한다는 말밖에는 할 말이 없다"고 썼다. 이 두 사람이 말한 내용에서 량위춘의 나이는 일치한다.

펑즈는 〈량위춘을 논함〉에서 량위춘이 1922년 여름 베이징대학 예과에 입학했다가 후에 영문과로 들어가서 1928년 졸업했다고 밝히고 있다. 졸업할 당시 성적이 우수해서 학과 조교로 남았다고 한다. 1928년 불안정한 정국으로 인해 베이징대학도 휴교 상태에 들어갔다. 영문과 교수였던 원위안닝温源宁이 상하이 지난대학暨南大学으로 가면서 량위춘을 그 대학에 소개해줌에 따라, 량위춘은 지난대학에서 조교로 근무했다. 1930년 원위안닝이 베이징대학으로 돌아가면서 량위춘도 함께 베이징대학으로 돌아왔다. 베이징대학에서 그는 영문과의 도서를 관리하는 동시에 조교로 일했다. 그러다 1932년 여름 세상을 떠나고 만다.

량위춘의 생애는 이처럼 간단하다. 작가가 요절한 데다 그에 대한 연구도 많지 않아서 더 상세한 내용은 알 수가 없다.

량위춘은 1926년 겨울부터 산문을 발표하기 시작했는데, 그때 나이 겨우 스물두 살로 베이징대학 영문과에 재학 중이었다. 후에 《어사》, 《분류奔流》, 《낙타초骆驼草》 등에 작품을 발표하면서 문단에 들어왔다고 할 수 있다. 그 산문 풍격이 독특하여 사람들의 주목을 끌었다. 1930년 3월 상하이 북신서국에서 《춘료집春醪集》을 출간하였는데, 총 13편의 작품이 수록되어 있다. 몇 편을 제외하고는 대부분 글의 말미에 작품을 완성한 날짜가 기록되어 있는데, 가장 빠른 것은 1926년 11월이고 가장 늦은 것은 1929년 12월이다. 작가가 쓴 〈서언〉은 1929년 5월 23일 전루眞茹에서 쓴 것으로 되어 있다. 이때는 지난대학에서 근무하던 시절이다. 작가에 따르면 '춘료春醪'라는 제목은 《낙양가람기洛阳伽蓝记》의 "화살과 칼도 무섭지 않다. 다만 봄철 독한 술에 빠질까봐 두렵다"는 문구에서 따왔다고 한다. 그는 또 "우리 같은 젊은이들은 모두 봄철 독한 술을 몰래몰래 마신다. 그래서 취중에 아름다운 꿈을 많이 품는다. 그러나 우리가 꿈에 빠져 즐거워하는 바로 그때 운명의 신은 감찰사의 부하처럼 우리를 총총히 무덤 같은 쇠락의 길로 데리고 간다"고 하면서, "이런 분주한 세월 속에서 나는 봄철 독한 술로 가득 채운 술잔을 높이 들고서 마음껏 마시고 싶다"고 덧붙였다.

량위춘이 삶의 잔을 마음껏 마시고 있을 때, 안타깝게도 이 천재 산문가는 요절하고 만다. 심지어 두 번째 산문집인 《눈물과 웃음》은 아직 출간되지도 않았다. 《눈물과 웃음》에는 도합 스물두 편의 산문이 수록되어 있는데, 대부분 《춘료집》 이후에 쓴 작품이다. 페이밍은 이 작품집을 상하이로 갖고 갔는데, 베이징대학 영문과 동기인 친구 스민石民에게 출간을 부탁하고자 한 것이었다. 작품집이 출판사를 아직 찾지 못하고 있을 때 작가는 고인이 되어 버렸고, 작품집은 결국 페이밍이 개명서점에 넘김으로써 출간될 수 있었다. 《눈물과 웃음》은 량위춘을 기념하기 위해 출간된 것으로, 1934년 6월 초판본이 나왔다. 페이밍, 리우궈핑刘国平과 스민이 서언을 썼고 예공차오마公超가 발문을 썼는데, 전부 다 망자를 애도하는 글이다. 량위춘의 산문이 책으로 만들어진 것은 이 두 권이 전부이다. 량위춘의 6년에 이르는 창작 생애의 결정체인 이들 작품은 비록 수량은 많지 않지만 질적으로는 매우 우수하여, 중국현대산문사에 찬란한 한 페이지를 남겼다.

베이징대학 영문과 출신으로서, 그는 또한 뛰어난 번역가이기도 하다. 예공차오가 《눈물과 웃음》에 쓴 발문에 따르면, 량위춘은 총 23종의 작품을 번역했다. 펑즈도 그가 "20여 편의 외국문학을 번역했다"고 했다. 반면, 탕타오는 량위춘이 "번역에 매우 뛰어나서 10여종의 작품을 번역했다"고 했다. 어떤 것이 더 정확하다고 확실히 말할 수는 없다. 다만, 자주 인용되는 것으로는 《소품문선小品文选》과 《영국시가선英国诗歌选》이 있다. 펑즈는 "그중 영한대조인 《영국시가선》은, 1930-40년대 영국시를 공부했던 대학생들이 있었는데, 지금은 노인이 된 그들이 이 책에서 얻은 게 적지 않다면서 여전히 이 책을 칭송한다"고 했다. 이는 결코 과장이 아닌 사실일 것이다. 그러나 안타깝게도 이들 번역본들은 오늘날 찾아보기 어렵다.

량위춘의 산문과 번역은 모두 학창시절과 조교로 일하던 기간에 이루어진 것이다. 그 짧은 창작기간과 풍부한 작품으로 보건대, 그의 천재적인 재능을 칭찬하지 않을 수 없다. 탕타오는 다음과 같이 그를 평가했다. "나는 위춘의 글을 좋아한다. 문단에서 그와 같은 그런 재기, 그와 같은 그런 절정의 총명함, 그와 같은 그런 다채로운 풍격은 찾아보기 어렵다고 생각한다. 《춘료집》과 《눈물과 웃음》을 읽을 때마다 이미 고인이 되어버린 천재가 애석하게 느껴진다." 이는 매우 공정한 평가이며 합당한 논리이다. 량위춘의 산문은 우리가 진일보 연구할 만한 가치가 있다.

二. 삶에 대한 탐색과 탐구

량위춘은 사색형 작가이다. 비록 그가 스물일곱에 세상을 떠났지만, 그의 산문에는 탐색과 탐구가 내재되어 있는 바, 작품 속에는 항상 생각의 불꽃이 빛난다.

〈강연讲演〉을 보자. 여기에서 작가는 주인공의 입을 빌어 다음과 같이 말한다. "요즘 나는 잡생각을 많이 한다. 그러나 생각하면 생각할수록 모든 일의 이치를 모르겠다. 왕핑가望平街 높은 망루에 앉아《평등각필기平等阁笔记》를 쓴 작가가 세상에는 '온갖 기이한 일이 다 있을' 뿐 아니라 '기이하지 않은 게 없다'고 한 게 정말 맞다." 이 광대한 세상, 사회와 인생에 대해 작가는 탐색의 시선으로 관찰한다. 소위 그의 "잡생각"이라 함은 관찰, 사고, 탐색일 것이다.

《춘료집》에는 〈실연한 이에게 보내는 편지寄给一个失恋人的信〉 두 편이 실려 있다. 받는 이는 치우신이고, 보내는 이는 위총으로 되어 있다. 그런데 이는 량위춘이 자주 사용하는 필명이다. 작가는 이런 서신체의 형식을 활용하여 실연 후 어떻게 해야 하는지에 대한 문제에 대해 토론한다. 문제를 제기하는 사람과 대답하는 사람이 동일인인 이 토론은 사실상 자아변론인 것이다. 작가는 실연한 사람에 대해 "오늘이 있을 거라면 애당초 왜 그랬는가"의 논조를 취하면서 부정적인 견해를 드러낸다. "'미래'는 아무래도 좀 아득한 감이 있다. '현재'는 찰나에 불과해서 존재하지 않는 물건 같다. 그래서 오직 '과거'만이 이 끝없는 시간의 흐름 속에서 믿을 만한 반석이다. (중략) 보통 실연하는 사람의 고뇌는 '과거'를 망각하고 '현재'를 너무 중시하기 때문에 생기는 것이다. 솔직히 말해서 실연한 사람이 잃어버리는 것은 그저 현재 아주 적은 부분의 사랑뿐이다. 그들의 이미 지나간 사랑은 '시간'의 보물창고 속에 있으며, 절대 잃어버리지 않을 것이다. 이 짧은 인생 속에서 우리의 가장 큰 필요와 목적은 사랑이다. 과거의 사랑은 현재의 사랑과 마찬가지로 중요하다. 때문에 현재의 사랑을 잃었다고 과거의 사랑을 반 푼어치도 안 되는 것 마냥 치부하는 것은 다소 근시안적인 것이다.…… 사람을 사랑하는 목적은 애정이다. 눈앞의 작은 파도 때문에 몇 년간 두 사람이 고생스럽게 짠 사랑의 그물을 아무 미련 없이 가위로 갈기갈기 찢어버린다면, 이는 아무래도 인생의 맛을 어떻게 잘 터득해야 하는지 알지 못하는 사람들의 태도라고밖에 할 수 없다."

나는 이것이 량위춘이 인생의 문제를 탐색한 것에 대한 하나의 답이라고 생각한다. 젊은이에게 있어 사랑은 삶의 모든 문제 가운데 가장 중요한 것 중 하나이다. 실연 문제에 대한 량위춘의 해답은 당시 사람들의 일반적인 인식과는 다른데, 여기엔 작가가 탐구한 인생의 철리가 담겨 있다. 량위춘은 쉽게 흘러가버리는 젊은 시절에 사랑이 어떤 가치가 있는지 이야기하는 한편 사랑이 바뀌는 것 또한 저항할 수 없는 자연적인 규율이라고 시원스럽게 얘기한다. 이러한 작가의 연애관은 그의 독특한 점이 있는 바, '잡생각'의 결과이며 그가 탐색한 끝에 얻은 결론이기도 하다. 청년 작가인 량위춘은 진지하게 사고하고 탐구했다. 그는 두 눈을 크게 뜨고 사회를 관찰하고 인생을 이해했다. "온갖 기이한 일이 다 있는" 데에서든 "기이하지 않은 게 없는" 데에서든, 그는 모두 자신만의 결론을 얻어냈다. 나는 이것이야말로 귀한 것이라고 생각한다.

인생관, 이는 언제나 젊은이들이 탐구하는 문제이다. 량위춘은 1927년 8월 〈인사관人死观〉에서 "어리둥절하리만큼 최근 이삼년간 수많은 학자들이 인생관에 대해 열렬하게 토론했다"고 말한다. 그러나 그들이 얻으려 애쓴 진리는 오히려 잊혀졌다면서, 이제 인사관을 살펴봐도 되겠다고 한 그는 자신이 "인사관"을 쓰는 목적이 "학자들의 마음을 움직여서 인사관에 대해서도 착실하게 연구를 한 후 어디에 적용해도 다 들어맞는 판단을 내리길 희망"하는 데 있음을 밝힌다. 인사관이라는 이 문제에 대해 작가는 깊이 있는 사고를 거쳐, 평범한 사람은 죽음을 이야기하면 반드시 삶을 떠올리기 때문에 인사관을 수립할 수 없다는 결론을 얻는다. "언젠가는 반드시 죽는 우리 같은 평범한 사람들에게 죽음의 맛을 객관적으로 자세히 음미하도록 해보라. 죽은 후에도 영혼은 죽지 않아서 이렇게 계속 살아갈 것이고 번뇌도 끝이 없다고 생각해보자. 또, 죽은 후 다 끝나버리고 아무것도 없는 상태로 돌아가 버렸을 때의 비애를 세심하게 생각해보자. 영생과 멸절은 매우 흥미로운 딜레마이다. 우리가 최대한 죽음과 친해져서, 이 딜레마가 이처럼 완벽하게 작용함을 찬미한다면, 죽음을 언급할 때 구태여 이가 덜덜 떨릴 필요가 있겠는가? 인생관이라는 이 수작을 우리는 질리도록 부렸으니, 술책을 좀 바꿔서, 우리 같이 좋은 인사관을 세워보자!"

량위춘은 매우 엄숙하고 진지한 태도로 인생을 탐구했다. 그의 견해는 항상 정확하고 투철했지만, 간혹 터무니없이 기발한 생각도 있었다. 이 인사관이라는 것은 어떤 정확한 결론을 도출해낼 수 없는 것이다. 그러나 작가의 사유, 그가 드러낸 의견과 기발한 생각은 사람들에게 어떤 시사점을 주기에 충분하다. 특히 그 가운데 나타나는 현실에 대한 불만은 작가의 내적인 번뇌와 의문을 반영하고 있다.

량위춘의 청춘은 짧았다. 그가 탐구하고 탐색한 인생의 기본은 생활에서 나온 게 아니라 책에서 나온 것이었다. 펑즈는 "그는 많은 책을 읽었다. 그가 비교적 많은 영향을 받은 것으로는 크게 다음과 같은 세 가지가 있다. 그는 영국의 산문 문학에서 어떻게 인생을 관찰하는지를 배웠다. 중국시,

특히 송대 시사로부터 어떻게 인생을 음미하는지를 배웠고, 러시아 소설로부터 어떻게 인생을 파헤치는지를 배웠다"고 했다. 량위춘의 오랜 친구로서, 펑즈의 평가는 정곡을 찌르는 것이다. 이는 우리가 량위춘을 이해하는 데 큰 도움이 된다.

그의 산문에는 탐구하고 탐색하는 과정에서의 감상적인 정서가 흐른다. 이는 시대가 그렇게 만든 것으로, 작가에게 가혹한 요구를 할 수 없는 부분이다. 〈"슬픔을 잃어버린" 슬픔"失掉了悲哀"的悲哀〉에 바로 이러한 정서가 뚜렷하게 나타난다. 이 글에서 작가는 십년 전의 동창생 칭靑이라는 가공의 인물을 만들어서 그와 대화하는 방식을 사용한다. 칭의 입을 통해서 그는 인생의 가장 큰 고통이 바로 "슬픔을 잃어버린" 슬픔임을 이야기한다. 칭은 다음과 같이 말한다. "나는 인간의 모든 즐거움과 슬픔을 이해해, 그러나 내 자신은 오히려 즐거움도 잃어버렸고 슬픔도 잃어버렸어. 나란 녀석은 가치관을 잃어버린 놈이기 때문이야. 사람은 인생에 대한 긍정이 있어야만 슬픔과 즐거움이 있을 수가 있어." 칭은 매우 생동감 있게 말을 이어간다. "자기 마음속에 있는 갖가지 애호와 혐오의 감정에 대해 하나하나 이성적으로 의문을 제기하고, 수많은 가치관을 하나하나 깨뜨리는 것, 이는 곧 자기 마음을 한 입 한 입 잘근잘근 씹어서 흐물흐물하게 만들어버리는 것과 매한가지야." 칭의 결론은 다음과 같다. "나는 모든 행동의 나침반을 잃어버리고 말았어. 무엇을 희망이라고 부르는지도 당연히 잊어버렸지. 나에게 만족스러운 일이 있을 리 없고 뜻대로 되지 않는 일도 있을 리 없다. 나는 진즉부터 어떤 것에 대한 입장도 없어졌어. 그래서 나는 언제나 이렇게 젊은 거야. 내 마음은 이미 내 몸과 아무런 관련이 없어져서 소란을 피우지도 않거든. 나는 마음을 잃어버렸지만 찾으러 갈 데도 없어, 내가 먹어버렸기 때문이지."

청이 쏟아낸 말들이 작가가 삶을 탐색한 결과가 아니라고 할 수는 없다. 슬픔과 즐거움을 잃어버리고 모든 가치관을 잃어버리는 것은, 자신의 마음을 먹어버린 것처럼, 몸은 젊지만 사실상 빈껍데기에 불과하다는 것이다. 작가는 삶의 일부 모습들을 비판하고 있지만, 그 안에는 농후한 감상적인 정서가 흐른다. 량위춘의 붓끝에서 삶은 다소 어둡다. "슬픔을 잃어버린" 슬픔은 정말 너무 비관적이다. 그렇지만, 작가의 사유와 탐색은 가치가 있다. 그 당시에, 삶을 직시하고 현실을 관찰하며 자신만의 결론을 얻어낼 수 있었다는 것은 매우 귀중한 것이라 할 수 있다.

三. 쾌담, 종담과 방담(솔직하고 예리한 말, 거리낌 없는 말과 하고 싶은 대로 한 말)

량위춘의 산문은 의론에 뛰어나다. 그는 항상 어떤 것에 대해 서술하면서 동시에 평가와 분석을 진행하는 방식으로 동서고금에 대해 얘기하고 인생의 도리를 탐색했다. 펑즈는 "량위춘의 산문에는 독특한 비평이 많은데, 그중에는 정확하고 탁월한 견해도 있고 다소 터무니없는 것도 있다. 그가 독자들에게 남긴 인상은 마치 세상만사를 다 경험하여 세상사를 꿰뚫어보는 지혜로운 사람 같기도 하고, 때로는 숨기는 게 없고 기발한 장난꾸러기 어린애 같기도 하다는 것이다"고 했다. 이는 산문의 비평적인 내용의 측면에서 본 것이다. 반면, 탕타오는 량위춘이 "책읽기를 좋아할 뿐만 아니라 말을 잘 하고, 서양문학에 대한 조예도 깊다. 본 것이 잡다하니 자연 자유자재로 쓰는 것이다"라고 하면서, 그가 "걸어간 길은 또 다른 길이다. 쾌담, 종담과 방담의 길이다"라고 평가했다. 그러면서 그는 량위춘이 요절한 탓에 "이 길도 오래지 않아 황폐해져버렸다. 이 길을 따라서 진일보한 탐색을 진행한 사람도 거의 없다"고 아쉬워했다. 이는 글쓰기 방식과 작품의 풍격에서 논한 것이다. 탕타오는 량위춘을 문체가로 보고, 그의 산문이 보여주는 글쓰기적인 특징을 평가했다.

량위춘이 의론에 뛰어난 것은 그의 산문에서 쉽게 볼 수 있다. 그가 쓴 모든 작품이 이런 자유로운 토론식의 의론성 산문이라고 할 수 있다. 《춘료집》에 실려 있는 〈"봄날의 아침" 한때는 천금과 같다 "春朝"一刻值千金〉(게으름뱅이의 게으른 생각 중 하나懶惰汉的懶惰想头)는 종담과 방담을 활용한 모범적인 문장이다. 작가가 설명하고자 하는 핵심은 바로 늦게 일어나는 것의 묘미로, "봄날의 아침" 한때가 천금에 맞먹는다는 것이다. 글은 다음과 같이 시작한다. "십여 년간 스승을 찾고 친구를 방문하면서 멀리 두루두루 돌아다녔다. 회상해보니 나에게 가장 큰 이점을 준 것은 외려 '늦게 일어나는 것'이었다. 지금 내 머릿속 수많은 영리한 생각과 융통성 있는 의견들이 대부분 아침에 잠자리에서 느긋하게 게으름을 부리면서 떠올린 것들이기 때문이다. 나는 정말 몇 마디 그것을 칭송하는 말을 써야만 하겠다. 그러면 나는 또 뜻있는 사람들에게 늦게 일어나는 예술적인 비결을 알려줄 수 있다." 이 작품의 제목은 매우 특이하고 다소 황당하기도 하다. 그러나 작가는 이를 긴밀하게 잡아 쥐고서 그것의 묘미와 예술성을 대담하게 풀어냈다.

량위춘은 늦게 일어나는 것이 하나의 예술이라면서 그것의 고충과 즐거움을 거리낌 없이 털어놓는다. "후에 북방에 공부하러 갔는데, 북방의 날씨는 늦게 일어나는 습성을 양성하는 최적의 옥토여서, 수많은 동학들이 매우 수준 높은 늦게 일어나기의 전문가들이었다. 절대적으로 우수한 환경 및 친구들과의 연구 토론을 통해 나는 늦게 일어나는 것의 심오한 맛을 알게 되었고, 예술에 충실한 나의 열정도 하루가 다르게 높아갔다." 이러한 즐거움은 물론 쉽게 누릴 수 있는 게 아니다. 그는 다음과 같이 말한다. "학교에는 지각하는 학생들을 냉대하는 엄숙하고 점잖은 교수들이 몇몇 있었는데, 나는 정말 불행하게도, 늘 그분들이 백안시하는 대상이었다. 교실 문을 들어섰을 때의 그 싸늘한 기운을 피해보기 위해, 일찍 일어나려고 몇 번이나 결심했지만, 한 해 한 해 지나다보니 결국 4년 내내 냉대를 받았다. 그 안의 고초는 당해보지 않은 사람은 상상도 못할 일이다." 이러한 고통을 대가로 즐거움을 누린 것이다.

량위춘은 늦게 일어나는 것의 장점을 극력 칭송하면서 그것을 통해 얻는 위안과 즐거움을 서술한다. "늦게 일어나는 것에서 나는 또 적지 않은 위안을 얻는다. (중략) 편안하게 누워있을 때 나는 항상 '하느님은 하늘에 계시고, 만물은 다 자기 자리에 있네'(물고기는 물속에서 헤엄치고, 새는 나뭇가지에 앉아 있고, 나는 침대에 누워 있다)라는 브라우닝의 시구를 읊조린다."[35] 이어서 그는 다음과 같이 말한다. "늦게 일어나는 것은 우리에게 이 달콤한 공기를 맛보게 해줄 뿐만 아니라, 우리의 질긴 고민도 풀어줄 수 있다. (중략) 만약 삶의 번민이 있다면 30분만 더 자라(가장 좋기로는 한 시간 정도 더 자는 거다). 일어나면 당신은 틀림없이 해야 할 수많은 일들이 있는데 시간이 없다고 생각할 것이다. 그러니 바쁘지 않을 수 없다. '바쁜 것'은 즐거움의 궁전으로 들어가는 황금열쇠이다. 스스로 바쁜 것을 찾았을 때는 더 그러하다." 이러한 여러 이야기는 정말 게으름뱅이가 멋대로 지껄이는 얘기 같다. 그렇지 않은가? 어쩌면 대답하기가 어려울 수도 있지만, 작가가 보여주는 대담함과 편안한 마음은 감탄하지 않을 수 없다. 이렇게 거리낌 없이 표현하는 재능과 용기는 보통 사람들이 따라가기 쉽지 않은 것이다.

량위춘은 다음과 같이 글을 끝맺는다. "이제 봄이 왔다. '봄밤이 짧은 것을 한탄하며 늦게야 잠에서 깨어'[36]라고 하는데, 대여섯 시에 일어나면 태양을 볼 수 있다. 우리는 취한 듯 누워서, 몇 시간 동안 누운 채로, 꾀꼬리가 재잘거리는 걸 조용히 듣고 꽃 그림자가 느릿느릿 움직이는 것을 자세히 볼 수 있으니, 이는 정말 늦게 일어나기에 절호의 때이다. 이 황금 같은 '봄날 아침'을 저버리지 말고, 매일 우리를 조금만 더 누워있게 하자." 이는 정말 절묘한 문장으로, 차분하고 당당하게 풀어낸 자신의 이야기를 잘 마무리했다. 그의 친구인 리우궈핑은 《눈물과 웃음》의 서언에서 다음과 같이 썼다. "그의 흥미로운 잡박함은 달제獺祭[37]라고 부를 만해서, 어떤 것이든 그의 머릿속에서는 자유자재로 움직인다. 그러다 어디 머물기만 하면, 그것이 주련 한 쌍이든 짧은 시구이든 전부 다 그의 무수히 많은 감상과 부회를 불러오는데, 주제를 벗어나 한없이 멀리 가버린다. 그와 친한 사람들은 오류에 오류가 더해지는 것을 납득하고, 그를 양해하며 그에게 감탄한다. 그의 감상과 부회는 매우 복잡하고 깊이 있는 공감을 불러일으킨다. 이는 그를 깊이 아는 사람만이 알 수 있는 것이다." 이는 친구가 할 수 있는 핵심을 찌르는 평가이다. 이 평가로 위의 글과 그의 "게으름뱅이의 게으른 생각" 및 그의 대범한 주장을 이해한다면, 정확하게 그의 문장을 알 수 있을 지도 모르겠다. 먼저 량위춘이라는 인물을 이해해야 그의 독특한 산문을 이해할 수 있을 것이다.

자신에 대한 변론은 량위춘 산문의 의론 방식 중 하나이다. 《춘료집》에는 자아변론식의 글이 적지 않다. 〈실연한 이에게 보내는 편지〉처럼 편지 형식인 것도 있고, 〈강연〉이나 〈"슬픔을 잃어버린" 슬픔〉처럼 두 사람 간의 대화 형식으로 쓴 것도 있다. 이 외에도 많은 글들이 자아토론이나 독백체 형식을 띠고 있는데, 변론하는 논조이다. 위충이라는 이름으로 치우신에게 보낸 두 통의 편지는 바로 자기와 자기의 변론으로, 전편 모두 솔직하고 예리하게 연애에 대한 작가의 견해를 풀어내고 있다. 이는 설득력을 갖추고 있는 성공적인 글이라 할 수 있다. 〈"내 머리를 돌려 달라" 및 기타 "还我头来"及其他〉 역시 매우 뛰어난 의론성 산문이다. 여기에서의 "내 머리를 돌려 달라"[38]는 것은 자신의 독립적인 인격을 지켜야 한다는 뜻으로, 작가는 다른 사람들이 말하는 대로 천편일률적인 그런 이야기를 하지 않고, 자신의 의견을 서술한다. 그는 중학교 대학교 동창들이 "전부 똑같다"는 말을 한 것에 대해 이해할 수가 없다면서 다음과 같이 말한다. "때로 다른 사람들이 하는 말을 따라서 주변 사람들에게 그대로 말하는데, 이 때문에 오히려 내 사상이 진보적이라는 등의 그런 치켜세워주는 말을 듣는다. 다른 사람들이 치켜세워주지만 나는 오히려 부끄럽다. 이러다가 다른 사람들은 이해하고(?) 내 스스로는 이해하지 못하는 말만 하게 되지 않을까 염려스럽다. 자기 의견을 고집하지 않고 그냥 순하게 맞춰주는 게 가장 좋은 처세 방법이다. 타인을 위해 자신을 잃는 것도 희생정신이 있는 사람이 할 수 있는 일이다. 그렇지만 이렇게 하다보면 자신의 머리는 부분 부분씩 없어질 텐데, 그게 어떻게 슬픈 일이 아니란 말인가?" 이 단락을 보면, 자아변론의 색채가 담겨 있다. 여기에서 주장하는 이치는 물론 독자에게 하는 말이지만 자기 자신에게 하는 말 같기도 하다.

량위춘 산문의 의론적인 색깔은 매우 독특하다. 그는 자신의 내면을 독자들에게 솔직하게 드러내어 표현할 줄 안다. 이것이 바로 쾌담이다. 그는 동서고금에 대해 끝없이 의론을 펼칠 수 있다. 온 나라의 사물과 여러 가지 책 속의 자료를 가지고, 다양하게 인용하고 증명하면서 써내려간다. 이것이 바로 종담이다. 반면, 기이한 생각, 터무니없는 의론과 대담한 내용들도 과감히 독자들에게 다 털어놓는데, 이는 방담이다. 이러한 이야기 방식은 소위 논의가 잇달아 터져 나오는 것으로, 중국현대산문사에서는 찾아보기 어렵다. 아마도 량위춘은 영국 산문의 글쓰기 방식을 많이 모방한 것으로 보인다. 때문에, 탕타오는 량위춘을 문체가로 보고, 그가 걸어간 길은 시도한 사람이 극히 적다면서 누군가 그것을 이어나가길 바란 것이다. 어쨌든, 량위춘의 이러한 풍격과 글쓰기 방식에 대한 연구와 정확한 평가가 진행되어야 한다. '5 · 4' 산문의 한 대가로서, 량위춘 또한 자리하고 있는 것이다!

四. 심오한 언어

량위춘은 요절한 까닭에 그가 남긴 작품 중 '5 · 4' 시기에 속하는 것은 《춘료집》 한 권뿐이며, 유고집인 《눈물과 웃음》에는 대부분 1920년대 말과 1930년대 초의 작품들이 실려 있다. 작품은 많지 않지만 개인적인 특색이 잘 드러난다. 언어적인 측면으로 볼 때, 그는 여기에 주의를 많이 기울였는데, 고심하여 예술적인 구상을 진행했다고 할 수 있다. 탕타오는 그의 산문이 "깜짝 놀랄 만한 문구를 써내지 않으면 결코 그만두려 하지 않네"[39]의 느낌을 준다고 했다. 펑즈는 량위춘의 산문이 "참신하고 심오하여 깊이 음미하게 한다"고 하면서, 몇몇 작품은 "산문의 형식으로 쓴 서정시"라고 했다. 나는 이러한 평가들이 모두 일리 있다고 생각한다. 확실히 량위춘의 산문은 언어적으로 심오한 풍격을 보여준다.

페이밍은《눈물과 웃음》의 서언에서 "최근 3년간 나는 치우신과 자주 만났는데, 거의 항상 내가 그에게 글을 쓰라고 재촉했다. 나는 그가 구상하고 있는 것들이 하늘에 주르르 박혀 있는 별들처럼 사방에서 반짝반짝 빛나고 있지만 플롯이 없어서 조금만 늦어도 사라져 버린다는 것을 알고 있었다. 그는 마치 거울처럼 무엇이든 다 수집 보존하지를 못했다"고 밝힌 바 있다. 페이밍의 이 말은 평론가들에게 자주 인용된다. 탕타오는 그의 이 평가가 "매우 식견이 있다"고 했고, 펑즈는 "이 평가는 량위춘 산문의 풍격만을 설명하고 있을 뿐이다. 앞서 말한 대로, 산문에 나타나는 사상은 찾아볼 만한 단서가 있다"고 했다. 언어적인 특색으로 볼 때, "하늘에 주르르 박혀 있는 별들처럼 사방에서 반짝반짝 빛나고 있다"는 말로 평가하는 것 역시 타당하다고 본다. 량위춘이 심혈을 기울인 문장과 구상에는 항상 반짝반짝 빛나는 사상과 뛰어난 어구들이 나타난다. 이는 아마도 "조금만 늦어도 사라져 버리는" 것이 아니고 다 기록되었기 때문일 것이다. 그리고 이러한 어구들이 그의 산문의 심오한 풍격을 형성하는 것이다.

이제 구체적인 예를 들어 량위춘 산문의 언어적인 풍격을 살펴보도록 하겠다.《춘료집》에 실린 〈취중몽화(二)醉中梦话(二)〉의 3장 제목을 보면, '"첩첩이 닫힌 궁성 문이 열리니 만국의 사신과 백관이 황제에게 절을 한다"의 문학사' [40]이다. 그는 여기에서 다음과 같이 쓴다. "내가 보기에 문학사는 철학사와 마찬가지로 무의미하다. 문학사의 유일한 용도는 본국 문자가 우아하고 아름다우며 본국 문인의 언행이 티 없이 깨끗하다는 것을 칭송하는 데 있다. (중략) 결론적으로, 책은 온통 달콤하기 그지없다. 그래서 나는 왕유가 황제를 칭송한 시구 두 구절을 가지고 일반적인 문학사의 태도를 묘사하는 것이다." 이러한 견해를 제기한 후 그는 많은 실례를 들어 이를 뒷받침한다. 다음 두 단락을 보자.

> 최근 중국에서 외국문학을 소개하는 글들은 대부분 문학사 같은 방식이다. 칭송하는 말들을 줄줄이 늘어놓고 한바탕 추켜세우니, 그야말로 신'옹제체'[41]라고 할 수 있다. 보는 사람들을 그저 우쭐거리게 만들고, 멋대로 동정하듯 따라서 입을 벌리고 칭찬하게 한다. 이런 식의 덮어놓고 떠받드는 비평 글은 맹목적으로 대작가의 작품을 찬미하는 것만 아는 습관을 독자들에게 키워주어서, 좋고 나쁨을 전혀 구별하지 못하게 할 수 있다. 권위 앞에 굴복하는 것은 이미 우리의 국수이니, 신문학가들은 속세에 물들지 않은 서양 성인들을 데려다 우리가 맹목적으로 숭배하는 우상으로 거듭 치켜세울 필요가 없다.
>
> 내 생각에 가장 좋은 방법은 모든 문학사에 작가의 성격을 서술한 단락의 끝에 한 페이지 또는 반 페이지 정도의 공백을 남겨두어, 독자들로 하여금 자신이 작품에서 추측해낸 작가의 성격과 정통성을 지니는 비평가들로부터 듣지 않은 말들로 그 공백을 채우게 하는 것이다. 옛날 수상소설绣像小说[42] 첫머리에 들어간 삽화같이 모든 사람들이 다 똑같은 얼굴을 갖지 않도록, 이렇게 하면 역대 문호들도 인기를 좀 회복할 수 있을지 모른다.

인용한 글을 보면, 독창적인 인식이 나타날뿐더러 언어 역시 참신하고 유려하다. 그래서 독자들은 읽은 후 작가의 탁월한 견해에 설득당하는 동시에 그의 깊이 있는 언어에도 감동을 받게 된다. 요컨대, 위 글은 량위춘 산문의 언어적인 특징을 잘 표현하고 있다.

량위춘 산문의 언어적인 특색은 정말 그의 인격을 반영하는 것이다. 옛사람들은 "글이 바로 그 사람이다"고 했는데, 량위춘의 산문이 바로 이를 증명한다. 펑즈의 회고에 따르면, 당시 그가 량위춘에게 장대의《요엄몽억》에 나오는 "사람에게 각별한 취미가 없으면 그는 깊은 정이 없는 것이니 사귀지 말라. 사람에게 결점이 없으면 그는 진실한 성품이 없는 것이니 사귀지 말라"[43)]는 구절을 칭찬한 적이 있었는데, 량위춘도 이 견해에 동의했다고 한다. 량위춘의 산문을 읽다보면, 바로 그 사람을 보는 것 같다. 그는 진정성 있는 작가이다. 그의 그 탁월한 견해를 담은 논의, 깊이 있고 만족을 주는 풍격 등은 모두 우리가 한 걸음 더 연구하고 공부할 만한 가치가 있다.

1) '四一二反革命政变'이라고 부른다. 1927년 4월 12일 국민당 우파가 국민당 우파에 반대하는
국민당 내 좌파와 공산당원 및 이들을 지지하는 일반 대중들을 무차별하게 학살한 사건이다. 이
사건을 기점으로 하여 중국대혁명은 실패의 길로 접어들게 된다. (Baidu百科 '四一二反革命
政变' 참고)

2) '성무'는 제왕의 무공을 칭송하여 부르는 말이다.

3)《맹자·등문공하孟子·滕文公下》에 "천하가 생긴 지 오래되었는데, 한 번 다스려지면 한 번
어지러워졌다"는 말이 나온다.

4) 백화를 사용하여 창작한 '신시'와 구별하기 위해 사용한 명칭으로, 오언칠언절구, 오언칠언율시
와 같이 중국의 전통적인 격률이 엄격한 시를 통칭한다.(Baidu百科 '旧体诗' 참고)

5) 작품의 출처가 되는 고사를 말한다.

6) 1911년 10월 10일 후베이성 우창 지역에서 일어난 봉기이다. 청나라의 통치에 반대하는 군인들
이 일으킨 무장봉기로, 신해혁명의 발단이 되었다. (Baidu百科 '武昌起义' 참고)

7) 2권부터《신청년新青年》으로 이름을 바꾸었다.

8) 같은《신청년》동인인 두 사람이 쌍황신을 쓴 이유는 신문화운동에 대한 관심을 불러일으키기
위해서이다. '5·4' 문학혁명이 시작되면서 후스와 천두슈가 연이어 문학혁명에 대한 글을 발표
하였고, 첸쉬안퉁과 류반농은 이들을 적극적으로 지지하였다. 그러나 여전히 많은 사람들은 문
학혁명에 대한 이해가 부족했고 관심도 없었다. 이에 첸쉬안퉁과 류반농이 사람들의 관심을 끌
어 모으기 위해 문학혁명에 반대하는 글과 찬성하는 글을 각각 씀으로써 이에 대한 논쟁을 일으
킨 것이다.

9) 1924년 12월, 후스, 쉬즈모, 천시잉 등 자유주의적인 성향을 지닌 지식인들이 중심이 되어《현
대평론》이라는 잡지를 창간한다. 이들은 루쉰 등《어사》를 중심으로 활동하던 문인들을 '어사
파'라 지칭하면서, 동시에 자신들을 '현대파'라고 불렀다. 루쉰 또한 이들을 '현대파', '현대
평론파' 등으로 불렀다. 이들은 시사적인 평론을 중심으로 하면서 문학예술 및 자연과학 등에
대한 문장도 발표하였다.

10) 프랑스의 작가·의사·인문주의 학자. 프랑스 르네상스의 최대 걸작인《가르강튀아와 팡타그
뤼엘 이야기》를 썼다. 몽테뉴와 함께 16세기 프랑스 르네상스 문학의 대표적 작가이다. 영국의
셰익스피어, 에스파냐의 세르반테스에 비견된다. 네이버 두산백과 '프랑수아 라블레' 참고.

11) '东吉祥胡同의 군자'란 현대평론파를 가리킨다. 이들이 베이징의 东吉祥胡同에 주
로 거주했기 때문에 이들을 '둥지샹 골목의 군자들东吉祥胡同诸君子'이라고 불렀
다. 钱理群,〈鲁迅与现代评论派的论战〉, 中国论文联盟 http://www.lwlm.com/
History/200806/64100p2.htm 참고.

12) 예전에 기생을 부를 때 사용하던 쪽지.

13) 중세기에 마녀들이 파티를 할 때면 늘 숫양이나 사람의 모양으로 변해서 나타났는데, 까만색
연미복을 입고 있었지만 새까만 숫양의 발을 드러냈다고 한다. 王炎,〈女巫叙述与欧美文化

及文学创作〉. http://www.lwlm.com/yingmeiwenxue/201111/595539.htm.

14) 저우쭤런은 《지당회고록》(173조)에서 다음과 같이 썼다. "'23년 1월 13일 우연히 우산체를 짓다'. 이는 내가 당시 지은 타유시打油诗의 제목이다. 우산체라 함은 지명스님의 "牛山四十屁"를 가리킨다. 그가 쓴 것은 칠언절구라 한산寒山의 오언고시와는 다르다. 그래서 이렇게 말한 것이다. 이것은 칠언율시로, 사실상 우산 원작과도 다르지만, 일단은 타유시의 별칭으로 삼는다." 저우쭤런의 언급으로 보건대, 우산체는 타유시를 뜻하는 것으로 보인다. 타유시는 흥취 있는 통속적인 시를 말한다. 영어로 doggerel, 즉 엉터리 시라고 한다. '엉터리 시'라고 영역한 것은 타유시가 중국의 전통적인 시와 달리 격률을 따지지 않고 대구나 평측도 중시하지 않으며 압운도 엄격하게 지키지 않았기 때문으로 보인다. 후에, 통속적이고 해학적인 시를 타유시라고 불렀다. 격률, 대구, 평측 등을 따지지는 않았으나, 일반적으로 오언 또는 칠언으로 구성되었고, 작가는 타유시를 통해 사회현실에 대한 풍자와 조소를 보냈다.(타유시에 대한 설명은 Baidu百科 '打油诗' 참고)

15) '7·7' 사변은 1937년 7월 7일 베이징 교외에 있는 노구교에서 일본군이 중국군 수비대를 공격한 사건이다. 이로부터 중일전쟁이 시작되었다.

16) 周作人과 曹聚仁의 서신을 모은 책이다.

17) 여기에서 '노호' 즉, '늙은 호랑이'는 장스자오를 가리킨다. '노호'는 어사파를 비롯하여 장스자오를 비판하는 진영에서 그를 부르는 별칭이었다. 《현대평론》은 장스자오가 많은 지원을 해서 만든 잡지였기 때문에 장스자오를 칭송하는 글을 많이 실었다. 이런 글들이 모두 백화로 쓰였기 때문에 어사파는 《현대평론》을 '백화노호보'라고 조롱한 것이다.

18) 송대 육전陆佃이 지은 훈고서이다. 물고기, 짐승, 새, 곤충, 말, 나무, 풀 등에 대해 설명해놓았다.(Baidu百科 '埤雅' 참고)

19) 荠菜马兰头, 姐姐嫁在后门头. 사오싱 지역에서 전해 내려오는 동요.

20) 한유韩愈의 〈맹동야를 보내며送孟东野序〉에 나오는 글귀이다. 한유는 이 시에서 다음과 같이 사계절의 변천을 묘사하였다: 以鸟鸣春, 以雷鸣夏, 以虫鸣秋, 以风鸣冬.

21) 오랫동안 내려서 재해가 된 비.

22) 춰拌儿은 설탕에 잰 과일이나 갖가지 견과를 섞어 놓은 음식인데, 이것저것 긁어모아서 된 것, 여러 가지를 종합한 것이라는 의미도 있다.

23) 중국봉건사회의 특이한 계급 중 하나이다. 과거에 급제했지만 벼슬에 나가지 못한 사람이나 과거에 낙방한 사람, 비교적 문화적인 소양을 갖춘 소지주, 그 지역에 내려와 요양하는 관료, 퇴직한 관리나 종가의 원로 등으로, 어느 정도 학식과 명망이 있는 사람들을 가리킨다. 이들은 관리에 가깝지만 관리와 다르고, 일반 백성 같지만 백성들 위에 있는 그런 존재들이다.(Baidu百科 '乡绅' 참고)

24) 신선이 영지를 재배했다고 전해지는 곳.(Baidu百科 '芝田' 참고)

25) 산시陕西 지역의 전통적인 간식거리 중 가장 대표적인 음식으로, 당나라 때부터 전해 내려왔다고 한다.(Baidu百科 '油酥饼' 참고)

26) 只缘曾系乌篷船, 野水无情亦耐看.

27) 三面云山一面城. 시호가 동남, 서남, 서북쪽이 산으로 둘러싸여 있고, 광활한 평원인 동북쪽에 항저우가 자리하고 있음을 표현한 것이다.

28) 女墙. 성벽 위에 설치하는 낮은 담장을 말한다. 여장女墙은 여담 또는 여첩女堞, 타垛, 성가퀴 등으로 다양하게 부른다. 여장은 사이사이가 끊어져 있는데, 그 사이로 적을 엿보거나 공격할 수 있었다. 적으로부터 몸을 보호하고 적을 효과적으로 공격할 수 있는 구조물이다.(https://terms.naver.com/entry.nhn?docId=2836252&cid=55761&categoryId=55761 네이버 지식백과 알기쉬운 한국건축 용어사전)

29) 1937년 11월 1일 베이징대학, 칭화대학, 난카이대학南开大学이 일본군의 폭격을 피해 창사长沙에 함께 만든 대학. 이후 이곳이 일본군의 폭격으로 무너지면서 쿤밍昆明으로 다시 옮겨갔다.

30) 중국 회화 기법 중의 하나로, 세밀하고 정교하게 그리는 그림을 말한다.(Baidu百科 '工笔画' 참고)

31) "一部《十七史》, 从何处说起?" 명대《송원통감宋元通鉴》에 나온 말이다. 문천상文天祥이 원나라 군대에게 포로로 잡혀갔다. 그는 원나라 승상을 만난 자리에서 "예로부터 흥하기도 하고 망하기도 했으며, 제왕장상 중에도 죽음을 당한 사람이 많다. 얼른 나를 죽이라"고 했다. 원나라 승상이 "반고부터 오늘에 이르기까지 황제와 왕이 얼마나 되는가?"를 물었다. 문천상은 "십칠사 한 권을 어디서부터 얘기할 것인고?"라고 답했다. 역대 상황이 복잡하여 명확하게 말하기 어렵다는 뜻이다. 사정이 복잡해서 명확하게 정리하지 못한다는 말로 사용된다. http://www.jiyifa.com/ciyu/209625.html 참고.

32) 빙신은 朱金顺 교수가《五四散文十家》를 집필하던 때에는 살아있었으나, 1999년 2월 세상을 떠났다.

33) 卿云烂兮. 상고시대 시가인《卿云歌》의 첫 부분이다.

34) 우아하고 아름다우며 사람의 눈과 마음을 즐겁게 해주는 풍격. 통상적으로 한 작품의 문채는 주로 아름다운 언어를 통해 드러난다. 때문에 적당한 수식을 통해 문채를 더해주기도 한다.(Baidu 百科 文采참고)

35) 上帝在上, 万物各得其所. 各得其所는 모든 사람들이 다 만족한다는 의미인데, 모든 사람 또는 사물이 합당한 자리를 얻는 의미로도 사용된다. 량위춘은 후자의 의미로 해석했다. 원문은 다음과 같다: God's in His heaven- All's right with the world. -〈Pippa's Song 比芭之歌〉중- (Baidu百科 '比芭之歌' 참고)

36) 春宵苦短日高起. 백거이白居易의 〈장한가长恨歌〉에 나오는 구절이다.

37) 수달이 물고기를 잡아서 늘어놓는 것을 말한다. 이것이 마치 제사상의 제물을 늘어놓은 것 같다고 하여 '달제'라고 부르는데, 여기에는 "쌓다堆砌"의 의미가 내포되어 있다. 그래서 후에 고사성어나 전고典故를 많이 사용하는 것을 형용할 때 '獭祭'라는 표현을 사용하게 되었다.(Baidu百科 '獭祭' 참고)

38) 관운장이 손문과의 전쟁에서 대패하여 참수당한 후, 옥천산에 나타나 "내 머리를 돌려 달라"고 스님에게 외쳤다고 한다.

39) 语不惊人死不休. 두보杜甫의 〈강물의 기세가 바다와 같음을 보고江上值水如海势聊短述〉

에 나오는 구절이다.

40) 九天閭闔开宫殿, 万国衣冠拜冕旒. 왕유王维의 〈가사인이 아침 조회를 하고 쓴 시에 화답하여和贾舍人早朝大明宫之作〉에 나오는 구절이다.

41) 응제체应制体는 봉건시대 신하들이 황제의 명령에 따라 지은 시문을 말한다. 내용은 대부분 황제의 공덕을 칭송하는 것들이다. 당송시대에는 이런 작품들이 적지 않았으며, 제목에 반드시 "应制"라고 밝혔다.(Baidu百科 '应制体' 참고)

42) 섬세하게 그린 삽화가 들어있는 통속소설을 가리킨다.

43) 人无癖不可与交, 以其无深情也;人无痴不可与交, 以其无真气也.

又恐誚彼相合（三頁）此用論語危而不持

顛而不扶則將為用彼相矣，與下文而翕

（用史記）對言身應危顛藉彼扶持也，

相熏柔使俗所謂「相夫」之相，一語变閱

聊博一笑，憶為新詩集早年妄作，

久之疲廢席尚有存者拟於他日

惠临时面呈一册俟正。春氣漸和，

小海公園開放，也游人稍，草復候

近安

平　　三月七日

3부 ◆ 작품론

따뜻하고 아름다운 기억, 날카로운 투창

- 루쉰 〈저승사자〉론 -

1926년 2월에서 11월까지 루쉰은 '옛일 다시 꺼내보기'라는 제목으로 일련의 회고성 산문을 《망원》에 연재하였다. 이 글은 이후 《아침 꽃 저녁에 줍다》는 제목으로 출간되었다. 저자는 짤막한 머리글에 다음과 같은 글을 남겼다. "이슬 머금은 꽃을 꺾으면 색과 향은 당연히 훨씬 더 고울 것이지만, 나는 그렇게 할 수가 없다. (중략) 한때 나는 마름열매, 누에콩, 마름 줄기, 참외 같은 어렸을 적 고향에서 먹던 야채며 과일에 대해 자주 떠올리곤 했다. 이것들은 전부 다 매우 신선하고 맛있었으며, 고향을 생각하게끔 나를 유혹했다." 그렇다면, 이런 "기억 속에서 베껴온" 글들은 마음속에 깊이 감추어진 따뜻한 기억이거나, "고향을 생각하게끔 유혹하는" 것들이지 않을까.

《아침 꽃 저녁에 줍다》에 실린 열편의 글은 비록 "이슬 머금은 꽃을 꺾은" 것은 아니지만, 작가의 고향인 사오싱의 오래 묵은 소흥주처럼 진하고 그윽한 향기를 발산한다. 이들은 1920년대 산문의 정원에서 보기 드문 진귀한 꽃들로, 중국현대산문사에서 매우 특별한 위치를 차지한다. 그런데, 이 작품집에 실린 글 중에서 〈저승사자〉는 특이한 제재와 자유로운 형식 때문에 많이 논의되지 못했다. 하지만 이 작품은 매우 훌륭한 글이다. 이에 작품에 대한 개인적인 감상을 간략하게 적어보고자 한다.

一

루쉰은 유물주의자로서, 그는 운명이나 귀신을 믿지 않았다. 탕타오가 쓴 〈루쉰에 대한 이야기魯迅的故事〉를 보면 루쉰이 귀신을 무서워하지 않는 것에 대한 이야기가 나온다. 그러나, 루쉰은 귀신에 대한 이야기를 결코 회피하지 않았다. 오히려 지옥과 귀신에 대해 쓰기도 했다. 우리가 익히 알고 있는 〈목매 죽은 여인女吊〉¹⁾이 바로 목을 매달아 죽은 여귀에 때해 쓴 것이다. 이 작품에서는 "여귀가 뛰는" 장면을 묘사했을 뿐만 아니라, 여귀가 보여주는 강렬한 복수심을 칭송했다. 〈저승사자〉에서 루쉰은 전설 속에 나오는 살아있는 저승사자에 대해 서술했다. 그는 이 저승사자를 진짜처럼 매우 생동감 있게 묘사했다. 그렇다면, 루쉰은 왜 이 인물을 좋아하는 걸까. 청소년 시절을 회상하는 산문 열편을 쓰면서, 왜 하필 저승사자를 주제로 하는 글을 썼을까. 나는 이 문제가 상세히 생각해볼 가치가 있다고 생각한다.

《아침 꽃 저녁에 줍다》에 실린 글들은 모두 알록달록 빛나는 자신의 어린 시절에 대한 기억을 서술한 것이다. 신맞이 행사²⁾, 목련회³⁾와 월극⁴⁾ 구경은 모두 당시 아주 성대한 행사였다. 이들은 모두 소년 루쉰의 마음속에 매우 깊은 인상과 따뜻한 기억을 심어주었다. 그 울긋불긋한 가운데 온통 하얀색으로 차려입은 저승사자는 루쉰에게 몇 십 년이 지나도 잊히지 않는 강한 인상을 남겼다. 그는 감정적인 필치로 저승사자가 "활발하고 익살스러우며", 사람들은 "그와 가장 익숙하고, 가장 친밀하다"고 저승사자의 모습을 형상화했다. 이 전설 속의 귀신은 정직하고 인정이 많다. 그래서 "모든 귀신 중에서 바로 이 저승사자만 좀 인정이 있다. 우리가 귀신으로 변하지 않으면 그만이지만, 만약 귀신이 된다면 당연히 그가 비교적 친근하다고 할 수 있을 것이다"라고 말한다. 루쉰은 이 저승사자에게 매우 호감을 갖고 있어서, 부정적인 어투가 아닌 찬양하는 논조로 그를 서술하고 있다.

〈저승사자〉에서 루쉰은 신맞이 행사의 공연에 나온 저승사자에 대해 상세하게 서술한다. 그는 무대에서 공연하는 저승사자극을 한 번 봤던 일과 신을 맞이할 때 저승사자와 저승사자 아내에 대해 묘사했다. 기억 속의 이러한 사소한 부분들은 모두 생동적이고 핍진하게 묘사되어, 루쉰이 이를 얼마나 좋아하고 중시했는지를 보여준다. "지금까지도 아직 나는 확실히 기억한다. 고향에 있을 때 '하등인'과 함께 항상 이렇게 즐겁게 이 귀신이면서도 사람인, 이성적이면서도 감정적인, 무서우면서도 귀여운 저승사자를 뚫어지게 본 적이 있다. 뿐만 아니라, 그의 눈물과 웃음, 생경한 말투와 농담을 좋아했다." 작가가 기억 속의 이 단편을 베껴올 때, 그의 마음은 따뜻한 느낌으로 넘쳐난다. 이처럼 소중하게 기억 속에 남아있는 어린 시절의 생활과 잊을 수 없는 저승사자의 모습이 어떻게 "고향을 생각하게끔 유혹"하지 않을 수 있겠는가.

〈저승사자〉가 회고성 산문이긴 하지만, 이 작품이 창작되었을 때의 상황을 떠올려 본다면, 당시 상황이 작품 창작에 미쳤을 영향을 고려하지 않을 수 없다. 〈저승사자〉는 1926년 6월 23일 쓴 것인데, 작가는 "정처 없이 떠도는 중에 창작"[5]한 세 편 중의 하나라고 했다. 이 작품을 쓰기 전, 중국의 남쪽에서는 군벌이 흥기하고 있었던 반면, 북쪽에서는 학생들의 시위로 북양군벌의 통치가 타격을 받고 있었다. 베이징여자사범대학 학생들이 교장 양위수의 전제적인 학교 운영에 반대하여 일어난 의거는 대대적인 학내 시위로 번져나갔다. 또, 루쉰이 "민국 이래 가장 컴컴했던 하루"라고 칭했던 3월 18일의 '3·18' 사건이 발생했다. 이러한 사건들을 놓고, 루쉰을 위시로 한 어사파와 천시잉이 대표하는 현대평론파는 치열한 필전을 벌였다.

루쉰은 베이징여자사범대학에서 일어난 학생운동을 지지했기 때문에 교육부 수장인 장스자오에 의해 면직을 당했다. 이에 불복한 루쉰은 소송을 했고, 승소했다. 교육부는 면직결정을 취소하지 않을 수 없었다. 하지만 학생들의 투쟁과 시위를 지지한 진보적인 교수와 학자 48인은 당국에 의해 지명수배를 당하는 신세가 되었고, 루쉰도 그중 한 사람이었다. 이러한 일련의 일들로 인해, 당시 루쉰의 생활은 불안정했고, 그 마음은 답답함과 울분으로 가득할 수밖에 없었다. 지인의 기억에 따르면, 루쉰은 당시 분노로 병에 걸렸다고 한다. 비록 그는 전투적인 자세로 그 어두운 사회에 대응하고, 군벌과 "정인군자"들을 대했지만, 내적인 고통과 적적함은 피할 수 없는 것이었다.

〈저승사자〉는 회고성 산문으로 과거에 있었던 일을 기록한 것이지만, 작품을 통해 현실을 투영하면서 시사문제에 대해 자극을 주고 있다. 예컨대 다음과 같은 문장을 보자. "삶의 즐거움을 생각하면 삶은 물론 그리워할 만한 것이다. 그러나 삶의 쓰라린 맛을 생각하면, 저승사자도 반드시 나쁜 손님은 아니라는 생각이 든다. 귀천에 상관없이, 빈부에 상관없이, 그때는 모두 '빈손으로 염라대왕과 만난다'. 억울한 사람은 해명할 기회를 얻고, 죄가 있는 사람은 벌을 받는다." 이러한 격분된 말투는 어두운 현실에 대해 일침을 놓는 것이다. 잡문처럼 그렇게 직접적으로 정치현실을 비판하고 있지는 않지만, 북양정부[6]에 대한 불만을 우회적으로 드러내고 있는 것이다.

二

　회고성 산문집인《아침 꽃 저녁에 줍다》에 실린 모든 작품은 한편 한편
이 다 유기적으로 구성되어 있다. 때문에 각 작품은 내용에서 구성에 이르
기까지 전부 서로 연관되고 서로 호응한다. 물론 서로 독립적이고 그 한 편
으로 완전한 것도 있다. 〈저승사자〉의 구조를 파악하고자 할 때,《아침 꽃
저녁에 줍다》의 이러한 특징을 기억해야 한다.

　〈저승사자〉는《아침 꽃 저녁에 줍다》에 실린 작품 가운데 다섯 번째 작
품이다. 네 번째 작품은〈'오창' 묘회五猖会〉인데, 둥관东关에서 오창묘회를
구경한 일을 적은 것이다. 성대한 묘회를 구경한다는 기대로 흥분해 있던
그는 아버지가 먼저《감략鉴略》7)을 암송해야 보내준다고 하는 바람에 흥미
가 다 하고 말았다. 다행히 어린 루쉰은 아버지의 요구에 부응하여 성공적
으로 암송을 했고, 묘회 구경을 할 수 있었다. 그래서 그는〈'오창' 묘회〉
에서 신을 맞이하는 행사를 구경한 것을 썼다. 〈저승사자〉는 이 작품 다음
에 쓴 것이다. 때문에 〈저승사자〉의 첫머리는 다음과 같이 시작한다. "신
맞이 행사날에 순행한 신이 만약 생사권을 쥐고 있다면 (중략) 그를 따르는
행렬 중에는 특별한 배역들이 있을 것이다. 염라졸병과 염라왕, 그리고 저
승사자이다." 만약 독립적인 글에서 이렇게 첫머리를 시작한다면 갑작스럽
다는 느낌을 줄 수도 있다. 하지만, 앞 작품에서 신을 맞이하는 행사에 대
해 설명을 했기 때문에, 연속성을 띤 작품의 일부로써 〈저승사자〉의 첫머
리를 위와 같이 시작하는 것이 어색하지 않다. 이런 방식으로, 이 작품에서
서술할 저승사자의 이야기를 자연스럽게 꺼내오고 있는 것이다. 내용은 서
로 긴밀하게 연결되어 있고, 구조적으로도 앞 작품과 호응하면서, 다음 작

품을 위한 시작을 열어주고 있는 것이다.

회고성 산문인 〈저승사자〉는 어린 시절 보았던 저승사자에 대한 인상을 중심으로 서술하고 있다. 그 내용은 신맞이 축제에서 시골사람들이 분장한 저승사자, 무대에서 공연할 때의 저승사자 및 신을 맞이할 때 "저승사자를 보내는" 장면을 서술한 세 가지 단락으로 이루어져 있다. 그 서술이 매우 훌륭해서 기술을 위주로 하는 문장들 중에서도 가장 빼어난 것이라 할 수 있다.

루쉰은 맨발에 푸른 얼굴을 하고 울긋불긋한 옷을 입은 염라병사와 염라 왕 사이에 하얀 옷을 입고 높다란 흰 모자를 쓴 누군가가 있는데, 그 사람이 바로 저승사자임을 알려준다.[8] 그의 기억 속에서 저승사자는 다음과 같다. "그는 참최[9]를 입었고, 허리에는 새끼를 동이고 발에도 짚신을 신었으며 목에는 지전을 늘어뜨렸다. 손에는 파초선과 쇠사슬과 주판을 들었다. 어깨는 우뚝 솟아 있고 머리칼은 헝클어져 있다. 눈꼬리는 다 아래로 쳐져서 팔八자 모양 같다. 머리에는 고깔모자를 썼는데 아래쪽이 넓고 꼭대기는 좁다. 비율을 따지자면 두 척 높이는 되겠다." 루쉰은 이처럼 생동감 있게 저승사자의 모습을 서술하였다. 비록 간략하고 단순하게 묘사하였지만, 이 "활발하고 익살스러운" 모습을 진짜 같이 묘사해서 매우 선명한 인상을 준다.

배에 앉아서 밤에 하는 극을 구경하던 장면을 묘사한 단락은 더 뛰어나다. 작가는 먼저 "목련할두目连嗐头"에 대해 서술한다. "이 악기는 마치 나팔처럼 가늘고 길어서 족히 2미터는 넘었다. (중략) 이것을 불면 Nhatu, nhatu, nhatututuu하고 울린다." 목련희에서 전문적으로 사용하는 이 악기가 뽑어내는 소리가 이미 저승사자가 무대에 오를 분위기를 만들어놓는다. 이어서, 작가는 농담조로 저승사자의 등장을 묘사한다. "하얀 옷을 입은 거친 사내가 예쁜 얼굴에 눈살은 찌푸리고 있는데 웃는 것인지 우는 것인지 알 수가 없었다. 그가 무대에 등장할 때면 반드시 먼저 재채기를 백여덟 번 하면서 방귀도 백 여덟 번 뀌고 난 다음, 비로소 자신의 이력을 읊었다." 등장할 때의 그 대사, 그 "파초산을 꽉 쥐고서 땅을 내려다보면서 오리가 물 위에서 헤엄치는 것처럼 춤추는" 동작, "억울하고 고통스러워 견딜 수 없다는 듯한" 악기소리, 이 모든 것들이 다 생생하기 그지없다. "당신이 아무리 견고하게 막든 아니면 권세가 얼마나 높든 상관없이 오늘 이후로 나는 당신을 절대 놓아주지 않을 것이다." 저승사자의 인정사정 봐주지 않는 단호한 면모가 어쩌면 루쉰이 그를 좋아하는 이유인지도 모른다.

명대 장대가 쓴 《도암몽억》을 보면, 묘회에서 수호전을 연출한 이야기가 있는데, 루쉰은 〈'오창' 묘회〉에서 장대의 그 문장을 인용했다. 당시 그 성읍과 시골마을 및 산간벽지 등 사방에서 분장할 사람을 찾은 그 정신을 높이 평가하면서, "양산박의 사나이들은 한 명 한 명이 다 활기차고, 따스하며 세심하다. 그 대오는 잘 정돈되어 있다고 할 만하다"는 글에 대해 매우 감탄을 표했다. "이렇게 간략하고 단순한 수법으로 옛 사람을 묘사하다니, 어느 누가 한 번 보고 싶은 생각이 들지 않겠는가? 안타깝게도 이런 성대한 행사는 명나라 사직과 함께 진즉 사라져버리고 말았다." 〈저승사자〉에서 신을 맞이하는 제놀이와 월극 및 목련희를 묘사한 부분, 특히 저승사자를 서술한 단락도 간략하고 단순한 수법으로 묘사한 매우 훌륭한 글이라고 생각한다. 장대가 양산박 호걸을 묘사한 문장에 결코 뒤지지 않는다고 본다.

〈저승사자〉에서 작가는 서술하는 사이사이에 분석과 평론을 진행하고 있는데, 그 운용하는 능력이 매우 훌륭해서 문장에 생동감과 깊이를 더해 준다. 루쉰은 기억 속의 일을 얘기하는 데 있어서, 예전에 본 적이 있는 분장한 저승사자를 수식 없이 진솔하게 설명하는 것에 만족하지 못했다. 그래서 그는 평론적인 글을 삽입하였는데, 이러한 분석적이고 평론적인 성격의 문장이 상당히 많다. 예컨대, 글의 첫머리를 보면 신의 생사권에 대해 이야기하자마자 바로 "아니다, 이 생사권이라는 말은 적합하지 않다. 중국에서 무릇 신은 마음대로 사람을 죽이는 권력을 갖고 있는 것 같다고 말하는 것보다는 사람의 생사를 관장하는 것이라고 말하는 게 낫다"는 문장을 삽입한다. 이는 분석적이고 평론적인 문장이다. 앞에 한 말을 정정하고 있을 뿐만 아니라, 서술한 내용을 보강하면서 글에 색깔을 더하고 있다. 그런가 하면, "검은 저승사자"에 대해 묘사한 후에는 그의 척추를 한 번 쓰다듬으면 액운에서 벗어날 수 있다고 한다는 이야기를 쓰고 나서 바로 다음과 같은 문장을 덧붙인다. "나도 어렸을 적에 이 척추를 쓰다듬어봤다. 하지만 액운은 끝끝내 빠져나가지 않은 것 같다. --- 아니 어쩌면 그때 쓰다듬지 않았으면 지금 액운이 더 무거울지도 모를 일이다." 이러한 평론식의 문장이 삽입됨으로써 글이 유머러스해졌다. 뿐만 아니라, 당대 현실에 대한 일침 작용도 있으며, 서술의 깊이도 더해졌다.

三

〈저승사자〉는 회고성 산문이지만 잡문의 색깔도 농후하다. 루쉰은 글의 행간마다 아주 교묘하게 현대평론파에 대해 비판을 진행하고 있다. 이 작품은 1926년 6월 23일에 썼는데, 이때는 마침 루쉰과 현대평론파 천시잉 사이의 필전이 한참 고조에 달해 있을 때였다. 천시잉의 이른바 '한담'이 계속해서 발표되고 있었고, 루쉰을 공격한 글인 〈즈모에게致志摩〉도 진즉에 발표되었다. 루쉰의 〈약간의 비유〉, 〈편지가 아니다不是信〉, 〈나는 아직 '멈출 수' 없다我还不能'带住'〉, 〈사지〉 및 〈헛소리空谈〉 등등도 모두 발표되었다. 당대 현실에서 받는 자극, 예리하고 강한 반대편의 변론 등이 산문 창작에 일정 정도 영향을 끼치지 않을 수 없었다. 그래서 지난 일을 기억하는 서술과 의론 가운데에도 잡문적인 특색이 드러나게 된 것이다.

그러나 〈저승사자〉는 어쨌든 잡문은 아니다. 때문에 잡문적인 특색은 그 특수한 형식에서 나온다. 정면으로 반박하지도 않고, 일반적인 풍자나 조소도 사용하지 않았다. 대신, 서술하고 분석하며 평론하는 가운데 냉소적이고 조롱하는 그런 요소를 빚어 넣음으로써, 웃음과 욕설 및 조소와 풍자의 효과를 거둔 것이다. 논적에 의해 '불의의 습격'이라고 일컬어진 것이 바로 이러한 문장일 것이다. 예를 들어 "어느 지역이든 만약 학자나 유명인사가 나오면, ……"이라는 말로 시작하는 단락의 글은 매우 전형적이다. 회고나 서술의 측면에서 볼 때 이런 단락의 글은 없어도 가능하다. 그런데 이 부분이 오히려 전체 글에서 가장 훌륭한 단락이다. 이 글의 앞부분에서 작가는 사람들이 왜 저승사자를 보면 그렇게 긴장하고 기뻐하는지를 서술했다. 그 이유는 다음과 같다. '하등인'의 일생은 청혼하고 결혼하고 자식을 키우고 죽는 것이다. 저승에는 공정한 재판이 있다는 것을 알고, 그들은 고통 속에서 저승에 대한 동경이 생긴다. 그러나 루쉰은 그 의미를 단도직입적으로 서술하지 않고, 다른 일을 빌어 그의 뜻을 표명한다. 예컨대, 천시잉이 우시를 중국의 "모범적인 현"으로 추켜세우는 것[10], 그들이 루쉰을 "사오싱 나으리紹興爺爺"라고 공격하는 것[11] 및 그들이 조직한 "교육계공리유지회敎育界公理維持会"[12] 등을 모두 교묘하게 이 단락 안에 넣고 있다. 뿐만 아니라, 천시잉이 쓴 〈즈모에게〉 중에서 "우리는 지금 매우 좁은 길을 걷고 있다고 생각한다. 왼쪽은 끝없이 넓고 아득한 수렁이고, 오른쪽은 끝없이 넓고 아득한 모래밭이다. 우리의 목적지는 앞쪽 아득하니 옅은 안개 속에 있다"는 글도 가져다가 〈저승사자〉에서 인용하면서 풍자의 효과를 거둔다. 에둘러 말하면서 조롱하는 방식으로 현대평론파에 대한 비판을 진행한 것이 이 작품의 특징이다. 이 단락 외에도, 다른 부분에서 "벽에 부딪히다碰壁", "하늘까지 뛰어오르다跳到半天空", "불의의 습격放冷箭", "공리公理", "정인군자正人君子", "마누라와 자녀老婆儿女" 등등의 표현을 사용해서 천시잉 등 현대평론파를 풍자했다. 잡문적인 특색은 〈저승사자〉에게 전투적인 성격과 함께 유머적이고 해학적인 맛도 더해줌으로써, 글을 한층 더 생동감 있게 만들었다.

四

〈저승사자〉에서 서술한 신맞이활동, 월극과 목련희에 등장하는 저승사자의 모습은 매우 생생하다. 신맞이활동에서 연출하는 이야기나 월극 공연 및 목련할두를 부는 것 등은 모두 지역적인 색채가 농후하다. 사오싱 지역의 민간풍습, 사람들의 기대와 바람 등이 모두 명확하고 생생하게 표현되어 있어서, 민속활동을 연구하기에 좋은 자료가 된다.

루쉰은 저승사자 외에 다른 귀신들도 서술하고 있다. 촌사람들이 어떻게 염라왕과 염라병사로 분장했는지 상세하게 기술하고, 동악묘의 "저승"을 비롯하여《옥력초전玉历钞传》에 나오는 흰 저승사자, 검은 저승사자, 염라왕, 소 머리나 말 머리를 하고 있는 염라왕의 병졸 등에 대해서도 구체적으로 묘사하였다. 오늘날 보기에는 미신적인 색채가 없는 것도 아니다. 하지만, 루쉰의 붓끝에서 이것들은 어린 시절을 기억하게 하고 고향의 풍습을 알리는 그런 작용을 한다. 100년 전의 민간풍습, 사회풍토와 인정 등에 대해 루쉰은 아주 소중한 자료를 남겨준 것이다.

특히 무대에서 공연하는 저승사자의 모습은 매우 생생하게 형상화되었다. 인물이 등장할 때의 음악, 등장한 다음의 대사, 오리가 물 위에 떠 있는 것 같은 춤, 그가 뱉어내는 가사와 발음 등을 모두 명확하게 서술하고 있다. 직접 보지 않은 사람은 절대 이처럼 쓸 수 없다. 루쉰의 이러한 대작이 아니라면 이처럼 진짜같이 쓸 수 없다. 이러한 풍부한 민속사료는 중국 민족문화의 보고 안에서도 귀중한 것들이다. 특히 루쉰은 행간에 그 "하등인"들의 회노애락을 드러내면서 그들의 바람과 기대를 표현했는데, 이는 더더욱 소중한 것이다. 우리는 〈저승사자〉를 읽으면서 그것의 의미를 알아야 한다.

〈저승사자〉는 루쉰이 어린 시절의 인상에 기대어 쓴 글이기에, "실제와 어쩌면 좀 다를 수도 있을 것"이다. 하지만, 작가는 "그저 이렇게 기억하고 있을 뿐"이라고 여기고 있기에, 이렇게 쓴 것이다. 그 안에서 우리는 "과거에서 온 맛이 보존"되어 있는 것을 엿볼 수 있으며, 그가 저승사자를 얼마나 좋아하는지를 느낄 수 있다. 그러나 루쉰은《아침 꽃 저녁에 줍다》를 엮을 때, 서로 다른 몇 가지 판본의《옥력초전》안에 들어있는 저승사자 그림 속 저승사자가 자신이 기억하고 있는 저승사자와 다르다는 것을 발견하였다. 그래서 그는 자신의 기억에 의존하여 직접 수상화 식의 저승사자 그림을 그려서, 《아침 꽃 저녁에 줍다》의 후기에 수록하여 독자들이 볼 수 있도록 했다. 쉬광핑에 따르면, 루쉰은 당시 베이징에 있을 때 고슴도치 그림을 그린 적이 있었는데, 마치 고슴도치가 살아있는 것처럼 잘 그렸다고 한다. 안타깝게도 그림은 남아있지 않다. 그렇다면 이 저승사자 그림이 루쉰이 남긴 유일한 그림일 것이다. 이는 이 삽화의 가치를 설명할 뿐만 아니라 저승사자에 대해 루쉰이 얼마나 강렬한 인상을 갖고 있었는지, 그가 얼마나 저승사자를 좋아했는지를 보여준다고 할 것이다.

〈뇌봉탑이 무너진 것을 논함论雷峰塔的倒掉〉에 대해

〈뇌봉탑이 무너진 것을 논함〉은 루쉰의 잡문으로, 글쓰기 기법이 매우 독특하다. 이 글은 전체 천여 자에 불과한데, 매우 생동적이고 함축적이며 예리하고 심오하다. 오랜 시간이 흘렀음에도 불구하고 매우 강한 예술적 생명력을 지니고 있다. 이 작품의 뛰어난 사상성과 예술성은 오늘날에 읽어도 여전히 매우 감동적이며, 당시 이 작품이 지녔던 전투성을 마찬가지로 느낄 수 있다.

—

항저우 시호에 있는 뇌봉탑은 북송北宋 때인 975년 오월吳越의 왕 전홍숙钱弘俶이 세운 것이다. 1924년 9월 이 오래된 탑이 무너져버렸고, 그 소식이 베이징에 전해진 후 루쉰은 바로 이 〈뇌봉탑이 무너진 것을 논함〉을 썼다.

'5·4' 운동 전후에 중국신문화운동의 위대한 기수 중 한 사람으로서, 루쉰은 봉건제도를 반대하는 수많은 글을 썼다. 첫 번째 백화소설인 〈광인일기〉는 반봉건의 격문으로 일컬어진다. 〈뇌봉탑이 무너진 것을 논함〉도 봉건제도를 반대하는 그의 수많은 명문들 중의 하나로, 백사白蛇낭자와 허선许仙의 아름다운 사랑을 찬미한 동시에 '사람을 잡아먹는' 봉건예교를 비판한 글이다. 따라서 이 작품에는 봉건제도에 반대한다는 주제가 매우 선명하게 담겨져 있다. 루쉰의 붓끝에서 뇌봉탑은 봉건세력의 상징으로 등장한다. 사랑을 쟁취한 백사가 법해선사法海禅师에 의해 뇌봉탑 아래 갇힌다는 전설 때문이다. 루쉰은 뇌봉탑이 무너진 사건을 민간에 전해 내려오는 백사 이야기와 교묘하게 연결시키면서 봉건세력을 강하게 비판하고 있는 것이다. 이는 당시 매우 깊이 있는 현실적 의미를 지니는 것이었다.

"승려는 원래 불경 읽는 일이나 신경 쓰면 되는 것이었다. 백사가 허선에게 매료되고, 허선도 스스로 요괴를 아내로 맞이하겠다는데, 다른 사람과 무슨 상관이 있단 말인가. 그가 한사코 경전을 내려놓고 시비를 일으키겠다니, 아마도 질투심이 있나 보다. ──── 그것은 정말이지 틀림없는 것일 게다." 여기에서 루쉰은 전설 속의 법해선사를 비판한다. 이는 곧 당시 자유연애와 혼인을 반대하는 수많은 가짜 군자들에 대한 비판이기도 하다. '5·4' 운동 당시, 자유연애혼인은 매우 중요한 문제로, 반봉건의 중요한 부분이었다. "아마도 질투심이 있나 보다. 그것은 정말이지 틀림없는 것일 게다"는 문장은 감정적인 색채가 매우 농후할뿐더러 어기를 무겁게 한다. 이는 당시 뚜렷한 목적성을 띠고 쓴 문장이다.

1924년의 베이징은 바로 북양군벌이 통치하던 시기로, 봉건세력의 잔혹성이 극에 달해 있었다. 작품에서 루쉰은 법해선사에 대한 사람들의 비판과 백사에 대한 동정심을 묘사하였는데, 사실상 당시 대중들의 요구와 바람을 반영한 것이다. 요컨대, 북양군벌의 억압적인 통치를 비판하고 풍자한 이 작품은 매우 강한 투쟁성을 보여준다고 하겠다.

二

〈뇌봉탑이 무너진 것을 논함〉이라는 잡문 제목을 보면, 그 제목에 사용한 '논함'이 매우 독특하다. 이 작품은 통상적인 의론문 내지 설리성의 글, 즉 비평과 분석을 진행하고 이치를 따지는 그러한 종류의 글과는 상당히 다르다. 글 전체가 서술 위주로만 이루어져 있기 때문이다.

잡문은 문학성을 띤 사회논문으로, 전투적인 '문예기사'라고 일컬어진다. 잡문에서 비평과 분석을 하고 이치를 따질 때는 구체적인 어떤 형상과 밀접한 관련이 있다. 〈뇌봉탑이 무너진 것을 논함〉은 이 점이 아주 두드러지게 나타난다. 이 글은 하나씩 하나씩 문제를 설명하는 게 아니라, 작가의 느낌에서 출발하여 사물의 본질을 드러낸다. 선명하게 나타나는 형상 속에서 독자는 필연적인 결론을 얻게 되는 것이다.

〈뇌봉탑이 무너진 것을 논함〉은 저장 지역에서 오랫동안 전해 내려온 백사의 이야기를 바탕으로 한 것이다. 루쉰은 이야기의 내용을 삽입하거나 재배치하면서, 함축적이고 깊이 있게 문제를 설명하였다. "선인초를 훔치다"[13], "금산에 물이 가득하다"[14], "장원급제하여 탑에 제사를 지내다"[15] 등은 모두 민간에 내려오는 아름다운 이야기이다. 이들 이야기는 평범한 사람들의 요구와 이상 및 바람을 반영한 것으로, 낭만주의적인 색채가 농후하다. 루쉰은 〈뇌봉탑이 무너진 것을 논함〉 안에 이 이야기들을 요약하여 서술하였는데, 이를 가지고 뇌봉탑이 무너진 게 바로 민심이 지향하는 바임을 설명한다. "이제, 그것이 뜻밖에도 무너져버렸다. 세상 사람들이 왜 이와 같이 기뻐하는가?" 여기에서 작가는 교묘하게 현실생활 속의 사건, 즉 뇌봉탑이 무너진 것을 민간고사와 서로 연결시킴으로써, 당시의 투쟁과 보조를 맞추었을 뿐만 아니라 반봉건적인 의미를 부여하였다. 작가는 제시한 문제를 구체적이고 생생하게 논증하였고, 깊이 있고 엄준한 주제를 생동감 있는 서술 안에 담아냄으로써, 더 이상 반박할 수 없는 그런 논리적인 힘을 갖추도록 만들었다. 탕타오는 루쉰을 "매우 위대한 마침부호"라고 설명한 적이 있다. 그렇게 보자면, 독자는 이 잡문 속에서 깊이 있고 정확한 결론을 구체적인 형상과 이야기 속에서 얻어낼 수 있는 것이다.

봉건세력의 상징인 법해선사에 대한 사람들의 증오를 설명하게 위해, 루쉰은 그의 고향에 전해 내려오는 민간고사를 바꿔서 사용한다.

> 하늘이 높고 벼가 익어가는 시절 장저江淅 지역에는 게가 넘쳐난다. 붉어질 때까지 익힌 다음에는 어떤 것을 골라 집든 등껍질을 벗기면 안에는 알과 기름이 가득하다. 암컷일 경우엔 석류 같은 붉은 알이 있다. 먼저 이것들을 다 먹고 나면 원추형의 얇은 막이 드러난다. 그럼 작은 칼로 조심스럽게 원추형의 아래를 따라 잘라 내어 꺼내고 돌려서 안에 있는 것이 밖에 나오도록 하는데, 찢어지지만 않으면 나한 모양이 된다. 머리도 있고 몸도 있는데 앉아 있는 모습인 것이다. 우리 고향의 아이들은 그것을 "게 승려"라고 불렀는데, 이게 바로 게딱지 안으로 피해서 숨어 있는 법해선사인 것이다.

인용한 글에서 나타나듯, 루쉰은 옛날이야기를 생동감 있고 감동적으로 서술하였다. 이는 일반 대중들의 요구와 바람을 반영한 것으로, 그 안에는 법해선사에 대한 증오와 백사에 대한 동정이 흐르고 있다. 루쉰은 이 전설을 인용하여 문장을 더 생동감 있고 풍성하게 만든 것이다. 뿐만 아니라, 문제를 논증하는 데 있어서도 정확하며 정곡을 찌르고 있다.

탄사인《의요전义妖传》[16]은 청대 진우간陳遇乾이 민간고사에 가공을 하여 창작한 속문학 작품이다. 이 작품에는 봉건적인 쓸모없는 것들이 적지 않게 남아있다. 그런데 루쉰은 반봉건의 정수를 취하여 명백하게 설명을 하고, 이를 당시 시호의 뇌봉탑이 무너진 사실과 연결시켰다. 이로부터 반봉건적인 주제를 표현해냄으로써 현실적인 투쟁의 의미를 지니게 된 것이다. 루쉰의 붓끝에서 이 모든 것들은 적절하게 운용되고 잘 들어맞게 배치되었다. 이는 루쉰의 뛰어난 사상성과 높은 예술적 기교를 보여주는 것이다.

三

잡문 작가는 결국은 작품을 통해 어떤 문제에 대한 태도를 밝히고 의견을 제시하며 감정을 풀어내야 한다. 〈뇌봉탑이 무너진 것을 논함〉은 서사 위주의 작품으로, 평론식의 문장은 그다지 많지 않다. 그러나 이는 작가가 자신의 뜻을 전달하는 데 전혀 영향을 끼치지 않는다. 오히려 행간에 흐르는 감정이 매우 강하고 선명하게 나타난다.

백사와 허선의 순수한 사랑을 노래한 백사 이야기는 자유연애 혼인을 추구하는 대중들의 이상을 담은 것이다. 법해선사가 뇌봉탑에 백사를 가두어 그들의 사랑을 단절시켜버렸고, 이로 인해 뇌봉탑은 봉건세력을 대표하는 상징성을 띠게 되었다. 루쉰은 어렸을 때부터 그의 "유일한 소망이 바로 이 뇌봉탑이 무너지는 것"이었음을 독자들에게 밝힌다. 후에 뇌봉탑과 백사가 사실은 아무 관련이 없다는 것을, 탑 아래 그 가련한 백 낭자가 없다는 것을 알았지만, "여전히 내 마음은 불편했고, 여전히 그것이 무너지기를 바랐다"고 말한다. 이러한 서술은 봉건세력에 대한 작가의 증오가 얼마가 오래되고 강렬하며 깊은지를 함축적으로 잘 표현하는 것이다. 작품의 말미는 의론이면서 서정이기도 하다.

처음에 백사낭자는 탑 아래 눌려 있었고, 법해선사는 게 껍질 속에 숨어 있었다. 이제 이 노승만 혼자 정좌하고 있는데, 게가 멸종되는 그 날이 오지 않고서는 나올 수가 없을 것이다. 그가 탑을 만들었을 때 언젠가 탑이 무너지리라는 것을 생각지 못했단 말인가?

싸다.

봉건세력을 대표하는 인물인 법해선사에게 작가는 작품 곳곳에서 비웃음을 보내고 그를 꾸짖는다. 특히 글의 말미에서 루쉰은 감정을 담아서 뇌봉탑이 무너진 것을 분석하고 법해의 우매함을 조롱하고 풍자한다. 이를 통해 그는 "세상 사람들이 왜 이와 같이 기뻐하는가"에 대한 정서를 표현하고 작가의 감정을 선명하게 토로한다. 마지막에 "싸다"는 두 글자로 작품을 끝맺는다. 그런데 독립적인 행으로 만듦으로써 풍격이 독특하고 의미가 더 깊어졌다. 봉건세력에 대한 깊은 증오심, 뇌봉탑이 무너진 것에 대한 더할 나위 없는 통쾌함, 대중들이 승리한 것에 대한 즐거움이 이 두 글자에 다 집약되어 있다. 독립적인 행으로 만들어, 대서특필하고 있음을 보여주는 것이다. 마지막 이 두 글자는 그야말로 보배가 될 만한 훌륭한 표현이다. 비록 두 글자에 불과하지만, 오히려 소수로 다수를 이긴 것과 같아서, 함축적이며 강력하고 여운이 깊다.

〈뇌봉탑이 무너진 것을 논함〉은 아주 색다른 한 편의 '논' 문이자 서정성이 매우 강한 잡문이기도 하다. 우리는 이 작품이 내포하는 고도의 사상성은 깊이 있게 이해하고 우수한 예술성은 모범으로 삼아야 할 것이다.

주즈칭 산문 읽기

주즈칭은 중국현대문학사상 매우 유명한 산문가이다. 자연 그의 산문에 대한 연구는 적지 않다. 그러나 깊이 있는 연구는 아직 부족한 것 같다. 이른바 "역사적인 인물을 이해하기 위해 그 시대적 배경을 알아야 한다"[17]는 것이 쉽지 않은 것 같기도 하다. 작가 연구에 대해 사람들은 거시적인 연구와 미시적인 연구를 이야기한다. 물론 이 두 가지 모두 중요하다. 특히 미시적인 연구를 떠나서는 거시적인 연구도 이루어질 수 없다. 다음에 이어지는 짤막한 평론들은 미시적인 각도에서 진행한 것이다. 이런 연구는 정확하고 합당해야 하므로 쉽지는 않다. 나는 여기에서 미시적인 연구를 통해 예기의 효과를 얻을 수 있을지 시도해보고자 한다.

양전성은 당시 주즈칭에 대해서 "그의 글이 바로 그 본인이다. 그 아름다움은 소박한 것에서 나오고, 유머는 충직하고 온후한 데에서 나왔으며, 풍요하고 두터운 정은 수수한 것에서 나왔다. 그의 산문은 확실히 우리에게 평탄한 대로를 열어주었다"고 평가했다.《주즈칭 선생과 현대산문》) 이는 오랜 친구의 시각에서 쓴 평론으로, 우리에게 많은 시사점을 준다. 양전성의 이 평어는 주즈칭과 그 작품에 대한 평론에서 자주 인용되지만, 이 평어를 활용한다고 하여 주즈칭의 작품을 정확하게 해석해낼 수 있다고 단정하기는 어렵다. 함축된 말 속에 담긴 심오한 뜻을 발견하고 예술적인 특색을 구분하는 것은 작품분석에서 당연히 중요하다. 그러나 반드시 작품에 대한 정확한 이해 위에서 진행되어야 한다. 작가작품론은 이러한 인식과 노력의 산물이어야 할 것이다.

《뒷모습》의 서언에 대하여

〈뒷모습〉을 주즈칭의 대표작으로 꼽는 데에는 이견이 없을 것이다. 산문 한 편이 중국현대문학사에서 이러한 위치를 차지하는 것은 쉽지 않다. 산문집 《뒷모습》 또한 작가의 대표적인 산문집이다. 이 산문집의 머리글은 단순한 머리글이 아니라 작가의 깊이 있는 인식이 담긴 역작으로, 주즈칭의 문예비평에 대한 시각을 표현하고 있기 때문에 가벼이 넘겨서는 안 된다.

이 글은 1928년 7월 31일〈현대중국의 소품문을 논함〉이라는 제목으로 《문학주보》 제345기(1928년 11월 25일)에 발표된 것인데,《뒷모습》을 편찬하면서 머리글로 삽입하였다. 이 문장에서 주즈칭은 소품산문에 대한 자신의 견해를 피력하고 있다. 나는 그의 이 견해가 매우 정확하다고 본다. 다음을 보자.

> 시나 문장의 체제를 확실하게 구별하기가 때로는 어렵기도 하지만, 일반적으로 볼 때 각 체제는 개별적인 특징을 분명히 갖고 있다고 생각한다. 이러한 특징은 각기 다른 가치가 있다. 서정적인 산문을 순문학의 시, 소설, 희극과 비교하면 이런 차이를 확실히 알 수 있다. 전자는 좀 자유로운 반면 후자는 다소 엄밀하고 신중하다. 시의 자구와 음률, 소설의 묘사와 구조, 희극의 편집과 대화는 모두 여러 규칙(고전파에만 적용되지 않는 광의적 의미에서의 규칙)이 있으므로 반드시 세심하게 글을 지어야 한다. 어떤 의미에서는 이른바 '한담'이 서정적인 산문에 대한 매우 훌륭한 주석이 될 수 있다. 때문에 그것을 순문학작품으로 분류하여 시, 소설, 희극과 우열을 가릴 수는

없는 것이다. (중략) 나는 진정한 문학발전은 순문학에서부터 시작해야 한다고 생각한다. 산문 문학만으로는 부족하다. 그래서 목전의 현상은 완전하다고 할 수 없는 것이다.

주즈칭이 제기한 "순문학"과 "비순문학"의 구별은 매우 정확하다. 그의 산문을 읽을 때 이 점을 간과해서는 안 된다고 생각한다. 그런데 현재 일부 평론가들은 주즈칭의 이러한 견해를 망각하고 있는 것 같다. 주즈칭은 또 다음과 같이 덧붙였다. "나는 거대한 시대 속의 작은 병사로 평범하기 그지없는 사람이다. 능력이 부족하다는 건 말할 필요도 없는 것이, 여태껏 그럴듯한 작품 하나 써내지 못했다. 나는 시도 써봤고, 소설도 창작해봤으며, 산문도 지어봤다. 스물다섯 이전에는 시 쓰기를 좋아했지만, 근 몇 년간 시적인 감흥이 다 메말라 버려서 붓을 놓은 지 오래되었다. (중략) 소설은 쓰기가 매우 어렵다고 생각한다. 장편은 말할 것도 없고 단편도 그렇다. 그런 경제적이고 엄밀한 구조는 평생 가도 배우지 못할 것이다! 나는 어떻게 배치해야 내가 갖고 있는 재료들이 각자 다 제자리를 차지할 수 있을지 모르겠다. 희극 같은 경우엔 더더욱 끝끝내 감히 손을 대지 못했다. 나는 대체로 산문을 많이 창작하였는데, 순문학 작품에 적용되는 그런 규칙들을 운용할 능력은 없고 하고 싶은 말은 있기에 그냥 마음대로 좀 얘기한 것뿐이다. 사람들이 말하는 대로, '게으름'에서이든 '신속함을 원한 것'이든, 나는 자연스럽게 이런 체제를 취하게 되었다."(《현대중국의 소품문을 논함》) 이는 매우 실재적이다. 주즈칭의 이 자기 이야기는 우리가 그의 산문 특징을 이해하는 데 매우 유용하다.

오늘날 일부 작가들은 산문을 쓴다고 하면서 사실은 산문의 어투를 빌어 소설을 쓴다. 이는 절대 산문이 아니다. 그들은 산문이라는 체제가 순문학이 아니라는 것을 인정하지 않는다. 만약 여러 체제에 우열이 있다고 한다면 그것은 더더욱 본질에서 멀리 나가는 것이다. 문학의 체제와 여러 규칙은 일부 사람들의 주관적인 바람에 의해 바꿀 수 있는 것이 아니고 객관적으로 존재하는 것이다. 그것을 이해하고 그것에 따라 창작을 해야만 비로소 그 체제를 발전시킬 수 있는 것이다.

<연못에 어린 달빛> 중의 "강남이 마음에 걸리다"

<연못에 어린 달빛>은 주즈칭이 1927년 7월 베이징 칭화대학에 있을 때 쓴 글이다. 《소설월보》 18권 7호에 처음 발표되었는데, 후에 개명서점에서 출판한 《뒷모습》에 수록되었다.

주즈칭 산문의 대표작 중 하나로 꼽히는 이 작품은 여러 선집에 수록되었고, 이 작품을 분석한 글도 상당히 많다. 경치를 묘사한 이 작품은 작가의 감정이 풍경과 잘 어우러져 나타난다. 작가는 여기에서 풍경묘사를 통해 자신의 감정과 정서를 표현해냈다. 작가가 작품을 통해 표출한 이런 생각과 감정을 잘 파악하기는 쉽지 않다. 이를 확실히 파악하기 위해서는 작가의 경력을 이해하는 것에서부터 시작해야 할 것이다.

1920년 주즈칭은 베이징 대학을 졸업하고 항저우의 제일사범학교에서 국어교사를 했다. 매월 70위안의 월급 가운데 반을 부모님께 보냈지만 부모님의 요구를 만족시키지 못했다. 부모님과 함께 생활하고 있던 아내와 자식들은 자연 고생스러울 수밖에 없었다. 가난 때문에 결국 가족들은 화목하지 못했다. 갈등을 완화하고 지출을 줄이기 위해, 1921년 여름방학에 고향으로 돌아간 그는 양저우에서 일자리를 찾았고, 그 지역의 한 중학교에 들어가 교무주임을 맡게 된다. 그런데, 서모의 주장에 따라 부친은 교장과 상의해서 그의 월급을 직접 수령하는 것으로 결정해버렸고, 주즈칭은 자신의 월급을 받을 수 없게 되었다. 한 달 후, 주즈칭은 어쩔 수 없이 그곳을 떠나 외지로 나와 교편생활을 계속했다. 부모와의 불화로 인해 아내와 자식들도 집을 나왔고, 주즈칭은 항저우에 방을 얻어 가족들과 생활하기 시작했다. 1922년 주즈칭은 부모님과 화해하기 위해 가족들을 데리고 양저우로 돌아왔지만, 갈등을 풀기는커녕 정신적인 고통만 더 심해졌다. 그가 위핑보에게 보낸 편지에서 이를 짐작할 수 있다. "여름방학에 집에 있으면서 낯을 굳히는 여러 일을 만나고 보니, 더더욱 의기소침해져서 살 수가 없다는 생각이 들었어. 그래서 나의 찰나주의가 정해졌지!" 서모 때문에 어머니 또한 아버지와 함께 살 수가 없게 되었다. 1924년 주즈칭은 어머니와 여동생도 데리고 나와서 함께 살기 시작했고, 아버지와의 관계는 더 소원해졌다. 1925년 8월 위핑보의 소개로 주즈칭은 칭화대학의 교수로 부임하였다. 1927년 1월 주즈칭은 아내와 큰딸 및 둘째 아들만 베이징으로 데리고 왔고, 큰아들과 둘째딸은 어머니가 양저우로 데리고 돌아갔다. 주즈칭과 부친의 관계는 여전히 불안한 상태였다. 매월 돈을 부치는 것 외에, 편지를 보내도 답장을 받지 못했다. 주즈칭은 비록 베이징에서 가족들과 함께 살고 있기는 했지만, 내면은 쓸쓸했다. 두 아이는 멀리 양저우에 떨어져 있고 그에 대한 부친의 냉랭한 태도는 시종일관 변함이 없었다. 시국이 불안정한데다가 부친의 분노만 불러일으킬까봐 여름방학이 되어도 고향에 가보지 못했다. 이 시기 그의 심정은 답답하고 고통스러웠다.

〈연못에 어린 달빛〉은 바로 여름방학인 7월에 쓴 것이다. 이 작품은 연못에 비친 달빛 풍경을 쓴 것이지만 사실 풍경에 감정을 기탁한 것이다. 담담하지만 복잡한 정서를 토로하고 있는데, 이는 바로 작가가 묘사한 달빛처럼 그윽하고 모호하다. 여기에는 고민과 외로움과 염려가 섞여 있는 것이다. 한 비평가는 연못과 달빛을 매우 아름답게 묘사하긴 했으나 활력과 생기가 부족하다고 지적한 바 있다. 이는 작가의 마음이 답답하고 괴로웠기 때문일 것이다.

글 속에서 비교적 명확하게 자신의 내적인 감정을 표현한 데가 두 곳 있다. 하나는 "요 며칠 마음이 매우 불편하다"는 말로 시작하는 첫 머리이다. 불편한 마음을 좀 해소하고자 연못으로 향하는 자신을 작가는 다음과 같이 설명한다. "나도 평소의 나를 벗어나 다른 세계에 와 있는 것 같다. (중략) 혼자 이 어스레한 달빛 아래 있으니, 무엇이든 다 생각해도 되고 아무 생각도 안 해도 되어 자유인이 된 것 같다. 낮에는 꼭 해야 할 일이 있고 꼭 해야 할 말이 있으나, 지금은 아무것도 신경 쓰지 않아도 된다. 이것이 혼자 있는 것의 묘미이다. 게다가 이 끝없는 연꽃 향기와 달빛을 누릴 수 있다." 이 단락은 일반적으로 성격이 강직한 주즈칭이 통치자와 한 편이 되기를 원하지 않는다는 뜻으로 해석된다. 이는 당시 작가의 신분에 부합하는 해석이다. 그러나 이것이 왜 그의 "마음을 불편"하게 하는지에 대해서는 명확하게 설명하지 못한다. 그래서 나는 이 부분이 바로 작가가 자신의 고민스러운 심정, 불유쾌한 것을 잊고 잠깐 동안의 평안을 찾고자 하는 마음을 토로한 것이라고 생각한다.

또 다른 곳은 강남에서의 생활을 회상하는 부분이다. "왁자지껄은 그들의 것이다. 나는 아무것도 없다. (중략) 갑자기 연을 채취하던 일이 떠올랐다. (중략) 이는 역시나 나로 하여금 강남이 마음에 걸리게 한다." 어떤 평론가들은 "강남이 마음에 걸리다"는 것이 "마음이 매우 불편"한 원인이라고 지적하기도 한다. 뿐만 아니라, 여기서 더 나아가 다음과 같이 분석한다. "강남시절의 주즈칭은 공산당의 영향 하에서 혁명민주주의자의 모습으로 투쟁하기도 했고 호소하기도 했다. 그러나 대혁명이 실패한 후 상황이 혹독해지면서 그는 극도의 고민과 방황 속에 빠지고 말았고, '마음'은 '매우 불편' 했던 것이다." 이러한 분석은 주즈칭의 당시 사상적인 성향과 부합하지 않는다. "와자지껄은 그들의 것이다"라는 것은 작가의 고독한 심정을 대변하는 것으로, 그의 가정사와 들어맞는다. "강남이 마음에 걸리다"는 말은 바로 당시 심정을 그대로 묘사한 것이다. 멀리 있는 부모님과 자식이 염려스러웠던 것이다. 그러나 '4·12' 후 남방의 정세가 불안정해서 그는 고향에 내려갈 수도 없었다. 이런 상황에서 어떻게 고향을 그리워하지 않을 수 있겠으며 가족들을 생각하지 않을 수 있겠는가.

〈연못에 어린 달빛〉에서 드러나는 감정은 담담하나 세밀하고 복잡한 게 사실이다. 그러나 당시 작가의 생각과 처한 상황을 정확하게 꿰뚫어볼 수 있다면 그 맥락을 잡아낼 수 있다고 본다.

〈뒷모습〉의 정취에 대해

〈뒷모습〉은 작가의 대표작인 동시에 중국현대문학사상 명문으로 손꼽힌다. 리광톈은 〈가장 완전한 인격〉에서 다음과 같이 설명한다. "〈뒷모습〉은 행으로 보면 오십 줄이 채 되지 않고, 자수로 보면 천오백 자 정도밖에 되지 않는다. 이 작품이 오랫동안 읽히고 감동을 주는 것은 무슨 거대한 구조나 화려한 글자 때문이 아니다. 그저 솔직한 것, 작품에서 우러나는 진실한 감정 때문이다. 표면적으로는 간단하고 소박하지만 사실상 거대한 감동력을 갖는 문장이야말로 주선생의 가장 대표적인 작품이며, 작가의 사람됨을 대표하는 것이다. 이 작품이 중학교 어문교과서에 실려 있기 때문에 중학생들의 마음속에서 주즈칭이라는 이 이름 석 자는 〈뒷모습〉과 떨어질 수 없는 한 몸이 되었다."(《가장 완전한 인격》, 《관찰》 5권2기)

이 명문의 탄생은 오로지 작가의 진실한 감정에서 나온 것이다. 이는 1947년 7월 주즈칭이 《문예지식》의 편집자에게 답한 것에서 알 수 있다. "내가 〈뒷모습〉을 쓰게 된 것은 바로 작품 속에서 언급한 아버지의 편지 때문이었습니다. 당시 아버지가 보내신 편지를 읽고, 나는 정말 눈물이 샘솟듯 흘러나왔습니다. 아버지가 나에게 잘해주신 것들, 특히 작품에 쓴 그 일을 떠올리니 마치 지금 일어난 일 같았습니다. 나는 이 글에서 그저 사실만을 썼을 뿐이지, 무슨 의경까지는 고려하지 못한 것 같습니다."

〈뒷모습〉은 사실을 서술한 산문이지만 오히려 감정의 서술, 즉 아버지에 대한 절절한 그리움에 대한 토로가 중심을 이룬다. 1921년 양저우 중학을 그만둔 다음, 부자간의 사이는 틀어지고 말았으며, 1922년 겨울방학에 주즈칭은 부모님 댁에 남아있던 아내와 자식들을 데리고 나와서 항저우에서 생활하기 시작한다. 부모님과의 갈등을 풀기 위해서 그는 아내와 자식들을 데리고 양저우에 찾아가기도 했지만 목적을 달성하지 못했다. 처음에 그가 집에 들어오는 것을 허락하지 않던 부친이 나중에는 아예 그를 거들떠보지도 않았다. 며칠간의 난처한 나날을 보낸 후 그는 가족들을 데리고 항저우로 돌아올 수밖에 없었다. 이게 바로 위핑보에게 보낸 편지에서 주즈칭이 언급한 "낯을 굳히는 여러 일"이었을 것이다. 1923년 여름방학에 주즈칭은 부모님을 만나러 갔지만 서모의 횡포 때문에 결국은 또 어머니와 여

동생만 데리고 나올 수밖에 없었다. 그로부터 〈뒷모습〉을 쓸 때까지, 그는 양저우에 다시 돌아간 적이 없었다. 1925년 10월은 바로 주즈칭이 칭화대학에 임용되어 혼자 칭화대학 숙소에서 생활하던 시기였다. 이 무렵 그는 〈나의 남방我的南方〉이라는 작품을 통해 고향과 가족들에 대한 그리움을 표현하기도 했다. 아버지에 대한 그리움과 자신을 불공평하게 대한다고 여기는 것에서 오는 불만 등등이 오랫동안 복합적으로 마음속에 쌓여 있던 그는 시비곡직을 따지지 않고 아버지에게 편지를 써서 용서를 구하기로 결심했다. 그러던 중에, 아버지가 보내온 편지를 받자마자 강한 그리움이 솟구쳐 나와 이 절절한 명문이 탄생한 것이다. 비록 소박한 사건을 서술한 것이지만 그 안에 내포된 감정은 깊고 감동적이다.

　왕국유王国维가 경계境界[18]론을 주창한 다음부터, 시사와 산문을 분석할 때 이 경계론의 개념을 빌어 설명한다. 지금은 이를 의경意境이라고 통칭한다. 어떤 산문은 확실히 좋은 의경을 만들어내기도 한다. 그러나 모든 산문에 다 의경이 있는 것은 아니고, 의경이 없다고 해서 좋은 산문이 아닌 것은 더더욱 아니다. 〈뒷모습〉은 작가의 말대로 "그저 사실만을 썼을 뿐"이지, 의경을 고려한 것은 아니다. 주즈칭의 감정이 촉발된 지점은 바로 부친이 보내온 편지이다. 작품의 말미에 부친이 편지에 적은 몇 마디 글귀를 인용하였는데, 이것이 작품을 쓰게 된 계기이자 지난 일을 떠올리게 만든 것이다. 그러나 어떤 평론가들은 작품의 내용에서 출발하지도 않고 작가의 설명도 망각한 채, 의경이 '응집된 지점'을 찾고 의경이 어떻게 만들어졌는지를 논한다. 이는 작품의 실제와 부합하지 않을뿐더러 적절한 평론이라고 말하기도 어렵다. 설득력 있게 잘 썼다고 해도 사실상 매우 큰 오류를 범하는 것이 될 수도 있다는 뜻이다.

탕타오는 《회암서화》에 수록된 〈주즈칭〉에서 '정취'라는 말로 〈뒷모습〉과 유사한 부류의 산문 특징을 정리하였는데, 나는 그의 견해가 매우 탁월하며 적절하다고 생각한다. 주즈칭은 짤막하기 이를 데 없는 산문 한 편에 부자간의 진솔한 정을 매우 솔직하게 담아내고, 부친에 대한 절절한 그리움을 토로했다. 꾸밈없고 자연스러운 필치에 간략하고 단순한 묘사법을 사용하여 단순하고 수수해 보이지만, 오히려 찾아보기 어려운 예술적인 효과를 거두었다. 이는 주즈칭만의 독특한 예술적 개성을 반영한 것으로, 독특한 정서와 맛을 담고 있다. 이게 바로 탕타오가 제기한 '정취'일 것이다.

'몹시 진짜 같다逼眞'와 '그림 같다如画'

1934년 5월 5일 주즈칭은 "자연과 예술에 대한 전통적인 태도에 관한 일고"라는 부제가 붙은 〈'몹시 진짜 같다'와 '그림 같다'를 논함论'逼真'与'如画'〉이라는 글을 발표하였다. 1948년 2월, 주즈칭은 같은 제목으로 다시 한 편을 써서 《아속공상》(관찰잡지사观察杂志社, 1948)에 실었다. 작가에 따르면 내용적으로 많은 수정을 거쳐 다시 쓴 글이라고 한다. 이는 위 제목에 대한 작가의 애정을 보여주는 것이기도 하다. 주즈칭이 조사한 바에 의하면, '몹시 진짜 같다'와 '그림 같다'는 두 비평용어는 처음에는 회화를 평가할 때 많이 사용되었는데, 문학작품을 비평하는 데에도 사용되었다. 시문이나 소설작품을 분석할 때 "표정과 태도가 진짜 같다", "정경이 진짜 같다", "말투가 진짜 같다" 등등의 표현을 자주 사용하는데, 이는 예술이 자연을 모방한 류에 속한다. 한편, "표정과 태도가 그림 같다", "정경이 그림 같다", "말투가 그림 같다"는 표현은 자연이 예술을 모방한 것에 속한다. 그러나 만약 "표정과 태도를 그림같이 묘사하다", "정경을 그림같이 묘사하다", "말투를 그림같이 묘사하다"라고 고쳐 쓴다면, "그림 같다"와 "진짜 같다"가 비슷한 것이다. '진짜 같다'와 '그림 같다'는 바로 주즈칭이 추구하던 예술적인 경지이다. 그는 인물이건 경물이건, 딱 적당하게 매우 진짜처럼 묘사해냈다. 이는 예술적인 기교로 볼 때 출중한 것이다.

예컨대, 〈초록〉이라는 작품을 보자. 이 작품은 천여 자의 짧은 문장 안에 매우담의 풍경을 묘사한 글이다. 특히 기이한 초록빛의 묘사는 진짜 같고 그림 같은 경지에 이르렀다고 해도 과언이 아닐 정도로, 몹시 성공적으로 이루어졌다. 이를 보면, 그의 관찰능력과 묘사능력에 탄복하지 않을 수 없다. 처음과 끝에 각 한 구절이 있고 중간에 두 개의 단락이 있는데, 먼저 경치를 쓴 다음 계곡물에 대해 묘사하였다. 구조적으로 특별히 참신한 점이 없는, 정직한 글이라고 할 수 있다. 작가는 그저 발길이 닿는 순서에 따라서 자연의 경치를 묘사하였을 뿐이다. 매우폭포와 매우정 및 매우담을 구경한 순서대로 적어 내려갔기 때문에 내용이 정연하다. 본 것도 있고 들은 것도 있으며, 직접적인 묘사도 있고 적당하게 형용한 것도 있는데, 지나치게 꾸미지 않았다. 줄기차게 흘러내리는 폭포, 매가 날개를 펴고 바위 위에 웅크리고 있는 듯한 매우정, 송이송이 하얀 매화가 사방으로 흩날리는 것 같은 물보라, 그는 이 모든 것들을 여실히 묘사해냈다. "묘사하기 어려운 풍경을 눈앞에 있는 것처럼 표현"[19]하여 몹시 진짜 같은 그런 정도에 이르렀다. 작가는 각기 다른 각도에서 냉정하게 관찰한 것인데, 모든 풍경이 한눈에 다 들어오고, 이들을 사실처럼 묘사하였다. 풍경을 매우 훌륭하게 묘사하여 이른바 "정경이 그림 같은" 그런 경지에 도달함으로써 우수한 예술적 효과를 얻은 것이다.

뒷부분에서는 매우담의 물에 대해 집중적으로 묘사하였다. 초록빛이 작가를 유혹하여, 작가는 그 반짝이는 물빛을 붙잡으러 간다. "풀을 끌어당기면서 어지러이 흩어진 바위를 기어올라 (중략) 석궁문 하나를 지나고 나니 온통 푸르게 펼쳐진 깊은 못가이다." 작가는 많은 문장을 할애하여, 사람을 유혹하는 초록빛을 묘사하였다. 대략적으로 보자면 세 단계이다. 먼저 비유 몇 가지를 들어 초록빛이 얼마나 사랑스러운지를 설명하고, 그 다음으로는 비교의 방식으로 매우담의 초록빛이 과하지도 모자라지도 않은 매우 알맞은 초록빛이라는 것을 설명하였으며, 마지막으로 매우담을 보며 연상되는 여러 가지를 펼쳐놓으면서 사람을 감동시킬 정도로 생생하고 고운 매우담의 초록을 "여인의 초록"이라고 이름 붙인다. 주즈칭은 여러 각도에서 초록의 묘함과 사랑스러움을 매우 사실적으로 묘사하였을 뿐만 아니라, 거기에 감정과 생명을 부여함으로써 글에 매력을 더하였다.

주즈칭은 인물 묘사에 있어서도 인물의 자태나 말투를 모두 사실적으로 묘사하여 진짜 같고 그림 같은 그런 감동을 준다. 예컨대, 〈자녀〉 같은 경우, 자녀들이 자리다툼과 장난감 쟁탈전을 하는 모습을 매우 생생하게 묘사하였다. 아마오阿毛의 웃음, 룬얼润儿의 말 배우기, 아차이阿菜의 끝없는 질문 등을 모두 생동감 넘치는 필치로 묘사하였다. 다음을 보자.

> 매일 점심과 저녁은 밀물과 썰물이 한 차례씩 밀려왔다가 밀려가는 것 같다. 아이들은 먼저 나나 아내가 "밥 먹자"라는 명령을 내리길 재촉하며, 앞을 다투어 주방과 밥 사이를 점검하고 다닌다. 다급하고 자잘한 걸음걸이이 웃음소리와 중얼대는 소리에 섞여 한바탕 한바탕씩 몰려온다. 이는 우리

가 밥 먹으라는 명령을 내릴 때까지 계속된다. 그들은 서로 번갈아가며 뛰고 소리 지르면서 주방 일꾼들에게 우리의 명령을 전달한다. 그리고는 바로 앞 다퉈 돌아와 의자를 옮겨온다. 그래서 한 놈이 "나 여기 앉을 거야!"라고 하면 다른 한 놈이 "오빠가 양보를 안 해 줘!"라고 외친다. 그럼 큰 놈은 또 "동생이 날 때렸어!"라고 소리 지른다. 나는 그 애들을 달래고 어른다. 그러나 그들은 때로 고집스럽다.

〈겨울冬天〉도 살펴보자. 이 작품은 세 개의 단락으로 구성되어 있는데, "아무리 추워도, 세찬 바람이 몰아치고 큰 눈이 쏟아져도, 이들만 생각하면 내 마음은 언제나 따스하다"는 말로 끝맺는다. 이 한 문장으로 세 개의 단락에서 각각 가족, 친구와 아내에 대해 서술한 의미를 요약한 것이다. 첫 번째 단락에서 작가는 어렸을 적 겨울밤에 바이수이 두부[20]를 먹던 일을 서술하고 있다. 꾸밈없고 소박하지만 생생하기 그지없다.

이는 저녁이었다. 집이 오래되어서 '램프'를 켜도 여전히 어두웠다. 탁자 주위로 아버지와 우리 삼형제는 앉아 있었다. '난로'가 너무 높아서, 아버지는 늘 일어나서 살짝 고개를 치켜들고 눈을 가늘게 뜨고서 자세히 보며 뜨거운 김이 자욱한 안으로 젓가락을 넣어 두부를 꺼낸 다음, 하나씩 하나씩 우리들의 간장 접시 위에 놓아주셨다. 때로 우리가 직접 하기도 했지만, 난로가 진짜로 너무 높아서, 결국엔 역시나 가만히 앉아서 다른 사람이 고생해 얻은 것을 누리는 때가 더 많았다. 이는 식사가 아니고, 그저 노는 것이었다. 아버지께서는 저녁에 추우니 다들 좀 따뜻한 것을 먹자고 하셨다. 우리는 모두 이런 바이수이 두부를 좋아했다. 식탁에 앉기만 하면 바로 눈 빠지게 그 솥을 바라보면서, 뜨거운 김이 솟아나기를 기다렸고, 뜨거운 김

속에서 아버지의 젓가락으로부터 떨어지는 두부를 기다렸다.

작가는 간략하게 묘사하는 방식을 사용하여, 겨울밤 바이수이 두부를 먹던 장면을 사실적으로 묘사하였다. 당시의 분위기, 아버지의 동작, 삼형제의 심리를 모두 명확하게 표현해냄으로써 감동적인 어떤 맛을 지니게 된 것이다. 그야말로 기색과 자태가 진짜 같고 말투도 진짜 같다. 한 마디로 모든 정경이 마치 독자의 눈앞에 펼쳐져 있는 것 같다.

〈뒷모습〉의 창작년도 및 기타

〈뒷모습〉은 주즈칭의 가장 대표적인 작품으로 인구에 회자되는 명문이지만, 그 창작년도에는 다소 문제가 있어서, 일부 글에서는 오류가 나타나기도 했다. 주즈칭은 생전에 어느 것 하나 홀시하지 않고 만사를 다 진지하게 대했다. 당시 "달밤의 매미소리"에 대한 고찰[21]만 보아도, 사소한 것 하나도 소홀히 넘기지 않는 그의 태도를 알 수 있다.

〈뒷모습〉의 마지막에 작가는 "10월 말"이라는 주를 달았다. 그런데 이는 어느 해의 10월 말인가? 지전준季镇准이 편찬한 《주즈칭연보朱自清年谱》[22]에서 〈뒷모습〉은 1927년에 해당하는 작품 목록 안에 있다. 지전준은 주즈칭의 학생이고, 연보는 '주즈칭전집' 편집위원회가 맡아서 편찬한 것이다. 이는 곧 이 연보가 실려 있는 《주즈칭문집》이 매우 권위가 있음을 설명한다. 때문에 그 영향력은 매우 컸다. 그러나 사실상 이는 잘못된 것이다. 〈뒷모습〉은 1925년 10월에 쓴 작품으로, 주즈칭이 청화대학에 부임한 지 얼마 되지 않았을 무렵이다. 이 작품의 창작 전후로 하여 그는 〈나의 남방〉이라는 글을 썼다. 〈뒷모습〉의 창작년도가 1925년이라는 가장 유력한 근거는 이 작품이 최초로 발표된 잡지의 발간일이다. 이 작품이 최초로 발표된 《문학주보》 제200기는 1925년 11월 22일 출간되었다. 〈뒷모습〉은 베이징에 있을 때 쓴 것이고, 주즈칭은 1925년 8월 베이징 칭화대학에 부임되어 왔다. 그리고 같은 해 11월 이 문장을 발표한 것이다. 그렇다면, 작품에 표기된 "10월"은 1925년 10월일 수밖에 없는 것이다.

오늘날 많은 작품집 속에 〈뒷모습〉이 실려 있다. 그런데 그 창작년도를 1925년으로 표기한 것도 있고 1927년으로 표기한 것도 있다. 작품이 발표된 시기로 볼 때 1927년은 오류임을 알 수 있다. 따라서 이는 마땅히 수정되어야 한다.

작품의 첫 문장 또한 창작년도를 추측하는 근거가 된다. "나와 아버지가 안 만난 지 벌써 2년여가 되었다. 내가 가장 잊을 수 없는 것은 바로 아버지의 뒷모습이다." 여기에서 "2년여"는 이 작품을 쓸 때 이미 2년여 동안 양저우로 아버지를 뵈러 가 본 적이 없음을 시사한다. 이는 사실과 부합한다. 주즈칭이 베이징으로 오기 전 가장 마지막으로 양저우에 간 것은 1923년 여름방학이었다. 1925년 10월 작품을 창작했다면, 바로 "2년여"가 되는 것이다. 혹자는 이 사실을 알지 못하고, 부친이 난징에서 스무 살이던 그를 배웅하던 당시 잊을 수 없던 그 아버지의 "뒷모습" 이후 2년으로 잘못 이해하기도 하여, 〈뒷모습〉을 작가가 "스무 살"로부터의 2년 후인 1919년에 썼다고 단정하기도 했다. 이러한 판단은 완전한 오류이다. 작품 말머리의 "요 몇 년간 아버지와 나는 둘 다 동분서주했다"나, "베이징에 온 후 아버지는 나에게 편지 한 통을 보냈다" 등등의 문장과 부합되지 않는 것이다. 아버지가 그를 배웅한 것은 1917년의 일이다. 그해 스무 살이던 작가는 베이징 대학에 재학 중이었다. 1920년 주즈칭은 철학과를 졸업하고 여름방학이 지난 후 남쪽으로 내려가서 장쑤성과 저장성 일대를 돌아다니며 5년 동안 국어교사로 일했다. 1923년 여름방학에 양저우로 아버지를 만나러 갔었고, 1925년 8월 베이징 칭화대학으로 올라와, 10월에 이 글을 쓴 것이다. 아버지의 그 편지는 대략 이 즈음에 온 것으로, 주즈칭이 작품을 쓰게 된 계기인 것이다. 작품을 썼을 때는 아버지와 마지막으로 만난 지 "2년여"가 되었을 때이고, 작가가 회고하고 있는 그 일은 바로 8년 전의 일인 것이다.

빙신의 〈어린 독자에게 · 통신10寄小读者·通讯十〉

一

1923년 베이징 옌징대학을 졸업한 빙신은 미국 유학길에 오른다. 미국에서 그녀는 웰슬리여자대학에 입학하여 문학을 공부하였다. 유학하는 동안, 그녀는 어린 독자에게 보내는 29통의 통신을 써서, 베이징《신보》에 연달아 발표하였다. 후에 이 통신은《어린 독자에게》라는 제목으로 출간되었다. 이 일련의 통신문에 대해 빙신은 다음과 같이 밝혔다. "나는 원래 어린이의 말투를 빌어 천진난만한 그런 이야기를 하고 싶었다. 그런데, 쓰면 쓸수록 이상하다고 생각하지 않았다! 이는 어쩔 수 없는 실패이다. 그렇지만 3년 간 외국에서의 경험과 아팠을 때의 느낌은 오히려 이 때문에 자유롭게 써낼 수 있었다. 그래서 나는 기쁘다."(《빙신문집》 자서 중에서) 이는 매우 솔직한 고백이다. 그래서 마오둔은 "우리는 솔직하게 몇 마디 하지 않을 수 없다. 어린 독자를 위해 쓴 것이라고 지명한《어린 독자에게》와《산중잡기》는 정말 '어린 나이에 조숙한' 어린이 또는 '여전히 동심을 간직한' 어른 아이여야 읽어서 재미가 있다."(《빙신론〉)고 평가하기도 했다.

빙신의 초기 창작에서《어린 독자에게》는 비교적 영향력이 큰 작품집으로, 독자들의 환영을 받았다. 29통의 이 통신은 어머니의 사랑, 동년시절, 자연경치와 이국의 풍광 등이 주된 소재이다. 여기에서 선택한 〈통신10〉은 어머니에 대한 회고 속에서 동년생활을 서술한 것이다. 빙신이 태어난지 7개월 후인 1901년 5월 그녀 가족은 모두 상하이 창서우리昌寿里로 이사했다. 작가는 〈나의 동년시절我的童年〉에서 "이 창서우리가 상하이의 어느 구인지 모르겠다. 그러나 어머니가 얘기해주신 내 어린 시절의 이야기, 예컨대 〈통신10〉에 있는 일부 이야기들은 모두 창서우를 배경으로 한 것이다"라고 했다. 이는 〈통신10〉에 서술한 동년시절의 일부 이야기들이 상하이에서 일어난 것들임을 설명한다. 이는 작가가 부모를 따라 옌타이烟台로 가기 이전이다. 이 통신의 내용을 분석하는 데 있어서 이러한 배경을 이해하는 것은 많은 도움이 될 것이라 본다.

二

《어린 독자에게》에서 어머니의 사랑을 묘사한 작품은 매우 큰 비중을 차지한다. 그래서 빙신은 《어린 독자에게》의 네 번째 판본 자서에서 "이 책의 대상은 내가 사랑하는 자애로운 어머니이다. 어머니는 내가 처음이자 마지막으로 연모하는 사람이다. 내가 붓을 들 때마다 항상 그녀의 눈매 또는 웃는 얼굴이 내 눈앞에 떠올랐다"고 적었다. 〈통신10〉은 바로 어머니의 사랑이라는 이 주제를 가장 전형적으로 표현한 대표작 중의 하나이다.

글의 전반부에서 작가는 자신의 어린 시절에 대해 어머니가 해준 이야기를 적고 있는데, 이 짤막한 단락에 딸을 아끼는 어머니의 깊은 정이 드러난다. 다음을 보자

> 넌 내가 깊은 생각에 빠지는 것을 가장 무서워했어. 지금까지도 네가 왜 그랬는지 난 이해가 가질 않는구나. 내가 창밖을 응시하고 있거나 잠깐이라도 멍하니 있으면 넌 바로 와서 나를 부르고 나를 흔들면서 '엄마, 엄마 눈동자가 왜 안 움직여요?' 하고 물었지. 때때로 나는 네가 다가와 나를 껴안아

주는 게 좋아서 일부러 꼼짝도 하지 않고 생각에 빠져 있고는 했단다.

이 질박한 서술 속에 모녀간의 사랑을 표현하였다. 여기에는 어린이의 천진난만함과 자식을 귀여워하는 어머니의 모습이 반영되어 있다. 이런 모녀간의 정은 이 짤막한 단락에서 매우 잘 반영되어 있다. 〈통신10〉의 여러 단락이 다 어머니의 사랑에 대한 묘사로 이 주제를 매우 잘 드러내고 있다.

통신의 후반부에서는 일의 이치를 직접 서술했다. 그녀는 어머니의 사랑을 노래하는 데에 역점을 두면서 그것의 위대함을 설명한다. 작가는 다음과 같이 쓰고 있다. "어머니의 사랑에는 어떤 조건도 없다. 어머니가 나를 사랑하는 유일한 이유는 바로 내가 그녀의 딸이기 때문이다." 그녀는 또 "세상에는 완전히 똑같은 두 가지 사물은 없다"고 하면서, 오직 자녀에 대한 어머니의 사랑만이 "일반적인 길이와 넓이와 높이와 깊이에서 조금도 차이가 없다"고 주장한다. 빙신의 붓끝에서 어머니의 사랑은 숭고하고 영원한 것이다. 이것이 바로 〈통신10〉의 주제이다. 작가가 최선을 다해 노래하고 있는 것도 바로 이러한 생각이다.

어머니의 사랑을 묘사하고 이를 노래하는 것은 '5·4' 시기 빙신 창작에서 중요한 주제이다. 중산층 가정에서 태어나 화목한 가정에서 성장한 그녀는 고통스러운 생활을 경험해본 적이 없다. 그래서 사회 현실에 대한 이해가 다소 부족하다. 때문에 그녀의 붓끝에서 묘사되는 어머니의 사랑은 매우 이상화된 것이며 추상적이다. 심지어 모성애로부터 박애로 확대해나가, 이를 통해 사회적인 병폐를 해소하고 고통 속에 있는 대중을 구원하고자 한다. "그녀의 사랑은 나를 둘러싸고 있을 뿐만 아니라, 나를 사랑하는 모든 사람을 폭넓게 둘러싸고 있습니다. 게다가 나를 사랑하기 때문에

그녀는 세상의 모든 자녀를 사랑하고, 세상의 어머니를 사랑합니다. (중략)
'세상은 바로 이렇게 만들어진 거예요!'"

　모성애는 물론 존재한다. 그러나 계급사회에는 구체적으로 계급성을 띤
모성애만 존재할 뿐 계급을 초월한 추상적인 모성애는 존재하지 않는다.
빙신이 노래한 모성애는 계급을 초월하는 것이다. 그녀는 또 '사랑의 철
학'을 사회가 전진할 수 있는 역량으로 여겼는데 이는 작가의 사상적인 한
계를 보여주는 것이다. 그러나 이러한 한계에도 불구하고 빙신이 묘사하고
있는 그 진실한 모성애는 감동적이다. 이는 당시 일부 지식인들의 마음과
소망을 반영하는 것으로, 봉건사상의 잔혹함이나 야만성과 비교할 때 몹시
자유분방하며 반봉건적인 힘이 강하다고 할 수 있다. 바로 이것이 당시에
《어린 독자에게》가 환영을 받은 이유이며, 오늘날에도 여전히 높이 평가
받아야 할 부분이다. '5·4' 시기 빙신이 노래한 모성애에 대해 우리는 구
체적으로 분석하고, 이를 역사적인 유물주의의 관점에서 바라볼 필요가 있
다. 중국현대문학사상 우수한 작품의 하나로서 그것을 분석하고 독해하며,
구체적인 역사적 배경 위에 두고 평가해야 한다.

三

　〈어린 독자에게·통신10〉은 글쓰기 방식에서 보자면 매우 자유롭고 융
통성이 있다. 자신보다 어린 어린이에게 자신의 어린 시절에 있었던 일을
통신의 형식으로 쓴 것인데, 그 단락 단락의 이야기는 모두 어머니가 그녀
에게 해준 이야기들로, 여기에 다시 쓴 것에 불과하다. 이런 방식으로 재료
를 엮는 것은 매우 편리하다. 어디에 구속받지 않고 자유롭게 써내려갔기

에, 글이 유수처럼 막힘없이 자연스럽다.

《빙신문집》에 쓴 서언에서 빙신은 "통신의 형식으로 글을 쓰는 것은 대상이 있어서 감정이 비교적 성실해지기 쉽다. 동시에 통신의 형식은 가장 자유로운 것이라 한 단락의 글 안에 사소하고 흥미로운 수많은 일들을 말할 수 있다"고 했다. 그녀는 또《어린 독자에게》의 네 번째 판본 자서에서, "내 작품 중에서 이것이 가장 자유롭고 가장 사색 없이 쓴 작품일 것이다"라고도 했다. 작가는 이것을 가장 사색 없이 썼다고는 하지만 꼭 그렇다고 할 수는 없을 것이다. 그러나 자유롭게 썼다는 것은 맞다. 그녀는 그 자잘하고 흥미로운 이야기들을 아주 잘 엮어내어 전편을 경직되지 않게 구성함으로써, 주제를 잘 표현했다.

글쓰기에 있어서의 이러한 특징은 〈통신10〉에서 아주 뚜렷하게 드러난다. 작가는 이 글에서 "나는 어머니 옆에 붙어 앉아 어머니의 옷자락을 부여잡고 내 어린 시절 이야기를 해달라고 조르는 것을 좋아했다"로 첫 구절을 시작한 다음, 단숨에 아홉 가지나 되는 일화를 자신의 언어로 바꿔 쓰고 있다. 일화 하나하나는 비록 몇 구절에 불과하지만 생동적이고 재미있다. 이들 단락과 단락 사이에는 연관관계도 없고, 시간적인 선후관계도 그다지 엄밀하지 않은 것 같다. 대략적인 순서에 따라 간단명료하게 정리한 것들이 그 자체로 재미가 있고 감동적인 데가 있다. 예를 들면, 3개월 만에 엄마를 알아보고, 7개월 만에 '엄마'와 '언니' 소리를 할 줄 알았다는 것은 다소 과장된 면이 없지 않아 있지만, 어린 딸의 총명함과 딸에 대한 어머니의 사랑을 보여주는 것이다. 악몽을 꾸다 놀라서 깬 것, 어린애의 개구쟁이 짓, 소꿉놀이 하는 어린애의 천진난만함 등을 모두 생생하고 진실하게 묘사하여 예술적인 매력이 넘친다. 특히 서너 살이던 꼬마 빙신이 함선에 놀

러간 것에 대한 묘사는 매우 흥미롭다. 꼬마 빙신은 작은 나무사슴 하나를 신발 속에 끼워 넣는다. "배에 타서는 아버지 품에 안겨있으려고만 했지 한 걸음도 혼자 걸으려고 하지 않았어, 바닥에 내려놓았더니 절뚝절뚝 걷는 거야." 장화를 벗기고 나서 작은 나무사슴을 발견한 "아버지와 아버지 동료들이 모두 다 웃으셨단다." 이 생동감 있는 이야기는 독자들에게 회심의 미소를 짓게 만든다. 이런 회상이 작가에게는 자연 "하나하나 다 행복한 것"이다.

이들 단락에 등장하는 에피소드를 선택하고 서술하는 것에는 어떤 격식도 없다. 많든 적든 상관이 없고, 그저 기억의 단서에 따라 써나가기만 하면 된다. 이게 바로 산문이라는 형식이 갖는 융통성이자 장점이다. 서술한 후에, 작가는 이 단락의 기초 위에서 독자들에게 그녀의 '사랑의 철학'과 그녀가 깨달은 '진리'에 대해 이야기한다. 모성애에 관한 서술을 보면 다소 편파적인 부분이 없지 않아 있다. 그러나 작가는 깊이 믿고 있으며 최선을 다해 이를 칭송한다. 그녀가 앞에서 서술한 이야기가 근거가 되기 때문에 공허하지 않으며, 작가가 격정을 갖고 이야기하기 때문에 무미건조하지 않고, 감화력이 있다.

빙신의 이 작품은 산문 창작이 융통성 있고 어떤 격식에 구애받지 않는다는 사실을 증명한다. 오늘날 산문 창작에 대해 논할 때면 항상 '제재는 매우 광범위하고 표현방식도 격식에 얽매이지 않지만 전달하는 사상은 명확하고 집약적이다形散而神不散'라는 말을 쓴다. 만약 이 말로 빙신의 이 작품을 분석하고자 한다면 쉽지 않을 것이다. 빙신의 이 작품은 "가장 자유롭고 가장 사색 없이" 쓴 작품이다. 자잘한 에피소드 몇 개를 배열한 것으로, 독자들에게 이 에피소드를 생동감 있게 이야기한 것이다. 에피소드 하나를 다 이야기하고 나면, 그것에 대한 느낌을 한바탕 덧댄다. 아홉 개의 에피소드를 다 이야기하고 난 다음에는 마치 감정이 마구 솟구쳐 오른 듯 감정이 동하여 많은 이야기를 풀어낸다. 감정이 억제되지 않는 것처럼, 글의 구성은 따지지 않고 토해내는 것이다. 만약 어떤 일정한 격식에 근거하여, '표현방식은 격식에 얽매이지 않지만 전달하는 사상은 집약적'이라는 산문의 중요한 특징에 의거하여 요구한다면, 이 작품은 거기에 부합하지 않는다. 그러나 이 작품이 매우 뛰어난 통신이며 성공적으로 창작된 서정 산문이라는 데에는 의심의 여지가 없다. 루쉰은 〈어떻게 쓸까怎么写〉라는 글에서 "산문의 체재는 사실상 마음대로 할 수 있는 것이다. 허점이 좀 있어도 무방하다"《삼한집》)고 했다. 루쉰의 이 말은 타당한 바, 빙신의 견해 및 창작방식과 일치한다.

四

빙신의 이 통신은 매우 훌륭한 서정 산문이다. 동년 생활에 대한 기억과 그리움, 조국과 고향 및 가족들에 대한 생각이 모두 행간에 넘쳐흐르고 있는데, 그 절절하게 흐르는 감정과 자유분방한 묘사가 모두 감동적이어서, 글쓰기 방식이라는 측면에서 참고할 만하다.

빙신은 어머니에게 들은 어린 시절 이야기를 쓰는 가운데 자신의 심경을 토로한다. 이른바 붓 끝에 감정을 품고 있다는 말이 바로 이러한 경우일 것이다. 다음을 보자.

한번은 네가 심하게 앓은 적이 있었어. 바닥에 자리를 깔고, 나는 그 위에서 너를 안고 무릎걸음으로 다녔단다. 마침 한창 더운 때였는데, 네 아버지도 집에 안 계셨어. 네가 간간이 몇 마디씩 말을 하는데, 그게 다 세 살짜리 애가 할 수 있는 말이 아니었단다. 너의 그 기이한 지혜 때문에 내 까닭 없는 공포심은 더 커져버렸고, 난 네 아버지에게 전화를 해서 더 이상 육체적 정신적으로 버틸 수가 없다고 했지.

여기에서 작가는 딸에 대한 어머니의 관심과 지극정성, 어머니에 대한 딸의 감격과 사랑 및 서술할 당시의 고향 생각과 어머니 생각 등등, 여러 갖가지 감정을 평범하게 표현하였다. 인용한 부분에서도 나타나듯, 작가는 사건을 서술하는 것을 통해 감정을 표현한다. 그래서 감정 표현이 깊고 진지하며 성공적인 것이다. 또한, 의론을 통해 감정을 표현하고 있는 부분이 더 많고, 감정을 직접 토로하고 있는 문구도 적지 않다. 이를 통해 모성애에 대한 칭송은 매우 짙어질 수 있었다. 예를 들면 다음과 같은 부분이다.

그녀가 나를 사랑하는 것은 내가 '빙신'이거나 또는 세상의 기타 다른 허위적인 칭호와 이름이어서가 아닙니다! 그녀의 사랑에는 어떤 조건도 없어요. 유일한 이유는 내가 그녀의 딸이기 때문이지요. 요컨대, 그녀의 사랑은 모든 것을 배제하고 불식시킵니다. 내 주위를 에워싸고 있는 것들을 층층이 벗겨내어 나를 '지금의 나'가 되게 한 원소이며, 직접적으로 내 자신을 사랑하게 만들어줘요.
만약 내가 장막 뒤에 가서 내 이십년의 역사와 모든 것을 바꾸고 다시 그녀 앞에 나섰을 때, 세상에서 나를 알아보는 사람이 아무도 없어도, 내가 여전히 그녀의 딸이기만 하다면 그녀는 여전히 그 견고하고 끝없는 사랑으로 나를 안아줄 것입니다. 그녀는 내 몸과 내 영혼을 사랑합니다. 그녀는 또한 내 주변과 내 과거, 미래, 현재의 모든 것을 사랑합니다!

작가는 의론의 방식으로 영원한 모성애를 노래하고 어머니에 대한 뜨거운 사랑을 토로했다. 강렬한 감정이 의론 속에서 터져 나와, 매우 깊은 감동을 줄 수 있는 것이다. 이 외에도, 직접적으로 감정을 토로하고 있는 구절이 많이 보인다. 예컨대, "나에 대한 어머니의 사랑은 만물이 소멸한다고 바뀌지는 않아요!", "나와 함께 한목소리로 찬미해요! 오로지 온 세상의 어머니의 사랑만이 숨겨져 있건 드러나 있건, 나타나건 없어지건, 말로 재건 자로 재건, 아니면 영혼의 도량으로 헤아리건, (중략)", "내가 이런 신성한 비밀을 발견했을 때 나는 기쁘고 감동하여 책상에 엎드려 통곡했습니다!" 등등이 그러하다. 작가는 어머니의 사랑을 극력 찬미하고 풀어낸다. 당시 빙신은 멀리 이국에서 '피를 토하는 병이 재발'하여 요양원에서 치료를 받고 있었다. 요양생활을 하며 어린 독자들에게 보내는 이 편지를 쓰면서 어린 시절 어머니의 사랑을 떠올릴 때마다 그녀는 마음이 "최고도로 요동쳤다"고 한다. 이 글에서 작가는 마음이 격동하여 자신의 감정을 쏟아냈기에, 자연 서정적인 색채가 농후하게 된 것이다. 바로 여기에 이 작품이 성공할 수 있었던 이유가 존재하지 않을까 생각한다.

五

빙신의 산문은 경쾌하고 아름다우며 생동적이고, 청신하며 의미심장하다고 일컬어진다. 그녀는 백화문의 명쾌하고 매끄러운 특징을 잘 살려냄과 동시에 간결함을 특징으로 하는 문언문의 장점을 흡수하여 자신의 독특한 풍격을 형성하였다. 여기에 여성작가 특유의 세심하고 부드러운 필치가 더해져, 그녀는 문단에서 매우 높은 명성을 얻을 수 있었다.

〈통신10〉은 그녀의 이러한 언어적 특색이 잘 드러난다. 간결하고 막힘이 없으며 장황하지 않다. 서정성이 강하지만 함축적이고 세심한 관찰도 적지 않으며 묘사는 생동적이다. 이로부터 작품의 예술적인 색채를 잘 표현하고 있는 것이다. 이 서정적인 글을 읽다 보면, 동시대 다른 작가들과 다르고 이후의 작가 자신과도 다른, '5·4' 시기 빙신의 모습을 알 수가 있다. 다음을 보자.

> 어머니가 이 일을 이야기하실 때면 나는 언제나 얼굴엔 미소를 눈에는 눈물을 담고 있었지요. 다 듣고 난 후에는 어머니의 옷자락으로 내 눈가를 꼭꼭 누르고는 조용히 어머니의 무릎 위에 엎드렸답니다. 이 순간은 우주도 없고 오로지 어머니와 나뿐이었어요. 마지막엔 나도 사라져 버리고 오직 어머니만 남습니다. 왜냐하면 내가 원래 어머니의 일부분이기 때문이에요!

작가는 청신하고 세밀한 필치로 어린 친구와 잡담을 나눈다. 사물의 묘사나 감정의 표현 모두 지나침이 없이 적절하다. 글은 길지 않지만 표현력은 매우 풍부하다. 아래 글을 보자.

> 한번은 어린 내가 갑자기 어머니 앞으로 다가가 얼굴을 치켜들고 물었어요. "엄마, 엄마는 도대체 왜 나를 사랑하는 건가요?" 어머니는 바늘을 내려놓고 그녀의 뺨을 내 이마에 대고서 부드럽지만 주저함 없이 대답하셨어요. "그냥, 내 딸이니까!"

비록 짧은 대화에 불과하지만 함축적이고 간명하게 어머니의 자애로움과 어린 아이의 천진난만함을 생생하게 표현했다. 앞 단락과 비교해보면 필치의 차이를 발견할 수 있다. 앞부분에서 쓰고 있는 것은 소녀와 어머니의 애착 혹은 그리움이다. 나이가 듦에 따라 딸의 어투와 표현도 달라지고, 어머니의 태도도 자연히 변한다. 이런 글을 읽다보면, 우리는 여성작가 빙신의 뛰어난 기교에 탄복하지 않을 수 없다!

위다푸는 〈중국신문학대계 산문2집 · 서언〉에서 "빙신여사 산문에서 보이는 청아하고 수려함, 글의 전아함, 생각의 순수함 등은 중국 산문에서 유일무이한 것이라고 할 수 있다"며, 그녀의 작품을 높이 평가했다. 빙신은 이러한 평가를 받기에 전혀 손색이 없는 작가이다. 물론 이는 빙신의 모든 산문을 두고 한 평가이지만, 〈통신10〉에서도 위다푸가 왜 이렇게 높이 평가했는지에 대한 이유를 충분히 느낄 수 있다고 생각한다.

위다푸의 〈서당과 학교书塾与学堂〉

작가와 미완의 '자전'

위다푸는 '5·4' 시기 낭만주의 문학단체인 창조사의 발기인 중 한 사람으로, 창조사의 저명한 소설가이자 산문가이다. 그의 첫 번째 소설집《침륜》은 1921년 10월 출간되었는데, 당시 문단을 뒤흔들었을 뿐만 아니라, '5·4' 이후 신문학운동에도 큰 영향을 끼쳤다.

〈침륜〉은 위다푸 초기 소설의 대표작이다. 이 작품은 일본에서 유학하고 있는 중국인 학생이 순수한 우정과 따뜻한 사랑을 갈망하지만, 약소국의 자제라는 이유로 이국에서 모욕과 냉대만 경험하다 결국 절망하여 몰락하고 마는 내용을 담고 있다. '5·4' 시기 각성했지만 출구를 찾지 못한 청년의 심리상태를 잘 반영함으로써 시대적인 특징을 보여준다. 때문에 이 작품은 당시 젊은이들 사이에서 큰 반향을 불러일으켰다. 하지만 다른 한편으로는 보수파들의 비난을 한 몸에 받기도 했다. 〈침륜〉을 비롯한 그의 초기 소설들은 대부분 감상적인 색채가 농후한데다가 노골적으로 '변태적인 성 심리'를 드러내고 있어서, 왕왕 퇴폐적인 분위기를 띠고 있었기 때문이다. 요컨대, 위다푸의 소설은 장단점을 다 갖고 있다고 할 수 있다. 그러나 작품의 주된 기조는 애국주의와 현실주의적인 경향이다. 그래서 그의 친구인 후위즈胡愈之는《위다푸의 유랑과 실종郁达夫的流亡和失踪》[23]에서 "그는 '5·4'에 영원토록 충실한 작가로, '5·4'를 배반한 적이 없다"고 했다.

위다푸의 소설에 대해서는 소설이 탄생한 그 날부터 바로 각기 다른 의견들이 생겨났고, 그 의견들끼리의 논쟁도 격렬했다. 중국현대문학사상,

그는 논란이 많은 작가이자 평가가 엇갈리는 그런 작가이다. 바로 이 때문에 위다푸의 작품은 중화인민공화국이 성립된 이래 중·고교 어문교과서에 실린 적이 없었다. 위다푸와 창조사는 학생들에게는 매우 낯선 작가이며 문학단체인 것이다. 현재 〈서당과 학교〉가 어문교과서에 실린 게 아마 처음일 것이다. 이 작품과 작가에 대한 정확한 이해 및 공평하고 타당한 평가가 요구된다.

창조사 작가들 중에서 그 삶과 창작 여정을 놓고 볼 때 위다푸보다 더 우여곡절이 많은 작가는 없다. '5·4' 이래 진행된 반제반봉건의 물결을 따라 위다푸의 정치사상도 끊임없이 발전하였고, 작품도 나날이 성숙되었다. 특히 중일전쟁이 발발한 후 위다푸는 민족구국운동에 투신하면서, 애국적이고 진보적인 지식인의 고결하고 충성스러운 면모를 계속 유지하고 있었다. 후에 뜻을 같이하는 일부 진보적 인사들과 함께 동남아로 가서 화교들의 항일운동에 적극적으로 동참하였다. 하지만 1945년 9월 인도네시아 수마트라에서 일본헌병에 의해 피살당하고 말았다. 중화인민공화국이 성립된 이후 그는 열사로 추앙되었다.

〈서당과 학당〉은 미완성된 위다푸의 자서전 중 한 장이다. 1934년 9월 쑤쉐린苏雪林은 《문예월간文艺月刊》 6권 3기에 〈위다푸를 논함郁达夫论〉을 발표하였는데, 이 글에서 그녀는 위다푸의 작품이 자아중심적이고 감상적이며 퇴폐적인 색채로 가득하다고 비판했다. 위다푸는 쑤쉐린의 이러한 비판에 격분하여 이를 반박하는 글을 쓰고자 했다. 마침 한 출판사의 요청으로 원고를 완성해야 했던 그는 자서전을 쓰게 되는데, 이 자서전의 서언에서 위다푸는 쑤쉐린의 비판에 대해 반박하였다.

위다푸의 자서전은 안타깝게도 완성되지 못했다. 그는 겨우 아홉 장만을 쓰고 붓을 놓았다. 이 자서전은 처음에 반월간 잡지인 《인간세》에 연재하였다. 순서대로 〈이른바 자서전이라는 것所谓自传也者〉(자서自叙), 〈비극적인 출생悲剧的出生〉(자서전의 일自传之一), 〈나의 꿈, 나의 청춘!我的梦, 我的青春!〉(자서전의 이自传之二), 〈서당과 학교〉(자서전의 삼自传之三), 〈흐르는 물과 같은 봄철의 근심水样的春愁〉(자서전의 사自传之四), 〈멀리, 좀 더 멀리!远一程, 再远一程!〉(자서전의 오自传之五), 〈고독한 사람孤独者〉(자서전의 육自传之六), 〈격랑의 바깥에서大风圈外〉(자서전의 칠自传之七), 〈바다에서海上〉(자서전의 팔自传之八) 등 총 아홉 편이다. 연재를 시작할 때는 매 기마다 한 편씩을 실었는데, 갈수록 간격이 생겼다. 게다가 8장을 발표한 지 얼마 되지 않았을 때 《인간세》가 정간되고 말았다. 1936년 초, 푸저우에 간 위다푸는 성 정부 관료로 일하게 되었고, 자연 자서전을 쓸 시간이 없었다. 그러나 《우주풍》이 창간된 후, 이 잡지의 11기에 〈눈 내리는 밤雪夜〉(일본국정에 대한 기술日本国情的记述)을 "자서전 1장自传之一章"이라는 주를 명기하여 발표하기도 했다. 작품에 명기한 주로 볼 때, 이는 앞서 발표한 "자서전 팔"에 이어지는 게 아니다. 이후 "자서전"이라는 이름으로 더 이상 글을 발표하지도 않았고, 작가의 생전에 이들을 묶어서 작품집으로 출간하지도 않았다.

〈서당과 학교〉의 내용 및 구성

자서전의 세 번째 부분으로서 〈서당과 학교〉는 위다푸가 자신의 청소년기 학창시절에 대해 쓴 것이다. 먼저 서당에 대한 내용으로 시작하는데, 여기에서 작가는 처음으로 글을 깨치기 시작하여 서당에서 공부하던 것과 학생들이 떠들썩하게 공부하던 일들을 묘사하였다. 다음으로는 학당에 대한 내용인데, 작문 수업부터 성적이 우수하여 월반한 것과 가죽구두에 얽힌 일을 서술하였다. 마지막으로 작가가 열세 살이던 겨울 국가에서 일어난 두 가지 사건, 두 살인 푸이溥儀가 황권을 계승하게 된 일과 슝청지熊成基의 봉기에 대해 서술하며 글을 맺는다.

작가는 해학과 심각이라는 상반된 필치로 학생시절을 기술한다. 서당에서의 공부는 일고여덟 살짜리 아이가 아침부터 저녁까지 계속 앉아서 끊임없이 책을 읽는 것이었다. "화장실에 가는 것은 감금된 학생들이 잠깐 동안 맛보는 해방이었다. 때문에 화장실은 낙원으로 변했다." 작가는 어떤 마음으로 이 서당에 관한 기억을 썼으며, 봉건적인 교육제도는 어떻게 아이들의 몸과 마음을 옥죄었을까. 익살스러운 표현의 이면에는 이에 대한 폭로와 조소가 담겨 있는 것이다!

당시의 학교는 서원의 기초 위에서 서양식 학교를 만든 것으로, 전족이 막 풀린 것과 마찬가지로 다소 기형적인 면모를 피할 수 없었다. 위다푸는 당시 서양식 학교의 모습 외에, 그의 월반과 가죽구두에 얽힌 이야기를 서술하였다. 작가는 염량세태에 대해 묘사하면서, 어린 시절 가난했던 집안 환경과 이것이 자신에게 미친 영향에 대해 기술하였다. 구체적인 에피소드에 대한 묘사를 통해 작가의 깊이 있는 사상을 표현하였는데, 그는 심각한 논조로 이 지난 일을 서술하고 있다.

서당과 학교생활에 대한 사실적인 기술을 통해서, 청말 민국 초기 교육제도의 상황을 반영하였을 뿐만 아니라 이에 대한 작가의 호불호 및 평가도 드러내고 있다. 위다푸는 이 글에서 구교육제도의 폐단을 드러내고 냉혹한 세태를 비판함과 동시에, 어머니가 자신을 교육시킨 것에 대한 감격과 감사를 표현한다. 작품의 주제는 아주 심오한 현실적 의의를 지니고 있는 바, 낙후되고 진부한 것에 대한 경계심을 일깨워준다.

〈서당과 학교〉는 세 부분으로 구성되어 있는데, 각 단락과 단락 사이에는 행을 비워서 구분하고 있다. 이 작품은 일반적인 문장의 구조와는 다르게 느껴지는데, 이는 단편적인 기억을 이어서 만든 것이기 때문에 그러하다. 이는 글의 구성상 위다푸 작품의 특징을 보여주는 것이라고 할 것이다. 일찍이 천시잉은 〈한담〉에서 위다푸를 다음과 같이 평가한 바 있다. "위 선생의 작품은 엄밀히 말해서 단편소설의 격식이라고 할 만한 게 별로 없는 그야말로 삶의 편린이다. (중략) 한 편의 글이 시작할 때 우리는 항상 그제 야 시작하는지 알지 못한다. 마무리를 지을 때에도 왜 그 시점에서 마무리를 하는지 모른다. 왜냐하면 시작하기 전과 마무리한 뒤에도 여전히 같은 분위기의 내용이 많다는 것을 알기 때문이다. 작가가 계속 쓰려고만 한다면, 거의 영원토록 끝나지 않을 수 있을 것이다." 천시잉의 이 평가는 위다푸 작품의 구조적인 특징을 잘 설명한다. 소설뿐만 아니라 산문도 그러하다. 후에, 쑤쉐린은 천시잉의 평가를 인용하여 위다푸를 비판하였는데, 그녀가 "그의 작품은 구조를 중시하지 않는다"고 한 것은 재고의 여지가 있다고 본다. 우리는 이것을 위다푸 작품의 구조상 특징이라고 볼 필요가 있다. 그것이 일반적으로 소설이나 산문이 따르는 격식에는 부합하지 않으나, 이것이 꼭 단점이 되지는 않으며, 그 격식을 따르지 않는다고 하여 좋은 작품을 창작해내지 못한다고 할 수는 더더욱 없는 것이다.

〈서당과 학교〉의 구조는 바로 이런 "삶의 편린"을 이어붙인 형식이다. 하나를 쓰고 나면 다른 하나를 쓴다. 각 부분과 부분은 긴밀하게 이어질 수도 있고 아무런 관련이 없을 수도 있다. 이는 위다푸 작품의 구조적인 특색을 반영하는 것이기도 하지만, 동시에 이 작품이 자서전의 한 챕터로 창작된 것과도 무관하지 않다. 자서전의 일부인 〈서당과 학교〉는 세 개의 단락으로 구성되어 있을 뿐, 시작과 마무리라 할 만한 것이 없다. 첫 번째 단락과 두 번째 단락에서 각각 서당과 학교에 관련된 일을 썼는데, 그렇다고 하여 세 번째 단락을 글의 결말이라고 볼 수도 없다. 간략하기는 하지만, 세 번째 단락 역시 학교에서 일어난 일을 쓴 것이기 때문이다. 자서전의 네 번째 챕터인 〈흐르는 물과 같은 봄철의 근심〉 역시 학교에서 일어난 일을 기술한 글인데, "양학당의 특수한 과목 중의 하나는 당연히 이리와라의 영어이다"로 시작한다.

　〈서당과 학교〉의 구조와 위다푸 작품의 구조적인 특색을 이해하면, 그 내용과 글쓰기의 특징을 훨씬 더 잘 파악하는 데 도움이 된다. 이 산문의 구조를 분석하는 데 있어서 일반적인 격식에 따라 그것을 분석해서는 안 되며, 이것이 자서전의 일부라는 점도 간과해서는 안 된다. 그렇지 않으면 작품에 대한 타당한 평가를 진행할 수 없을 것이다.

글쓰기 특징

　〈서당과 학교〉는 1934년 12월에 쓴 것이다. 이때 작가의 예술적인 풍격은 이미 어느 정도 성숙한 단계여서, 이 산문은 위다푸의 개인적인 특색을 대표하는 작품이라고도 할 수 있다. 글쓰기의 측면에서 본 특징을 정리해 본다면, 다음과 같다.

　첫째, 취사선택하고 안배하는 것에 있어서의 상세함과 간략함이다.

　상세하게 서술할 것인지 아니면 간략하게 서술할 것인지를 잘 판단해서 이것을 적당하게 만들어내는 것은 일반적인 글이라면 당연히 해내야 하는 것이다. 장편의 자서전은 더더욱 그러하다. 수십 년간의 삶의 궤적을 어떻게 분석 없이 단순히 나열하는 식으로 기록할 수 있겠는가.

위다푸는 적당한 한도 내에서 글을 쓰고 상세함과 간략함의 문제도 적절하게 처리하였다. 〈서당과 학교〉에서 학교에 관한 묘사를 보면, 그 중점은 학교생활에 놓여 있지만 두드러지게 나타나는 것은 가죽구두에 얽힌 이야기이다. 작가는 비교적 많은 문장을 할애하여 일의 전후를 상세하게 서술하고 있다. 특히 외상으로 구입하면서 받은 냉대, 어머니의 괴로움 및 아들의 깨달음을 매우 상세하고 생생하게 묘사하였다.

작가의 학교생활에서 이 사건은 기실 매우 작은 일이지만, 오랜 시간이 지나도 잊을 수 없을 정도로 작가에게는 매우 깊은 인상을 남겼다. 그래서 마흔이 되어 자서전을 쓸 때, 이를 상세하게 쓸 수 있었던 것이다. 반대로, 국가민족의 대사건은 간략하게 몇 문장으로 그치고 있다. 이것이 그에게 전혀 영향을 끼치지 않았다고 할 수는 없지만, 상대적으로는 대단찮아서 그저 간단히 몇 문장 언급하고 만 것이다. 서당생활도 그 내용은 자연 적지 않으나, 작가는 학생들이 소란스럽고 떠들썩하게 공부하는 장면을 집중적으로 기술하였다.

위다푸에게 있어서, 어떤 특정한 소재를 취사선택하고, 이를 문장 안에 배치하면서 상세하게 또는 간략하게 서술하는 것의 문제는 기억 속의 인상이 얼마나 깊은지, 그 사건이 작가에게 어떤 영향을 끼쳤는지에 달려 있는 것이다. 이런 식으로 취사선택하면서 중점은 두드러지게 표현하고, 상세함과 간략함은 적당한 정도에 맞춰낸 것이다. 그런데 그의 이러한 글쓰기 기교가 매우 뛰어나다.

둘째, 회상과 감정의 서술이다.

위다푸의 이 자서전은 회고의 필치로 쓴 것이기 때문에 순수한 서술과는 다르다. 작가가 서 있는 자리는 사건 발생 당시일 수도 있고, 후에 일어난 일을 보충해 넣은 것일 수도 있으며 집필할 당시를 쓴 것일 수도 있다. 〈서당과 학교〉에서 천팡陳方에 대한 기술, 가죽구두 사건에 대한 묘사 등등이 다 그러하다. 이런 식으로 회고를 하면서 붓을 놀리면 자서전의 내용을 풍부하게 할뿐더러 독자와 작가의 이야기를 시간적으로 가깝게 만들어주며, 글의 진실성과 친근함을 배가시킬 수 있다. 마치 작가가 우리와 함께 어린 시절의 이야기를 하는 것처럼 생동감 있고 자연스러우며 흥미롭다. 만약 순수하게 객관적인 시각에서 당시의 일들을 서술했다면 이만큼의 효과는 얻지 못했을 것이다.

회상식의 논조는 감정을 서술하는 데 편리한 바, 이 작품의 서정성은 매우 강하다. 다음 문장을 보자. "삼십여 년의 세월이 지나고 나니 당시의 고통도 한 겹 한 겹 깨끗하게 벗겨져서, 지금 생각해보면 서당의 생활도 정말 몹시 즐거웠던 것 같다." 이 문장을 통해 드러내고 있는 감정은 매우 복잡하면서도 진실함이 담겨 있다. 아이들이 경험하는 봉건교육의 속박은 확실히 고통스럽다. 그러나 사십년이란 세월 동안 세상의 온갖 풍상을 겪고 난 후 어린 시절을 회상해볼 때 기억 속에 남아있는 것은 얼마나 즐겁고 행복한 것인가. 작가는 가죽구두로 인한 풍파를 서술한 후 다음과 같이 쓴다. "당시 겨우 열한두 살이었던 나는 이 우여곡절을 겪고 나서 애늙은이처럼 굴게 되었다. 지금도 이 까다로운 성격은 고치지 못할 것 같다는 생각이 든다." 의론성의 문장 같지만 사실상 이 또한 감정을 서술하고 있는 것이다.

서정성은 통상적으로 산문의 특색을 이룬다. 회고성 산문에서 그 필치에 감정이 내포되어 있는 것 또한 글의 감화력을 더해준다.

세 번째, 돋보이게 하는 것과 역으로 부각시키는 것이다.

돋보이게 하는 것과 역으로 부각시키는 것은 자주 사용되는 글쓰기 기법이다. 〈서당과 학교〉에서도 이런 기법이 많이 나타나고 있는데, 이를 통해 문장의 생동감과 표현 효과를 극대화하고 있다.

서당생활에 대해 서술한 부분을 보자. 글은 영어책의 묘사로부터 시작하여 긴 변발의 소년이 나이든 선생님 앞에서 책을 읽는 모습을 서술한다. 이 단락은 자서전의 내용과는 그다지 밀접한 관련이 있는 것 같지 않은, 주제와 무관한 것처럼 보인다. 그런데, 서당생활을 서술한 부분에서 학생들이 하루 종일 있는 힘껏 몸을 흔들어가며 큰소리로 책을 읽는 장면이 있다. 주의할 것은 이들이 훗날 변발을 늘어뜨리고 영어책을 읽는 소년이 되었다는 점이다. 사실상, 영어책을 읽는 소년의 모습에 대한 서술은 뒤에 이어지는 글의 밑바탕으로, 뒷부분의 내용을 돋보이게 하는 작용을 한다. 이런 방식으로 서당생활을 묘사함으로써 독자들에게 더 또렷하고 깊은 인상을 심어주고 있는 것이다. 앞의 내용을 쓰지 않고 단지 서당에서의 공부, 떠들썩하게 학습하는 장면만 서술해도 가능하다. 그러나 그러할 경우 그 효과는 다소 줄어들었을 것이다.

학교생활에 대해 쓴 부분에서는 가죽구두에 얽힌 이야기가 중심이 된다. 그러나 서양식 학교의 분위기, 대단한 양 우쭐거리는 학생들 및 월반하게 된 기쁨 등을 먼저 서술하고, 가죽구두를 신고 싶은 마음을 세밀하게 묘사한다. 그리고 이어서 외상으로 구두를 샀을 때 당했던 냉대와 슬퍼하는 어머니 및 자신의 괴로움에 대해 중점적으로 서술한다. 앞부분과 뒷부분이 선명하게 대조를 이루고 있는 바, 앞부분의 즐거움은 뒷부분에 나오는 괴로움과 실망을 한층 더 부각시켜준다. 염량세태에 대한 묘사와 가죽구두 사건이 위다푸에게 끼친 영향은 문장의 핵심이다. 작가는 상반되는 내용을 서술하는 방식으로 오히려 더 선명한 대비를 구현함으로써, 묘사의 효과를 극대화한다. 이러한 것은 글쓰기 방식면에서 요구되는 기법인데, 위다푸는 이를 매우 능숙하게 활용하고 있는 것이다. 이는 작가가 글쓰기에 얼마나 능한지를 설명해준다.

넷째, 반어와 전고의 사용이다.

위다푸는 중국의 전통적인 학문에 대한 조예가 매우 깊다. 때문에 그의 작품 속 언어는 막힘이 없을 뿐만 아니라 우아하고 생동감이 넘친다. 〈서당과 학교〉에서 작가는 전고의 사용에 특별히 주의를 기울였다. 그는 작품에서 많은 성어를 활용하고 있는데, 그 활용이 매우 적절하다. 예컨대 "춘향이 공부를 방해하는 것 같은 장난"에서 "춘향이 공부를 방해하다"[24]는 탕현조湯顯祖가 쓴《모란정牡丹亭》에 나오는 이야기이다. 천팡의 죽음은 투르게네프I.S. Turgenev의《루딘》중 주인공 루딘의 이야기를 빌려다 활용하였다. 이 외에도 "만능인 장천사"[25], "영고숙의 효심"[26] 등 모두 자연스럽고 적절하게 전고를 사용하였으며, 이로 인해 작품에 생동감을 더해 주고 있다.

풍자 또한 위다푸가 자주 사용하는 글쓰기 기법이다. 그러나 그의 풍자는 지나치게 신랄하거나 맹렬하지 않다. 〈서당과 학교〉에서는 반어를 통한 조소와 풍자가 많다. 유머적이지만 신랄하지 않다. 예컨대, 영첨[27]을 만들어서 화장실에 가도록 한 것을 "폐단"을 없앴다고 하거나, 천팡이 앞장서서 춘향이처럼 공부를 방해하다가 선생에게 "토벌"을 당했다고 하거나, 현의 소학교 교장은 "몹시 대단한 인물"이라고 하거나, 지현[28]이 선물한 고기만두가 "사악한 것을 쫓아내고 지능을 발달"시킬 수 있다고 하는 것 등등이 그러하다. 거대한 담론을 사소한 것에 갖다 쓴 것처럼 보일 수도 있지만 반어로 조소와 풍자의 목적에 도달하고자 함인 것이다.

〈고도의 가을故都的秋〉에 대하여

—

위다푸는 '5·4' 시기 중요한 작가 중의 한 사람이다. 1921년 궈모러, 청팡오成仿吾 등과 함께 창조사를 결성하였다. 창조사는 예술을 위한 예술을 추구한 문학단체로, 중국신문학발전사상 많은 영향을 끼쳤다. 그러나 중국현대문학사에서 위다푸는 논쟁이 많은 작가였다. 주지하다시피, 그가 창작한 소설 〈침륜〉은 당시 세상을 깜짝 놀라게 만들었다. 작품에 나타나는 성적 묘사의 대담함과 '퇴폐파를 모방한, 본질적인 청교도'[29]식의 창작 풍격으로 인해서, 많은 비난과 오해를 받지 않을 수 없었다. 때문에 위다푸에 대한 역사적인 평가는 일치하지 않았으며, 심지어는 낮게 평가된 경향도 없지 않아 있었다. 사실상, 이는 실제와 부합하지 않을뿐더러 공평하지 않은 것이다. 최근 몇 년간, 위다푸에 대한 연구가 심도 있게 진행되어 오고 있다. 그에 대한 평가 역시 이 과정에서 어느 정도 일치를 보고 있으며, 이러한 연구들은 비교적 객관성을 띠고 있다.

위다푸의 창작은 대략 세 단계로 나누어볼 수 있다. 첫 번째 시기는 1921년에서 1927년 8월 창조사를 탈퇴하기 전까지이다. 그는 1921년 문단에 등단하여 첫 번째 소설집《침륜》을 발표하였고, 창조사를 결성하여 활발하게 활동하다가 1927년 8월 창조사에서 탈퇴하였다. 그래서 이 시기는 '창조사 시기'라고도 불린다. 두 번째 시기는 창조사에서 탈퇴한 후부터 1937년 '7·7사변'이 발발하기 전까지이다. 이 시기 그는 소설 창작에 몰두한 바, 그의 대표적인 작품들이 모두 이 10년 동안 창작되었다. 세 번째 시기는 '7 · 7 사변 발발 이후부터 1945년 8월까지이다. 중일전쟁기였던 이 8년 동안, 위다푸는 적극적으로 항일구국활동에 참가하였으며, 항전과 관련된 많은 작품을 창작하였다. 태평양전쟁이 발발한 후에 위다푸는 동남아로 떠나 유랑생활을 하였는데, 일본군이 항복한 다음 일본헌병에 의해 피살되고 말았다. 중화인민공화국이 성립된 후에 그는 열사로 추앙되었다.

위다푸의 작품은 중 · 고등학교의 어문교재로 채택되지 못하다가, 1982년 이후의 어문교과서에 〈서당과 학교〉가 처음 수록되었다. 최근 어문교과서 개정에 따라, 〈서당과 학교〉는 빠지고 대신 〈고도의 가을〉이 인민교육출판사 판본인 고교 2학년 과정의 어문교과서에 수록되었다. 이 두 작품은 창작 연대가 거의 비슷한데, 〈서당과 학교〉가 몇 개월 일찍 발표되었다. 〈고도의 가을〉은 1934년 8월에 쓴 것으로, 《당대문학当代文学》 제1권 3기(1934년 9월)에 실렸다. 후에 위다푸 산문집인 《한서闲书》에 수록되었다. 이 책은 상하이 양우도서공사에서 "양우문학총서" 26종의 하나로 1935년 5월 출간한 것이다.

1926년 말, 위다푸는 광저우 중산대학의 교수직을 사임하고 상하이로 간다. 그런데 〈광저우 사정广州事情〉을 발표한 것이 빌미가 되어 창조사를 나오게 된다.[30] 이때부터 약 6년간 위다푸는 상하이에 머물면서 중국자유운동대연맹, 중국좌익작가연맹 등 여러 혁명운동단체에 참여하였고, 루쉰과 함께 《분류奔流》를 편집하기도 했다. 그러나 당시 백색테러가 매우 심하였고, 위다푸 또한 이의 영향에서 자유로울 수 없었다. 그는 청대 시인인 공자진龚自珍의 시구인 "피석외문문자옥, 저서도위도량모避席畏闻文字狱, 著书都为稻粱谋"[31]를 써서 거실에 걸어놓았는데, 이는 "나는 투사가 아니라 작가일 뿐이다"라는 뜻을 명확히 밝히는 것이었다. 특히 민권보장동맹의 집행위원장을 비롯한 일련의 혁명투사들이 살해당한 사건은 위다푸에게 큰 영향을 미쳤다.

1933년 4월 위다푸는 항저우로 거처를 옮기는데, 이곳에서 그는 '풍우모려风雨茅庐'라고 이름 붙인 집을 직접 짓는다. 정치적인 투쟁이 몹시 격렬하게 벌어지고 있던 상하이를 떠나 항저우로 옮겨간 것은 은거하겠다는 의미가 다소 내포되어 있다. 후에 그는 산수에 감정을 기탁하면서 산수유람기를 많이 창작하였다. 1933년 11월 항저우 항장철도공사의 요청에 따라, 그는 저둥浙东 지역을 탐방하였고, 1934년 3월 말에는 당남오성교통주람회의 요청으로 저시浙西와 완둥皖东지역을 답사하였다. 같은 해 7월에는 친구의 초청으로 칭다오青岛에서 한 달간 머물기도 했다. 8월 12일에 칭다오를 떠난 그는 지난济南, 베이핑, 베이다이허北戴河, 톈진 등을 거쳐 9월 9일에야 항저우로 돌아왔다.

〈고도의 가을〉은 바로 이때 베이핑을 유람한 일을 기록한 것이다. 작품의 말미에 "1934년 8월, 베이핑에서"라고 주가 명기되어 있다. 위다푸에게 있어 베이핑은 낯선 곳이 아니다. 그의 큰형은 저명한 법률가로 정부의 고위 관료였는데, 베이핑에 거주하고 있었다. 위다푸 또한 1923년 가을 베이징대학에 임용되어 통계학 강사로 일한 적이 있다. 이때 그는 큰형의 집에 거주하였는데, 1924년 봄 그의 첫 부인인 쑨취안孙荃이 룽얼龙儿을 데리고 베이징으로 옴에 따라, 스차하이 북편에 조그만 집을 얻어 그곳으로 옮겨갔다. 1925년 초 위다푸는 우창고등사범학교武昌高等师范学校의 교수로 임용된다. 가족들이 베이징에 있었기 때문에 그는 늘 남쪽과 북쪽을 오가야했다. 그러나 〈고도의 가을〉에 쓴 것처럼, 10여 년간 북방의 가을을 만나보지 못했다. 1926년 6월 룽얼이 사망한 후로 베이징에 다시 가지 않았기 때문이다. 후에 쑨취안은 자녀들을 데리고 고향인 푸양富阳으로 돌아갔다.

1927년 말 국민당 정부가 난징으로 옮겨간 후, 베이징은 베이핑으로 이름이 바뀌었다. 사람들은 습관적으로 이곳을 고도라고 불렀다. 1949년 중화인민공화국이 성립되면서 베이핑은 다시 베이징이라는 이름을 얻었다. "고도의 가을"은 바로 베이징의 가을을 가리키는 것이다.

二

〈고도의 가을〉은 풍경을 묘사한 대표적인 산문이다. 작가는 풍경을 묘사하는 가운데 자신의 감정을 서술하고 있다.

가을을 보며 스산함을 느끼고 비탄에 잠기는 것은 중국문학의 전통적인 주제 중 하나이다. 위다푸는 중국고전문학의 영향을 깊이 받은 작가이다. 자연 이 작품 속에는 구슬픈 가을에 대한 작가의 생각과 감정이 흐른다. 작가는 "중국 북부의 가을은 특히나 조용히, 슬프고 처량하게 온다"고 했다. 그가 중국 북부에 와서 십년간 맛보지 못한 가을 맛을 충분히 맛보면서, 절실하게 느끼고 토로한 그 내용에 바로 이 쓸쓸한 가을이 내포되어 있다. 작가가 묘사하는 사물, 읊조리는 정취 등은 모두 슬프고 처량한 기조와 분위기 속에 놓여 있다. 기억 속의 갈대꽃, 버드나무 그림자, 벌레들의 합창소리, 깊은 밤에 뜬 달, 종소리 등은 슬프고 처량한 맛이 난다. 떨어진 홰나무꽃의 꽃술, 가을매미의 허약한 울음소리, 부슬부슬 내리는 가을비 등처럼 가을 냄새로 가득한 묘사도 구슬픈 분위기에서 벗어나지 못한다. 작가의 결론은 아래와 같다. "느낌이 있는 동물, 정취가 있는 인류는 가을에 대해서는 언제나 마찬가지로 유난히 심한, 깊숙하고 고요한, 매서우며 스산한 그런 느낌을 갖는다." 〈고도의 가을〉은 바로 이러한 가을 느낌을 묘사하는 동시에, 작가의 슬프고 처량한 감정을 토해내고 있다.

이 작품을 쓸 당시 작가는 겨우 서른아홉이었다. 통상적으로 보자면, 인생이 늘그막이라는 느낌을 가질 수 없다. 그러나 삶이 순탄하지 못하고 온갖 풍상을 겪은 위다푸는 이 시기 이미 산전수전을 다 겪었다고 해도 과언이 아닐 것이다. 특히 문화의 중심인 상하이를 억지로 떠나야 했을 때 그는 더더욱 고민스럽고 마음을 안정시키기 어려웠다. 항저우로 와서 조용히 책을 읽고 글을 쓰면서 보내고자 했지만, 사실상 그럴 수 없었다. 그는 통치자들을 증오했기 때문에 고관대작들과 교류하는 것도 못했다. 투쟁의 소용돌이로부터 벗어나, 백색테러의 공포로 가득했던 상하이를 떠나오긴 했지만, 항저우도 그에게 낙원이 되지는 못했다. 그래서 그는 여전히 억압 속에서 생활할 수밖에 없었다. 당시 위다푸는 비록 '풍우모려'라는 집을 짓고 살았지만, 하루하루 그럭저럭 되는대로 살아가면서 애써 버티고 있었다는 게 맞을 것이다. 후에, 그는 여러 지역을 유람하다가 다시금 베이핑에 도달하였다. 그는 여기저기 떠돌아다니는 것으로 잠시나마 갖가지 우울한 일을 잊고 편안을 얻고자 했지만 사실상 여전히 괴로운 심정을 이 작품에 반영한 것이다. 위다푸가 지은 시 중에 다음과 같은 구절이 있다. 화려한 옛 꿈은 이미 연기가 되었고, 점점 소박하고 담담한 중년생활로 접어든다.[32] 중년에 접어드는 삶의 맛이 소박하고 담담한 느낌이라니, 그가 느낀 인생의 처량함과 비애를 바로 여기에서 느낄 수 있다. 그래서 〈고도의 가을〉에 흐르고 있는 쓸쓸한 가을은 바로 당시 위다푸의 심리를 반영한 것이다. 그렇다면, 그가 천리 길도 마다하지 않고 중국 북방의 가을 맛을 찾으러 온 것은, 십년간 보지 못한 고도의 가을 색을 다시금 느끼려고 한 것은, 아마도 슬프고 처량한 심경의 발로일 것이다. 자연 경물을 묘사하고 있지만, 자연 경물을 빌려 당시 작가의 내면을 표현한 것이다.

글 속에 흐르는 쓸쓸한 가을은 결국은 위다푸 특유의 것으로, 다른 작가들의 그것과는 다르다. 그는 자신의 비애와 탄식을 글에 털어놓고 있는데, 매우 섬세하고 소박하며 담담하고 쓸쓸하게 표현하였다. 그래서 근심이 어려 있지만 담담하고, 감회에 젖어 있지만 무겁지는 않다. 작가가 홰나무 아래 떨어진 꽃술을 묘사한 장면을 보자. "밟았는데도 아무 소리가 없고 아무 냄새도 없다. 그저 지극히 미세하고 지극히 부드러운 그런 약간의 느낌만 있을 뿐이다." 이 꽃술이 빗자루로 다 쓸려버린 후에는, "보기에 깨끗하고 한적하다고 느끼면서도, 잠재의식 속에서는 또 쓸쓸해 보인다는 생각도 좀 든다"고 고백한다. 홰나무 아래 떨어진 꽃들을 보면서 느끼는 한가로움과 쓸쓸함, 잠재의식 속의 이런 생각이 가을에 대한 비탄이 아니고 무엇이겠는가. 다만, 그 감정을 서사하는 데 있어서는 농밀하지 않고 담담하며 섬세하다.

이상, 이 산문 속 쓸쓸한 가을에 담긴 작가의 생각과 정취에 대해 간략하게 분석해보았다. 그러나 만약 〈고도의 가을〉이 이런 감정만 풀어냈다고 한다면, 이는 이 작품을 전면적으로 읽어내지 못한 것이다. 세심하게 읽어보면, 작가의 태도는 가을을 감상하고 있기도 하다는 것을 알 수 있다. 작품의 적지 않은 부분에서 베이징의 가을색깔을 즐기고 음미하는 작가의 모습을 볼 수 있다. 위다푸는 다음과 같이 독자에게 이야기해준다. 강남에서는 "가을의 맛, 가을의 색, 가을의 의경과 자태를 아무리 구경하고 맛봐도 성에 차지 않고, 항상 모자란다는 생각이 든다". 그래서 그는 불원천리를 마다하지 않고 고도에 와서 이 북방의 가을빛을 맛보고 누리는 것이다. 가을의 그 깊고 고요한 의경과 처량하고 스산한 분위기를 작가는 감상하고 음미하는 것이다. 그래서 그는 경물을 그렇게도 평온하고 유유하며 담담하게 묘사할 수 있었던 것이다. 그 결과 작품은 특유의 정취로 가득해졌다. 북방의 파란 가을, 가을벌레, 비둘기 피리[33], 떨어진 꽃술 등등을 작가도 감상하고 음미한다. 특별히, 그는 잘 익은 가을철 과일을 묘사하는 데에 고심하였다. 그래서 대추며 감이며 포도 등에 대한 묘사가 사람의 마음을 끌어당길 수 있는 것이다. 작가는 음력 칠팔월이 황금의 계절임을 찬미한다. 이런 모든 것에는 작가의 마음이 투영되어 있다. 요컨대, 가을 감상이 작품의 또 다른 축인 것이다. 특히 가을비가 내린 후에 한가하니 다리 어귀에 나와 있는 도시인에 대한 묘사는 매우 생생하다. 위다푸는 감상하는 태도로 인물을 서술하였지만, 그가 묘사하는 태도는 완전히 외부인의 방관자적인 냉정한 시각을 보여준다. 고도의 가을에 대한 묘사는 일종의 음미하는 그런 태도를 유지하고 있으면서도 위다푸 식의 그런 분위기에서 탈피하지 않은 것이다. 이는 사대부 계층이 보여주는 일종의 유유자적하는 심정과 한가한 정취일 것이다. 그러나 이것이 바로 위다푸의 진면목이다. 통치자를 증오하지만 단호하게 대항하지는 못하고, 현실을 도피한 중에도 자연과 인생을 잊을 수는 없어서, 어찌할 방법이 없는 중에, 가을을 쓸쓸해하면서도 감상하고 음미하는 마음을 담은 이런 명문이 탄생한 것이다. 이로 볼 때, 이 작품은 간접적으로 근대 중국을 살아가는 지식인의 고민을 반영하는 것이라 할 수 있다. 바로 여기에 이 작품의 의미가 있다.

三

예술적인 측면에서 볼 때, 〈고도의 가을〉은 매우 성숙한 면모를 보여준다. 경물을 묘사한 명문으로서 매우 보기 드문 작품이라 할 것이다.

첫째, 구조적인 특징이다.

구조적으로 〈고도의 가을〉은 자신만의 색깔을 갖고 있다. 이 작품이 보여주는 구조상 특징은 가히 대문장가가 아니라면 해낼 수 없는 것이라고 할 만하다. 위다푸는 저명한 소설가이기도 하지만 뛰어난 산문 작가이기도 하다. 이 작품과 같이 문장을 구성하는 것은 매우 어려운 일이다. 일반적인 산문 구조의 형식에 따라 그것을 판단하고자 한다면, 아마도 허사가 되지 않을까 생각한다.

처음 두 단락은 작품 전체의 도입부에 해당한다. 작가는 여기에서 다시 베이징에 온 목적이 고도의 가을이 주는 맛을 마음껏 맛보기 위함이라는 것을 단도직입적으로 밝힌다. 세 번째 단락부터 작가는 비교적 많은 편폭을 할애하여 고도의 가을색을 집중적으로 묘사한다. 가을 하늘, 가을 홰나무, 가을 매미, 가을 과일 등등, 베이징의 가을을 매우 생동적으로 표현하고 있는데, 작가의 문장 솜씨가 가장 잘 드러나는 부분이다. 마지막 세 개의 단락에서 작가는 이 작품을 마무리해나간다. 작가는 분석과 비평을 진행하고, 분석과 비평을 하는 중에 감정을 서술한다. 여기에서 그는 가을을 슬퍼하는 동시에 그 가을을 붙잡고 싶은 마음을 전달한다. 이처럼, 내용에 따라 이 작품의 단락을 구분할 경우 각각의 단락이 매우 뚜렷하게 드러난다. 전체 세 부분으로 구성되어 있으며, 이로부터 문장의 순서와 맥락을 이해할 수 있는데, 더할 나위 없이 명확하다.

이런 구조상의 특징은 소박하고 꾸밈이 없는 것이다. 작가는 아주 솔직하게 서술하고 묘사하였다. 자구나 문장을 다듬거나 꾸미지 않았으며 문장의 배치에 특별히 심혈을 기울이지도 않았다. 작가는 그저 자신의 솔직한 느낌을 서술하고 가을의 경물을 묘사하였을 뿐이다. 꾸밈없이 문장을 구성하여 어색한 맛이 없다. 작가는 베이징에 다시 여행을 온 이유를 설명한 후, 글의 핵심이 어디에 있는지를 밝힌다. 그것은 바로 "가을의 맛, 가을의 색, 가을의 의경과 자태"를 맛보고 감상하고자 하는 것이다. 그리고 난 후, 여러 측면에서 그것에 대해 묘사하고 드러내며, 자신이 관찰하고 느낀 것을 풀어냄으로써 한 단락을 구성한다. 작가는 매우 여러 가지를 서술하였는데, 만약 이것이 좀 더 많았거나 또는 좀 적었다면 어떠했을까를 가정해볼 수 있다. 단언컨대, 많든 적든 문제가 없었을 것이며 구조적인 결함도 느끼지 못했을 것이다. 이는 바로 전체 문장의 구조가 어디에 속박되어 있지 않고 자유롭다는 것을 설명한다. 글을 마무리해가는 세 개의 단락 가운데 "어떤 비평가가……"라는 부분이 있는데, 이는 작가의 분석과 비평으로, 가을빛에 대한 평을 쓴 것이다. 이 부분이 있음으로 인하여, 주제는 더 풍성해지고 내용은 깊이를 더하게 되었다고 생각한다. 이 부분이 없어도 이 작품의 결말은 마찬가지로 훌륭하며 구조적인 문제점도 발견되지 않는다. 반대로, 이 부분 때문에 구조적으로는 더 산만하고 느슨해 보이며, 주제에서 좀 동떨어진 것 같다. 그러나 작가는 이 부분의 분석과 비평 및 단상을 만들어냈다. 그는 감정을 억제할 길이 없어서 자유롭게 써냈지만 그 과정에서 구성과 격식은 신경 쓰지 않았다.

산문의 구조는 원래 특별한 격식이 없다. 인위적으로 갖가지 제한을 덧대는 것은 단점만 만들어낼 뿐이다. 〈고도의 가을〉은 구조가 소박하고 꾸밈이 없으며 조리가 분명하다. 작가는 자신이 가을을 경험한 느낌과 거기에서 받은 인상을 명백하고 유창하게 표현하고 있다. 꾸미고 다듬어낸 것이 없고, 물 흐르듯 막힘없이 자연스럽게 쏟아낸 감정이 독자의 심금을 울린다. 이런 구조가 매우 정교하고 섬세하지 않는데도 자신만의 개성이 있다. 이게 바로 위다푸 산문의 예술적인 특징이다.

둘째, 풍경 묘사에 능하다.

풍광이 매우 아름다운 강남에서 출생한 위다푸는 베이징의 풍경에도 매우 익숙했다. 이러한 그가 가을의 정취와 색, 의경과 자태를 묘사하는 것은 당연히 그에게 잘 맞는 일이다. 그러나 이러한 정취와 색은 글로 써내기가 쉽지 않다. 그럼에도 불구하고, 위다푸는 사물의 특징을 잘 포착하여, 많은 편폭을 할애하지 않았는데도 형상이 선명하며 정취가 넘쳐흐른다.

예컨대, 작가가 아침에 일어나 진한 차 한 잔을 타 들고 가을 색을 감상하는 장면을 묘사한 부분은 그야말로 베이징의 풍치를 생생하게 그려낸 한 폭의 그림이다. 북방의 파란 하늘, 정원에 핀 나팔꽃, 홰나무 아래 비치는 햇빛과 비둘기들의 피리소리, 사합원에서 볼 수 있는 이런 경물들을 가지고 그는 생동감 넘치게 가을의 정취를 표현해 냈다. 작가의 붓끝에서 탄생한 이러한 모습은, 오늘날의 베이징에서는 만나기 어렵지만, 1920-30년대 베이징에서는 매우 보편적이고 전형적인 장면이다. 우리는 작가가 이들을 묘사한 그 능력에 감탄하지 않을 수 없다.

특징이 분명한 사물을 가지고 가을의 색과 정취를 표현하는 이러한 부분들은 〈고도의 가을〉에서 쉽게 찾아볼 수 있다. 예컨대, 가을 매미의 애처로운 울음소리, 스산하게 내리는 가을비, 비온 뒤에 다리 위에 모인 사람들의 대화, 홰나무 그늘 아래서 청소하는 사람 등등, 모두가 매우 전형성을 띤다. 북방의 가을 과실에 대한 묘사는 직접 보고 먹어본 사람이 아니면 할 수 없는 것이다. "올리브 같기도 하고 비둘기 알 같기도 한 대추알이 조그만 타원형의 가녀린 이파리들 사이에서 연두에 옅은 노랑빛깔이 섞인 자태를 드러낸다"라든지, "북방은 먼지로 그득한 세상이다. 오직 대추며 감이며 포도열매가 8~90%퍼센트는 익는 음력 칠월과 팔월이 만나는 이때만이 북방 늦가을의 가일이자 일 년 중 가장 좋은" 황금빛 시간이라고 하는 문장 등이 그러하다. 위다푸는 경물을 묘사하는 데에 있어서 꾸미고 다듬고 수식하지 않았다. 요컨대, 그는 간략하고 단순한 묘사법과 소박한 어휘를 사용하여, 사실적으로 가을의 색깔과 정취와 자태를 그려냈다.

셋째, 감정을 서술하는 방식이다.

전편에 흐르는 서정적인 기조는 가을을 보며 비탄에 잠기는 것과 가을을 감상하는 것이다. 스산하고 처량한 가을에 대한 묘사에는 비탄의 의미가 담겨져 있다. 반면, 속세의 번민에서 벗어나 가을을 음미하는 데에는 벗어난 것에 대한 가뿐함이 있다. 이러한 복잡한 심경을 위다푸는 경물을 묘사하는 가운데 담담하게 풀어낸다.

감정이 주로 사물에 대한 묘사 속에서 드러나는 것은 중국의 전통적인 영물서정, 즉 사물을 노래하며 감정을 서술하는 방식이다. 홰나무 아래 떨어진 꽃을 보며 "잠재의식 속에는 쓸쓸하다는 생각도 좀 든다"거나, 가을 매미의 울음소리가 "쇠약한 잔여의 소리"라고 쓰는 것, 도시의 한가로운 사람들이 가을비에 대해 "가을비 한 번에 추위도 한 번!"이라고 말하는 것을 들으면서 그들도 "탄식하는 사람"이라고 하는 것, 심지어 황금색의 가을을 묘사하면서도 독자에게 "대추가 익고 잎이 떨어지고 대추가 완전히 다 붉어지면 서북풍이 일기 시작하고, 북방은 먼지와 모래로 그득한 세상이 되고 만다"고 알려주는 것을 잊지 않는 것 등등이 바로 전통적인 영물 서정의 방식이다. 작가의 붓끝에서 나타나는 가을의 그 스산하고 구슬픈 느낌은 잊을 수가 없다. 서정적인 맛은 결코 진하지 않지만 우리는 충분히 이를 맛보고 느낄 수 있다.

작품 말미는 비평과 분석을 하는 중에 감정을 서술한 것이다. "가을, 이 북방의 가을을 만약 잡을 수만 있다면 나는 내 수명의 삼분의 이를 잘라내고 나머지 삼분의 일만 가져오련다." 작가는 진심으로 북방의 가을에 대한 애정과 그것이 가는 것을 만류하고 싶은 마음을 드러내면서, 뜨거운 칭송의 언사를 보낸다. 비록 그 말은 극단적이고 정확한 시간을 추산해내기도 어렵지만, 이러한 강렬한 서정성의 문장은 전체 글에 흐르는 감정의 승화인 것이다.

이 외에도, 자구를 고르고 문장을 만드는 것에 있어서도 작가의 뛰어난 솜씨가 엿보인다. 위다푸는 마치 시를 짓는 것처럼, 산문 창작에서도 글자 하나하나와 구절 하나하나를 신중하게 퇴고하고, 적절한 비유를 추구하였다. 또한, 어휘 사용이 정확하고 성운에도 신경을 썼다. 예를 들어 남쪽과 북쪽이 다르다는 것을 설명한 부분을 보자. "황주와 백주, 죽과 만두, 농어와 대게, 누렁이와 낙타 같다." 연이어 네 종류의 비유를 들어 남쪽과 북쪽의 가을을 비교하고 있는데, 참신하면서도 적절하다. 편폭의 제한으로 이 부분에 대한 설명은 여기에서 마치기로 한다.

1) 1936년 9월《중류中流》에 처음으로 발표하였다. 이 작품은 1937년 출간된 회고성 산문집인《야기夜记》에 실렸다가 나중에《차개정잡문 말편》에 수록되었다.

2) 迎神赛会. 중국 민간에 전해 내려오는 민간종교활동이다. 사당에 모셔져 있는 신상을 들고 나와 거리행렬을 하는데, 이때 사당에서 나온 신을 맞이한다는 의미로 의장 행사처럼 음악을 연주하고 잡극을 연출한다. 신의 거리 행렬은 재앙을 없애주고 복을 내려주길 기원한다는 의미가 담겨 있다.(Baidu百科 '迎神赛会' 참고)

3) 目连戏. 중국의 전통희곡 중 하나로,《목련이 어머니를 구함目连救母》이라는 희곡 작품을 공연하기 때문에 '목련희'라고 불린다. 믿을만한 근거를 갖춘 제목이 있는 최초의 희곡으로, 중국 희곡사에서 '희곡의 시조'라고도 불린다.(Baidu百科 '目连戏' 참고)

4) '소흥희紹兴戏'라고도 불린다.

5)《아침 꽃 저녁에 줍다》의 머리글에서 루쉰은 이 작품집에 실린 "앞의 두 편은 베이징에서 쓴 것이고, 중간의 세 편은 정처 없이 떠도는 중에 창작한 것이며, 뒤의 다섯 편은 샤먼에서 쓴 것이다"라고 했다. 작품집에 실린 글들을 창작한 1926-1927년은 중국사회가 몹시 어수선하던 시기였다. 정처 없이 떠도는 중이라는 뜻은 '3·18' 사건으로 인해 부득불 베이징을 떠나 남쪽으로 내려가게 된 상황을 말한다.

6) 북양정부北洋政府(1912~1928년)는 북경정부라고도 한다. 중화민국 초기 위안스카이袁世凱를 중심으로 하는 북양군벌이 정치적으로 우위를 점하고 있던 정부를 가리킨다. 1913년 10월6일 위안스카이가 중화민국의 초대 총통으로 당선되면서 정식으로 구성되었다.(Baidu百科 '北洋政府' 참고)

7) 오언시구의 형식으로 만들어진 읽기 교재이다. 서당의 대표적인 교재로 중국에서 오랫동안 광범위하게 사용되었다.(Baidu百科 '鉴略' 참고)

8) 저승사자는 검은 차림을 한 저승사자黑无常와 흰 차림을 한 저승사자白无常로 구분된다. 흰 차림을 한 저승사자는 '活无常'이라고도 부른다. 루쉰이 "활발하고 익살스러워서" 친근감 있게 느껴진다고 한 저승사자는 바로 이 흰 옷에 흰 모자를 쓴 저승사자이다. 한편, 검은 차림을 한 저승사자는 '死无常'이라고 한다.(Baidu百科 '无常' 참고)

9) 유교에서는 망자와의 관계에 따라 각기 다른 상복을 입어 애도의 뜻을 표한다. 이를 오복五服이라고 하는데, 참최斩衰·재최齐衰·대공大功·소공小功·시마缌麻의 다섯 가지가 있다. 참최는 가장 거친 삼마로 만든 상복으로, 상복의 상의를 '최'라고 부른다. 아무런 장식을 하지 않는 것을 통해 애통함을 표현한다. 3년간 입는다.(Baidu百科 '斩衰' 참고)

10) "모범적인 현"은 천시잉의 고향인 우시无锡를 가리킨다.

11) "사오싱 나으리"는 천시잉 등이 루쉰을 공격할 때 사용한 말이다. 루쉰이 사오싱 출신임을 빗대어 쓴 말이다.

12) 1925년 12월 14일 천시잉 등이 만든 모임이다. 이 모임의 목적은 장스자오가 여자대학을 창설하는 것을 지원하는 동시에 베이징여자사범대학의 회복을 반대하고 진보적인 학생들과 교수들을 통제하기 위한 것이었다.

13) 《백사전白蛇传》에 나오는 이야기 중 하나이다. 천년동안 수련을 하여 백소정白素贞이라는 여인으로 다시 태어난 백사는 아름답고 순수한 사랑을 갈망하였다. 그녀는 항저우 시호에서 우연히 허선许仙이라는 서생과 만나 사랑에 빠지게 되고, 결국 이들은 부부의 연을 맺는다. 그런데 그녀는 단오절에 술을 잘못 마시고 원래 모습인 흰 뱀으로 돌아가게 된다. 이를 본 허선은 놀라서 죽고 만다. "선인초를 훔치다"는 백사가 허선을 살리기 위해 선인초를 훔치러 간 이야기에서 나온 것이다.(Baidu百科 '盗仙草' 참고)

14) 금산사의 법해선사가 허선을 보니, 허선의 얼굴에 요괴의 기색이 있어서 그를 금산사에 가둔다. 이에 백사가 허선을 구하기 위해 금산사로 온다. 하지만 법해선사가 허선을 놓아주지 않자, 바다 속 새우와 게 등으로 이루어진 군대를 이끌고 온다. 이에 금산사는 바닷물로 범람하게 된 것이다.(Baidu百科 '水漫金山' 참고)

15) 백사와 허선 사이에서 태어난 아들이 장원급제하여 금의환향한 후 뇌봉탑에 와서 제사를 드린다는 내용이다.(http://scripts.xikao.com/play/01002020 中國京劇戱考 '白狀元祭塔' 참고)

16) 《白蛇传》 또는 《雷峰塔》이라고도 불린다.

17) 知人论世.《맹자·만장하孟子·万章下》에 나오는 말이다.

18) 왕국유가 《인간사화人间词话》에서 주창한 중국사词론이다. 그가 주창한 "경계"는 진실하고 선명하게 감정과 경물을 융합시켜 표현해낸 예술형상이다. 이는 작가의 느낌과 작품의 표현시각에 중점을 두고, 진실한 감정과 진실한 경물의 표현을 강조하는 것이라 할 수 있다.(Baidu百科 '人间词话' 참고)

19) 송대 매요신이 한 말이다. 그는 앞세대 학자들의 시가창작이론을 참고로 하여 "状难写之景如在目前, 含不尽之意见于言外"라는 시론을 주창하였다.

20) 白水豆腐. 산시성陕西省바이수이현白水县의 특산.

21) 〈연못에 어린 달빛〉을 발표한 지 몇 년이 지났을 때, 독자 한 사람이 주즈칭에게 편지를 보내어 작품 속 "이때 가장 시끄러운 것은 나무의 매미소리와 물속의 개구리소리일 것이다"라는 문장에 의문을 표했다. 매미는 밤에 울지 않는다는 것이었다. 주즈칭이 산문을 쓸 때에는 매미소리를 듣고 쓴 것이었다. 매미가 밤에 우는지의 여부를 명확하게 알지 못했던 그는 독자가 이에 대해 의문을 제기하자, 바로 이에 대해 알아보기 시작했다. 그리고 매미는 밤에 울지 않는다는 답을 얻는 그는 독자에게 그 문구를 삭제하겠다는 답을 보냈다. 하지만 그는 그 후에도 계속 이 문제를 마음에 담고 있었다. 왜냐하면, 그 문장은 그가 직접 듣고 관찰해서 쓴 것이기 때문이었다. 그리고 마침내 그는 달밤에 다시 한 번 매미 울음소리를 듣게 된다. 주즈칭은 자신이 관찰한 결과를 그 독자에게 알려주고자 했지만 알릴 도리가 없었고, 몇 년 뒤 〈"달밤의 매미소리"에 관하여关于"月夜蝉声"〉라는 글에서 자신이 달밤에 매미소리를 들은 상황을 서술한다. 몇 년 전 의문을 제기한 독자에 대한 마지막 대답인 셈이다.(〈왜 주즈칭은 "달밤의 매미소리"라는 이 구절을 삭제하지 않은 것인가?为什么朱自清没删掉写"月夜蝉声"的那个句子?〉 http://blog.sina.com.cn/yiyuetang 참고)

22) 《朱自清文集》(一), 开明书店, 출판년도 미상.

23) 1946년 香港岬园书屋에서 출간되었다.

24) '春香闹学'는《모란정》의 중요한 부분이다. 그 줄거리는 다음과 같다. 남안태수南安太守 두보杜宝는 스승인 진최량陈最良에게 딸 두여낭杜丽娘을 가르쳐줄 것을 부탁한다. 진최량은 예법을 엄격하게 지키는 유학자였다. 엄격한 스승 밑에서 공부하면서 두여낭은 답답해한다. 두여낭의 시종인 춘향은 원래 그녀 옆에서 그녀가 공부에 전념하도록 도와야 하지만, 답답해하는 그녀를 오히려 더 부추기면서 공부를 방해하여 늙은 서생을 난처하게 만든다.(이상 Baidu百科의 '春香闹学' 참고) 위다푸는 천팡이 서당에서 말썽을 부리는 것을《모란정》의 춘향에 비유한 것이다.

25) 장천사张天使는 도교의 창시자인 장도릉张道陵(34-156)을 가리킨다. 위다푸는 이 작품에서 교복을 입고 양학당에 다니는 학생들을 "장천사"에 비유하였다.

26)《춘추좌전春秋左传》에 나오는 말이다. 원문은 "영고숙은 효심이 지극한 자이다. 그 어머니를 사랑하는 마음이 장공에게까지 미쳤다颖考叔, 纯孝也. 爱其母, 施及庄公"이다. 여기에서 장공은 정나라 왕인 정장공을 가리킨다. 정장공의 어머니가 정장공의 동생이 왕위를 계승하지 못한 것에 불만을 품고 모반을 일으키자, 정장공은 분노하여 "황천에 가지 않으면 절대 어머니를 다시 보지 않겠다"고 맹세한다. 하지만 어머니에 대한 효성이 지극했던 정장공은 바로 자신의 맹세를 후회한다. 그러나 군주로서 맹세를 지키지 않을 수도 없었기에 괴로워한다. 이에 신하인 영고숙이 정장공에게 한 가지 방책을 가르쳐 준다. "황천은 말 그대로 누런 우물이니, 물이 나올 때까지 지하도를 판 다음 거기에서 어머니를 만나면 황천에서 어머니를 만나는 것과 같습니다." 정장공은 크게 기뻐하며, 밤낮으로 샘을 파서 지하궁을 짓는다. 그리고 모자는 마침내 그곳에서 서로 만나 화해하게 되었다고 한다.(이상 Baidu百科의 "颖考叔" 참조) 위다푸는 학교에서 학생들에게 만두를 나눠 주면 시골에 사는 학생들이 그것을 집으로 고이 가지고 가서 어른들에게 주던 일을 서술하면서 이 전고를 가져 온다. 그러나 학생들의 행위가 결코 효심에서 나온 것이 아님을 밝힘으로써, "영고숙의 효심"과 학생들의 행위 목적이 더욱 선명한 대비를 이루고 있다.

27) 옛날 관청에서 안건을 심리할 때 안건과 관련하여 어떤 명령을 집행해야 할 필요가 있을 시 관리에게 주는 것으로, 그 관리가 그 명령을 집행할 권력이 있음을 보여주는 징표이다.(http://www.360doc.com/content/14/1205/16/4461871_430634256.shtml) 이 글에서 영첨은 서당에서 학생들이 화장실을 가도 된다는 허락의 표시이다.

28) 知县. 명 · 청대 현의 행정수장.

29) 摩拟的颓唐派, 本质的清教徒.

30) 〈광저우 사정〉은 1927년 1월 7일 반월간 잡지인《홍수》제3권 25기에 발표된 글이다. 위다푸는 이 글에서 자신이 광저우에서 보고 듣고 느낀 것을 진솔하게 써냈다. 이 글에서 그는 광저우의 실상이 이상과는 한참 멀다는 것을 경고하면서 계속해서 경계하고 투쟁해야 할 것을 주문한다. 그런데 그의 문장에 대해 창조사 측은 부정적인 견해를 보인다. 청팡오는《〈광저우 사정〉을 읽고》라는 글을 발표하여 광둥 정부를 옹호했고, 궈모뤄도 이런 글은 혁명에 불리하다고 여겼다. 이로부터 위다푸와 창조사 사이에는 사상적으로 깊은 골이 파이게 되고, 위다푸는 창조사를 탈퇴하게 된다. 潘世圣, 〈关于郁达夫脱离创造社及《广州事情》〉,《中国现代文学研究丛刊》1983年2期 참고.

31) 공자진龔自珍의 〈영사咏史〉에 나오는 구절이다. "중간에 자리를 피한 것은 문자옥에 대한 소식과 의견을 듣고 앉아 있는 것이 두려웠기 때문이며, 글을 쓰는 것은 단지 먹고 살기 위함이다"라는 뜻이다. 이는 청대 일부 지식인들의 심리를 대변한 것이다. 청 전기에 수차례에 걸친 문자옥으로 인해 수많은 지식인들이 죽임을 당했다. 이러한 암울한 분위기 속에서 대다수 지식인들은 모임 참석을 꺼리고 언행을 삼가지 않을 수 없었다. 지식인들이 글을 쓰는 것은 오로지 생계를 위함이지, 그것에 어떤 주장이나 의견을 나타내지 못했다. 청대 후기 대표적인 사상가였던 작가는 이 시를 통해 청 전기에 횡행한 이러한 분위기를 완곡한 어구로 비판한 것이다.(Baidu百科 '稻粱谋' 참고)

32) 〈和刘大杰〈秋兴〉〉중의 첫 구절이다. 원문은 다음과 같다. 旧梦豪华已化烟, 渐趋枯淡入中年.

33) 비둘기 피리는 민간에 전해오는 일종의 놀이이다. 비둘기 꼬리 부분에 피리를 달아서 비둘기가 날아오르면 피리 소리가 나는 것이다. 중국의 많은 지방에서 이 비둘기 피리를 만드는데, 베이징에서 만든 비둘기 피리가 가장 정밀하고 소리도 잘 나는 것으로 정평이 나 있다.(Baidu百科 '鸽哨' 참고)

저자 후기 ✦

이 조그만 책이 조판에 들어가기 전에, 이 책에 대해 간단한 설명을 덧붙이고자 한다.

책은 두 부분으로 구성되어 있다. 첫 번째 부분은 열 명의 작가들이 '5 · 4' 시기에 이룬 산문창작에 대한 내용이다. 나는 1982년부터 '5 · 4 산문연구'라는 과목을 개설하여 우리 학과의 학부생과 대학원생들에게 강의를 했다. 그 강의원고 중 일부를 바탕으로 하여, 이 책의 첫 번째 부분인 작가론을 완성하였다. 열편의 글 중에서 쉬즈모의 산문론만 학술지에 발표한 적이 있으며, 다른 글들은 이 책을 통해 처음 공개적으로 발표하는 것이다.

두 번째 부분은 산문작품론으로, 대부분 국내 학술지에 발표했던 글들이다. 연구대상 작품들은 모두 중국현대산문사에서 명문으로 꼽힌다. 선집을 비롯해 여러 책들에 실리는 빈도가 비교적 높고, 중학교 어문 교과서에도 수록된 적이 있는 글들이다. 두 번째 부분의 작품론은 바로 이러한 모범적인 문장을 분석해달라는 학술잡지의 요청을 받고 쓰게 된 글들이다. 여기 저기 흩어져 있던 글들을 이제 이 한 권의 책 안에 모아 출간하는 것은 작품을 통해 작가론에서 서술한 내용을 보충하고 증명하기 위해서이다. 이 외에, 무엇보다 주요한 것은 내 자신의 글쓰기 작업에 관한 흔적을 보존하고자 하는 마음이 아닐까 싶다! 만약 이 글들이 독자 및 같은 길을 걷고 있는 연구자에게 조금이라도 참고가 될 수 있다면, 그야말로 나의 큰 기쁨일 것이다. 첫 번째 부분에 실린 두 편의 글에서 분석한 작품은 '5·4' 시기의 산문은 아니다. 그런데도 함께 남겨 둔 것은 일종의 부록으로 덧붙인 셈 친 것이다. 자기 집의 몽당비는 소중하게 여긴다고, 자기 것은 가치가 없어도 보배처럼 여기는 것이 문인의 오랜 습관인지라, 이들을 차마 잘라내지 못한 이 마음을 너그러이 이해해 주길 바란다.

마지막으로, 마음속 깊이 감춰둔 감사의 말을 꺼내야겠다. 출판계가 발걸음을 내딛기 어려운 이런 시기에 백화문예출판사의 문예이론편집부에서 기꺼이 이 책을 출판해주기로 하여, 나는 매우 감격하였다. 이 책을 출판하기 위해 온갖 수고를 마다하지 않은 편집부 여러분들에게 감사를 드린다! 출판사와의 연락, 인쇄 및 출간의 전 과정에서 우리 학과의 여러 동료와 친구들의 많은 도움이 있었다. 이들에게도 깊은 감사를 드린다. 요컨대, 이 모든 분들의 수고와 도움이 없었다면, 이 조그만 책은 세상에 나오기 어려웠을 것이다. 이를 위해 바쁘게 뛰어다닌 모든 분들에게 진심으로 감사의 마음을 전한다.

1990년 봄 베이징사범대학에서

찾아보기

ㄱ

가오쥔젠高君箴 140

《가을秋》 200, 201, 203

〈가을바람 가을비 사람의 애간장을 녹이네秋风秋雨愁煞人〉 177

〈가을밤秋夜〉 51, 52

〈가을벌레가 없는 곳没有秋虫的地方〉 137, 147, 148

〈가장 완전한 인격最完整的人格〉 166, 273, 274

《각보집脚步集》 135, 138, 146

《간운집看云集》 97, 127, 172, 223

《감략鉴略》 253

〈갑자기 떠오른 것忽然想到〉 43

〈갓난아기婴儿〉 202

〈강연讲演〉 229, 237

〈개 고양이 쥐狗·猫·鼠〉 56

〈개를 때리는 것에 대한 의문을 풀다打狗释疑〉 84

〈개를 토벌하는 것에 대한 격문讨狗檄文〉 79, 84

《개명영문법开明英文文法》 78

《개명영문독해开明英文读本》 78

〈거리의 피가 씻겨나간 후街血洗去后〉 18

《거짓자유서伪自由书》 39

〈거짓자유서·서언伪自由书·前言〉 43

〈겨울冬天〉 279

《겨울밤冬夜》 116

〈겨울방학의 어느 날寒假的一天〉 137

〈격랑의 바깥에서大风圈外〉 296

〈결코 사소한 원한이 아님을 논함论并非睚眦之仇〉 101

《경전상담经典常谈》 157

《경화연운京华烟云》 80

〈고도의 가을故都的秋〉 305~314

〈고독한 사람孤独者〉 296

《고대영웅의 석상古代英雄的石像》 136

《고민의 상징苦闷的象征》 39

고록顾禄 111

《고사신편故事新编》 37, 39

〈고생스럽구나! 졸라여!苦矣! 左拉!〉 88

《고소설구침古小说钩沉》 38

《고시19수 해석古诗十九首释》 157

〈고우苦雨〉 108, 114

《고죽잡기苦竹杂记》 97

《고차수필苦茶随笔》 97

〈고향의 산채故乡的野菜〉 108, 110

〈골패소리骨牌声〉 139

〈"공리의 속임수" 후기"公理的把戏"后记〉 83

《공자의 지혜孔子的智慧》 80

〈공허한 이야기空谈〉 37, 43

〈과거의 거장인 쉬안퉁 선생과의 잡담与疑古玄同抬杠〉 74

《과거의 일过去的工作》 98

《과두집瓜豆集》 97

〈광활한 대자연과 동서고금 "海阔天空" 与 "古今中外"〉 154

〈교장校长〉 134

〈구가九歌〉 197

《국문교학国文教学》 137, 157

〈국어문제에서 커다란 쟁점国语问题中一个大争点〉 69

굴원屈原 197

《귀향기还乡杂记》 180

〈귤 짜기打桔子〉 118, 123

〈그림－－시画－－诗〉 192

〈근대미술사조론近代美术史潮论〉 39

〈급한 성격은 중국인의 단점임을 논함论性急为中国人所恶〉 85

〈기억忆〉 116

《기탄질리》 181

〈길 잃는 새Stray Birds〉 178

〈꽃을 아까워하며 율시 4수惜花四律〉 38

《꽃테문학花边文学》 39

〈꿈梦〉 186

ㄴ

〈나는 아직 '멈출 수' 없다我还不能 '带住'〉 257

〈나는 왜 소설을 쓰는가我怎么做起小说来〉 40

〈나라를 떠남去国〉 177

〈나의 꿈, 나의 청춘!我的梦, 我的青春!〉 296

〈나의 남방我的南方〉 275, 281

〈나의 동년시절我的童年〉 283

〈나의 이야기我的话〉 79

〈나체시위에 대한 고증裸体游行考证〉 102

《나쁜 아이와 기타 이상한 이야기坏孩子和别的奇闻》 40

〈나의 문학개량관我之文学改良观〉 61, 64

〈나팔꽃牵牛花〉 139

〈'난관에 부딪힌' 후 "碰壁" 之后〉 45

〈난초의 기운蕙的风〉 100

《날고 싶다想飞》 208, 211~213

《남강북조집南腔北调集》 39

〈남쪽으로 돌아가다南归〉 179

〈"내 머리를 돌려 달라" 및 기타 "还我头来" 及其他〉 237

〈내 친구 바이차이白采〉 139

〈내가 본 예성타오我所见的叶圣陶〉 156

〈내가 아는 캠브리지我所知道的康桥〉 216, 217, 218, 224

《너와 나你我》 154

《노동자 세빌로프工人绥惠略夫》 39

〈노라는 집을 나간 후 어떻게 되었나 "娜拉" 走后怎么样〉 41, 42

《노란 장미黄蔷薇》 93

〈노 젓는 소리와 등불 그림자 속의 친화이강桨声灯影里的秦淮河〉 25, 118, 124, 132, 161, 167, 168

〈뇌봉탑이 무너진 것을 논함论雷峰塔的倒掉〉 261, 262, 263, 265, 266

〈눈雪〉 51, 52

〈눈 내리는 밤雪夜〉 296

〈눈 먼 문학사가를 비난함骂瞎了眼的文学史家〉 66, 72

《눈 오는 아침雪朝》 134

〈눈 오는 저녁 배로 돌아가다雪晚归船〉 118, 130

《눈물과 웃음泪与笑》 226~228, 236, 238, 239

〈늦봄의 한담春末闲谈〉 41

《니환즈倪焕之》 135, 136

《《니환즈》를 읽고读《倪焕之》〉 136

《《니환즈》에 관하여关于《倪焕之》〉 136

ㄷ

〈다시 또《순천시보》再是《顺天时报》〉 103

〈다시 어린 독자에게再寄小读者〉 181

〈달구경看月〉 139

〈달빛도 흐릿하고, 새소리도 흐릿하고, 커튼에 어린 해당화는 붉다月朦胧, 鸟朦胧, 帘卷海棠红〉 153, 167

〈달 세계 일주月界旅行〉 38

《담용집谈龙集》 95

《담호집谈虎集》 95, 100, 102

《당송전기집唐宋传奇集》 39

〈당신은 아름다운 몸을 본 적이 있습니까?先生, 你见过艳丽的肉没有?〉 206

《대서양의 해변大西洋之浜》 20

《대황집大荒集》 79

《《도암몽억》서언《陶庵梦忆》序〉 24, 109

〈도연명 연보의 문제陶渊明年谱中之问题〉 155

〈도연정의 눈陶然亭的雪〉 118

〈독서구국유론读书救国谬论一束〉 82

〈독자의 말读者的话〉 150

《독해와 작문阅读与写作》 136

《돌아온 이후归来以后》 180

《두십랑杜十娘》 80

〈둥얼아가씨冬儿姑娘〉 179

〈뒷모습背影〉 25, 29, 153, 154, 158, 160, 163~167, 170, 173, 174, 268, 270, 273~276, 280, 281

《들풀野草》 15, 39, 48~52, 54

《《들풀》머리글《野草》题辞〉 50

《《들풀》영역본서언《野草》英文译本序〉 50, 53

〈등하만필灯下漫笔〉 41, 42

〈딩 선생의 목청 높인 말丁在君的高调〉 86

딩링丁玲 193

〈딸 샤오훼이의 주일날 초상题女儿小蕙周日造像〉 64

ㄹ

《라이보잉赖柏英》 80

〈란링왕兰陵王〉 144

량스치우梁实秋 26

량위춘梁遇春 27, 225~241, 244

〈량위춘을 논함谈梁遇春〉 226

《러시아동화俄罗斯的童话》 40

《런던잡기伦敦杂记》 155, 175

〈레닌의 기일———혁명에 대해列宁忌日

---谈革命〉 205

〈로맹 롤랑罗曼罗兰〉 205

루쉰鲁迅 15, 16, 18, 21, 23, 25, 28~30, 32, 35, 54~58, 61, 62, 65, 67, 69, 77, 84, 86, 90~94, 97, 99, 101, 104, 134, 174, 206, 242, 249, 250~266, 289, 306, 317

《루쉰 소설 속의 인물鲁迅小说里的人物》 99

《루쉰 선생에 관한 두세 가지 일鲁迅先生二三事》 53

〈루쉰에 대한 이야기鲁迅的故事〉 250

《루쉰의 집안鲁迅的故家》 99

《루쉰의 청년시절鲁迅的青年时代》 99

《〈루쉰잡감선집〉서언《鲁迅杂感选集》序言》 19, 35, 41, 44

루인庐隐 18

〈류박사가 중국현대문단의 억울한 옥살이표를 정정한 후에 씀写在刘博士订正中国现代文坛冤狱表后〉 89

〈류반농을 추억함忆刘半农君〉 61

루샤오만陆小曼 204

〈류허전과 양더췬여사를 애도함悼刘和珍杨德群女士〉 83

리공푸李公朴 156

리광톈李广田 165, 273

리다자오李大钊 64, 65, 103

리쑤보李素伯 193

리우궈핑刘国平 227, 236

〈리우허전군을 기념하며纪念刘和珍君〉 37, 45

린수林纾 73

린위탕林语堂 18, 28, 30, 63, 75~82, 84~90

〈린위탕을 논함林语堂论〉 79

《린위탕당대한영사전林语堂当代汉英词典》 79

린페이林非 14, 31

ㅁ

〈마른 잎腊叶〉 52, 53

마오둔茅盾 17, 28, 97, 136, 186, 203, 204, 283

마오저둥毛泽东 152

〈만약 내가 작가라면如其我是个作家〉 150

《만청집晚晴集》 182

〈"맞으러 나가다迎上前去"〉 223

매요신梅尧臣 161, 318

《맹호집猛虎集》 201, 204

《먼 경치远景》 80

《먼 곳에서 온 편지两地书》 47

〈멀리, 좀 더 멀리!远一程, 再远一程!〉 296

〈명사를 노래함咏名流〉 83

《모란정牡丹亭》 303, 319

〈목매 죽은 여인女吊〉 250

《목탄화炭画》 93

《목편집木片集》 99

〈'몹시 진짜 같다'와 '그림 같다'를 논함论'逼真'与'如画'〉 276

《무덤坟》 39, 41, 42

무무톈穆木天 201, 208, 211

《무소불담》 80
《무소불담합집》 80
《무측천武则天传》 80
〈무치한 상인연합회无耻的总商会〉 140
〈'무한한 삶'의 경계선"无限之生"的界线〉 192
〈문답사问答词〉 192
《문심文心》 136, 137
《문장예화文章例话》 136
〈문학개량추의文学改良刍议〉 61
〈문학혁명론文学革命论〉 61
〈문화편향론文化偏至论〉 38
물크 라즈 아난드Mulk Raj Anand 181
《뭇별繁星》 178, 182, 197
〈미문美文〉 16, 22, 94, 107
《미염거습작未厌居习作》 135, 138, 146
《미염집未厌集》 134

ㅂ
〈바다에서海上〉 296
〈바이런拜伦〉 214
〈바이차이白采〉 153, 160, 172
《반농잡문半农杂文》 65, 66, 74
〈밥饭〉 134
〈방랑云游〉 201
《방언발음자전方音字典》 67
《방언발음지도方音地图》 67
《방황彷徨》 38
〈《방황》에 붙여题《彷徨》〉 49
〈백인一하느님의 자랑스러운 자녀白种人一上帝的骄子〉 154
〈《백조》서언《天鹅》序〉 140
〈백초원에서 삼미서점으로从百草圆到三味书屋〉 55, 58, 59
《범독지도일례略读指导举隅》 137, 157
《벚꽃예찬樱花赞》 181
〈베이다이허 해변의 환상北戴河海滨的幻想〉 208, 211, 212
〈베이징대학전국근세가요모집요강北京大学征集全国近世歌谣简章〉 65
〈베이징의 다식北京的茶食〉 108
《병촉담秉烛谈》 97
벤즈린卞之林 204
볼테르Voltaire 72
〈"봄날의 아침" 한때는 천금과 같다"春朝"一刻值千金〉 234
〈북쪽으로 돌아가다北归〉 66
《붉은 대문朱门》 80
《붉은 모란红牡丹》 80
《비 오는 날의 책雨天的书》 29, 95, 96, 113
〈비극적인 출생悲剧的出生〉 296
〈빈 둥지空巢〉 182
빙신冰心 12, 17, 27~31, 90, 151, 163, 171, 176~199, 223, 283~293
〈빙신론冰心论〉 186, 283
《빙신연구자료冰心研究资料》 197
〈빙신의 〈뭇별〉冰心的〈繁星〉〉 197
〈빙신전집 자서冰心全集自序〉 192, 193

ㅅ

《사삼집四三集》 136

〈사상혁명思想革命〉 100

《사성신보四声新谱》 67

《사성실험록四声实验录》 66

〈사지死地〉 37, 43, 257

《사진相片》 179

《사천집四川集》 137

〈산문에 관하여关于散文〉 12

〈산문을 말하다说散文〉 221

〈산문의 분류散文的分类〉 13

《산야철습山野掇拾》 20

《산에 내리는 비空山灵雨》 15, 25, 29

〈산적을 축복함祝土匪〉 79, 87

《삶의 곁가에서写在人生边上》 26

《상아탑을 나서며出了象牙之塔》 39

샤가이쥰夏丏尊 136, 142

〈새소리鸟声〉 108, 114

《생활의 예술生活的艺术》 80

〈서당과 학교书塾与学堂〉 294, 295, 296, 298, 299, 300, 302, 303, 306

《서재구석书房一角》 98

《서쪽으로 돌아가다西还》 116

《서호유람지西湖游览志》 111

《성 안에서城中》 134

〈셰빙신소품 서언谢冰心小品序〉 191, 193, 198

《소품문선小品文选》 228

《소품문연구小品文研究》 193

〈소품문의 위기小品文的危机〉 16, 21

《소품 여섯 장小品六章》 25

〈소박문학과 감상문학에 관하여〉 44

《송원이래속자보宋元以来俗字谱》 67

《소동파평전苏东坡传》 80

《수준 이하线下》 134

쉬광핑许广平 53, 260

쉬디산许地山 18, 25, 28, 29

〈'쉬수정장군의 죽음을 기뻐하는 것'을 애도하며悼 '快绝一世'的徐树铮将军'〉 66, 73

〈쉬안퉁선생에게 보내는 편지给玄同先生的信〉 84

쉬즈모徐志摩 18, 27, 29～31, 57, 73, 90, 110, 163, 171, 200～212, 214～216, 218, 220～224, 242

〈쉬즈모 선생의 귀徐志摩先生的耳朵〉 62, 73

〈쉬즈모론徐志摩论〉 201, 203, 208

쉬츠徐迟 220

스민石民 227

〈'슬픔을 잃어버린' 슬픔"失掉了悲哀"的悲哀〉 232, 237

《시계表》 39

《시언지변诗言志辨》 155, 157

《시월十月》 40

〈시와 소설의 주제적인 측면의 혁신诗与小说精神上之革新〉 61, 64

〈시호의 6월 18일 밤西湖六月十八夜〉 118, 127

《신러시아여행기新俄国游记》 19, 29

《신문학사료新文学史料》 204, 226

〈신문학운동 이래 발표된 열편의 작품新文学运动以来的十部著作〉 189

《신시잡담新诗杂谈》 157

〈신중국의 여자新中国的女子〉 103

〈실연한 이에게 보내는 편지寄给一个失恋人的信〉 229, 236

〈실용문의 교수应用文之教授〉 61, 66

〈십자가의 정원에서十字架的园里〉 192

〈쌍쌍의 발걸음"双双的脚步"〉 146

쑤쉐린苏雪林 295, 298

쑨시전孙席珍 149

쑨중산孙中山 85

쑨푸시孙福熙 20, 27

쑨푸위안孙伏园 53

《쓴맛단맛苦口甘口》 98

ㅇ

아나톨 프랑스Anatole France 72

《아사소품雅舍小品》 26

《아속공상论雅俗共赏》 157, 276

〈아우들과 이별하고别诸弟〉 38

《아잉문집阿英文集》 208

〈아창과 산해경阿长和山海经〉 58

《아침꽃 저녁에 줍다朝花夕拾》 37, 39, 48, 54, 55, 57, 58, 59, 249, 250, 253, 260, 317

〈아허阿河〉 153, 160, 172

〈악마파시의 역량을 논함摩罗诗力说〉 38

《안문집雁门集》 53

《《애정시》《情诗》》 100

《야독초夜读抄》 97

〈약药〉 93

《약당어록药堂语录》 98

《약당잡문药堂杂文》 98

《약미집药味集》 98

양인위杨荫榆 18, 37, 46

〈양저우의 여름날扬州的夏日〉 172, 173

양전성杨振声 157, 267

《양편집扬鞭集》 65

〈어디로 가는가哪里走〉 154, 162

〈어떻게 쓸까怎么写〉 289

《어린 독자에게寄小读者》 27, 29, 178, 179, 182, 183, 186, 187, 194, 197, 198, 283, 284, 286, 287

〈어린 독자에게 보내는 세 번째 글三寄小读者〉 181

〈어린 독자에게·통신10寄小读者·通讯十〉 283, 286

《어린 피터小彼得》 39

《어문습령语文拾零》 157

〈어사체 논쟁에 개입하며—온건, 비난 및 페어플레이插论语丝的文体—稳健, 骂人, 及费厄泼赖〉 84

〈어사체를 논함论语丝文体〉 87

〈언론계와 금융계를 다시 고발함再告报界与金融界〉 140

《언어학논총语言学论丛》 79

〈여름벌레 셋夏三虫〉 43

〈여인女人〉 153, 160

〈여인에 관하여关于女人〉 180

《여지소품荔枝小品》 29

《역외소설집域外小说集》 93

《연교집燕郊集》 116

〈연근과 순채藕与莼菜〉 138, 139, 145, 148, 149

〈연못에 어린 달빛荷塘月色〉 153, 154, 161, 164, 167, 170~172, 270, 271, 273, 318

〈연밥莲蓬人〉 38

〈연분홍 구름桃色的云〉 39

《연지초燕知草》 29, 116, 117, 120, 127

《〈연지초〉발문《燕知草》跋〉 30, 117, 119, 127, 130

《〈연지초〉서언《燕知草》序〉 119, 126

《열 편의 작은 기록小记十篇》 137

《열풍热风》 29, 36, 38, 45

《〈열풍〉머리말《热风》题记〉 36

〈열풍·57 현재의 도살자热风·五十七现在的屠杀者〉 41

〈열풍·59 성무热风·五十九"圣武"〉 41

《영국시가선英国诗歌选》 228

〈영락飘零〉 172

〈영하관수필灵霞馆笔记〉 61

《〈영학잡지〉를 배제함辟《灵学丛志》〉 65

예공차오叶公超 227, 228

〈예사오쥔소품 서언叶绍钧小品序〉 138, 149

《예성타오산문갑집叶圣陶散文甲集》 139

《예술과 생활艺术与生活》 95

《예술론艺术论》 39

〈'예스맨'을 논함'好好先生'论〉 66

예성타오叶圣陶 17, 18, 157, 164, 167, 170, 174, 175

예즈산叶至善 139

〈옛날을 그리워하며怀旧〉 38

〈오봉선乌蓬船〉 108, 112, 114

〈'오사' 잡담'五四'杂谈〉 193

〈오십자수시五十自寿诗〉 96

〈'오창' 묘회五猖会〉 253, 255

《옥력초전玉历钞传》 259

《와부집瓦釜集》 65

왕리王力 26, 32

왕보샹王伯祥 142

왕사임王思任 119

〈왕안석의 〈명기곡〉王安石〈明妃曲〉〉 155

왕퉁자오王统照 13, 14, 17, 32

《외침呐喊》 38

〈요염한 파리肉艳的巴黎〉 206

《용일집永日集》 95

《용충병조재의 자잘한 이야기龙虫并雕斋琐语》 26

〈우견愚见〉 105

〈우리 부인네의 거실我们太太的客厅〉 179

〈우리 할머니의 죽음我的祖母之死〉 211

《우리가 봄을 깨웠어요我们把春天吵醒了》 180

우원자오吴文藻 179, 180, 181

원이둬闻一多 152, 156

〈원저우의 종적温州的踪迹〉 153, 168

〈웨이제산을 애도함哀韦杰三君〉 172

위다푸郁达夫 11, 12, 13, 20, 27~29,

47, 48, 75, 81, 89, 90, 91, 100, 107, 111, 114, 115, 146, 147, 151, 171, 190, 193, 198, 199, 225, 293~301, 303, 305~316, 319

〈위다푸를 논함郁达夫论〉 295

《위다푸의 유랑과 실종郁达夫的流亡和失踪》 294

위삐윈俞陛云 122

위위에俞樾 118

〈위치아칭은 교체된 사람이다虞洽卿是'调人'〉 139

위핑보俞平伯 17, 26, 27, 29, 30, 31, 96, 116~127, 129~132, 135, 138, 144, 152, 153, 163, 165, 271, 274

〈《윈더미어 부인의 부채》서언《温德米尔夫人的扇子》序〉 140

《유럽여행잡기欧游杂记》 155, 175

〈유럽여행기欧游漫录〉 205

《유화집柳花集》 163

〈은행 팔기卖白果〉 139

〈'읍' 하는 주의作揖主义〉 65, 68, 69

〈이 날这一天〉 156

〈이 또한 발간사인 셈 치다也算发刊词〉 74

〈이 사람은 홀로 초췌하다斯人独憔悴〉 177

〈이른바 자서전이라는 것所谓自传也者〉 296

《이삭줍기拾穗小札》 181

《이심집二心集》 39

《이이집而已集》 38

〈이하 연보李贺年谱〉 155

〈인간의 문학人的文学〉 93

〈인간의 역사人之历史〉 38

《인도동화집》 181

《인도민간이야기》 181

〈인사관人死观〉 230

〈일본낭인과《순천시보》日本浪人与《顺天时报》〉 102

〈일본 배척 평의排日平议〉 102

〈일본인의 호의日本人的好意〉 102, 103

〈일촌법사一寸法师〉 181

〈입론立论〉 50

〈입춘이전立春以前〉 98

〈잃어버린 좋은 지옥失掉的好地狱〉 51

ㅈ

〈자그마한 비유一点比喩〉 37, 43

〈자기분석〉 29, 200, 201, 208

〈자녀儿女〉 156, 278

《《자선집》자서《自选集》自序》 36, 49

《자신의 정원自己的园地》 95, 100

자오자비赵家璧 27

자오징선赵景深 112, 127, 160, 171, 197

《자유성으로의 도피逃向自由城》 80

《작문론作文论》 136

《작은 오렌지 램프小桔灯》 181

〈작은 오렌지 램프小桔灯〉 181

《작은 요하네스小约翰》 39

《잡다한 것杂拌儿》 116, 125

《잡다한 것2杂拌儿之二》 116

〈《잡다한 것》 머리말(발문을 대신하여)

《杂拌儿》题记(代跋)〉 120

《잡문유집杂文遗集》 156

장대张岱 119, 241, 255

장스자오章士钊 18, 44, 101, 102, 243, 252, 317

장시천章锡琛 108, 110

장쭝창张宗昌 77

〈저승사자无常〉 57, 58, 249~259

저우언라이周恩来 19

《저우와 차오의 서신집周曹通信集》 99

저우위퉁周予同 142

저우쭤런周作人 16~18, 21~24, 26~32, 62, 65, 81, 84, 86, 87, 90~115, 117~120, 123, 126, 127, 129, 130, 132, 163, 171, 197, 207, 220, 223, 243

《저우쭤런산문초周作人散文钞》 108

《저우쭤런 서신周作人书信》 96

〈저우쭤런에게 보내는 공개서한致周作人的一封公开信〉 97

《저우쭤런의 만년 편지 100통周作人晚年手札一百封》 99

《적도심사赤都心史》 20, 29

〈적을 똑똑히 알다"认清敌人"〉 140

〈적화와 상가집개泛论赤化与丧家之狗〉 79

《전불집剪拂集》 79, 81

《정독지도일례精读指导举隅》 137, 157

〈정부의 대학살기执政府大屠杀记〉 18, 154, 172

정전둬郑振铎 17, 18, 28, 134, 140, 142

〈"제목이 미정인" 장(6에서 9장)"题未定"章〉(六之九) 206

〈"조계 철회"를 빠뜨리지 말라不要遗漏了"收回租界"〉 139

〈조상숭배祖先崇拜〉 100

졸라Emile Zola 72

〈종이 한 장을 사이에 두고相隔一层纸〉 64

《종적踪迹》 153, 154

〈주검死尸〉 73

주더시朱德熙 172

《주자청문집朱自清文集》 156

주즈칭朱自清 17, 18, 21, 23, 25, 28~30, 119, 124~127, 137, 142~144, 151~168, 170~175, 267~278, 280~282, 318

《주즈칭연보朱自清年谱》 280

〈주즈칭 선생과 현대산문朱自清先生与现代散文〉 157, 267

〈주페이셴 선생朱佩弦先生〉 167, 175

〈죽는 법死法〉 103, 105, 107

《죽은 영혼死魂灵》 40

〈죽은 이에게给死者〉 154

〈중국과 중국인吾国与吾民〉 78, 79

《중국광산지中国矿产志》 38

《중국문법강의中国文法讲话》 67

《중국문법통론中国文法通论》 66

《중국문학 어떻게 감상할 것인가如何鉴赏中国文学》 180

《중국방음음성기호조사표调查中国方音音标总表》 66

《중국소설사략中国小说史略》 39

〈중국신문학대계 산문2집·서언〉 11, 13,

20, 48, 81, 86, 151, 190, 198, 225,
293
《중국신문학의 원류中国新文学的源流》
119, 220
〈중국인 거리의 가정唐人街家庭〉 80
〈중국현대문학의 연구에 관한 문제关于
中国现代文学研究问题〉 26
《중국현대산문사고中国现代散文史稿》
14
《중국현대산문을 논함论中国现代散文》
149
《중국현대작가총서中国现代作家丛书》
167
〈《중국현대작가총서-주즈칭》서언《中国
现代作家丛书-朱自清》序〉 174
〈즈모를 기념하며志摩纪念〉 31, 126,
172, 223
〈즈모에게致志摩〉 257, 258
《즈모의 시志摩的诗》 201
〈지난 일往事〉 25, 186, 197
《지당을유문편知堂乙酉文编》 98
《지당회고록知堂回想录》 99, 243
〈지저여행地底旅行〉 38
〈지전유몽기芝田留梦记〉 118
지전준季镇淮 280
《진담호집真谈虎集》 104
〈진짜 같다와 그림 같다에 대해 论함论
逼真与如画〉 161
《집외집集外集》 39
《집외집습유集外集拾遗》 39
〈징성荆生〉 73

ㅊ
《차개정잡문且介亭杂文》 39, 317
《차개정잡문2집且介亭杂文二集》 39
《차개정잡문말편且介亭杂文末编》 39,
317
차오쥐런曹聚仁 113
차이위안페이蔡元培 61, 77
천쉐자오陈学昭 19, 27
천시잉陈西滢 44, 57, 72, 73, 242,
251, 257, 258, 298, 317
천위안陈源 18, 101, 102
〈《천일야화》서언《天方夜谭》序〉 140
〈천재가 없다고 하기 전未有天才之前〉 41
《청가록清嘉录》 111
청팡오成仿吾 305, 319
첸중수钱钟书 26
〈첸먼에서 우연히 기병대를 만난 일前门
遇马队记〉 105
《초기백화시고初期白话诗稿》 65
〈초록绿〉 153, 161, 167, 168, 170,
172, 277,
〈초인超人〉 178
〈총명한 사람과 바보와 노예聪明人和傻
子和奴才〉 50, 51
〈총총匆匆〉 167
촨다오川岛 18, 89, 106
《춘료집春醪集》 227, 229, 234, 236,
238, 239
《춘수春水》 178, 182
〈취중몽화(二)醉中梦话(二)〉 239
취추바이瞿秋白 19, 20, 25, 27, 29,
35, 40, 44

〈침륜沉沦〉 100, 294, 305
《〈침륜〉〈沉沦〉》 100, 305
〈청허팡清河坊〉 120, 122, 123

ㅋ

〈카스테라를 만드는 것에 대하여论做鸡蛋糕〉 109
《칼집剑鞘》 135, 138, 150

ㅌ

타고르 178, 181, 188, 210, 222
〈타고르泰戈尔〉 222
〈타박상碰伤〉 103, 105, 107
《타오치의 여름일기陶奇的暑期日记》 180
〈타오치의 여름일기陶奇的暑期日记〉 181
탕현조汤显祖 303
《택사집泽泻集》 29, 30, 94, 95
투르게네프I.S. Turgenev 303
《틈隔膜》 134

ㅍ

〈파리苍蝇〉 108, 109
《파리의 편린巴黎的鳞爪》 29, 200, 201
〈파업노동자 돕기援助罢工工人〉 140
〈판아이농范爱农〉 58
판자쉰藩家洵 141

평즈冯至 225, 226, 228, 231, 232, 233, 238, 239, 241
평즈카이丰子恺 28
〈"페어플레이"는 아직 이르다论"费厄泼赖"应该缓行〉 41
〈페이셴과 함께与佩弦〉 139, 142, 144
〈편지 한 통一封信〉 173
〈편지 한 통(삶이 무미건조하다고 불평하는 친구에게)一封信(给抱怨生活干燥的朋友)〉 218
〈편지가 아니다不是信〉 257
〈평민문학平民文学〉 93
〈평범한 중에 신비롭고 기이한 것을 보다于平淡中见神奇〉 172
《표준과 척도标准与尺度》 157
《풍성학려风声鹤唳》 80
《풍우담风雨谈》 97
《풍월이야기准风月谈》 39
〈프랑스대사관의 한더웨이 선생에게 질문함质问法使馆参赞韩德威先生〉 66
프리드리히 실러Friedrich Schiller 44
〈피난길의 판선생潘先生在难中〉 134
《피렌체의 하룻밤翡冷翠的一夜》 201, 204
〈피렌체 산상에서 머문 이야기翡冷翠山居闲话〉 209
〈피의 노래―5·30참극을 위하여血歌―为五卅惨剧作〉 154

ㅎ

〈하늘에 있는 부인에게给亡妇〉 156

《하루의 일一天的工作》 40
《하프竖琴》 40
〈학교당국에 보내는 반박驳覆校中当局〉 47
〈《학형》에 대한 어림짐작估《学衡》〉 45
〈한 연습생一个练习生〉 137
《한 청년의 꿈一个青年的梦》 39
〈한담闲话〉 57, 298
《한문학사강요汉文学史纲要》 39
《한어자성실험록汉语字声实验录》 66
〈할 말이 없음을 논함论无话可说〉 159
〈항일구국을 위한 올바른 길抗日救国的一条正路〉 66
《허수아비稻草人》 134
〈헛소리空谈〉 257
《현대산문60인现代散文六十家》 31
《현대소품작가16인现代小品十六家》 138, 193
〈《현대소품문선》서언〉 127
〈현대 중국의 소품문을 논함论现代中国的小品文〉 21, 23, 268, 269
《혜강집嵇康集》 39
〈호숫가 집에서의 몇 가지 이야기湖楼小撷〉 118, 126
《홍루몽红楼梦》 116
《홍루몽해석红楼梦辨》 116
《홍성유사红星佚史》 93
〈화두이노동조합의 공술서华队公会的供状〉 139
《화개집华盖集》 29, 37, 44, 45
《화개집속편华盖集续编》 29, 37, 39
《화재火灾》 134

《회계군고서잡집会稽郡故书杂集》 38
《홰나무를 꿈에서 보다古槐梦遇》 116
후스胡适 17, 20, 22, 61, 65, 67, 98, 242
후위즈胡愈之 294
〈후지노 선생藤野先生〉 25, 55, 58, 59
후펑胡风 79
《훼멸毁灭》 40, 153
〈흐르는 물과 같은 봄철의 근심水样的春愁〉 296, 299

기타

〈3·18을 애도함呜呼三月一十八〉 66
〈'5·4'에서 '4·5'까지"五四"到"四五"〉 177
〈3월 18일의 사망자에 관하여关于三月十八日的死者〉 103
〈5월 31일의 소나기 속에서五月卅一日急雨中〉 18, 139, 141
〈50년 동안의 중국문학五十年来中国之文学〉 17, 20
〈'吃'의 해석释'吃'〉 67
〈'一'의 해석释'一'〉 67
〈'来去'의 해석释'来去'〉 67
〈她자의 문제她字问题〉 65
〈吃烈士열사를 멸함〉 103, 105

중국 요사산문 작가 10인

초판 1쇄 발행일 2018년 9월 7일

지은이 주진순
옮긴이 최은정
펴낸이 박영희
편집 김영림
디자인 유지연
마케팅 김유미
인쇄·제본 태광인쇄
펴낸곳 도서출판 어문학사
　　　　서울특별시 도봉구 해등로 357 나너울카운티 1층
　　　　대표전화: 02-998-0094 / 편집부1: 02-998-2267, 편집부2: 02-998-2269
　　　　홈페이지: www.amhbook.com
　　　　트위터: @with_amhbook
　　　　페이스북: https://www.facebook.com/amhbook
　　　　블로그: 네이버 http://blog.naver.com/amhbook
　　　　　　　　다음 http://blog.daum.net/amhbook
　　　　e-mail: am@amhbook.com
　　　　등록: 2004년 7월 26일 제2009-2호

ISBN 978-89-6184-479-6 93820
정가 18,000원

이 도서의 국립중앙도서관 출판예정도서목록(CIP)은 e-CIP홈페이지(http://www.nl.go.kr/
ecip)와 국가자료공동목록시스템(http://www.nl.go.kr/kolisnet)에서 이용하실 수 있습니다.
(CIP제어번호: CIP 2018026215)
※잘못 만들어진 책은 교환해 드립니다.